S码书房——小即美、少即多

MEMORIA DEL FUEGO III: EL SIGLO DEL VIENTO

火的记忆Ⅲ：
风的世纪

[乌拉圭] 爱德华多·加莱亚诺 著

路燕萍 李瑾 黄韵颐 龚若晴 李雪冰 译
路燕萍 审校

作家出版社

谨以此书

献给小跳蚤玛丽娅娜[1]。

---

[1] 玛丽娅娜是作家与妻子埃伦娜·比利亚格拉的女儿。——审校者注，后文中如未特殊注明，皆为审校者注。

目录

关于本书

这本书是三部曲《火的记忆》的最后一部。这不是一部选集，而是一本文学作品，以文献资料为基础进行完全自由创作的作品。作者不知道它属于何种体裁：小说、杂文、史诗、编年史册、记录文献……或许属于所有体裁抑或皆不属于。作者讲述已经发生的事情，美洲的历史，特别是拉丁美洲的历史；谨愿通过此种方式让读者体会得到：当作者在讲述时，已经发生的一切再次发生了。

除了个别文章没有落实确定的时间或地点之外，每篇文章的题头均注明了每个事件发生的年代和地点。结尾处括号中的数字标明了作者查阅信息和参考资料的主要文献的编号。编号缺失表明该文章作者没有查阅任何书面资料，或者表明作者从报纸、主角人物或见证者之口中获得信息全面的原始材料。所有文献的目录附在书后。

直接引文用斜体标注，以示区别。

关于作者

作者 1940 年出生于乌拉圭的蒙得维的亚。爱德华多·休斯·加莱亚诺是其全名。他在社会党的周报《太阳报》开始记者生涯，以休斯（Gius）为笔名发表素描和政治漫画。以"休斯"为名是因为他的父姓（Hughes）用西班牙语朗读很困难。之后他担任《前进》周报的总编以及《时代》日报和蒙得维的亚一些周刊的主编。1973 年他流亡至阿根廷，在那里他创建并主编了《危机》杂志。自 1976 年底他流亡居住在西班牙，1985 年初回到他的祖国居住直至去世[1]。

他出版了多本著作，其中有 1971 年由 21 世纪出版社出版的《拉丁

---

[1] 2015 年 4 月 13 日爱德华多·加莱亚诺因病去世，去世之前他一直居住在乌拉圭的蒙得维的亚。本书 1986 年首次出版，中文引进的是 2009 年第 12 次印刷的版本。

I

美洲被切开的血管》，荣获美洲之家奖的《我们之歌》（1975）和《爱与战争的日日夜夜》（1978），三部曲的第一部《创世纪》（1982）和第二部《面孔与面具》（1984）。

致谢

感谢埃伦娜·比利亚格拉，在写作的每个阶段她都帮助良多，没有她，《火的记忆》不能付梓。

感谢前两部书已经感谢的朋友们，他们现在继续提供了许多资料来源、线索和意见。

感谢阿尔弗雷多·阿乌埃尔玛，苏珊·伯格霍尔兹，莱昂纳多·卡塞雷斯，拉斐尔·卡泰，阿尔弗雷多·塞德尼奥，阿莱桑特拉·里乔，恩里克·菲耶罗，塞萨尔·加莱亚诺，奥拉西奥·加西亚，塞吉厄斯·贡扎加，贝尔塔－费尔南达·纳瓦罗，埃里克·内波穆塞诺，戴维·桑切斯－胡里奥，安德列斯·索利斯·拉达以及胡里奥·巴耶－卡斯蒂略，他们为查阅必需的文献资料提供了便利。

感谢霍尔赫·恩里克·阿多姆，贝贝·巴里恩托斯，阿尔瓦罗·巴罗斯－莱梅斯，让－保罗·波莱尔，罗赫略·加西亚·卢波，毛利西奥·加蒂，胡安·赫尔曼，圣地亚哥·科瓦德洛夫，奥莱·奥斯特加德，拉米·罗德里格斯，米格尔·罗哈斯－米克斯，妮可·鲁昂，比拉尔·罗约，何塞·玛利亚·巴尔贝尔德和丹尼尔·比达特，感谢他们以极大的耐心阅读本书的初稿。

······我们奋力抓住风[1]。

——胡安·鲁尔福

---

[1] 这句话源自鲁尔福为电影《秘方》（Fórmula Secreta，1966）写的散文诗，原文如下：
Desde que el mundo es mundo/hemos echado a andar con el ombligo pegado al espinazo/y agarrándonos del viento con las uñas，粗译为：自从世界成为尘世 / 我们一直前胸贴着后背 / 奋力抓住风。

1900 年：圣何塞－德格拉西亚

世界继续

有人在刚刚过去的一夜欢闹中散尽几代人的积蓄。许多人辱骂了不能辱骂之人，许多人亲吻了不该亲吻之人，但是没有人愿意不忏悔就结束。镇上的神父优先接待孕妇和产妇。忘我牺牲的神父守在告解室里三天三夜，直到因为对罪孽消化不良而昏倒。

当世纪末的最后一天的子夜降临时，圣何塞－德格拉西亚镇上的所有居民都准备体面地死去。自世界创立以来上帝已经积攒了许多的愤怒，没有人怀疑已经到了最后爆炸的时刻。屏住呼吸、双目紧闭、咬紧牙关，人们倾听着教堂的钟声，一声接着一声，十二下，他们深信将不会有后来。

但是有后来。须臾之前，二十世纪已经开始启程，继续前进，就像什么也没有发生一样。圣何塞－德格拉西亚的居民们继续住在一样的房子里，继续在墨西哥中部同样的群山之间生活或讨生活，这让期待天堂的虔诚女教徒们幻想破灭，让有罪之人松了一口气。他们发现，如果比较一下，这个小镇无论如何还不算太坏。

（200）[1]

---

[1]　这个数字标注的是作者查阅的文献资料目录编号，目录参见 337-362 页。——原书注

1900 年：新泽西州奥兰治

爱 迪 生

因为他的发明，新世纪接受到光和音乐。

日常生活带着托马斯·阿尔瓦·爱迪生的印记。他的电灯照亮黑夜，他的留声机保留并传播世界的声音，将永不消失。因为爱迪生在格拉汉姆·贝尔的装置上加了一个传声器，人们可以打电话；他的放映机完善了卢米埃尔兄弟的发明，让人们看到电影。

专利办公室的人每次看到他出现就挠头不已。爱迪生一刻不停地发明东西。这是从他小时候在火车上卖报纸时开始的。在一个好日子里，他决定除了卖报纸，他还可以做报纸，于是他就动手做起来了。

（99，148）

1900 年：蒙得维的亚

罗 多

大师——一尊说话的雕塑，向美洲的年轻人布道。

何塞·恩里克·罗多[1]恢复了缥缈的纯洁精灵爱丽儿的名誉，她与想吃她的野蛮人凯列班对抗。新世纪是任何一个人的时代。人民渴望民主和工会；罗多警告说，野蛮的大众会蹂躏精神王国的巅峰，而那里是上层人类居住之所。这位被诸神选中的知识分子，这位不朽的伟人，为捍卫文化的私人财产而战。

罗多也攻击建立在粗俗和功利主义之上的美国文明。他以捍卫西班牙的贵族传统来与之对抗，而西班牙的传统轻视实用性、手工劳

---

[1] José Enrique Rodó（1871–1917），乌拉圭作家和政治家，1900 年他发表长篇散文《爱丽儿》，反对美国对拉美的扩张，捍卫欧洲的古希腊拉丁文化和西班牙的传统。爱丽儿是莎士比亚戏剧《暴风雨》中空气般的精灵。与莎翁一样，罗多赋予爱丽儿理想主义和精神象征。

作、技术和其他平庸之事。

（273，360，386）

1901 年：纽约

这里是美洲，南方一无是处

安德鲁·卡内基以二点五亿美金的价格出售钢的专卖权。银行家、通用电气公司的老板约翰·皮尔庞特·摩根买下了它，于是建立了美国钢铁公司。消费高涨，令人眩晕的金钱像瀑布一样从摩天大楼顶端倾泻而下：美国隶属于垄断企业，垄断企业隶属于一小撮人，而成千上万的被工厂汽笛召唤的工人年复一年地从欧洲赶来，躺在甲板上就梦想着甫一踏上纽约码头即能变成百万富翁。工业时代，黄金国在美国，而美国就是美洲。

南方，另一个美洲甚至已经不能结结巴巴地说出自己的名字。一份刚刚出炉的报告表明这个次－美洲的"所有"国家都与美国、英国、法国和德国有贸易协定，但是"没有一个"与他们的邻国签署贸易协定。拉丁美洲是一群愚蠢国家以相互脱离为目的而组成的群岛，被训练得相互厌恶。

（113，289）

1901 年：在整个拉丁美洲

游行队伍致敬新世纪

在布拉沃河以南的村镇、城市里，满面鲜血、闪着光泽的垂死怪兽——耶稣踉跄前行，在他身后，满身烂疮、衣衫褴褛的人们举着火把，高唱赞歌：人们被上千种疾病折磨，没有一个医生或圣手有能力治愈，但是他们值得拥有好运，可没有一位先知或兜售运气的人有能力预告这种好运。

1901 年
亚　眠 [1]

二十年前，阿尔韦托·桑托斯·杜蒙特 [2] 已经读过儒勒·凡尔纳的书。他读着读着，逃离了他的家，逃离了巴西，逃离了世界，在天上遨游，从这片云穿越到另一片云，他已经决定住在云端。

现在，桑托斯·杜蒙特打败了风和地心引力。这位巴西的飞行员发明了一个可操纵方向的气囊飞艇，将不会随意飘荡，也不会在大海上迷失方向，亦不会在俄国大荒原上、在北极迷失方向。配备了发动机、螺旋桨和方向舵，桑托斯·杜蒙特升到空中，围着埃菲尔铁塔转了整整一圈，在人们的欢呼声中，气囊飞艇逆着风着陆在预先选定的位置。

不久后，他前往亚眠，想去与教他飞行的人握手。

儒勒·凡尔纳坐在摇椅上摇晃着，一边抚弄着他的白色大胡子。他很喜欢这个拙劣地伪装成绅士的小男孩，小男孩称他为"我的机长"，并且目不转睛地盯着他。

(144, 424)

---

[1] Amiens，法国北部城市。法国作家儒勒·凡尔纳曾长期在这里居住，并在此创作了《八十天环游地球》《神秘岛》。

[2] Alberto Santos Dumont（1873–1932），巴西著名的飞行器设计师，被认为是动力飞机之父。早年在巴黎学习工程学，1898 年，他设计制造出热气球"巴西"号，1901 年制造出可操纵方向的气囊飞艇，并用不到 30 分钟绕埃菲尔铁塔飞行一周。1906 年，他制造的"双14"号动力飞行器在巴黎两次试飞成功。后来，当飞机在一战中被用于投放炸弹和镇压巴西的武装起义时，杜蒙特非常失望，于 1932 年自杀。

1902 年：克察尔特南戈 [1]

政府决定现实不存在

克察尔特南戈主广场上，鼓号声声，召集居民集合；但是除了圣玛利亚火山猛烈喷发而发出的恐怖轰响之外，人们听不到其他声音。

口头告示发布官大声宣读最高政府的布告。危地马拉这个地区的一百多个村镇正在被大量的熔岩和淤泥吞噬，笼罩在绵绵不断的灰烬雨中。告示官履行职责，并尽可能地保护自己。圣玛利亚火山让大地在他脚下震颤，向他头部轰击石炮。正午时分仿若漆黑的子夜，天昏地暗之间，只能看到火山喷发的火光。口头告示官借着剧烈摇晃的提灯的灯光，绝望地叫嚷着，艰难地宣读布告。

总统曼努埃尔·埃斯特拉达·卡夫雷拉 [2] 签发的告示通知居民圣玛利亚火山处于平静期，而且危地马拉的其他所有火山也保持平静；通知说发生的地震远离此处，在墨西哥的某个地方；局势一切正常，没有什么能阻止今天庆祝密涅瓦女神 [3] 节，尽管秩序之敌们发布了许多恶意的流言，但女神节庆典将会在首都举行。

（28）

1902 年：危地马拉城

埃斯特拉达·卡夫雷拉

曼努埃尔·埃斯特拉达·卡夫雷拉曾经在克察尔特南戈城担任

---

[1] Quetzaltenango，危地马拉第二大重要城市。1902 年对于该地区来说是灾难年，4 月 18 日发生7.5级地震，10 月 24 日圣玛利亚火山喷发。自1524年以来火山一直处于平静状态，这次喷发持续了 36 个小时，造成 5000 多人死亡和严重物质损失。

[2] Munuel Estrada Cabrera（1857–1924），他出生在克察尔特南戈，1898 年至 1920 年担任危地马拉总统。

[3] Diosa Minerva，密涅瓦是罗马神话中的智慧、战争、月亮和记忆女神，也是手工业者、学生、艺术家的保护神，对应希腊神话里的雅典娜女神。

过多年的"建立在真理磐石之上的雄伟正义神庙里的至尊神职职位"。在他抢光该省份后不久，这位圣师来到首都，在这里他达到其政治生涯的幸福顶峰。他手执左轮手枪，打劫了危地马拉的总统席位。

自那时起，他在整个国家恢复使用手枷、鞭笞和绞刑架。于是印第安人在种植园免费收割咖啡，泥瓦匠免费修建监狱和营房。

一天如是，又一天如是，在庄重的仪式中，总统埃斯特拉达·卡夫雷拉为一所新学校放下奠基石，但这学校将永不会修建起来。他自封为人民教育者、年轻学子的庇佑者，并且每年举办隆重的密涅瓦女神节，向自己致敬。在这里的帕台农神庙里——原比例复制雅典娜帕台农神庙，诗人们奏响里拉琴，宣告新大陆的雅典——危地马拉城拥有一位伯里克利[1]。

1902 年：圣皮埃尔

唯有被判处死刑的人获救

马提尼克岛[2]上也发生了火山爆发。响声雷动，仿佛世界被劈成两半，培雷火山喷出巨大的红云，遮蔽天空，炽热地笼罩大地。刹那间，圣皮埃尔城化为乌有。三万四千名居民也命丧黄泉——一个人除外。

幸存者是路德格·斯尔拜瑞斯，他是全城唯一的囚犯。监狱的墙壁是按照能承受住越狱考验的标准而建的。

（188）

---

[1] Pericles（约公元前495—公元前429），古希腊著名政治家，古希腊奴隶主民主政治的代表人物。

[2] Martinique，法国的海外大区，位于小安地列斯群岛的向风群岛最北部。1902年，该岛最高峰培雷火山爆发，毁灭了当时该岛最大城市圣皮埃尔，造成三万多人丧生。

1903 年：巴拿马城

巴拿马运河

海洋之间的通道一直是西班牙殖民者的执念。他们疯狂地寻找，最后他们找到了，在极其向南的地方，在遥远的、冰天雪地的火地岛找到了。当有人提出在中美洲狭窄的腰部打开豁口时，国王费利佩二世[1]下令停止：禁止开挖运河，违令者死罪，"盖因上帝勾连之处，人不可摧之"。

三个世纪后，一家法国公司——洋际运河环球公司在巴拿马开始开凿工作。公司挖掘了三十三公里，就彻底破产。

自那时起，美国决定完成运河开凿，将其收入囊中。有一个不利因素：哥伦比亚不同意，而巴拿马是哥伦比亚的一个省。在华盛顿，参议员汉纳建议等待，"因为得考虑与我们打交道的那些野蛮人的本性"，但是"泰迪"罗斯福总统不相信耐心。罗斯福派出几支海军陆战队，让巴拿马独立了。于是，感谢美国和它的战舰的努力和恩赐，这个省份成为一个独立国家。

（240，423）

1903 年：巴拿马城

在这次战争中死了一个中国人和一头驴

在这场战争中死了一个中国人和一头驴，他们是哥伦比亚炮艇舷炮齐发的牺牲品，但是除此再无其他不幸。巴拿马的新总统曼努埃尔·阿马多尔[2]坐在扶手椅上，被人群抬着，穿过一面面美国国旗。一路上，阿马多尔一直向他的同僚罗斯福高呼万岁。

---

[1] Felipe II（1527-1598），又译作腓力二世，哈布斯堡王朝时期的西班牙国王。

[2] Manuel Amador Guerrero（1833-1909），巴拿马第一任宪法总统，他曾长期在美国巴拿马铁路公司任职。

两个星期后，在华盛顿白宫的蓝色大厅里，签署了一项协议，把开凿了一半的运河以及一千四百多平方公里的巴拿马土地永久地献给美国。作为新生共和国的代表，法国公民、商务魔法师、政坛杂技师菲利普·比诺－瓦里亚[1]参与其中。

（240，423）

1903 年：拉巴斯

维 尔 卡

玻利维亚自由派赢得了反对保守派的战争。说得更准确一些是，巴勃罗·萨拉特·维尔卡[2]的印第安人军队帮助他们打赢了战争。留着浓密胡须的军人们窃取的丰功伟绩是由印第安人创造的。

自由派的首领何塞·曼努埃尔·潘多[3]上校曾经向维尔卡的士兵们承诺将会解放所有被奴役的人，归还土地。在一次次的战斗中，维尔卡逐渐树立了印第安人的威望：他每到一个村庄，把被掠夺的土地归还给公社，斩杀所有穿裤子的人。保守派被打败后，潘多上校成为将军和总统。于是，他用所有的文字宣布：

——"印第安人是劣等人。消灭他们并不犯罪。"

---

[1] Philippe Bunau-Varilla（1859-1940），他是法国洋际运河环球公司董事和总工程师，为解决公司危机，他努力将公司以合理的价格出售给美国，自愿充当后者与巴拿马独立者之间的联系人。1902 年他给美国参议院议员们展示尼加拉瓜火山喷发的邮票，打消了美国参议院打算在尼加拉瓜修运河的念头，转而支持修建巴拿马运河。1903 年，他作为巴拿马的全权代表，促成美巴双方签署了关于巴拿马运河归属的《美巴条约》。

[2] Pablo Zárate Huilka（1850-1903），Huilka 也被写作 Willka，他是玻利维亚的艾马拉印第安人，在军队中展示出很强的军事领导才能，成为印第安人的领袖。自由派领导人何塞·曼努埃尔·潘多利用维尔卡和他的军队来帮助联邦自由派赢得战争。1899 年，维尔卡领导印第安人起义，后被镇压。

[3] José Manuel Pando（1848-1917），1894 年担任玻利维亚自由党领导人，1898 年领导联邦派革命，结束了保守派考迪罗半个多世纪的统治，1899 年至 1904 年他担任玻利维亚总统。

然后他践行这个观点，枪毙了许多人。对于维尔卡，这位他昔日不可或缺的盟友，他杀了他好几次，用子弹、用刀、用绳索。但是在那些雨夜里，维尔卡在政府大楼的门口等待潘多总统，双目紧紧地盯着他，一言不发，直到潘多挪开视线。

（110，475）

1904 年：里约热内卢
疫　苗

通过灭杀老鼠和蚊子战胜了腺鼠疫和黄热病。现在奥斯瓦尔多·克鲁斯[1]宣布迎战天花。

因为天花，许许多多巴西人死了。医生给垂死之人放血，江湖郎中用牛粪烧烟熏赶瘟疫，但死的人越来越多。公共卫生负责人奥斯瓦尔多·克鲁斯施行强制疫苗。

参议员芮·巴博萨[2]是一位满腹经纶、口齿伶俐的雄辩家，他发表演讲，极尽华丽辞藻，利用法律武器来攻击疫苗。以自由之名，芮·巴博萨认为，每个人皆有决定是否愿意被感染的权利。潮水般的掌声和欢呼声打断了他的每一句发言。

政客们反对疫苗，医生们也反对，记者们也反对：没有一家报纸不发表愤怒的社论和尖锐的讽刺画来抨击奥斯瓦尔多·克鲁斯。他走上街头也总是遭人辱骂，被人扔石子。

全国上下齐心协力反对疫苗。四面八方都可听到打倒疫苗的声音。那些几乎推倒总统的军校学员也举兵反对疫苗。

（158，272，378，425）

---

[1]　Oswaldo Cruz（1872-1917），巴西细菌学家，是巴西热带病研究的先驱。

[2]　Rui Barbosa（1889-1923），巴西著名法学家和政治家，自由派议员，积极倡导取消奴隶制，穷其一生捍卫公民自由的权利。

1905 年：蒙得维的亚

汽　车

汽车——咆哮的野兽发起了它在蒙得维的亚的第一次死亡攻击。一位手无寸铁的行人在通过市中心的街角时被碾轧身亡。

这些街道上很少有汽车经过，但当它们经过时，老妇人们手画十字，人们四散而逃，逃向门厅去寻求庇护。

直到不久前，在这座没有机车的城市里，有一个自以为是电车的人四处跑动。在上坡陡路上，他抽打着看不见的鞭子；下坡时，他拽紧别人看不见的缰绳。经过街口时他发出汽笛声，就像马儿在空中嘶鸣。每到一个车站，乘客上车，他售票收钱。当这个"电车"人不再跑，已经永远不再跑时，蒙得维的亚城发现它需要那个疯子。

(413)

1905 年：蒙得维的亚

颓废的诗人们

罗伯托·德拉斯·卡雷拉斯[1]爬上阳台。他在胸前紧紧攥着一束玫瑰和一首炽热的十四行诗。但是等待他的不是一位性感美人，而是一位脾气很差的先生，并朝他开了五枪。两枪正中靶心。罗伯托闭上眼睛，低吟：

——"今夜我将与诸神共进晚餐。"

他没有和诸神共进晚餐，而是跟护士们一起，在医院里。几天以后，这位曾发誓要引诱蒙得维的亚城里所有已婚妇女和订婚少女的美丽撒旦重新在萨朗迪大街上不修边幅地闲逛。他那件红色马甲上的两个窟窿格外显眼。在他的新书《送葬王权》的扉页上，印着一块

---

[1] Roberto de las Carreras（1873-1963），乌拉圭现代主义诗人。

血迹。

拜伦和阿芙洛狄忒的另一个孩子是胡里奥·埃雷拉·伊雷西赫[1]，他把他写作和吟诗的肮脏小阁楼称为全景塔楼。胡里奥和罗伯特因为抄袭一个隐喻的缘故而疏远，但是他们两人仍然参与了反对虚伪、愚昧的蒙得维的亚[2]的同一场战斗：就催情方面，这个地方尚未达到使用加尔纳恰红葡萄酒调制蛋黄液[3]的程度，而在优美文字方面，就更不用提了。

1905 年：伊洛潘戈[4]

一周大的米格尔

不洁怀孕的桑托斯·马莫尔小姐拒绝说出她这一道德败坏事件的肇事者。她的母亲托马萨女士把她棒打出家门。托马萨女士贫穷，但她是白种人的遗孀，她怀疑事情会更糟糕。

婴儿出生后，被抛弃的桑托斯小姐抱着孩子来了：

——"妈妈，这是你的孙子。"

托马萨女士看了一眼初生婴儿就吓得尖叫起来。婴儿像一只蓝色蜘蛛，有着印第安人的厚嘴唇，丑陋无比，不会让人心生怜爱，而是令人更加愤怒，托马萨"砰"的一声关上了门。

吃了闭门羹的桑托斯小姐突然跌倒在地。在这位昏厥的母亲身下，新生婴儿似乎已无生命。但当邻居们扶起他身上的妈妈时，这个被压在身下的孩子发出一声可怕的尖叫。

---

[1] Julio Herrera y Reissig（1875-1910），乌拉圭诗人和剧作家，乌拉圭现代先锋派文学的代表人物。

[2] 两位诗人在分析了其他国家的首都与现代主义的关联之后，认为乌拉圭首都蒙得维的亚的人们穿着落伍，思想落后，生活平庸，于是称呼该城为"tolderá de Tontovideo"，意为"愚昧的土著人聚集地"。

[3] 以前普遍认为，用蛋黄液调制而成的鸡尾酒有催情作用。

[4] Ilopango，萨尔瓦多中西部地区的一个城镇，隶属圣萨尔瓦多省管辖。

这就是米格尔·马莫尔[1]的第二次降生，几乎就在他的生命之初。

（126）

1906 年：巴黎

桑托斯·杜蒙特

在创造气囊飞艇五年后，巴西人桑托斯·杜蒙特发明了飞机。

这五年里，桑托斯·杜蒙特一直关在飞机棚里，安装、卸载用铁和竹子做成的大虫子，一刻不停，开足马力，搭了又拆，拆了又搭：晚上睡觉时，它们还长着海鸥的翅膀和鱼鳍，天亮时，就变成了蜻蜓或野鸭子。桑托斯·杜蒙特想乘坐着这些虫子离开大地，却被大地挽留住：坠落地面爆炸，发生火灾、失事和海难，但他固执地活了下来。如此这般他奋斗又奋斗，终于把其中的一个大虫子变成了飞机或者说是在高空中遨游的魔毯。

所有人都想认识这位实现伟大创举的英雄、空中之王、风之主宰——它长一点五米，声音不大，比苍蝇还轻。

（144，424）

1907 年：大萨瓜

林 飞 龙

在这个炎热上午的第一阵酷热中，小男孩醒来，看着周围。世界是倒着的，在旋转；在这个令人眩晕的世界里，一只绝望的蝙蝠正在追逐自己的影子而不停地转着圈飞。那个黑色的影子从墙上逃走了，蝙蝠想要去抓住它，可只能不停地用翅膀抽打自己。

---

[1] Miguel Mármol（1905-1993），萨尔瓦多伟大的革命者，为实现萨尔瓦多的民主而奋斗。

小男孩猛地起床，用双手遮住头，冷不防地撞到一面巨大的镜子。在镜子里，他没有看见任何人抑或他看到了其他人。转过身时，他看见敞开的衣柜里挂着他的中国父亲和黑人姥爷的衣服。

那个上午的某个地方，一张白纸在等待他。但是这个古巴小男孩，这个叫维弗雷德·林[1]的惊恐万分的孩子还不能够画出那个疯狂地绕着幻觉世界旋转而迷失的黑影，因为他还没有发现他那种令人炫目的驱除恐惧的方法。

(319)

1907 年：伊基克

多国旗帜

智利北部砂石嶙峋的沙漠里，多国旗帜行进在硝石工人游行队伍的前面。成千上万的罢工工人们以及成千上万的妇女和儿童朝伊基克港口行进，他们唱着歌、高呼口号。

当工人们占领伊基克时，内政部长下令杀死他们。工人们持续进行集会，他们决定静立忍耐，决不扔一个石子。

罢工的首领何塞·布里格斯是一个美国人的儿子，但是他拒绝向美国领事馆申请保护。

秘鲁领事馆试图带走秘鲁工人，但是秘鲁工人们不放弃他们的智利同胞。玻利维亚领事馆想救援玻利维亚的工人，玻利维亚的工人们说：

——"我们与智利人同生共死。"

罗伯托·席尔瓦·雷纳德将军的机关枪和步枪对手无寸铁的罢工工人们连续扫射，尸横遍野。

---

[1] Wifredo Lam（1902-1982），中文名是林飞龙，他是古巴超现实主义画家，其父亲是移民古巴的华人林颜，母亲具有西班牙人、印第安人和非洲人血统。他曾在西班牙和法国游学，结识毕加索和安德烈·布勒东，受到超现实主义和立体派的影响。

拉斐尔·索托马约尔部长给这场杀戮冠以"圣事"之名，因为遵循的是重要的原则："捍卫财产、公共秩序和生命安全。"

（64，326）

1907 年：巴塔利亚河

尼姆恩达胡

科特·温克尔[1]本不是印第安人；但是他变成了印第安人，抑或他发现他是印第安人。经年前，他从德国来到巴西，在巴西，在巴西的内陆深处他认识了他的亲人。自那时起，他陪着瓜拉尼印第安人一起穿越雨林去寻找天堂。他与他们一起分享食物，共同享受分享食物的快乐。

高奏赞歌。黑夜已深，举行神圣的仪式。印第安人正在给科特·温克尔的下嘴唇打唇洞，他将变成尼姆恩达胡，或者是"自建成家的人"。

（316，374，411）

1908 年：亚松森

巴 雷 特

或许几个世纪前或几千年前——谁知道是什么时候呢，他曾住在巴拉圭，但后来忘记了。真实情况是四年前，当拉斐尔·巴雷特[2]纯属偶然或好奇登陆这个国家时，他感到他到了一个等待他良久

---

[1]　Curt Unkel（1883-1945），生于德国，1922 年加入巴西国籍，正式改名为科特·尼姆恩达胡。尼姆恩达胡是瓜拉尼语，意为 "the one who made himself a home"。他是人种学家和人类学家，致力于研究瓜拉尼人的宗教信仰、宇宙观和生活习惯。

[2]　Rafael Barrett（1876-1910），作家，无政府主义者。他生于西班牙，死于法国，但由于他大部分文学创作在巴拉圭完成，因此被认为是 20 世纪巴拉圭的重要作家。

的地方，因为这片荒芜之地正是他在人世的立足之地。

自那时起，他爬上街角的墙垛向人们做鼓动演说，在报纸和宣传册上他发表愤怒激昂的检举和披露文章。巴雷特浸入这片现实，与它一起胡言乱语，在它里面燃烧。

政府驱赶他。他因为被定性为"外国煽动者"而被放逐，刺刀把这个无政府主义的年轻人推出边境线。

这个比巴拉圭人更像巴拉圭人的人，这片土地上最像野草的人，这个口若悬河的人，他出生在西班牙坎塔布里亚的托雷拉维加，母亲是西班牙人，父亲是英国人，在法国接受的教育。

（37）

1908 年：上巴拉那

马黛茶园

巴雷特犯下的最严重的罪行之一，不可原谅的触犯禁忌的罪行就是他检举马黛茶种植园里存在奴隶制。

四十年前旨在消灭巴拉圭的战争结束后，战胜国以文明和自由为名，对幸存者和幸存者的子女们进行合法的奴役。自那时起，阿根廷和巴西的大庄园主们就像对待牛一样清点巴拉圭的短工。

（37）

1908 年：圣安德列斯·德索塔文托[1]

政府决定印第安人不存在

省长米格尔·马里诺·托拉尔沃将军应在哥伦比亚沿海进行开

---

[1] San Andrés de Sotavento，哥伦比亚西北部科尔多瓦省的一个市镇，位于加勒比沿海地带。

采的石油公司的要求，颁发了证书。以文书和公证人做证，省长证明"印第安人不存在"。三年前，波哥大国会已经通过的第 1905/55 号法律规定，在圣安德列斯·德索塔文托和其他意外冒出石油的印第安人的社区里，印第安人不存在。现在省长只不过是批准该法律。即使印第安人存在，那他们也是非法的。因此他们已被送往坟墓或被流放。

（160）

1908 年：圣安德列斯·德索塔文托
人命和庄园之主的特写

米格尔·马里诺·托拉尔沃将军，印第安人和妇女的践踏者，土地的贪婪吞噬者，他骑在马背上统治哥伦比亚沿海的这些村镇。他用鞭柄打脸、敲门、指示方向。谁看到他都亲吻他的手。他穿着无可挑剔的白色礼服，骑在马上四处巡视，总有一个随从骑着驴跟随他。随从带着白兰地、热水、剃须包和将军用来记录他宠幸过的姑娘的名册。

他的财产跟随他的步伐而逐渐扩张。起初他只有一个动物农场，现在有六个。他是进步党派人士，但从不遗忘传统，他用铁丝网圈定土地的界限，用手杻来限制人的界限。

（160）

1908 年：瓜那佩
另一位人命和庄园之主的特写

他下令：

——"你们告诉他让他在马背上带着他的裹尸布。"

他对没有履行义务的奴隶处以五颗子弹，如果奴隶延误缴纳强制的一法内加[1]的玉米，或者在该交出一个女儿或一片土地时兜圈子找麻烦的话。

——"慢慢来。"他下令，"只能最后一颗子弹是致命的。"

其至是他自己的家人也不能在德奥格拉西亚斯·伊特利亚哥——委内瑞拉瓜那佩山谷的发号施令之人——的盛怒之下幸免于难。一天夜晚，他的一位亲戚骑上他最好的马，去舞会上炫耀；第二天早上，堂德奥格拉西亚斯下令把他脸朝下捆在四根木棍上，用木薯刨丝刀去摩擦他的双脚和臀部，这样根除了他骑着别人的马去跳舞和炫耀的欲望。

最终，当几名被他惩罚的短工误杀他后，他的家人为他做了整整九晚的九日斋，而与此同时，瓜那佩的居民举行了九晚不间断的舞会狂欢。人们不知疲倦地庆祝，没有一个音乐人因为如此连续的演奏而收取分文。

（410）

1908 年：尤卡坦的梅里达
幕布开启及后续

火车已经走远，墨西哥的总统已经离开。波菲里奥·迪亚斯前来视察尤卡坦的剑麻种植园，心满意足而归。

——"美丽壮观，"他一边与主教以及拥有几百万公顷土地和几百万印第安人的庄园主们一起共进晚餐，一边说，"这里是一片喜气洋洋的气氛。"这些庄园为万国收割机公司生产廉价纤维。

火车机车的烟雾已消散在空气中。于是，那些描画着漂亮窗户的纸板房子被手推倒了；花环和彩旗变成了垃圾，被打扫的垃圾，被焚烧的垃圾，一阵大风猛地吹倒了立在路上的鲜花拱环。短暂的访问甫

---

[1] 法内加是西班牙的传统容量单位，1 法内加合 55.5 升。

一结束，梅里达的商人们就恢复了缝纫机生产，重又摆上美国家具，穿上了访问期间奴隶们展示的新衣服。

奴隶是玛雅印第安人，是那些前不久还自由地生活在会说话的小十字架的王国里的玛雅人，还有一些是北部平原地区的雅基族印第安人，是以每个人头四百比索买来的。他们拥挤在石头堡垒里睡觉，在浸湿的皮鞭的鞭策下劳作。如果有人不合群，就把他掩埋至耳根，然后放马过去。

(40, 44, 245, 451)

1908 年：华雷斯城

通 缉

两年前，应波菲里奥·迪亚斯请求，美国丛林战特种兵越过墨西哥边境线，镇压索诺拉地区铜矿工人们的罢工。之后，韦拉克鲁斯纺织作坊里的罢工以关押和枪毙告终。今年，在科阿韦拉、奇瓦瓦和尤卡坦地区都爆发了罢工。

罢工破坏了秩序，是犯罪行为。谁罢工谁就犯罪了。弗洛雷斯·马贡三兄弟[1]是工人阶级的煽动者，是极度危险的犯罪分子。他们的画像被张贴在华雷斯城火车站以及边境线两边所有车站的墙壁上。弗隆侦探公司悬赏四万美金收买他们每个兄弟的头。

弗洛雷斯·马贡三兄弟几年来一直嘲讽长期霸权的波菲里奥·迪亚斯。在他们的报纸和宣传册上，他们教导人民不要继续尊敬他。一旦失去了对他的尊重，人民就开始不再恐惧。

(40, 44, 245)

---

[1] 马贡三兄弟分别为赫苏斯（1871-1930）、里卡多（1874-1922）和恩里克（1877-1954），他们创办多份报纸，参与政治活动，批判和反对波菲里奥·迪亚斯的独裁统治，被认为是墨西哥大革命的先驱。

1908 年：加拉加斯

卡斯特罗

他竖着食指打招呼，因为没有人值得他竖起其他四个手指。西普里亚诺·卡斯特罗[1]统治委内瑞拉，他戴着挂穗的帽子充作王冠。尖厉的小号声、雷动般的掌声和人们鞠躬时后背发出的窸窣声都通告他的到来。他身后跟着一队充当勇士的人和宫廷小丑们。跟玻利瓦尔一样，卡斯特罗个矮、胆大、爱跳舞、好女色，当他永远地躺下时，他化装成玻利瓦尔的样子；但是玻利瓦尔打了几场败仗，而卡斯特罗是常胜将军，从未失败。

他的地牢里人满为患。他不相信任何人，除了胡安·维森特·戈麦斯[2]，这是他战争和政府里的左膀右臂，而胡安称他为现代史上第一伟人。卡斯特罗更不相信本地的医生，因为他们用秃鹫炖汤治疗麻风和疯癫，于是他决定把他的小病小患交给德国的高级博学的医生医治。

在拉瓜伊拉港口，他登船前往欧洲。当他的舰队尚未远离码头时，戈麦斯就窃取了他的政权。

(193，344)

1908 年：加拉加斯

木偶娃娃们

每一个委内瑞拉的男性都是接触过他的女人心中的西普里亚

---

[1] Cipriano Castro（1858-1924），委内瑞拉政治家，1899-1908 年他担任委内瑞拉总统，1908 年他赴德国治病，副总统胡安·维森特·戈麦斯趁机发动政变废黜了卡斯特罗。

[2] Juan Vicente Gómez（1857-1935），委内瑞拉的独裁者，1908-1913 年、1922-1929 年和1931-1935 年三度担任委内瑞拉总统。他消除了地方考迪罗的军队势力，招募外国资本投资石油开采，发展石油工业，在 1930 年偿还所有外债，促进了委内瑞拉的现代化建设。但他统治残暴、大肆敛财、任人唯亲、排除异己。

诺·卡斯特罗。

未婚少女应该伺候父亲、兄弟姐妹，也将伺候丈夫，没有得到允许不能做也不能说任何事情。如果她有钱或出身良好，会去做七点钟的弥撒，然后一整天给黑人奴仆——厨娘们、侍女们、奶妈们、保姆们和洗衣妇们——发号施令，做针线缝纫度日。有时候她会接待女友来访，甚至大胆地推荐某一本轻浮的小说，并小声说：

——"你要知道我哭成什么样子……"

一个星期两次，在下午时分，她会花几个小时听她未婚夫说话，不看着他，也不允许他靠近，两个人坐在沙发上，在姨妈的严密监视下。每天晚上临睡前，她会诵读玫瑰经的圣母玛利亚，在皎洁的月光下，她往皮肤上涂抹雨水浸泡的茉莉花瓣花露。

如果未婚夫抛弃了她，她很快就变成姨妈，因此就被惩罚给圣徒、死人和新生儿穿衣服，监视订婚情侣，照顾病人，做教理问答。而在夜深人静时，她孤独地躺在床上，注视着轻蔑地弃她而去的那个人的肖像，独自叹息。

(117)

1909 年：巴黎

民族软弱理论

玻利维亚人阿尔西德斯·阿格达斯[1]是由西蒙·帕蒂尼奥[2]资助奖学金在巴黎学习的学生，他出版了一本新书，题为《病态的民族》。

---

[1] Alcides Arguedas（1879–1946），玻利维亚作家、历史学家和政治家，他关注民族身份和印第安人的问题，用绝望和悲观的笔调描述玻利维亚的社会冲突与矛盾、印第安人的生活状况，试图寻找解决之道。他的分析和思想对玻利维亚 20 世纪上半叶的社会产生了很大影响。《青铜的种族》是他的代表作品。他在 1909 年出版的杂文《病态的民族》中表露了对印第安种族的绝望悲观情绪，从而引起一片争议。

[2] Simón Patiño（1860–1947），玻利维亚的锡矿巨头，靠开采锡矿起家，后积极在国外进行投资，是玻利维亚第一位进行跨国投资的商人。

锡矿大王给他提供吃穿，为的是阿格达斯说出：玻利维亚的人民不是短暂抱恙，而是得了无可救药的顽疾。

不久之前，另一位玻利维亚思想家加夫列尔·雷内·莫雷诺[1]发现印第安人和梅斯蒂索人的大脑容量"从*细胞上看不足*"，比白种人的大脑容量要轻五或七盎司，甚至十盎司。现在阿格达斯宣布梅斯蒂索人继承了他们先辈的最坏的缺点，因此，玻利维亚人不愿意洗刷自己也不愿意接受教育，不知道读书而只知道灌醉自己，有两副面孔，自私、懒惰，可悲可叹。于是，玻利维亚人民的一千零一种苦难来自于他们自身的天性，与他们主人的贪婪毫无关系。这里的民族被生物学惩罚，而沦为动物园。这是牛的牲畜厄运：没有能力创造他的历史，只能顺从他的天命。而那种天命，那种无可挽救的失败不是写在星辰上，而是融在血液里。

(29，473)

1909 年：纽约

夏 洛 特

假如一个女人早上醒来变成了一个男的将会发生什么？假如家庭不是让男孩学会发号施令、女孩学会唯命是从的训练场，将会发生什么？假如有幼儿园呢？假如丈夫分担清洁和厨房的工作呢？假如单纯变成了尊严呢？假如理智与情感手牵手同行？假如布道者和报纸说实话？假如没有人是任何人的财产？

夏洛特·吉尔曼[2]胡思乱想。美国的报纸攻击她，批评她是"*违背人性的母亲*"；而住在她内心深处的幽灵更加猛烈地攻击她，从深

---

[1] Gabriel René Moreno（1836-1908），玻利维亚的历史学家、文献学家和教育家。他认为印第安人和梅斯蒂索混血人对现代社会进步毫无作用，终将消失。

[2] Charlotte Perkins Gilman（1860-1935），又译作夏绿蒂，美国作家、社会活动家，女权主义先锋，代表作是短篇小说集《黄色壁纸》。

处噬咬她。是他们，是夏洛特内心深处的可怕敌人，他们有时候能够打败她。但是她倒下，站起来，再倒下，重新站起来，继续踏上战斗的旅程。这位不屈不挠的行者不知疲倦地走遍美国，写文章、发表演说，四处宣传一个颠倒的世界。

（195，196）

1909 年：马那瓜

美洲内部关系及其最常用方法

菲兰德·诺克斯[1]是律师，罗莎里奥 & 光矿山公司的股东，此外，他还是美国政府的国务卿。尼加拉瓜总统何塞·桑托斯·塞拉亚[2]没有给予罗莎里奥 & 光矿山公司应有的尊重。塞拉亚要求公司偿付它从未缴纳过的税务。总统也没有给予教会应有的尊重。自从塞拉亚征用了教会的土地，取缔了什一税和实物税，用一部离婚法亵渎了婚姻的神圣之后，圣母就把他定为有罪之人。因此，当美国断绝与尼加拉瓜的关系，国务卿菲兰德·诺克斯派遣一些海军陆战队士兵推翻了塞拉亚总统，并让罗莎里奥 & 光矿山公司的会计取代他时，教会拍手称快。

（10，56）

---

[1] Philander Knox（1853-1921），美国律师、政治家和外交家。1909-1913 年担任塔夫脱总统时期的国务卿。

[2] José Santos Zelaya（1853-1919），1893-1909 年担任尼加拉瓜总统，属于自由党派，实施激进的改革措施，他一直致力于修建跨洋运河。自从美国转而开挖巴拿马运河之后，塞拉亚与美国分道扬镳，从而美国扶植尼加拉瓜反对派保守党，导致尼加拉瓜内部局势紧张。1909 年，美国几名商人被塞拉亚政府逮捕并处死，美国借机发动战争。面对内忧外患，塞拉亚不得不流亡国外。

1910 年：亚马孙雨林

食 人 兽

一瞬间，橡胶的价格一落千丈，滑落至原来的三分之一，亚马孙地区城市的繁华梦不善而终。世界市场用一记猝不及防的耳光打醒了这些躺在橡胶树阴凉之下的雨林睡美人：贝伦杜帕拉、玛瑙斯、伊基托斯……一日之间，所谓的明日之地变成了末路之地，或者至多是昨日之地，被那些曾经榨干它们汁水的商人们抛弃。橡胶的大钱从亚马孙雨林逃到亚洲的新兴种植园里，那里生产的橡胶更好更便宜。

这是一项吃人的交易。以前，印第安人称呼那些穿越河道四处寻找劳动力的捕奴者为"食人兽"。人口稠密的村落里，只留下老弱幼小。食人兽把印第安人捆绑住，送到橡胶公司。他们被装在船上的酒窖里，与其他货物以及相应的手续费和货物运输费的发票一起送往目的地。

（92，119，462）

1910 年：里约热内卢

黑人舰队司令

船上，发出肃静的警告。一位长官宣读惩罚决定。鼓声齐鸣，响声震天，同时他们正在鞭打一名犯下某种违纪行为的海员。在全体船员的众目睽睽之下，被惩罚者被绑在甲板的栏杆上，双膝跪地，接受处罚。最后几鞭，248，249，250，他们把他打得皮开肉绽，鲜血淋淋，昏死过去或已然死去。

于是叛乱爆发了。在瓜纳巴拉湾水域，海员们起义了。三名军官被刺杀倒地。战舰上挂起红旗。一位普通海员成为舰队的新司令。若昂·坎迪多——黑人舰队司令，他迎风站在指挥舰的指挥塔上，起义的低等海员们向他呈上武器。

天亮时分，两声炮击轰醒了里约热内卢城。黑人舰队司令发出警告：他已掌控该城，如果不禁止巴西海军鞭笞的传统，他将炮轰里约热内卢，片石不留。同时他还要求特赦。装甲舰的大炮炮口对准城里最重要的大楼：

——"我们现在就要答复，现在。"

整个城市惊恐万分，听从要求。政府宣布取消海军里的体罚措施，颁布对起义士兵的特赦令。若昂·坎迪多摘下围在脖子上的红巾，呈交了佩剑。海军司令重又做回海员。

（303）

1910年：里约热内卢

巴西最昂贵律师特写

六年前，他以自由之名反对接种抗天花的疫苗。芮·巴博萨说：每个个体的外表与良知一样不可侵犯，国家没有权利侵犯思想和身体，哪怕是以公共卫生为名。现在，他"严正"谴责海员叛乱的"暴力和野蛮"。这位光芒万丈的法学家、杰出的立法者反对鞭刑，但他指控被鞭刑者们的方法。他说，海员们没有以文明的方式提出他们正义的诉求，而应该在"现行的法律框架下，通过法定的渠道，利用宪法手段"来进行。

芮·巴博萨相信法律，对罗马帝国和英国自由派的法律博闻强识，以此为他的信仰根基。然而对于现实，他不相信。只有在每月底收到外国的光电公司支付的律师费时，这位博学之士才显露些许现实主义之气。在巴西，这家公司比上帝更有掌控力。

（272，303）

1910 年：里约热内卢

现实与法律鲜有相遇

在这个法律规定奴隶是自由人的国家里，现实与法律鲜有相遇，即使相遇，也互不理睬。当长官们背信弃义地恢复鞭刑，枪毙刚刚被特赦的叛变者时，平息海员起义的法律文件仍然墨迹未干。许多海员在茫茫大海上被枪毙。更多的人被活埋在科布拉斯岛[1]的地下墓穴里，该岛被称为绝望之岛，当海员们抱怨口渴时，他们扔过来石灰水。

黑人舰队司令最后将被关进一家疯人院。

（303）

1910 年：科洛尼亚－毛里西奥[2]

托尔斯泰

因为贫穷，因为是犹太人，艾萨克·齐默尔曼被流放，最后留在阿根廷。他第一次看见马黛茶壶时，以为是墨水瓶，而那根笔杆[3]烫了他的手。在这片潘帕斯草原，他搭起了自己的棚屋，离其他同样来自德涅斯特河河谷的流浪者们的棚屋不远。在这里，他生儿育女，耕种收获。

艾萨克和他的妻子几乎一无所有，但是即使少之又少，却不失优雅。几个蔬菜盒子充当桌子，但是桌布却总是浆洗过的，总是洁白如新，在桌布上，鲜花斗艳，苹果芬芳。

一天晚上，孩子们发现艾萨克坐在桌前，头埋在双手间，极度痛苦。烛火之下，他们发现他满脸泪痕。他跟他们讲述一切。他告诉他

---

[1] Ilha das Cobras，意为眼镜蛇岛。

[2] 原文为 Colonia Mauricio，是以外来移民为主的移民聚集地。

[3] 指喝马黛茶的吸管。

们纯属偶然，他刚刚得知在遥远的远方，在世界的另一端，列夫·托尔斯泰去世了。他向他们解释那位农民们的老朋友是谁，这个人知道如何壮观地描绘他的时代，并宣告另一个时代的来临。

（155）

1910 年：哈瓦那

电 影 院

掌灯人把小梯子扛在肩上往前走。他用长长的竿子点亮灯芯，让哈瓦那大街上的人们能无磕无绊地走路。

快递员骑着自行车前行。他胳膊下夹着电影胶片，从这家电影院送往另一家，让人们能够在另一个时空无磕无绊地走路，与坐在星辰之上的姑娘一起在高空遨游。

这座城市拥有两家大厅，献给现代生活最伟大的奇迹。两家都播放同样的电影。当快递员延迟送到胶片时，钢琴家为观众演奏华尔兹和丹松舞曲，抑或引座员朗诵《唐璜》里的精选片段。但是观众们咬着指甲，期待着黑暗中出现带着黑眼圈的不幸女人，或者是看到穿着锁子铠甲的骑士们纵马驰骋，朝着云笼雾罩间的城堡疯癫地飞奔而去。

电影院抢走了马戏团的观众。人们不再排着长队去观看留着浓密胡髭的驯狮员，也不去看站在有着硕大屁股的佩尔切隆马身上、浑身裹着闪亮光片而熠熠生辉的吉拉尔丁美人。杂耍艺人们也离开哈瓦那，游走在海滩和乡村，占卜命运的吉卜赛人走了，踩着铃鼓的节奏而舞动的忧伤熊走了，在凳子上转圈的小山羊走了，穿着黑白方格衣服的瘦弱的杂技艺人们走了。他们所有人都离开哈瓦那，因为人们给他们赏钱不再是出于欣赏，而是出于同情。

没有人能对抗电影。电影比卢尔德水 [1] 更神奇。锡兰肉桂能驱风

---

[1] 指的是法国南部卢尔德的泉水，传说圣母玛利亚多次显圣，从而那里的天然泉水能够治愈疑难杂症。

散寒，欧芹可缓解风湿，而电影能治愈其他一切。

（292）

1910 年：墨西哥城

百年纪念与情爱

为纪念墨西哥独立一百周年，首都所有的妓院都挂上了波菲里奥·迪亚斯总统的画像。

在墨西哥城，每十个年轻女人中就有两个从事娼妓行业。和平与秩序，秩序与进步：法律对这一从业人员众多的行业做出规范。堂波菲里奥颁布的妓院法禁止在没有做必须的掩饰之下或在学校和教堂附近从事肉体交易。该法还禁止阶级混杂——"妓院只能雇用与其客人同属一个等级的妓女"，同时，实施卫生监控，征收赋税，强令老鸨们"禁止妓女成群结队地上街，以免引人关注"。如果不成群结队，她们可以出街：在床、医院和监狱之间勉强度日的妓女们至少拥有在城里偶尔散步的权利。就这一点上，她们比印第安人更幸运。根据几乎纯种的米斯泰克印第安人总统[1]的命令，印第安人不能在主要街道上行走，也不能在公共广场上停坐。

（300）

1910 年：墨西哥城

百年纪念与食物

在国家宫的大厅里，一场高级别的法式宴会拉开了百年庆典的序幕。三百五十位侍者端上由四十名大厨、六十名助理厨师根据杰出的

---

[1]　时任墨西哥总统波菲里奥·迪亚斯（1830-1915）是西班牙人与印第安人结合的后裔，他的母亲具有一半的米斯泰克印第安人血统。

西尔万·杜蒙特的要求而准备的美食。

　　穿着华丽的墨西哥人说着法语就餐。他们偏爱可丽饼，而非本土制作的穷亲戚——玉米饼；他们更爱法式小盅蛋，而非煎蛋。他们觉得奶油汁远比鳄梨酱尊贵，因为鳄梨酱虽然美味，但它是由鳄梨与西红柿和辣椒混合而成，太过土著风味。在国外的青椒和墨西哥的辣椒或尖椒之间选择，贵族公子们拒绝辣椒，尽管之后他们悄悄溜进家里厨房去偷吃，不管是辣椒粉抑或整个辣椒，不管作为配菜还是主菜，不管是填馅儿还是单独吃，不管是去皮还是不去皮，都行。

（318）

1910 年：墨西哥城
百年纪念与艺术

　　墨西哥并没有用本国的雕塑艺术展，而是从马德里请来西班牙艺术大展来庆祝国家的纪念日。为了让西班牙艺术家能够享受当之无愧的待遇，堂波菲里奥在市中心专门修建了一座特别展馆。

　　在墨西哥，甚至是邮局大楼的石头都来自欧洲，就像这里所有被认为值得一看的事物一样。从意大利、法国、西班牙或英国运来建筑材料，还请来建筑师，当钱不够请外国建筑师时，当地的建筑师负责修建与罗马、巴黎、马德里或伦敦一模一样的房子。与此同时，墨西哥画家们描画出神的圣母、矮胖的丘比特以及半个世纪前欧洲流行的社会上层妇女，雕塑家们用法语为他们的大理石和青铜作品命名：Malgré Tout，Désespoir，Après l'Orgie。

　　刻版画家何塞·瓜达卢佩·波萨达 [1] 不参与官方艺术，远离官方艺术的大人物，是一个揭露他的国家和他的时代的天才。没有任何评论家严肃看待他。他也没有任何学生，尽管有两个年轻的墨西哥艺术

---

[1]　José Guadalupe Posada（1852—1913），墨西哥刻版画画家和漫画家，擅长风俗主义的、批判社会政治的题材，最著名的版画作品是"骷髅"系列。

家从小就追随他。何塞·克莱门特·奥罗斯科和迭戈·里维拉经常去波萨达狭小的工作室，虔诚地看着他工作，就像看弥撒一样，随着雕刻刀划过金属板，金属碎屑纷纷落下。

（44，47）

1910 年：墨西哥城

百年纪念与独裁者

在百年纪念庆典的高潮期，堂波菲里奥主持了一家疯人院的开业典礼。之后不久，他为一家新监狱安放下奠基石。

他胸前缀满勋章，直至腹部，插着翎羽的头凌驾在一群高顶大礼帽和帝国头盔之上。他的朝臣们是一群穿着绣花扣结大礼服、打着皮护腿的风湿病老人，踩着"我的不幸万岁"的节奏，跳着流行的华尔兹。在国家宫的宏伟大厅里，在灿若星辰的三万盏电灯下，一百五十名音乐人组成的乐队齐声演奏。

庆祝活动持续了整整一个月。堂波菲里奥，八次被他自己选中，利用众多具有历史意义的舞会中的这一次宣告他的第九任总统任期已经到来。与此同时，他证实将把铜矿和石油的开采权、土地的使用权出让给摩根、古根汉姆、洛克菲勒和赫斯特长达九十九年。这位独裁者在三十多年的时间里一直坚定不移地、默不作声地管理着美国最广袤的热带区域。

这些夜晚中的一天，人们正在热情高涨地进行爱国狂欢时，哈雷彗星划过夜空。恐惧情绪四散蔓延。报纸上说，彗星的尾巴将扫过墨西哥，由此将会有一场大火灾。

（40，44，391）

1911 年：阿内内奎尔科

萨 帕 塔

他生来就是骑手、赶马人和驯马师。他信马由缰游走在草原上，小心翼翼地不打扰大地沉沉的睡梦。埃米利亚诺·萨帕塔[1]是沉默不语的人。他在缄默中说话。

在他的家乡阿内内奎尔科，泥砖和棕榈叶搭建的小房子星星点点地散落在山丘上，农民们选萨帕塔为村长，并把副王总督时期的文件档案交给他，让他保管并守卫着它。这一叠文件证明这个村落自很久以来一直扎根于此，并不是这片土地上的外来入侵者。

阿内内奎尔科村正在被扼杀，就像墨西哥的莫雷洛斯地区的其他村落一样。在蔗糖的大洋里，玉米孤岛越来越少。特克斯基滕戈村被判处死刑，因为那里的自由印第安人拒绝变成短工队，别无他法，只能以教堂塔楼的十字架相待。无边的种植园席卷而来，吞噬土地、河流和森林。甚至都没有留下墓葬的地方：

——"如果想播种，那就种在花盆里。"

打手和讼棍负责去强占村庄，而吞噬者们在他们的花园里欣赏音乐会，侍弄着打马球用的马儿和纯种狗。

萨帕塔作为被奴役村民们的首领，他把副王总督时期的证明文件埋在阿内内奎尔科教堂的地下，然后投入战斗。他的印第安人军队，着装良好，擅长骑马，但没有良好的武器装备，所到之处队伍不断壮大。

(468)

---

[1] Emiliano Zapata（1879-1919），墨西哥大革命中著名的农民革命领袖，他领导的南方农民武装是革命中的重要力量，以"自由与土地"为革命目标，主张实行土地改革。

1911 年：墨西哥城
马 德 罗

当萨帕塔在南部举义造反时，墨西哥整个北方都追随弗朗西斯科·马德罗 [1] 起义。连续在位三十多年以后，波菲里奥·迪亚斯在两个月里倒台。

新总统马德罗是自由宪法的正直之子。他想通过司法改革的渠道拯救墨西哥。萨帕塔要求农业改革。面对农民们的呼声，新选的代表们承诺将研究他们的贫困问题。

（44，194）

1911 年：奇瓦瓦军营
潘乔·比利亚

在把马德罗送上墨西哥总统宝座的所有北部地区的首领中，潘乔·比利亚 [2] 是最受人喜爱也最多情的。

他很喜欢结婚，每时每刻都在结婚。用枪顶着脖颈，没有一位神父能拒绝，也没有一个姑娘能抗拒。他也喜欢伴着马林巴的演奏跳起帽子舞 [3]，然后投入战斗。子弹像雨点一般打在他的帽子上。

他很早就进入沙漠地带：

——"对于我来说，当我出生时战争就开始了。"

当他为他姐姐报仇时，他还不过是个小孩。在他欠下的许多条命中，第一条就是他的东家的，之后他不得不变成了马贼。

---

[1] Francisco Madero（1873-1913），墨西哥工商业主和政客，因反对波菲里奥·迪亚斯连任，而在 1910 年发动了墨西哥革命，被选为墨西哥总统，但很快遭遇迪亚斯派的反击而被杀。

[2] Pancho Villa（1878-1923），原名是 Doroteo Arango，墨西哥大革命中北部地区的军事领袖。

[3] Jarabe tapatío，墨西哥民间舞蹈，又叫墨西哥草帽舞。

他出生时叫多洛特奥·阿朗戈。潘乔·比利亚是另一个人，是他的一个同伙、朋友，他最好的朋友：当农村警察杀死潘乔·比利亚时，多洛特奥·阿朗戈就把这个名字占为己有。从此他叫潘乔·比利亚，对抗死亡、对抗遗忘，让他的朋友永存。

（206）

1911 年：马丘比丘

印加人的最后一座神庙

印加人的最后一座神庙没有死亡，但在沉睡。乌鲁班巴河奔腾咆哮、汹涌澎湃，几个世纪以来一直不停地拍打着这些神圣的岩石，雾气腾空，仍保留着梦幻的茂密雨林像一张绿毯盖住这些岩石。因此，秘鲁印加王的最后一座宫殿、印加人最后的堡垒一直都是一个秘密。

在地图上找不到的雪峰之间，一位美国考古学家海勒姆·宾厄姆[1]发现了马丘比丘城。一个当地的小男孩牵着他的手，走过悬崖峭壁，抵达被云雾和植被遮蔽的最高宝座。在那片翠绿之下，宾厄姆发现了仍然鲜活的白色石头，并把它们唤醒，公诸于世。

（53，453）

1912 年：基多

阿尔法罗

一位全身黑衣的高个女人一边诅咒着阿尔法罗总统，一边把匕首

---

[1] Hiram Bingham（1875-1956），美国探险家和政治人物，1911 年他在当地农民的帮助下，率领耶鲁考察队，重新发现印加文明的失落之城马丘比丘。他把考古挖掘的大批文物带回耶鲁大学，秘鲁政府几十年来不断抗议、追讨。2011 年耶鲁大学终于归还了第一批文物。

刺入他的身体。之后，她把他身上沾满鲜血、破成布条的衬衣挂在一根长竿上，布条迎风飘扬。

在黑衣妇女的身后，跟着一群圣母教堂的复仇者。他们用麻绳绑住浑身赤裸的死者的双脚，拖着他往前走。从窗户里洒下鲜花。道貌岸然、假正经、嚼舌根的老女人们高呼宗教万岁。石板路的街道上血迹斑斑，狗和雨水都将永远不能舔去或洗清这一切印记。在篝火中屠宰达到高潮。他们点燃了一个巨大的火堆，把老阿尔法罗的遗体扔进去。之后，领取了贵族赏钱的恶棍无赖们踩踏这些灰烬。

埃洛伊·阿尔法罗[1]曾胆敢征用教会的土地，而教会是大半个厄瓜多尔的主人；用征用所得他建立了学校和医院。他是上帝的朋友但不是教宗的朋友，他实行离婚法，释放了因债务而被关押的印第安囚犯。穿教士服的人从未如此痛恨一个人，而穿大礼服的人从未如此地害怕。

夜幕降临。基多城里弥散着人体烧焦的气味。大广场的露天音乐会上，军乐队奏响了华尔兹和帕西略乐曲，像每一个周日一样。

(12，24，265，332)

厄瓜多尔歌曲集中的悲伤民歌

谁也别靠近我
站在一边吧：
我有传染病，
不幸的人啊。

我一个人，孤单单地来到世上，
妈妈独自把我生下，

---

[1] Eloy Alfaro（1842-1912），1895-1901 年和 1906-1911 年期间两度担任厄瓜多尔总统。他是自由革命党的领袖，主张政教分离、公民权利、言论自由等自由派的思想。

我自己照顾自己
就像空中的羽毛。

色彩斑斓的房子
盲人要来有什么用?
面朝大街的阳台,
看不见要来有什么用?

(294)

1912 年:圣安娜镇

马纳比风俗记事

埃洛伊·阿尔法罗出生在厄瓜多尔马纳比省的沿海地区。在这个傲慢而暴力的乡镇,在这片炎热的土地上,没有人理会阿尔法罗顶风逆潮而颁布的离婚法:在这里变成鳏寡远比陷入复杂的手续更加容易。两人睡在一张床上,有时醒来的只有一个。马纳比人以脾气差、没钱、胆大而远近闻名。

马丁·贝拉是马纳比的一个另类。他的刀因为长期待在刀鞘里而生锈。当邻居家的猪闯入他家的地里吃木薯时,马丁就去告诉他们,跟罗萨多一家好好说,请他们把猪关好。第二次猪逃出来时,马丁则主动、免费地帮助他们修缮猪圈破烂的围墙。但是第三次偷吃,当猪在他家庄稼地里欢蹦乱跳时,马丁拿起猎枪朝猪开了一枪。圆滚滚的害人畜生倒在地上。罗萨多一家把猪拖回自家地上,进行猪的葬礼。

贝拉一家和罗萨多一家不再相互打招呼。几天以后,当杀猪倌抓着骡子鬃毛,正行走在埃尔卡尔沃峭壁上时,一颗子弹把他掀下来,挂在脚镫上。骡子拖着马丁·贝拉回到家,但是已经没有任何一个念诵祷文的妇人能够让他死得体面。

罗萨多一家逃走了。马丁的儿子们在科利马斯附近一家废弃的修道院里找到了他们，于是他们在修道院四周燃起大火。罗萨多一家一共三十口人，只能选择死亡。有些人被火烧成油渣，另一些人被子弹打成了筛子。

这是一年前的事情。现在，雨林已经吞噬了这两家的田地，沦为无人之地。

（226）

1912 年：帕热乌 – 达斯弗洛雷斯
家族战争

在巴西东北部的沙漠地带，发号施令的人继承土地和仇恨：悲伤的土地，干旱的土地；亲戚世世代代永记仇恨，复仇不断，永不停歇。在塞阿拉，库尼亚家族与帕塔卡家族的战争持续不断，蒙特斯家族与费托萨斯家族势不两立。在帕拉伊巴，丹塔斯与诺夫雷加斯两家互相残杀。在伯南布哥的帕热乌河镇，每一个刚刚出生的佩雷拉家族的孩子都会从亲戚和教父那里得到逮捕卡瓦略家族成员的命令；而每一个刚刚来到世上的卡瓦略家族的孩子也会接到命令，消灭遇到的每一个佩雷拉家的人。

在佩雷拉家族这边，被称为"油灯"的威尔古力努·达席尔瓦·费雷拉[1]打响了对抗卡瓦略家族的第一枪。当他还是小孩时，他就主动当了强盗[2]。在这些地方，命不值钱，没有医院，只有墓地。假如"油灯"是富人的儿子，他就不会听别人的命令去杀人，而是他下令杀人。

（343）

---

[1] "油灯"原文是 Lampião，他原名是 Virgulino Ferreira da Silva（1989-1938），巴西 20 世纪 20-30 年代最重要的强盗头子，他手下有一百多人。

[2] 此处强盗原文是 cangaceiro，指的是 19 世纪中叶到 20 世纪 30 年代活跃在巴西东北部地区的强盗们，大部分以抢劫大庄园为生。

1912 年：代基里

加勒比海的日常生活：一场入侵

布拉特修正案是康涅狄格州参议员布拉特的成果，这是美国随时用来打开古巴大门的一把钥匙。修正案是古巴宪法的一部分，保证美国可以入侵和驻留古巴，赋予美国决定谁更适合做古巴总统的权力。

适合古巴的总统马里奥·加西亚·梅诺卡尔[1]也主管古巴的美洲制糖公司，他实施布拉特修正案，召集美国海军陆战队来解决骚乱：有许多黑人起义，但没有一个人能对私人财产提出任何伟大的建议。因此两艘战舰赶来，海军陆战队在代基里海滩登陆，奔跑着去保护那些受到愤怒黑人威胁的西班牙美洲古巴铜矿公司的铁矿和铜矿，去保护关塔那摩和西部铁路沿线的榨糖厂。

（208，241）

1912 年：尼基诺奥莫

中美洲的日常生活：另一场入侵

尼加拉瓜赔偿美国一大笔"*精神损失*"费。那些损失是由倒台的总统塞拉亚造成的，当他试图征收赋税时，严重伤害了美国公司。

因为尼加拉瓜没有钱，美国银行家借钱给它来支付赔偿。除了缺钱，尼加拉瓜还缺信用，美国国务卿菲兰德·诺克斯重新派遣海军陆战队，控制海关、国家银行和铁路。

本哈明·塞莱东[2]领导进行抵抗。爱国主义者们的领袖是新面孔，目光凶恶。入侵者们不能通过贿赂打垮他，因为塞莱东朝钱吐口水，

---

[1] Mario García Menocal（1866-1941），1913-1917 年和 1917-1921 年期间两度担任古巴总统。他在任期间，大力发展制糖业，引进国外工业技术，修建基础设施。

[2] Benjamín Zeledón（1879-1912），尼加拉瓜政治人物，1912 年领导了反对美国入侵的革命，但失败，被追认为"尼加拉瓜的民族英雄"。

但是他们通过背叛打败了他。

奥古斯托·塞萨尔·桑地诺[1]是一个普通小镇上的一个普通短工，他看着塞莱东的手和脚被绑在一个烂醉的入侵者的坐骑上，尸身在地上拖着，尘土飞扬。

（10，56）

1912 年：墨西哥城
韦 尔 塔

韦尔塔有一张恶毒的死人脸。黑色的眼镜，闪闪发亮，是他脸上唯一有生气的地方。

波菲里奥·迪亚斯身边的老牌保镖维多里亚诺·韦尔塔在独裁政府倒台的同一天里，迅速变身为民主人士。现在他是马德罗总统的左膀右臂，致力于逮捕革命党。在北部他抓住了潘乔·比利亚，在南部他逮住了萨帕塔的代表希尔达多·马加尼亚[2]。当他下达枪决命令，行刑队已经在准备扣动扳机时，总统的赦令中断了仪式：

——"死神来找过我，"比利亚舒了口气，"但他搞错时间了。"

两个死而复活的人被关在特拉特洛尔科监狱的同一间牢房里。他们聊天，度过日日月月。马加尼亚谈到萨帕塔和他的农业改革计划，说马德罗总统装聋作哑，因为他想同时讨好农民和地主，想"脚踏两只船"。

---

[1] Augusto César Sandino（1895-1934），尼加拉瓜的革命领袖，率领人民起义反对美国入侵。1912 年，17 岁的他曾目睹塞莱东将军的遗体被美国海军陆战队的士兵拖在地上拉去下葬。20 世纪 60 年代，为反对当时的独裁统治者索摩查家族，起义者们以他的名字成立了桑地诺民族解放阵线，推翻了独裁统治。

[2] Gildardo Magaña（1891-1939），墨西哥大革命中萨帕塔派的重要人物。1911 年夏天，他曾试图调和萨帕塔与马德罗之间的不和却未果。1912 年 7 月他被马德罗派逮捕，认识了潘乔·比利亚，教他读书写字，并向他介绍了萨帕塔的革命主张。在 1913-1914 反对韦尔塔的战斗中，马加尼亚是萨帕塔和比利亚两支南北革命军联合作战的关键人物。

牢房里有了一块小黑板和几本书。潘乔·比利亚懂得识人，但不识字。马加尼亚教他；他们一起，逐字逐句，一剑接着一剑地进入《三个火枪手》的城堡。之后他们开启了《拉曼却的堂吉诃德》之旅，这是老旧西班牙的疯狂之路；潘乔·比利亚这位沙漠猛士用手爱抚着书页，而马加尼亚告诉他：

——"这本书……你知道吗？是一个囚徒写的。一个像我们一样的囚徒。"

（194，206）

1913 年：墨西哥城

一毛八分钱的绳子

马德罗总统对从未被征税的石油公司征收赋税，一点点小税；美国大使亨利·莱恩·威尔逊以入侵相威胁。大使宣布，几艘战舰正朝墨西哥港口驶来。与此同时，韦尔塔将军叛乱，用大炮轰击国家宫。

美国大使馆的吸烟厅里在讨论着马德罗的命运。最后决定对他实行逃跑就地枪决法。于是他们让他上了一辆车，又立即让他下车，在大街上进行枪决。

韦尔塔将军成为新总统，他赶赴骑士俱乐部的宴会。在那里，他宣称有一个好办法，一条一毛八分钱的绳子，就可以解决掉埃米利亚诺·萨帕塔和潘乔·比利亚，以及其他的秩序之敌。

（194，246）

1913 年：霍纳卡特佩克

墨西哥南部在惩罚中增长

在屠杀造反的印第安人这件事上，韦尔塔的军官们都是经验老手，他们准备清洗南部村镇，烧毁村庄，抓捕农民。凡是他们碰到的人非死即被抓，因为南方的人谁会不是萨帕塔的人呢？

萨帕塔的军队饥肠辘辘、伤病缠身、衣衫褴褛，但是这些无地农民的领袖知道他想做什么，他的人相信他所做的一切；哪怕是火烧和威胁都不能动摇他们的信任。当首都的报纸报道说"萨帕塔匪帮已被彻底摧毁"时，萨帕塔炸毁火车，突袭并歼灭驻防军，占领村庄，袭击城市，在山坡峡谷间任意穿梭，继续战斗，继续情爱，就像什么也没发生一样。

萨帕塔想睡在哪里就睡在哪里，想跟谁一起睡就跟谁一起睡，但是在所有这些女人中他最喜欢两个，合二为一的两个。

(468)

萨帕塔与她们俩

我们是双胞胎。按照受洗日，我们俩叫卢斯；按照出生的日期，我们叫格雷戈里亚。人们叫她卢斯，叫我格雷戈里亚。当萨帕塔的军队抵达时，我们两个姑娘就在家里。于是，首领萨帕塔开始说服我的姐姐跟他走：

——"来吧，来吧。"

一个 9 月 15 的日子，他经过那里，带走了她。

之后，在四处征战的日子里，我姐姐死了，死在瓦乌特拉，死于一个他们叫作……什么病来着？圣维特斯，叫圣维特斯病[1]。萨帕塔首领守在那里三天三夜，不吃不喝。

我们最后点燃火柴，烧了我的姐姐。哎、哎、哎，他把我强行带走了。他说我是属于他的，因为我姐姐和我是一个人……

(244)

---

[1] 圣维特斯病学名为亨廷顿舞蹈病，是一种罕见的常染色体显性遗传病，又称慢性进行性舞蹈病。在中世纪时以圣徒维特斯的名字来命名。

1913 年：奇瓦瓦军营

墨西哥北部庆祝战争和节日

公鸡在它们想打鸣时打鸣。这片大地已经燃烧起来，变得疯狂，所有人都已起义。

——我们走吧，老婆，我们去打仗。

——我去干吗？

——你想我在战争中饿死吗？谁给我做玉米饼啊？

成群的黑美洲鹫飞过平原，飞过高山，追寻着拿起武器的短工们。如果生命一文不值，那么死亡还值几个钱？骚乱起时，人们就像骰子一样翻滚起来，在战斗中摸爬滚打，遭遇报复或选择遗忘，找到一小块可以给他们食物或给他们庇护的地方。

——潘乔·比利亚来了！——短工们庆祝。

——潘乔·比利亚来了！——监工们手画十字。

——哪儿？他在哪儿？——韦尔塔将军，篡位的韦尔塔问。

——在北边、南边、东边、西边；又不在任何地方。——奇瓦瓦驻防军的长官确认说。

面对敌人，潘乔·比利亚总是第一个冲锋陷阵，骑着马冲进大炮口的烟火中。在酣战中，他骑在马上笑。就像鱼儿离开水一样，他的心脏喘息不停。

——"将军没事儿。他是有点激动。"——他的手下军官解释道。

因为激动，因为纯粹的愉悦，有时候他会一枪把飞马疾驰带来前线好消息的信使打得开膛破肚。

(206，260)

1913 年：库利亚坎

子 弹

马丁·路易斯·古斯曼[1]发现：有些子弹富有想象力，以折磨肉体而自娱。他了解那些服务于人类暴怒的严肃子弹，但是他不知道那些玩弄人类疼痛的子弹。

因为枪法太差和心肠很好，年轻的小说家古斯曼成为潘乔·比利亚掌控的一家医院的院长。伤员们拥挤在一起，又脏又乱，他们别无他法，只能咬紧牙关，如果他们还有牙齿的话。

巡视着挤满人的各个大厅，古斯曼观察那些自负的子弹穿过的难以置信的轨迹，可以穿透一只眼睛却让人不死，或者把一小块耳朵塞进脖颈，把一截脖子塞进脚里；他还看见过子弹引起的恶意快感，比如收到命令枪杀一名士兵，惩罚他永远不能睡觉或永远不能坐下抑或永远不能用嘴吃饭。

（216）

1913 年：奇瓦瓦军营

这些清晨中的一天，我自杀了

这些清晨中的一天，我在墨西哥某一条灰扑扑的路上自杀了，这件事情给我留下深刻印象。

这不是我犯下的第一条罪行。从七十一年前我出生在俄亥俄州，叫安布罗斯·比尔斯[2]这个名字到我最近的死亡，我已经伤害了我的

---

[1] Martín Luis Guzmán（1887—1976），墨西哥作家、记者和外交家，是墨西哥革命小说的先驱，代表作是《鹰与蛇》和《首领的阴影》（又译作《元首的阴影》）。他 1914 年加入比利亚的军队，同年被捕流亡国外，20 年代重返墨西哥。

[2] Ambrose Bierce（1842—1913），美国新闻记者、作家，善写短篇小说、讽刺小说，多以恐怖和死亡为题材，代表作品有《鹰桥溪上》《魔鬼辞典》。1913 他前往墨西哥，后失踪，据说死于墨西哥大革命的内战。

父母，好几个家人、朋友和同事。这些令人感伤的经历让我的日子或者我的故事溅染了鲜血，但对我来说我的日子和我的故事是一样的：我经历的生活与我笔下的生活之区别是伪善之人的事情，在他们的世界里，他们同时履行人类法则、文学批评和上帝的意志。

为了对我的日子做个了结，我加入了潘乔·比利亚的军队，我选择了众多迷失子弹中的一颗，因为在这时候，墨西哥大地上子弹四处呼啸。这个方法让我觉得比上吊更实际，比毒药更便宜，比自己扣动扳机更舒适，比等待疾病或衰老来完成这项任务更体面。

1914 年：蒙得维的亚
巴 特 列

他写文章诽谤圣徒，发表演讲攻击边远之地的土地买卖交易。当他就任乌拉圭总统时，他不得不对着上帝、对着《圣经》宣誓，但是很快他就宣布他不信仰任何宗教。

何塞·巴特列–奥多涅斯[1]执政期间，向天上和地上的权威均发出挑战。教会已经向他许诺在地狱里为他留出一个宝地；那些被他收归国有的公司或者被他强制要求尊重工会组织、实行八小时工作制的公司将会煽风点火；魔鬼将为那些被他惩罚的男性至上团体所遭受的伤害进行有力的复仇。

——"他在让放荡合法化。"当巴特列通过了允许妇女独自决定离婚的法律时，他的敌人如是说。

——"他正在分裂家庭。"当他把继承权分配给私生子时，敌人们如是说。

——"女人的大脑构造简单。"当他建立妇女大学时，当他宣布很快妇女能够参加选举，让乌拉圭的民主不再是一条腿走路，让女人不

---

[1] José Batlle y Ordoñez（1856–1921），乌拉圭民族资产阶级代表人物，1903—1907 年和1911—1915 年期间两度担任总统。在任期间，他实行劳工改革，推行国有化，发展教育，努力实现国家的民主化建设。

再永远是从父亲手上递交到丈夫手上的未成年人时，敌人们如是说。

（35，271）

1914 年：圣伊格纳西奥

基 罗 加

自巴拉那河雨林——他自主流放住在那里——，奥拉西奥·基罗加[1]为巴特列的改革欢呼鼓掌，为那份"对美好事物的热烈信仰"鼓掌。

但是基罗加确实离乌拉圭很远。他几年前就远离了祖国，因为他想逃避死亡的阴影。自从他出于保护而杀死最好的朋友开始，诅咒就遮蔽了他的天空，或许从更早的时候开始，或许从一开始就是这样。

在雨林里，在距离耶稣会的传教团驻地遗址一步之遥的地方，基罗加住在那里，被蚊虫和棕榈树萦绕。他毫无偏差地写短篇小说，就像他以同样的方式挥舞砍刀在山上劈出小径；他以种地、砍树和打铁时一样粗暴的爱来进行文字工作。

基罗加所追寻的东西，在这之外的地方他从来不曾找到。在这里他能找到，虽然也只是经常找到。在这所他亲手搭建的河畔居所里，基罗加有时能有幸听到比死亡呼唤更强有力的声音：生命中一些奇怪、转瞬即逝的笃定，当它持续时，就像太阳一般毋庸置疑。

（20，357，358，390）

1914 年：蒙得维的亚

德尔米拉

在这个租住的房间里，她被曾是她丈夫的男人约见，男人想拥有

---

[1] Horacio Quiroga（1878-1937），乌拉圭著名作家，被誉为"拉丁美洲短篇小说之父"，深受爱伦坡的影响，以描写美洲丛林生活的可怕、残酷、艰难为主题，反映了人们与大自然的斗争，代表作是《关于爱情、疯狂和死亡的故事》。

她，想挽留她。他爱她，他杀了她，然后他自杀了。

乌拉圭各大报纸上刊登了尸体躺在床边的照片，德尔米拉被左轮手枪射中两枪，赤裸着躺在那里，就像她的诗一样赤裸裸，丝袜褪在地上，一片殷红：

——"夜里我们去更远的地方，我们去……"

德尔米拉·阿古斯蒂尼[1] 在危急时刻写作。她曾毫无掩饰地歌唱爱的狂热。她曾遭受惩罚，因为同样的事情，男人做人们就会鼓掌，而女人做则是惩罚，因为贞洁是女性的本分，而欲望则是男人的特权，就像理智一样。在乌拉圭，法律先行于人，人们仍然把灵魂与肉体分开，就像它们是美女与野兽一般。因此，面对德尔米拉的尸体，为沉重悼念民族作家，倾洒了许多眼泪和言辞，但是在死者亲属的内心深处，他们感到松了一口气：斯人已逝，如此甚好。

但是，斯人已逝吗？在世界的夜晚里激情燃烧的所有情侣们难道不是她的声音的影子、她的身体的回音吗？难道在世界的夜晚里他们不会给她留出一块空间，让她自由歌唱、绚丽起舞吗？

(49，426)

1914 年：希门尼斯城
暴怒人们的新闻记者

约翰·里德[2] 走遍墨西哥北部的道路，经历了一次次的惊吓、一次次的奇迹。他四处寻找潘乔·比利亚，在其他地方，在所有的地方，在每一步的旅途中他遇到了他。

---

[1] Delmira Agustini（1886-1914），乌拉圭现代主义女诗人，她从女性视角出发描写女性的情爱与追求。

[2] John Reed（1887-1920），美国记者和共产主义激进分子。1913 年秋，里德被纽约《都市杂志》派往墨西哥报道墨西哥革命。四个月的时间里他追随潘乔·比利亚的军队，发表了许多战地报道，1914 年这些报道集结成书《起义的墨西哥》（Insurgent Mexico）。

里德是革命的新闻记者，夜幕降临时他走到哪儿就睡在哪儿。从来没有人偷他的东西，也没有人让他付钱，除了舞会的音乐；从来也不缺人送他一块玉米饼或借他一个骑在马上的位置。

——"您从哪儿来？"

——"纽约。"

——"我没去过纽约。但是我打赌，那里看不到像在希门内斯城里大街上逛荡的那么好的母牛。"

一位妇女头上顶着一个罐。另一个，蹲着地上给孩子喂奶。另一个，跪在地上碾玉米。男人们裹着已经褪色的彩色毛毯，围成一圈抽烟喝酒。

——"喂，胡安尼托[1]，为什么你们国家的人不喜欢我们墨西哥人？为什么叫我们是流氓？"

所有人都有话想问这个消瘦的、戴着眼镜、总是一副误入模样的金发男人。

——"喂，胡安尼托，骡子用英语怎么说？"

——"英语中，骡子叫：大脑袋瓜子、犟骡子、杂种……"

（368）

1914 年：盐湖城

暴怒人们的歌手

他因为歌唱红色民歌来取笑上帝、唤醒工人、诅咒金钱而被宣判。判决书上并没有说乔·希尔[2]是一个无产阶级游吟诗人，更没有说他是一个外国人，因为这侵犯了交易的良好秩序。判决书说的是抢劫和重罪。没有证据，证人们每次做证时都更改证词，辩护律师们行

---

[1] 约翰（John）对应成西班牙语是胡安（Juan），胡安尼托（Juanito）是胡安的昵称。

[2] Joe Hill（1879-1915），来自瑞典的美国民歌手和工会运动分子，被美国政府以莫须有的罪名处死。

事就像检察官，但是对于法官和盐湖城所有做决策的人来说，这些细节都不重要。乔·希尔将被绑在一张椅子上，心脏位置将被粘上圆形的卡片，用作行刑队行刑时的标靶。

乔·希尔来自瑞典。在美国他四处闯天下。他在城里打扫痰盂、堆砖砌墙，在农村他堆麦子、摘水果，去矿山挖铜矿，在码头扛包裹。他睡在桥洞下或谷仓里，他一直在唱歌，每时每地，从不停止。他唱着歌告别他的同志们，并对他们说，他将去火星破坏社会和平。

（167）

1914 年：托雷翁

在铁轨上奔赴战斗

在一节用金色大字写着他的名字的红色车厢里，潘乔·比利亚将军接见约翰·里德。他穿着衬裤接待他，邀请他喝咖啡，打量了他半天工夫。当他笃定这位美国佬值得真心相待时，就开口说话：

——"巧克力的政客想不弄脏手就成功。这些洒着香水的人……"

之后，他带他去参观野战医院，一辆配备手术室的火车，医生不仅治疗自己的伤员，也治疗其他病人；他向他展示负责往战争前线运送玉米、糖、咖啡和烟草的车厢；他还带他看了枪毙背叛者的站台。

铁路线是波菲里奥·迪亚斯的作品，是和平与秩序的关键，是一个没有河流没有公路的国家进步的法宝：这些铁路线建成时并不是为了运输配备武器的民众，而是为了运输廉价原材料、顺从的工人和镇压叛乱的刽子手。但是潘乔将军在利用火车打仗。他从卡马戈发射一辆全速前进的机车，炸毁了一条载满士兵的铁路线。比利亚的人藏在运煤的无辜车厢里进入华雷斯城，不是出于必需，更像是因为高兴而鸣放几枪后就占领了该城。比利亚的军队乘坐火车前往战争前线。机车喘着气，费力地爬上北部荒秃秃的丘陵，在冲天的黑色浓烟之后，载满士兵和马匹的车厢嘎吱嘎吱、摇摇晃晃而来。可以看到火车顶上放满了步枪、大檐帽和灶具。在车顶上，士兵们唱着墨西哥短曲，向空中连续射击；孩子们哭喊叫嚷着；妇女们做饭：那些妇女、女兵们，穿着最后一次洗劫时抢来的新娘裙和丝绸鞋。

（246，368）

1914 年：莫雷洛斯原野

是时候行动和战斗了

是时候行动和战斗了，枪炮轰鸣声的回声仿佛山崩地裂般回响。萨帕塔的军队朝墨西哥城进发，"打倒庄园，人民起义！"

在萨帕塔首领身边，面如古铜、胡髭浓密的赫诺韦沃·德拉欧将军一边擦拭步枪一边在思考，而无政府主义者奥蒂略·蒙塔尼奥正在与社会学家安东尼奥·迪亚斯·索托·伊卡马讨论一份宣言。

在萨帕塔的军官和顾问中只有一个女人。罗萨·博瓦迪利亚[1]上校在战斗中赢得她的军衔，她指挥一支男骑兵团。她禁止他们喝酒，哪怕是一滴龙舌兰酒也不行。奇怪的是，他们都服从她的命令，虽然他们仍然坚信女人只不过是用来点缀世界或生儿育女，做玉米饼、辣椒和菜豆，以及做上帝求助和允许的事情。

（296，468）

1914 年：墨西哥城

韦尔塔逃走了

韦尔塔乘坐着把波菲里奥·迪亚斯带离墨西哥的同一艘船逃走了。

---

[1] Rosa Bobadilla（1877-1960），墨西哥革命中萨帕塔军队里的一名重要女将军，她跟随丈夫一起参加革命，因在战斗中表现英勇而得到士兵和萨帕塔的认可。丈夫去世后，萨帕塔任命她为"上校"，继续率领她丈夫的部下。她参加了168场战斗，功勋卓越。

衣衫褴褛的人赢得了对抗锦衣玉食之人的战争。农民军浪潮从南边、从北边向首都涌来。"莫雷洛斯的阿提拉[1]"萨帕塔和"茹毛饮血、撕肉啃骨的大猩猩"潘乔·比利亚发动进攻，为遭受的侮辱复仇。圣诞前夕，墨西哥城的各大报纸都在首页刊登一张黑色照片。此番哀悼是宣告逃亡者已到来，侵犯女士、溜门撬锁的野蛮人已到来。

骚乱动荡的年月，已经分不清谁是谁。城市惊恐战栗，怀念过往。直到昨天以前，世界的中心还是那些领主，住在拥有三十个奴仆、架着钢琴、挂着枝形烛台、装有卡拉拉[2]大理石浴缸的大房子里；而在世界的四围是奴仆们，喝龙舌兰酒喝得晕晕沉沉、倒在垃圾堆里的街区的穷人，他们注定工资或小费都几乎不够糊口，很多时候只能喝一点兑水的牛奶或菜豆咖啡或吃驴肉。

(194，246)

1915 年：墨西哥城

权力近在咫尺

轻叩门扉，愿与不愿之间，一扇门徐缓半开：某个人露出脑袋，手里攥着巨大的檐帽，请求看在上帝的仁慈赏点水或饼。萨帕塔的人都是穿着白色短裤、胸前背着子弹带的印第安人，他们在这个蔑视他们却又害怕他们的城市大街上闲逛。没有一所房子邀请他们进去。他们经常遇到比利亚的人，还有外国人、迷路的人和盲人。

粗陋的皮凉鞋在大理石的楼梯上发出喀嚓声，喀嚓、喀嚓；地毯的柔软让光脚吃惊，脸庞惊讶地盯着光亮如镜的打蜡地板上的自己：萨帕塔和比利亚的人进入国家宫，穿过一个又一个厅，像是在请求原谅。潘乔·比利亚坐在曾是波菲里奥·迪亚斯宝座的金椅上，"只想知道是什么感受"。在他身边，萨帕塔穿着精致的刺绣正装，魂不守

---

[1]　Attila（406–453），古代欧亚大陆匈奴人的领袖和皇帝。

[2]　Carrara，意大利中北部城市，世界优质大理石的主要产地。

舍的模样，在小声地回答记者的提问。

农民军将军已经赢得战争，但是不知道怎么应对这份胜利：

——"这个屋子对于我们来说太大了。"

权力是博学之人的事情，是有学识之人、高级政治的内行专家、"那些睡在柔软枕头上的人"才能破解的险恶谜题。

夜幕降临，萨帕塔离开，去了一家小旅馆，距离开往他家乡的铁轨仅一步之遥；比利亚回到他的军事火车上。几天以后，他们告别了墨西哥城。

庄园里的短工、公社里的印第安人、乡下的下等人，已经发现了权力的中心，有那么一会儿，占领了这个中心，好似参观，踮着脚尖，渴望着尽快结束这次探月之行。最后，他们远离胜利的荣誉，回到了他们知道如何走路且不会迷路的地方。

韦尔塔的继承人，贝努斯蒂亚诺·卡兰萨[1]将军简直难以想象出比这更好的消息，他损失惨重的军队在美国的帮助下正在恢复士气。

（47，194，246，260）

1915 年：特拉尔蒂萨潘
农业改革

在特拉尔蒂萨潘村的一个古老磨坊里，萨帕塔设立了他的指挥部。他在领地四周挖上壕沟，远离长着连鬓胡子的领主和头戴羽饰的贵妇，远离光鲜夺目、欺诈舞弊的大城市。莫雷洛斯的首领清算大庄园。他分文未付把蔗糖厂和酿酒厂收归国有，把几个世纪来被强占的土地归还给公社。自由的人们、印第安传统的意识和记忆获得重生，而当地的民主也与之一起重生。在这里做决定的不是官僚，也不是将军，而是公社召开集会商议决定。禁止买卖、租赁土地，禁止贪心不足。

[1] Venustiano Carranza（1859-1920），墨西哥革命中立宪派的领袖，1917 年被选为墨西哥第一任立宪总统（1917-1920）。

在月桂树下，在村镇广场上，不再只是聊斗鸡、马、雨这些事。萨帕塔的军队是由起义公社组成的联盟军，他们守卫着失而复得的土地，给武器擦拭上油，给毛瑟枪和30式步枪重新装上陈旧的子弹。

年轻的技术人员纷纷赶到莫雷洛斯，带着三脚架和其他一些奇怪的工具，想帮助农业改革。农民们抛撒如雨的鲜花来欢迎从库埃纳瓦卡来的工程师；但是狗儿狂吠，骑士信使风驰电掣般从北方赶来，带来了潘乔·比利亚的军队正在被歼灭的噩耗。

(468)

1915年：埃尔帕索
亚苏埃拉

潘乔·比利亚的军队的军医在得克萨斯州流亡，他说墨西哥革命就像一场毫无意义的暴怒。根据马里亚诺·亚苏埃拉[1]的小说《在底层的人们》所述，这场革命就是这样一个故事：在一个充满着火药味和饭馆的油炸味的国家里，一群醉醺醺的盲人举枪扫射。他们不知道为什么也不知道反对谁，只不过像野兽般挥舞着拳头四处寻找可以抢掠的东西或可以扑倒在地的女人。

(33)

1916年：特拉尔蒂萨潘
卡兰萨

在山间仍能听到比利亚的一些骑兵踢马刺的叮当声，但是已经溃

---

[1] Mariano Azuela（1873-1952），墨西哥作家和医生，他以军医的身份参加了潘乔·比利亚的军队。当卡兰萨的军队打败比利亚之后，他流亡至得克萨斯州的埃尔帕索。他反思参加革命的亲身经历，写就《在底层的人们》，被誉为墨西哥革命小说流派的创始人。

不成军了。在四次持久战中他们被打垮了。在被带刺铁丝网防护的战壕后面，机关枪扫射比利亚凶猛的骑兵队伍，他们以盲目的顽强一次次地冲锋，自寻死路，变成炮灰。

贝努斯蒂亚诺·卡兰萨不顾及比利亚和萨帕塔，成为总统，在墨西哥城日益强大，就开始了南部战争：

——"分田地这事是胡闹。"他说。一纸命令就宣布将把萨帕塔分的田地归还给原来的主人；又有一纸命令承诺将枪毙所有是或看起来是萨帕塔的军队的人。

射击、焚烧、来复枪、火把，政府的军队冲向莫雷洛斯开满鲜花的原野。在特拉尔蒂萨潘他们杀死了五百人，在其他地方杀死了更多的人。囚犯们被卖到尤卡坦，成为剑麻种植园里的奴隶劳动力，与波菲里奥·迪亚斯时期一样；收成、畜群这些战利品被卖到首都的市场。

在山区，令人尊重的萨帕塔仍在抵抗。当雨季即将来临时，革命因为播种而暂停；但是之后，革命继续，非常顽固，难以置信。

（246，260，468）

1916 年：布宜诺斯艾利斯
伊莎多拉

赤足、裸体，半裹着阿根廷国旗，伊莎多拉·邓肯 [1] 跳国歌舞。

一天夜里，她在布宜诺斯艾利斯的一家学生咖啡馆里犯下了这个放肆的错误，第二天所有人都知道了：主办方撕毁合同，有声望的家庭去哥伦布剧院退票，媒体要求尽快驱逐这个到阿根廷玷污国家象征的可耻的美国人。

伊莎多拉不明白为什么。当她身无他物，只裹着一条红色披巾跳了一支马赛曲时，没有任何法国人抗议。既然可以为一种感情跳舞，

[1] Isadora Duncan（1878-1927），美国舞蹈家，现代舞创始人。

既然可以为一个思想跳舞，那为什么不可以为一支国歌跳舞呢？

冒犯了自由。明眸善睐的伊莎多拉是学校、夫妻、古典舞以及束缚风的一切事物的公然之敌。她跳舞是因为她很享受跳舞，跳她所想跳，想跳时就跳，按她所喜欢的方式跳。在自她身体散发出来的音乐面前，乐队安静下来。

(145)

1916 年：新奥尔良

爵　士

从奴隶那里孕育了最自由的音乐。爵士无须允许就可飞翔，它的祖辈是美国南部在主人种植园里一边工作一边唱歌的黑人，父辈是新奥尔良黑人妓院里的乐手。妓院的乐队整夜不停不歇地演奏，他们在阳台上演奏是因为出现混乱局面时可免受拳打脚踢、刀棍相加。从他们的即兴演奏中诞生了令人疯狂的新鲜音乐。

用送报纸、送牛奶和送煤慢慢积攒的钱，一个矮胖、内向的青年刚刚花了十美元买了一把属于自己的小号。他吹起小号，音乐就舒缓地流淌出来，缓缓地，向白天问好。路易斯·阿姆斯特朗[1]是奴隶的孙子，像爵士一样；在寻花问柳之处长大，像爵士一样。

(105)

1916 年：哥伦布城

拉美入侵美国

雨往上流。母鸡咬住狐狸，兔子开枪打猎人。历史上第一次也是

---

[1]　Louis Armstrong（1901-1971），世界著名小号演奏家，演奏爵士乐，是爵士乐史上的灵魂人物。

唯一一次，墨西哥士兵入侵美国。

潘乔·比利亚曾拥有的数万士兵如今只剩下五百人，溃不成军，他们穿过边境线，鸣枪进攻哥伦布城[1]，高喊着"墨西哥万岁！"

（206，260）

1916 年：莱昂

达 里 奥

在尼加拉瓜这片被侵占、被羞辱的大地上，鲁文·达里奥[2]去世了。

医生准确地刺入肝脏，杀了他[3]。负责涂香料的人、理发师、化妆师和裁缝折磨他的遗体。

盛大的葬礼强加而来。莱昂城二月炎热的空气里弥漫着焚香和没药的气息。最为高贵的小姐们戴着百合花和草鹭的绒羽，化身为古希腊头顶篮子的少女和密涅瓦圣女，她们将在热气腾腾的送葬游行中一路播撒鲜花。

白天，达里奥的遗体穿着希腊式的长袍，戴着桂冠；晚上，则换上黑色的西装、大礼服，并戴上相配套的手套，他的四周摆满了蜡烛，围满了仰慕者。整整一个星期，日以继夜，夜以继日，他一直遭受附庸风雅的诗句的鞭笞、永不终结的诗歌朗诵，并一直接受各种致辞的祝福，盛赞他为不朽的天鹅，是西班牙抒情诗的弥赛亚，是隐喻的参孙。

礼炮齐鸣：政府授予这位宣扬和平的诗人殉难战争部长的荣誉[4]。主教们竖起十字架，钟声响起：进入鞭笞的高潮阶段，这位主张离婚

---

[1] Columbus，美国新墨西哥州的边境小城，离墨西哥边境仅 3 英里远，1916 年 3 月 9 日清晨，比利亚的军队入侵该城。

[2] Rubén Darío（1867-1916），尼加拉瓜诗人，开创了西班牙语文学中的现代主义。

[3] 医生想抽出达里奥肝脏内的脓液，但加速了他的死亡。

[4] 葬礼上鸣放礼炮属于军事葬礼，一般是高级军官才可有此待遇。

和世俗教育的诗人以红衣主教的仪式被安葬入土。

(129, 229, 454)

1917 年：奇瓦瓦和杜兰戈平原

干草垛里的针[1]

这是一场讨伐远征，一万名士兵和许多门大炮，进入墨西哥向潘乔·比利亚收讨他对美国城市哥伦布城的傲慢进攻。

——"我们要把这个杀人犯装进铁笼子带走。"约翰·潘兴[2]将军宣布。大炮轰鸣，他的话音仍在回旋。

穿越北部无垠的荒漠地带，潘兴将军找到几个坟墓——"潘乔·比利亚长眠于此"——里面却没有比利亚。他遇到蛇虫、蜥蜴、沉默的石头和农民。在抽打他们、威胁他们或承诺给他们世界上所有的黄金作为补偿时，农民们才嘟嘟囔囔说出错误的指示。

几个月之后，几近一年的时间，潘兴返回美国。他带走他的军队，这支长长的队伍经过多石沙漠里的每个村庄时，士兵们已经不堪忍受呼吸尘土、遭受石头和谎言的攻击。两名年轻的少尉走在这支被欺辱的队伍之首。他们俩在墨西哥接受了炮火的洗礼。德怀特·艾森豪威尔刚刚离开西点军校，以此种厄运开启了他的军事荣誉之旅。乔治·巴顿在离开"这个无知而又半野蛮的国家"时，吐了口口水。

在一座山头上，潘乔·比利亚关注着这一切，说道：

——"他们来时像雄鹰，走的时候成了落汤鸡。"

(206, 260)

---

[1] 针掉落在干草垛里，犹如虎落平阳。此为译者分析，读者可自行理解。

[2] John Pershing（1860-1948），美国著名军事家，第一次世界大战时任美国远征军总司令，美国史上第一位五星上将。1916 年 3 月 15 日，潘兴将军率远征军进入墨西哥追捕潘乔·比利亚。

1918 年：科尔多瓦

博学的科尔多瓦和发霉的学者们

阿根廷的科尔多瓦大学已经不再像几年前那样拒绝给那些不能证明出身白种人门第的人颁发证书，但是在法学系仍然研究"奴仆义务"这个课题，医学系的学生没有见过一个病人就可毕业。

教师们，德高望重的幽灵，以落后几个世纪的差距抄袭欧洲，抄袭骑士和假正经贵妇时代的迷失过往，模仿殖民地过去的险恶美丽，用饰边和流苏奖励鹦鹉的功绩和猴子的美德。

科尔多瓦的学生们，不堪忍受，爆发了。他们宣布罢课来抵抗精神狱吏们，他们呼吁全拉丁美洲的学生和工人们与他们一起斗争，建设他们自己的文化。强有力的回波向他们涌来，从墨西哥直到智利。

（164）

1918 年：科尔多瓦

"留下的痛苦是我们缺少的自由"，学生宣言宣布

……我们决定以所有事物它自身的名字来称呼它们。科尔多瓦赎身自由了。自今日起，我们国家少了一份耻辱，多了一份自由。留下的痛苦是我们缺少的自由。我们认为我们没有错，心灵的共鸣在警告我们：我们正踏上革命道路，我们正在经历美洲时刻……

到目前为止，大学已然成为平庸之人的世俗避难之所，是无知之人创收之处，是残疾之人安全住院场所。更为糟糕的是，所有形式的欺压和麻木都在这里找到了传授此术的老师。大学已然成为日益堕落、陈腐守旧、一成不变的社会的忠实反映。因此，面对如此沉默封闭的房子，科学悄然离去或残缺不全地进入，庸俗不堪地为官僚政治服务……

（164）

1918 年：伊洛潘戈

十三岁的米格尔

因为饥饿的驱使他来到伊洛潘戈军营，饥饿已经让他的眼眸子深深陷入脸颊。

在军营里，为了换口吃的，米格尔开始做各种差使，为中尉们擦鞋。很快他学会一刀劈开椰子，就像抹脖子一样；他用卡宾枪射击，弹无虚发。于是他入编行伍。

在当了一年的值日兵后，这个可怜的小伙子不堪忍受。在长久忍受醉酒士官们的毫无缘由的棍棒殴打之后，米格尔逃跑了。这天晚上，他逃跑的晚上，伊洛潘戈发生了地震。米格尔远远地听见了。

整整一天，又整整一天，大地在颤抖。在萨尔瓦多这个群情激奋的小国家里，在一次次的震颤中，有某个真正的地震，比如像这次这般的大地震，爆发起来，冲破一切。是夜，地震震倒了军营——米格尔已经不在那里——直至最后一块石头倒地，全体军官和士兵都被压垮，死于倒塌中。

这是米格尔·马莫尔的第三次诞生，在他十三岁的时候。

(126)

1918 年：莫雷洛斯山区

夷平之地，活力之地

猪、牛、鸡，是萨帕塔主义者吗？罐子、锅、砂锅也是吗？在这几年顽强的农村战中，政府军已经消灭了莫雷洛斯一半的人口，带走了一切。田野里只能看到石头和烧焦的茎秆；某一处残破的房屋，某一个正在犁地的女人。男人们，如果没死或者被流放的话，成为非法之徒。

但是战争仍在继续。只要山区某些隐秘的角落里玉米仍然发芽，只要萨帕塔首领的双眼仍在闪烁，战争将会继续下去。

（468）

1918 年：墨西哥城
新资产阶级在撒谎中诞生

——"我们为土地而斗争。"萨帕塔说，"我们不是为了给不了饭吃的空想而战……不管有没有选举，人民仍在反复咀嚼着苦涩。"

在卡兰萨总统下令夺取莫雷洛斯地区农民的土地，摧毁那里的村庄的同时，他在谈论农业改革。当他动用国家恐吓手段压迫穷人时，又赋予他们选举富人的权利，给予文盲出版的自由。

墨西哥新资产阶级是战争和劫掠的贪婪产物，他们一边为革命大唱赞歌，一边拿着刀叉围着铺着绣花桌布的桌子狼吞虎咽革命果实。

（468）

1919 年：夸奥特拉
这个男人教会他们生命不仅仅是忍受恐惧和等待死亡

应该是背信弃义。一位政府官员编造友谊把他带入陷阱。上千名士兵在等待他，上千杆枪把他从马上掀下。

之后，他们把他带到夸奥特拉。把他脸朝上展示出来。

农民们从四乡八镇赶来。无声无息的队列行进持续了好几天。当他们抵达遗体前，他们停下来，摘下帽子，仔细地看，然后摇头否认。没有人相信：少了一个疣子，多了一道疤痕，这件衣服不是他的，这张满是弹孔而肿胀的脸可能是其他任何人的。

农民们缓缓细语，像玉米粒一般蹦出这一连串的话：

——"听说他跟一个同伴去阿拉伯半岛了。"

——"不，萨帕塔首领不会临阵脱逃。"
——"有人在基拉穆拉山顶看见过他。"
——"我知道他睡在普列托山的一个山洞里。"
——"昨天夜里他的马还在河里喝水呢。"

莫雷洛斯的农民不相信埃米利亚诺·萨帕塔能无耻地丢下他们去死，他们永远也不会相信。

（468）

萨帕塔逝世之歌

挂在山巅的
夜空中的星星啊，
鞭笞富人的
萨帕塔首领他在哪里？

莫雷洛斯平原上的
三色堇啊
如果有人问起萨帕塔
你说他已去了天国。

淘气的溪流
石竹花对你说了什么？
——她说首领没有死
萨帕塔一定会回来。

（293）

1919 年：好莱坞

卓 别 林

一开始，是一些破布而已。

在基石公司摄影棚的一堆破烂中，查理·卓别林选了一些最无用的旧衣服，要么是太大，要么是太小，抑或太丑。他像收垃圾的人一样，拼凑了一身：一条肥裤子，一件小小的西服上衣，一顶圆礼帽，一双破烂大头鞋。当他穿上所有这些时，加了一个道具胡子和一根手杖。于是这一大堆被人瞧不上的破衣烂衫站起来，向创作者滑稽地鞠躬致敬，并迈出鸭步开始走路。走了几步，撞上一棵树，他摘下礼帽请求原谅。

于是，流浪汉、下贱的人和诗人夏尔洛[1]活跃起来。

（121，383）

1919 年：好莱坞

巴斯特·基顿

从来不笑的人让人发笑。

与卓别林一样，巴斯特·基顿[2]是好莱坞的魔法师。他也创造了一位无依无靠的英雄。基顿演的人物，戴着草帽，磐石一样的面孔，猫一样的身材，与流浪汉小查理毫无相似之处，但是他也陷入一场与警察、寻衅者和机器对着干的令人捧腹大笑的战争之中。他总是不动声色，外冷内热，非常端庄地行走在墙壁之上或半空中或在海底。

基顿不似卓别林那般出名。他的电影让人开心，但却太过神秘和忧伤。

（128，382）

---

[1] 流浪汉夏尔洛是 1918 年上映的电影《狗的生活》中卓别林扮演的人物。

[2] Buster Keaton（1895-1966），美国喜剧演员、电影导演、编剧。他在进行肢体喜剧表演时，不苟言笑，因此获得"大石脸"的名号。

1919 年：孟菲斯

成千上万人观看表演

有许许多多的妇女抱着孩子观看。当汽油为绑在木桩上的埃尔·珀森斯[1]施洗，火焰撕扯出他的第一声哀号时，这个健康的消遣活动达到高潮。

不久之后，人群有秩序地离开，抱怨着这样的活动太短暂了。有些人去翻看灰烬，找某块骨头留作纪念。

埃尔·珀森斯是美国南方诸州中这一年里被白人人群活活烧死或绞死的七十七名黑人中的一名，这些人因为犯了谋杀罪或强奸罪，或者是因为：以可能闪烁着淫荡之光的眼神看了某一位白人妇女，抑或在该说"是的，女士"时只说了"是的"，抑或在对女士说话时没有脱帽。

在所有这些被私刑处死的人中，有一些穿着美国军队的军服，曾在墨西哥北部的沙漠里追捕过潘乔·比利亚，或者刚刚从世界大战战场上归来。

(51，113，242)

1921 年：里约热内卢

大 米 粉

埃皮塔西奥·佩索阿总统向巴西足球的领导层提出一项建议。为了维护国家声望，他建议不派任何一个深色皮肤的运动员参加下一届的南美足球锦标赛[2]。

---

[1] Ell Persons，一名美国黑人，被指控奸杀一名 16 岁的白人少女。在等待审讯时，他被处私刑，被活活烧死。很多民众围观了这场残忍的活动，但没有一个人因为这次私刑承担任何责任。

[2] 1975 年更名为美洲国家杯。

然而，巴西夺得上一届锦标赛的冠军得感谢黑白混血人亚瑟·弗雷登雷希[1]打入了决定性的一球；他的战靴，满是泥土，从那以后一直在一家珠宝店的橱窗里展示。弗雷登雷希的父亲是德国人，母亲是黑人，他是巴西最优秀的球员。他总是最后一个抵达球场。他至少要花半个小时在更衣室里烫他的鬃发；之后在整场比赛中，他的头发都不会乱一丝一缕，哪怕是头球的时候。

足球是仅次于弥撒的优雅娱乐，是属于白人的活动。

——"大米粉！大米粉！"球迷们冲着卡洛斯·阿尔贝托大喊大叫，卡洛斯是另一位黑白混血球员，弗鲁米嫩塞俱乐部唯一的黑白混血球员，他往脸上抹大米粉来漂白。

（279）

1921 年：里约热内卢
皮星吉尼亚

据报道巴图塔斯乐队将赴巴黎演出，巴西媒体上一片愤慨之声。欧洲人将怎么想巴西？他们会以为这个国家是非洲殖民地吗？在巴图塔斯乐队的演出目录上，没有歌剧咏叹调，也没有华尔兹，只有马克西、伦杜思、科塔哈卡、巴突克、卡特雷特、莫迪尼亚音乐以及新近出现的桑巴音乐。这是一支演奏黑人音乐的黑人乐队；报上许多文章告诫政府应该阻止如此败坏名声的事情。很快，外交部澄清巴图塔斯乐队出演不是官方也非半官方任务。

皮星吉尼亚[2]是该乐队成员中的一名黑人，他是巴西最好的音乐

[1] Artur Friedenreich（1892-1969），巴西足球运动员，1919 年帮助巴西队取得南美足球锦标赛的冠军。国际足球历史和统计联合会（IFFHS）官方记录他一生出场 323 次，进球 354 个，但也有资料统计他一生进球 1329 个。

[2] Pixinguinha（1897-1973），巴西著名音乐人，擅长演奏笛子、萨克斯，作曲、唱歌，被誉为巴西流行音乐史上重要的作曲家之一。他为 Choro 成为一种成熟的音乐形式做出了重大的贡献。1919 年他组建了巴图塔斯（Oito Batutas）乐队，担任笛子演奏，该乐队获得很大成功。

人。他不知道这些，也不关心这个。他正以一种着了魔般的喜悦用他的笛子去寻找从鸟儿那里偷来的声音。

（75）

1921 年：里约热内卢

巴西的时尚作家

巴西的时尚作家为一家体育俱乐部的游泳池开张剪彩。科埃略·内托[1]的演讲歌颂了游泳池的美德，赢得无数泪水和阵阵掌声。科埃略·内托援引大海、长空和大地的力量来赞美："*此项盛举，我们难以评述，只能通过时光的阴影去未来寻找它的踪迹。*"

——"有钱人的饭后甜点。"利马·巴雷托[2]说。他不是时尚作家，而是被诅咒的作家，因为他是黑白混血人，因为他大逆不道。他诅咒着，在某家医院里奄奄一息。

利马·巴雷托讥讽那些鹦鹉学舌般模仿使用装饰文化中浮夸词汇的作家。他们歌唱一个幸福的，没有黑人、没有工人也没有穷人的巴西的荣耀，但在这样的国家里，博学的经济学家们发明了独一无二的公式来向人民征收更多的赋税；在这样的国家里，有二百六十二名将军，其职责是为来年的阅兵式设计新制服。

（36）

1922 年：多伦多

此项赦免

此项赦免让数百万人免于过早死亡。这不是国王的赦免，也不是

---

[1] Coelho Neto（1864-1934），巴西作家，1896 年，他协助成立巴西文学院，并在 1926 年当选为文学院的院长。

[2] Lima Barreto（1881-1922），巴西早期现代主义的代表作家。

总统的赦免，是一名加拿大医生颁布的赦免令。上个星期，他还四处找工作，兜里只有七分钱。

自那次剥夺了他睡梦的灵光一现开始，在经历了许多歧路和气馁之后，弗雷德·班廷[1]发现胰腺分泌的胰岛素可以降低血糖，这样赦免了许多被糖尿病宣判死刑的人。

（54）

1922 年：莱文沃斯

为了继续相信一切属于所有人

里卡多是弗洛雷斯·马贡三兄弟中天资最高、最危险的一个，他缺席了他曾奋力推动的墨西哥革命。当墨西哥的命运在战场上厮杀时，他戴着脚镣在美国的一家监狱里碾石头。

因为他在一份反对私有财产的无政府主义宣言上签名，美国的法院宣判他强制服劳役二十年。他们几次可以恕罪于他，只要他提出请求。但他从未恳请恕罪。

——"我死的时候，我的朋友们可能在我的墓碑上写：这里长眠着一位梦想家。而我的敌人们会写：这里躺着一个疯子。但是没有人敢刻上这样的话：这里躺着一个胆小鬼、背叛信仰的人。"

在他的牢房里，远离家乡，他们勒死了他。"心力衰竭"，医生报告上这么写道。

（44，391）

---

[1] Fred Banting（1891–1941），加拿大医学家，1922 年他与助手发现了胰岛素，1923 年获得诺贝尔生理学或医学奖。

1922 年: 巴塔哥尼亚原野

枪击工人

三年前，阿根廷爱国者联盟的年轻贵族们在布宜诺斯艾利斯的街区打猎。这种游猎非常成功。整整一个星期里，青年们杀死了大量的工人和犹太人，没有人因为这种未经许可的做法而入狱。

现在，是军队来进行把工人当靶子的练习。在南方的冰寒地带，奉埃克托尔·贝尼尼奥·巴莱拉[1]中校的命令，第十骑兵团的骑士们在巴塔哥尼亚的大庄园里四处奔波，枪毙罢工的短工们。阿根廷爱国者联盟的热心志愿者们协同作战。所有人都先被审判才被执行枪决。每一个审判不到一根烟的时间。庄园主和军官们担任法官。被判决的人被成堆地埋入他们自己事先挖掘的公共墓穴里。

伊波利托·伊里戈延总统一点也不喜欢这种大规模消灭无政府主义者和赤色分子的方式，但他没有动一下手指来反对这些杀戮。

(38, 365)

1923 年: 瓜亚斯河

河上漂着十字架

河上漂着十字架，成百上千的山花装饰的十字架，鲜花点缀的微型舰船组成的舰队在起伏荡漾的波浪和记忆里航行：每一个十字架纪念一位被杀害的工人。人们把这些漂浮的十字架放入水中，让沉入河底的工人们能够得到安息。

那是一年前，在瓜亚基尔港口。瓜亚基尔被无产阶级掌控已有好几个小时。哪怕是政府官员，没有工会的通行证也不能通过。工人们已经不堪忍受喝西北风，发动了厄瓜多尔历史上第一次大罢工。妇

---

[1] Héctor Benigno Valera，阿根廷军人，负责镇压 1920-1921 年巴塔哥尼亚地区无政府工会工人的罢工起义，杀死了 1500 多名工人，这就是阿根廷历史上巴塔哥尼亚悲惨事件。

女们、洗衣妇们、卖香烟的女人、厨娘们、流动女商贩们组成了罗莎·卢森堡委员会，她们是最彪悍的。

——"今天那群肓流笑着造反。明天就哭着撤退。"参议院议长卡洛斯·阿罗约下论断。共和国总统何塞·路易斯·塔马约向恩里克·巴里加将军下令：

——"不惜一切代价！"

当军靴迈着整齐的步伐在四周的大街上行进时，罢工者已经聚集起来，进行盛大的游行。枪声响起，许多工人想逃走，就像被踩的蚂蚁窝一样。他们是第一批倒下的人。

谁知道有多少人被刺刀开膛破肚，被扔到瓜亚斯河的河底！

（192，332，472）

1923 年：阿卡普尔科

民主进程中秩序力量的作用

汤姆·米克斯的电影刚一结束，有一场演讲。胡安·埃斯库德罗[1]突然出现在阿卡普尔科唯一一家电影院的银幕前，发表了一场反对吸血商人的演说，震惊观众。当穿制服的人制服他时，阿卡普尔科工人党已经诞生，在一片欢呼中受洗。

很快，工人党迅速壮大，赢得大选，把他们的黑红旗帜插在市政府的大楼上。胡安·埃斯库德罗身材高挑，留着浓密的络腮胡子，他成了新市长，社会主义的市长：转眼间他把市政府变成合作社和工会的中心，开始了扫盲运动，向拥有一切的三家公司的主人权力发起挑战：这三家公司拥有水、空气和土地以及这片被上帝和联邦政府遗忘的墨西哥肮脏港口的一切污秽。于是拥有一切的主人们组织新的大

---

[1] Juan R.Escudero（1890-1923），墨西哥工人工会领袖，坚持自由的社会主义思想，反对寡头统治，为人民的权利而抗争。他成立了阿卡普尔科工人党，并赢得该市的大选，创立《重生》报纸，揭露当时政治权贵们的贪污腐败和徇私舞弊。

选，让人民纠正错误，但阿卡普尔科工人党再次当选。因此，别无他法，只能调动军队来紧急平定局势。胜利的胡安·埃斯库德罗挨了两枪，一枪在胳膊上，另一枪在额头，非常近但不致命的一枪。同时，士兵们放火焚烧市政府。

（441）

1923 年：阿卡普尔科

埃斯库德罗

埃斯库德罗起死回生，再次赢得大选。在这次成功的议员选举运动中，他坐在轮椅上，残疾，几乎不能说话，每次都向一名小伙子口述他的演讲，年轻人破译这些嘟囔不清的话，然后站在主席台上大声重复出来。

阿卡普尔科的主人们决定出三万比索，请军事巡逻队的人这次务必射中靶心。公司账目的分户账上记录了这笔资金的支出，但没有标注资金流向。最终，胡安·埃斯库德罗被打得千疮百孔，彻彻底底地死了。

（441）

1923 年：阿桑加诺

乌尔维奥拉

家里人希望他当名医生，他没有当医生，而是做了印第安人，仿佛他的双峰驼背和侏儒般身材对他来说仍不是足够大的诅咒。埃塞克尔·乌尔维奥拉[1]放弃了在普诺的法律专业，发誓追随图帕克·阿马鲁的足迹。自那时起，他说克丘亚语，穿草鞋，嚼古柯叶，吹竖笛。

[1] Ezequiel Urviola，他领导了 20 世纪初秘鲁普诺地区的印第安人起义。

日日夜夜里，他奔波在秘鲁山区，鼓动人们反叛。在那里，印第安人像骡子和树一样属于产业主。

警察做梦都想抓住这个驼背的乌尔维奥拉，地主们发誓要向他报仇，但是这个令人讨厌的矮子化作雄鹰飞翔在群山之巅。

（370）

1923 年：卡亚俄
马里亚特吉

何塞·卡洛斯·马里亚特吉[1] 在欧洲旅居几年之后，乘船回到秘鲁。当他离开秘鲁时，他是利马夜晚放荡不羁的夜游神、赛马记者，感受颇多、理解甚少的神秘主义诗人。在欧洲那边他发现了美洲：马里亚特吉遇到了马克思主义，遇到了马里亚特吉，于是在远方，隔着遥远的距离，他学会看见一个近在咫尺时不能看到的秘鲁。

马里亚特吉相信，马克思主义构成人类进步的一部分，就像天花疫苗或相对论一样毫无争议，但是为了适应秘鲁的国情，必须让马克思主义秘鲁化，让它不是理论手册，也不是临摹性的模仿，而是一把进入国家深处的钥匙。进入国家深处的密码在印第安公社，公社遭到贫瘠的大庄园制的掠夺，但他们劳作和生活的社会主义传统却屹立不倒。

（32，277，355）

1923 年：布宜诺斯艾利斯
一名工人猎捕者的特写

他色眯眯地欣赏着火器目录，就像在看色情相册一般。他认为阿

---

[1] José Carlos Mariátegui（1894-1930），秘鲁作家和政治思想家，1919-1923 年他旅居欧洲，接受了马克思主义，1928 年他创建秘鲁社会党，1930 年改名为秘鲁共产党。代表作有《阐述秘鲁国情的七篇论文》。

根廷的军装是人类最美的外皮。他很喜欢活剥落入他的陷阱的狐狸，很喜欢瞄准逃跑的工人，更喜欢瞄准赤色分子，如果是外国赤色分子他就更喜欢了。

霍尔赫·埃尔内斯托·佩雷斯·米连·坦珀利自愿加入巴莱拉中校的军队，去年他奔赴巴塔哥尼亚，痛快淋漓地了结每一个进入他射程内的罢工工人。之后，当德国无政府主义者、为穷人主持正义的库尔特·威尔肯斯[1]投掷炸弹把巴莱拉中校炸飞时，这位工人猎捕者大声发誓将为他的上司复仇。

他复仇了。以阿根廷爱国者联盟的名义，霍尔赫·埃尔内斯托·佩雷斯·米连·坦珀利端起毛瑟枪朝正在牢房中熟睡的威尔肯斯的胸前开了一枪。随后，他拍照留史，手里拿着武器，一副军人完成使命时的表情。

（38）

1923 年：坦皮科 [2]

特 拉 文

一艘破烂不堪、沉没在即的船，如幽灵般抵达墨西哥海岸。在这群没有姓名、没有国籍的流浪汉组成的海员里，来了一位已被镇压的德国革命幸存者。

这位罗莎·卢森堡的同志逃避饥饿和警察的追捕来到坦皮科，写就他的第一部小说。他署名布鲁诺·特拉文[3]。以这个名字他将名声

---

[1] Kurt Wilckens（1886-1923），德国无政府主义者，参加了阿根廷巴塔哥尼亚地区的工人罢工起义。1923 年他杀死了镇压罢工的军官巴莱拉中校，因保护无辜卷入的 10 岁少年，他也受伤，被捕。

[2] Tampico，墨西哥东部港口城市。

[3] Bruno Traven（1882?-1969），一位神秘的作家，他的出生年月和出生地仍存在争议。是一名无政府主义者，曾在德国积极参加工人革命，1923 年流亡到墨西哥，隐姓埋名，化名为 B. 特拉文，以德语进行文学创作。最著名的小说《马德雷山脉的宝藏》（1927）被改编成电影，中文译名为《浴血金沙》（1948）。

鹊起，但是人们将永远不知道他的面孔、他的声音，甚至他的踪迹。特拉文决定成为一个神秘人物，让官僚们不能给他贴标签，以便更好地嘲讽这个结婚契约和遗嘱比爱情和死亡更重要的世界。

（398）

1923 年：杜兰戈平原

潘乔·比利亚阅读《一千零一夜》

潘乔·比利亚阅读《一千零一夜》，就着油灯一个字一个字地大声读着，因为这是能让他酣然入梦的书。之后他早早起床，与他的老战友们一起去放牧。

比利亚仍然是墨西哥北部战场上最具威望的人，尽管这让政府的人一点也不喜欢。时至今日，比利亚把卡努蒂约庄园变成合作社已满三年，在这里医院和学校已初具规模，许多人来这里庆祝。

比利亚正在欣赏他最喜欢的科里多舞曲时，从格拉纳达来的崇拜者——堂费尔南多告诉他，约翰·里德在莫斯科去世了。

潘乔·比利亚下令停止音乐，连苍蝇都停止了飞行。

"胡安尼托死了？我的哥们儿胡安尼托死了？"

"正是他。"

比利亚似信非信。

"我看见了。"堂费尔南多解释，"他与那里的革命英雄们葬在一起。"

人们屏住呼吸。没有人打破沉寂。堂费尔南多小声说道："他死于伤寒，而非枪杀。"

比利亚点了点头："胡安尼托就这么死了。"

他重复道："胡安尼托就这么死了。"

他沉默不语，看着远方，又说道："我以前从没听说过'社会主义'这个词，是他给我解释的。"

很快他站起来，张开双臂，严厉斥责那些木然不动的吉他手：
"音乐呢？音乐怎么了？音乐响起来！"

（206）

1923 年：墨西哥城

人民为墨西哥革命献出百万条生命

十年的战争里，人民为墨西哥革命献出百万条生命，最后军事领袖占有了最好的土地、最有利可图的生意。革命的军官们与剥削印第安人的圣师们、租赁的政客们、宴会上星光闪耀的演说家们一起分享权力和荣誉，他们称奥夫雷贡为"墨西哥的列宁"。

在全国和解的道路上，所有的分歧以公共设施的合同、出让土地或中饱私囊的方式得以解决。总统阿尔瓦罗·奥夫雷贡[1] 如此定义他的政府的风格，这句话很快成为墨西哥的经典之谈：

——"没有一个将军能够抵御五万比索的轰炸。"

（246，260）

1923 年：帕拉尔

永远不能驯服他的骄傲

对于比利亚将军，奥夫雷贡打错算盘了。

对于潘乔·比利亚，没有其他办法，只能用子弹解决他。

一天清晨，比利亚坐车来到帕拉尔。看到他，有人用红手巾擦了擦脸，发出暗号。十二个人收到指示，扣动了扳机。

帕拉尔是他偏爱的城市，"我是如此、如此地喜欢帕拉尔"，在妇

---

[1] Álvaro Obregón（1880-1928），墨西哥政治家，参与墨西哥大革命，1920-1924 年担任墨西哥总统，1928 年再次当选，但很快被刺杀。

女儿童都奔跑着向美国入侵者们扔石头的那一天，潘乔·比利亚心潮
澎湃，心里似万马奔腾，于是他兴奋地大声叫道：
——"帕拉尔，我爱你，直至我死！"

（206，260）

1924 年：尤卡坦的梅里达

民主进程中秩序力量的作用之补充

费利佩·卡里略·普埃尔托[1]也是奥夫雷贡的金钱大炮轰炸不动
的人，一月份的一个潮湿的清晨，他面对着行刑队。

"您需要告解神父吗？"

"我不是天主教徒。"

"需要公证人吗？"

"我没有东西可留。"

在成立尤卡坦社会主义工人党之前，他是莫雷洛斯地区萨帕塔
军队的上校。在尤卡坦地区，卡里略·普埃尔托用玛雅语发表演说。
用玛雅语他解释说，马克思是哈辛托·卡尼克和塞西略·齐[2]的兄
弟，社会主义继承了公社传统，为印第安人光荣的过往赋予了未来的
维度。

直到昨天，他还领导尤卡坦的社会主义政府。无以数计的舞弊和
绝对权威都不能阻止社会主义党远远超出赢得大选，之后也没有办法
阻止他们兑现承诺。反对神圣的庄园制、奴隶制和帝国垄断的渎圣行
为让剑麻种植园的庄园主们和万国收割机公司的老板们异常愤怒。另
一方面，面对世俗教育、自由恋爱和赤色洗礼，主教们也是愤怒不

---

[1] Felipe Carrillo Puerto（1874-1924），墨西哥记者、革命领导人，1922-1924 年担任尤卡坦
地区的执政官。

[2] 哈辛托·卡尼克（又名哈辛托·乌克）和塞西略·齐都是 19 世纪玛雅人的首领，领导玛
雅印第安人进行反抗。

已、震惊不已。所谓赤色洗礼是指孩子们在红花床垫上接受命名，与此同时他们会收到许多社会主义成员的祝福，因此只能派遣军队来结束如此哗然的闹剧。

费利佩·卡里略·普埃尔托的被枪决重复了阿卡普尔科的胡安·埃斯库德罗的历史。尤卡坦地区受压迫者们管理的政府持续了两年时间。受压迫者以理智为武器管理政府。压迫者没有政府，但是他们有武器的理智。与整个墨西哥的情况一样，运气在孤掷一注。

（330）

1924 年：墨西哥城

墙壁的国有化

画架上的艺术邀请封闭的空间，而墙壁却献给行走的人群。是的，人民目不识丁，但是他们不是瞎子。里维拉、奥罗斯科和西凯罗斯向墨西哥的墙壁发起进攻。他们绘画从未画过的事物：在潮湿的石灰上诞生了民族真实的艺术，墨西哥革命的产物，出生入死的这个时代的产物。

墨西哥壁画运动打破了这个习惯于自我否定的国家被矮化、被阉割的自卑艺术的传统。很快，静物和沉寂的风景变成了无比鲜活的现实，大地上的穷人取代物品、嘲讽的对象、同情的目标，成为艺术和历史的主角。

侮辱如潮水般向壁画家们涌来。赞美，一个都没有。但是他们毫无畏惧，仍然爬到脚手架上，继续他们的创作。里维拉每天工作十六小时，不停地画，眼睛和肚子鼓得像癞蛤蟆，牙齿像鱼。他腰间挂着一把手枪。

"这是为了引导评论。"他说。

（80，387）

1924 年：墨西哥城

迭戈·里维拉

迭戈·里维拉[1]画费利佩·卡里略·普埃尔托，尤卡坦的救世主胸前中了一颗子弹，但仍立在世界面前，复活了抑或尚不知道他已经死了；里维拉画埃米利亚诺·萨帕塔号召人民起义。他画人民：在教育部一千六百平方米的墙壁上，汇集了墨西哥所有的人民，他们参与到劳作、战争和节日庆典的史诗之中。当他逐渐把这个世界涂上色彩时，迭戈以欺骗来自娱自乐。对于凡是愿意听他说的人，他都告诉他们像他的肚子、他创作的激情、他对女人永不满足的贪婪一样肥硕的谎话。

他从欧洲回国快三年了。在那边，在巴黎，迭戈是一个先锋派画家，他厌倦了各种主义；当他已经逐渐灰心，画画只不过是打发无聊时，他回到墨西哥，接受他自己的土地的光芒，直至点燃双眼。

（82）

1924 年：墨西哥城

奥罗斯科

迭戈·里维拉让一切丰满圆润，何塞·克莱门特·奥罗斯科[2]则削尖一切。里维拉画感官享受，画玉米的肉体，画丰美多汁的水果；奥罗斯科画绝望的表情，画瘦骨嶙峋的身体，画受伤淌血的龙舌兰。在里维拉的作品里有的是欢快，而在奥罗斯科的画作里看到的是悲剧。里维拉的作品里充满柔情和熠熠生辉的镇静，而在奥罗斯科的绘画里渗透出庄严和愤怒。奥罗斯科笔下的墨西哥大革命很宏大，像里

---

[1] Diego Rivera（1886–1957），墨西哥著名画家，他积极促进墨西哥的壁画复兴运动。他与奥罗斯科、西凯罗斯被称为墨西哥壁画三杰。

[2] José Clemente Orozco（1883–1949），墨西哥著名壁画家。

维拉的一样；但是里维拉的画传达给我们希望，而奥罗斯科仿佛对我们说，不管是谁偷了众神的神圣火种，他都拒绝把它交给人类。

（83，323）

1924 年：墨西哥城

西凯罗斯

奥罗斯科是孤僻、隐秘、内向型的混乱，而大卫·阿尔法罗·西凯罗斯[1] 是壮观、浮夸、外向型的混乱。奥罗斯科把画画当作孤独的仪式，西凯罗斯则把画画看作团结的战斗。"除了走我们的道路，别无选择。"西凯罗斯说。他以自己健壮的力量反对他认为瘦弱多病的欧洲文化。奥罗斯科犹豫、怀疑他所做的事情，但西凯罗斯则发起攻击，他深信他的爱国主义的傲慢对于这个有着自卑情结的病态国家来说不啻为一种良药。

（27）

迭戈·里维拉说："人民是墨西哥壁画的英雄"

就我们与奥罗斯科和西凯罗斯开始创作的艺术的意义上说，墨西哥绘画真正的新颖之处是让人民成为壁画的英雄。在这之前，壁画的英雄一直是众神、天使、天使长、圣徒、战争英雄、帝王、高级教士、伟大的军事和政治领袖，而人民只不过是背景群众围绕在悲剧主要人物的身边……

（79）

---

[1] David Alfaro Siqueiros（1896-1974），墨西哥壁画三杰之一，他是墨西哥共产党党员。

1924 年：雷格拉

列 宁

古巴小镇雷格拉的镇长召集大家。从邻近的哈瓦那市传来了列宁在苏联去世的消息，镇长宣读了哀悼的指令。指令上说："*前面提及的列宁赢得了这个市镇的无产阶级分子和知识分子应有的尊敬，因此下周日下午五点居民将举行两分钟的默哀，届时人群和车辆将保持绝对的安静。*"

星期日下午五点整，雷格拉的镇长爬上防御工事的山岗。一千多人陪着他，尽管怒雨不止。雨中默哀两分钟。之后，镇长在山的最高处栽下一棵橄榄树，向这位把红旗永远插在白雪中心的人致敬。

(215)

1926 年：圣阿尔比诺

桑 地 诺

他矮小瘦削，骨瘦如柴，倘若他不是如此根深蒂固地扎根于尼加拉瓜的土壤，一阵大风就能把他吹跑。

在这片土地上，他的土地上，奥古斯托·塞萨尔·桑地诺起义，发表讲话。他讲述了他的土地对他讲述的一切。当桑地诺躺在他的土地上睡觉时，她悄悄告诉他自己深深的痛楚和甜蜜。

桑地诺站起身，讲述被入侵和被压迫的土地告诉他的悄悄话，并问道："你们中有多少人像我这般爱她？"

圣阿尔比诺的二十九名矿工向前跨一步。

他们是尼加拉瓜解放军的第一批士兵。他们是目不识丁的工人，每天工作十五个小时，为一家美国公司淘金，晚上挤在一间棚屋里睡觉。他们用甘油炸药炸了工矿，跟着桑地诺上山了。

桑地诺骑着一头白色小毛驴。

(118，361)

1926 年：卡贝萨斯港

世界上最可敬的妇女

世界上最可敬的妇女是卡贝萨斯港的妓女们。因为床笫之言，她们知道美国海军陆战队藏匿四十挺来复枪和七千颗子弹的确切位置。感谢她们牺牲身家性命来对抗入侵的外国军队，桑地诺和他的人才借着火把的光，从水里抢到了他们的第一批武器和第一批弹药。

（361）

1926 年：北茹阿泽鲁

西塞罗神父

茹阿泽鲁看起来是个荒无人烟的村庄，无边无垠的荒芜中立着四五个棚屋，而在一个好日子里，上帝伸手指向这片穷乡僻壤，指定她为圣城。于是，受苦受难的人成千上万地涌来。所有殉教之路和圣迹之路都指向这里。枯瘦肮脏的朝圣者们从巴西全国各地赶来，衣衫褴褛、一瘸一拐地排着长长的队，他们把茹阿泽鲁变成了东北部内陆地区最富有的城市。这个重塑信仰的耶路撒冷新城是被遗忘之人的记忆所在，是迷途者的指南针，普通的萨尔加迪纽河现在叫约旦河。一群虔诚女教徒举着耶稣受难流血的青铜圣像，围着西塞罗神父，他宣布耶稣即将降临。

西塞罗·罗马奥·巴蒂斯塔神父[1]是那片土地和土地上灵魂的主人。他是沙漠里海难者的拯救者，是疯子和犯罪之人的驯服人，他赐给不孕妇女们子嗣，赐给干旱土地甘霖，给盲人光明，给穷人一些他吃剩的面包屑。

（133）

---

[1] Cícero Romão Batista（1844-1934），西塞罗神父在巴西东北部地区拥有很高威望，是当地很多天主教徒的精神领袖，但被天主教会认为是异教徒，2015 年罗马教廷重新承认他的地位。

1926 年：北茹阿泽鲁

因为圣迹一名强盗变身为上尉

"油灯"[1]手下勇士们鸣枪、唱歌。钟声齐鸣、烟火绽放，欢迎他们来到茹阿泽鲁城。强盗们炫耀着全套的武器和皮质盔甲上密密麻麻的奖章。

在西塞罗神父的雕像脚下，西塞罗神父为强盗们的首领祈神赐福。众所皆知，"油灯"的强盗队伍从来没有抢劫过家中供有西塞罗神父圣像的房子，也没有杀死过任何一个相信这位如此神奇圣人的虔诚信徒。

以巴西政府的名义，西塞罗神父授予"油灯"上尉的军衔，每个肩章上三条蓝杠，把他们的温彻斯特猎枪换成了无可挑剔的毛瑟步枪。"油灯"上尉承诺将镇压路易斯·卡洛斯·普雷斯特斯[2]中尉的造反。造反者走遍巴西，四处宣扬民主和其他一些恶魔般的思想。但是"油灯"一离开这座城市就忘记了"普雷斯特斯之柱"的事情，重操旧业。

(120，133，263)

1926 年：纽约

瓦伦帝诺

昨夜，在一家意大利餐馆，鲁道夫·瓦伦帝诺[3]因意大利面盛宴而不适，倒地不起。

---

[1] Lampião，前文已提及的强盗头子。

[2] Luis Carlos Prestes（1898-1990），巴西共产主义运动政治人物，曾担任巴西共产党的总书记。1925-1927 年他领导了名为"普雷斯特斯之柱"的起义运动。

[3] Rudolph Valentino（1895-1926），美国著名默片演员，意大利和法国混血儿，曾主演《启示录四骑士》《茶花女》《酋长》《碧血黄沙》等名片。本文中提及的斗牛场、宫殿等情节均与他曾主演的电影有关。

五大洲的几百万妇女们成为寡妇。她们崇拜这位活跃在所有城镇的"神庙－电影院"的"神坛－银幕"上的优雅的拉丁情人。她们与他一起乘着沙漠之风，纵马奔向绿洲；她们与他一起进入悲伤的斗牛场，进入神秘的宫殿，在镜子铺成的地面上跳舞，在印度王子或酋长之子的房间里褪衣裸体；她们被他那慵懒的、摄人心魄的眼神穿透，被他紧紧拥抱，沉迷般陷入深深的真丝床褥。

对此他甚至毫不知情。瓦伦帝诺这位好莱坞男神抽烟似亲吻，目光能杀人，每天收到上千封情书。而实际上他是一个独自入睡、梦中会梦见妈妈的男人。

（443）

1927 年：芝加哥

路 易 斯

她居住在新奥尔良的佩尔迪多街，在最底层的贫民窟的最底层，那里所有去世之人的胸口都摆放着一个小盘子，让街坊邻居们投钱来为他安葬。现在她死了，她的儿子路易斯很高兴能为她准备一个漂亮的葬礼，一场她梦见上帝把她变成白人、变成百万富翁的美梦结尾时那样豪华的葬礼。

路易斯·阿姆斯特朗只靠着剩菜剩饭和音乐长大，直到他能够离开新奥尔良前往芝加哥时，他带的所有行囊是一把小号，而全程的干粮是一块鱼肉三明治。短短几年过去，他变得很胖，因为他以吃来报复。假如现在他回到南部，或许他能够进入黑人禁入抑或穷人难以企及的某些地方，甚至他可能走在几乎所有的街道上都不会被驱赶。他是爵士之王，这一点无人质疑：他的小号低声浅吟、嘟嘟囔囔、呜咽凄切，如受伤的野兽般哀嚎，却又开怀大笑，满怀激情、铿锵有力地颂扬生活的荒唐。

（105）

1927 年：纽约

贝 茜

这位女人用荣耀的嗓音歌唱她的悲伤，没有人能听而不闻或无动于衷。更深夜阑时的肺腑之音：贝茜·史密斯[1]，她体态无比肥硕，肤色无比黝黑，她诅咒着世间万物的偷盗者。她的布鲁斯音乐是贫民窟里贫穷、醉酒的黑女人们的宗教圣歌，她的歌宣告羞辱世界的那些白人、大男子主义者和富人将会失去权威。

（165）

1927 年：拉帕洛

庞 德

二十年前，埃兹拉·庞德[2]离开美国。庞德身为诗人之子、诗人之父，正在意大利的阳光之下寻找那种足以匹配阿尔塔米拉岩洞里的野牛的新形象，寻找能够与比鱼类还古老的神祇进行对话的陌生词语。

在路上，他弄错了敌人。

（261，349，437）

1927 年：查尔斯敦

"美好的一天"

"美好的一天。"马萨诸塞州的州长说。

---

[1] Bessie Smith（1894-1937），美国著名的布鲁斯歌手、爵士歌手。

[2] Ezra Pound（1885-1972），美国著名诗人，意象主义诗歌的代表人物。1924 年他离开巴黎前往意大利的拉帕洛，成为法西斯分子，支持墨索里尼，作品里显露排犹主义思想。

8 月的这个星期一的子夜时分，两名意大利工人将坐上查尔斯敦监狱里死刑室的电椅。鞋匠尼古拉·萨科、鱼贩巴托洛梅奥·范塞蒂[1]将因莫须有的罪名被处以死刑。

萨科和范塞蒂的命握在一个靠卖帕卡德汽车赚了四千万美元的商人手里。马萨诸塞州的州长阿尔万·塔夫茨·富勒身材矮小，他坐在一张巨大的木制写字台后面。面对来自地球四面八方的抗议声潮，他拒绝退让。他真切地相信司法程序正确，所有证据确凿；而且他认为所有邪恶的无政府主义者和来摧垮本国的肮脏外国佬们都该死。

（162，445）

1927 年：阿拉拉夸拉
马里奥·德·安德拉德

马里奥·德·安德拉德[2]是奴颜媚骨、煽情造作和夸大其词的官方文化的挑衅者，他创造了一些词汇，极其嫉妒音乐的词汇，但能够看见和叙述巴西的一切，也能够咀嚼巴西的一切，因为巴西是一颗可口而热烫的花生。

假期里，纯粹出于自娱自乐，马里奥·德·安德拉德记录下毫无特点的英雄马库纳伊玛的言行，与他从一个金嘴鹦鹉那里听到的一样。根据鹦鹉所说，马库纳伊玛是一个丑陋的黑人，出生在雨林的深处。因为懒惰，直到六岁前都不会说一个字，而且他爱做的事情是掐死蚂蚁、朝兄弟姐妹们脸上吐口水、爱抚姑嫂。马库纳伊玛那些令人捧腹大笑的历险故事经历了巴西所有时空的洗礼，在这样一次伟大的

---

[1] 萨科（1891-1927）和范塞蒂（1888-1927）是生活在美国马萨诸塞州的意大利移民，无政府主义者，1920 年被指控犯有武装抢劫谋杀罪而被判死刑。因为所有证据都是间接的，该案件引起很大关注。历史学家认为这是一场充满种族主义的审判。1927 年 8 月 23 日两人被处以死刑。

[2] Mario de Andrade（1893-1945），巴西诗人、小说家、音乐学者，巴西现代主义的创始人之一，1928 年他出版了他最著名的小说《马库纳伊玛》。

愚弄之中，一切都被揭露出来，一切都被批评。

马库纳伊玛是比作者更真实的人。与所有的有血有肉的巴西人一样，马里奥·德·安德拉德是一个痴迷于想象的人。

(23)

1927 年：巴黎

维拉－罗伯斯

一根硕大的雪茄后面，升起一团烟雾。云雾环绕中，海托尔·维拉－罗伯斯[1]愉快而甜蜜地吹着口哨，吹着一首流浪者的曲调。

在巴西，反对他的评论家认为他创作的音乐是让癫痫患者演奏、给妄想症狂听的，但是在法国，人们为他欢呼。巴黎的报纸热情称赞他大胆的和弦和强烈的民族感。他们发表了很多文章来介绍这位大师的生平。一家报纸说有一次维拉－罗伯斯被食人印第安人绑在烤架上，差点被烤，而当时他手臂夹着维克多牌电唱机，放着巴赫的音乐，行走在亚马孙雨林。

在巴黎一场场音乐会间隙为他准备的其中一场宴会上，一位女士问他是否生吃过人肉，是否喜欢。

(280)

1927 年：哈利斯科平原

在一个巨大的木头十字架后面

在一个巨大的木头十字架后面，骑手们扛着它。哈利斯科和墨西哥其他州的反对执行宪法中反教会条款的人纷纷反抗，寻找殉教和光

---

[1] Heitor Villa-Lobos（1887-1959），巴西著名音乐家，他受到欧洲古典音乐和巴西民族音乐的影响，创作了自称为"巴西的巴赫风格"的作品。

荣之路。他们向头上戴着珠光宝气的王冠而非荆棘的耶稣国王高呼万岁，他们向不甘心丧失在墨西哥仍然保留的些许教会特权的教皇高呼万岁。

贫穷的农民们曾经为许诺他们土地的一场革命而死。现在，注定要向死而生的他们，要为一个向他们许诺天堂的教会去死。

（297）

1927 年：哈利斯科的圣加布埃尔

一个孩子看着这一切

母亲挡住他的眼睛，不让他看见爷爷双脚倒挂在那儿。之后，母亲的双手不让他看到被强盗的子弹打得千疮百孔的父亲，也不让他看见吊在电线杆上、在风中晃来晃去的叔父们。

现在母亲也死了，或者她已疲惫不堪，难以保护他的双眼。胡安·鲁尔福[1]坐在蜿蜒起伏于山丘的石头墙上，双目毫无遮拦地看着这片荒芜的土地。他看见骑手们——联邦军或反对执行宪法中反教会条款的人，他们毫无区别——从烟雾里出来，在他们身后，很远的地方，火光冲天。他看见一排被绞死的人，已被鹰鹫掏空只剩下碎布条；他看见身着黑衣的妇女们游行。

胡安·鲁尔福是一个九岁的男孩，他感觉自己被一群像他一样的幽灵包围着。

这里没有一丝生气。除了丛林狼的嗥叫听不到其他声音，除了盘旋而上的黑风再无其他气流。在哈利斯科平原上，活着的人是死人伪装的。

（48，400）

---

[1] Juan Rulfo（1917–1986），墨西哥著名作家，代表作品是《佩德罗·巴拉莫》《烈火平原》。

1927 年：奇波特高地

虎 禽 战

十五年前，"为保护美国公民的生命和财产安全"，海军陆战队在尼加拉瓜短暂登陆，但忘了离开。现在，北部的这些山区起义反抗他们。这片地区，村庄稀少，但是这里的人不是桑地诺的士兵，就是他的间谍或信报员。自圣阿尔比诺工矿爆炸和发生在穆伊穆伊村的首次战斗以来，解放军的队伍日益壮大。

洪都拉斯的所有军队陈兵边境，防止武器从水路到达桑地诺手上，但是游击队员们从倒下的敌人身上缴获枪支，挖取嵌入树木的子弹。砍杀的砍刀不缺，装满玻璃碴、钉子、螺丝和甘油的沙丁鱼罐头做的手榴弹爆炸威力不错。

美国的飞机肆意轰炸，炸毁村庄民房，海军陆战队在雨林中、在深渊幽谷、在高山尖顶四处搜罗，被烈日炙烤、被风吹雨淋、被尘土窒息，他们一路烧杀抢掠。哪怕是小猴子也扔东西砸他们。

他们表示可以赦免桑地诺，并提供自反叛之日起每日十美元的补偿。哈特菲尔德上尉勒令他投降。自云雾缭绕的神秘山峰之巅，奇波特高地的防御工事那里传来了答复："我不出卖我自己也不会投降。"落款祝语是："您恭顺的侍者：愿伺候您躺入美丽的棺材，并奉上美丽的花束。"以及桑地诺的签名。

爱国者士兵们像老虎一样撕咬，像飞禽一般飞翔。他们出其不意地发动攻击，像猛虎一般直扑强大敌人的正面，在敌人能够做出反应之前，他们已经袭击其背部或侧翼，然后扑打着翅膀消失了。

（118，361）

1928 年：北部的圣拉斐尔

疯狂的小型部队

四艘"海盗船"战斗机轰炸奇波特高地的桑地诺防御工事，同时海军陆战队的大炮也在围攻。整整几天几夜里，整个地区炮声轰鸣，大地震颤，直到入侵者们装上刺刀，向架满步枪的石头战壕发起进攻。这样英勇的行为没有遭受任何的伤亡，因为进攻者遇到的是草人士兵和木头步枪。

很快美国的报纸报道了奇波特高地的这场战斗。报道没说海军陆战队进攻了一支戴着宽檐帽和围着红黑围巾的稻草人军团。相反，他们肯定地说桑地诺本人也在攻击目标之中。

在北部的圣拉斐尔遥远的村落里，桑地诺听着他的人在篝火旁唱歌。在那里他收到了他自己死亡的消息："*上帝和我们的山峦与我们同在。最终，死亡不过是痛苦的瞬间。*"

在过去几个月里，三十六艘军舰、六千名新的海军陆战队队员作为援军抵达尼加拉瓜。在七十五场大大小小的战斗中，援军几乎全军覆没。而猎物几度从他们手指缝里溜走，没人知道是怎么溜走的。

"*疯狂的小型部队*"，智利诗人加夫列拉·米斯特拉尔这么称呼桑地诺的部队，这群衣衫褴褛、勇猛善战的勇士之师。

（118，361，419）

"所有人都是兄弟"

胡安·巴勃罗·拉米雷斯："*我们做了稻草人，排列开来。我们竖起戴着草帽的木头竿子作为诱饵。很有意思……飞机轰炸了七天，炸弹把它们炸飞了。我笑得都尿了！*"

阿方索·阿里桑德尔："*入侵者好比大象，而我们是蛇。他们纹丝不动，而我们，灵活敏捷。*"

佩德罗·安东尼奥·阿劳斯："*美国佬伤心死了，那些忘恩负义的混蛋。因为他们不了解我们国家的山势地形。*"

辛弗罗索·贡萨雷斯·塞莱东："*农民们帮助我们，他们为我们工作，同情我们。*"

科斯梅·卡斯特罗·安迪诺：*"我们没有报酬。每当我们到达一个村庄，村里人就给我们吃的，我们平分。所有人都是兄弟。"*

（236）

1928 年：华盛顿
新闻剪辑

在华盛顿一场激动人心的仪式上，十名海军陆战队的军官因为在镇压桑地诺的战争中*"杰出服役和超凡英勇"*而获得十字勋章。

《华盛顿先驱报》和其他几家报纸整版报道杀害海军陆战队员的刽子手们——*"亡命土匪们"*的罪行，并公布了刚刚从墨西哥传来的文件。充斥着大量拼写错误的文件有可能证明：墨西哥总统卡列斯在给桑地诺运送武器，并通过苏联外交官向其宣传布尔什维克。国会的非官方资料指出，卡列斯总统提高在墨美国石油公司税收时就已开始显露出其共产主义思想倾向，而当其政府与苏联建立外交关系时就完全确认了他的思想。

美国政府警告称*"将不允许苏联和墨西哥士兵在尼加拉瓜建立苏维埃"*。据国会官方发言人说，墨西哥正在*"输出布尔什维克主义"*。继尼加拉瓜之后，巴拿马运河将是苏联在中美洲扩张的下一个目标。

参议员肖特德瑞吉肯定地说美国公民*"得像古罗马的公民一样受到保护"*。参议员宾厄姆宣布：*"我们必须接纳我们是国际警察的职能。"*宾厄姆议员是那位十六年前在秘鲁发现马丘比丘废墟的著名考古学家，他从未隐藏他对逝去的印第安人的作品的崇拜。

持反对意见方，参议员波拉否认他的国家拥有充当中美洲检察官的权利，惠勒参议员建议政府如果真的想追捕土匪的话，就派遣海军陆战队去芝加哥，而不是尼加拉瓜。站在这一方的《民族周刊》提议美国总统应该按照英国乔治三世能够称呼乔治·华盛顿为*"小偷"*的同等标准来称呼桑地诺为*"土匪"*。

（39，419）

1928 年：马那瓜

殖民权力组画

美国小孩学地理时，地图上的尼加拉瓜是一个带颜色的斑点，上面写着：*美国保护领地*。

当美国决定尼加拉瓜不能够自己管理本国时，位于大西洋沿岸的地区有四十所公立学校。现在只有六所。监护国没有修建一条铁路，也没有开设哪怕一条公路，没有设立一所大学。相反，现在尼加拉瓜的欠债比以前更多。这个被占领的国家为她自己被占领而支付费用；占领者仍然占领这里，以确保被占领者能继续支付占领费用。

尼加拉瓜海关被掌控在债权人美国银行家的手里。银行家们委任美国人克利福德·D.汉姆为海关审计员和总收税人。此外，克利福德·D.汉姆还是合众通讯社的通讯记者。海关的副审计员和副总收税人、美国人欧文·林德伯格是联合通讯社的通讯记者。如此，汉姆和林德伯格不仅仅强夺了尼加拉瓜的关税，而且强夺了他们的信息。是他们向国际舆论通报桑地诺的恶劣行径：*十恶不赦的土匪，布尔什维克的代表*。

一名美国上校统领尼加拉瓜的军队——国民卫队，一名美国上尉指挥尼加拉瓜的警察。

美国将军弗兰克·麦科伊领导国家选举委员会。四百三十二名海军陆战队员维持投票桌秩序，十二架美国飞机守护。尼加拉瓜人投票，美国人挑选。新总统甫一当选就宣布海军陆战队将继续待在尼加拉瓜。这一难以忘怀的公民盛宴是由占领部队的指挥官洛根·费兰将军组织的。

费兰将军，肌肉发达，眉毛浓密，双腿交叉架在书桌上。提到桑地诺，他打着哈欠说："那只鸟总有一天会落下来的。"

（39，419）

1928 年：墨西哥城
奥夫雷贡

在墨西哥的雅基山谷里的纳伊纳里庄园里，狗群狂吠。

"让它们安静！"阿尔瓦罗·奥夫雷贡将军下令。

狗叫得更厉害了。

"给它们点吃的。"将军下令。

狗不理睬那些食物，继续狂吠。

"给它们新鲜肉！"

新鲜肉也不能让狗群安静下来。甚至在被打之后，哀嚎声仍不断。

"我知道它们想要什么。"于是，奥夫雷贡无可奈何地说。

这事发生在 5 月 17 日。7 月 9 日，在库利亚坎，奥夫雷贡正在门廊的阴凉处喝一杯罗望子冷饮时，大教堂的钟声响起，诗人楚伊·安德拉德[1] 醉醺醺地对他说："独臂伪君子[2]，钟声为你敲响。"

第二天，在埃斯奎纳帕，在吃完嫩虾玉米粽子筵席之后，奥夫雷贡正准备上火车，他的好朋友埃莉萨·贝亚文拽住他的胳膊，用嘶哑的声音求他："你别走。他们会杀了你的。"

但是奥夫雷贡登上列车，来到了首都。在子弹如马蜂般呼啸嗡响的年代里，奥夫雷贡知道如何在枪林弹雨中开路；他曾经是斗牛士中的斗牛士，胜利者中的胜利者；他攻克了权力、荣誉和金钱，除了失

---

[1] 墨西哥浪漫主义诗人，19 世纪 80 年代出生在墨西哥的库利亚坎地区，原名是赫苏斯·G. 安德拉德。在墨西哥，楚伊是对叫赫苏斯的人的一种昵称。诗人一开始拥护奥夫雷贡，但当奥夫雷贡宣布第二次参选总统时他不再支持他。因此 1928 年当奥夫雷贡参加竞选活动，经过库利亚坎时，安德拉德走上前送上了预言般的话语："¡Mocho！¡Oyes esas campanas que hoy tocan a Gloria？[…]；P ronto doblarán a muerto！"（独臂伪君子，你听见今天的钟声荣耀颂吗？……很快丧钟就要敲响！）几个星期后奥夫雷贡被暗杀。1928 年 12 月 8 日，诗人在穷困中去世。

[2] 原文为 mocho，有很多意思，如伪君子、假圣人、独手的人。与潘乔·比利亚的战斗中，奥夫雷贡的一只胳膊被炸残，符合"独臂人"这个意思。鉴于诗人更多是讽刺奥夫雷贡虚伪，故译为独臂伪君子。

去被潘乔·比利亚炸飞的手臂之外无任何损失，因此现在他知道他生命中最后的日子即将结束，但他也不能回头。他像无事人一样继续向前，但是很伤心。最终他失去了他唯一的无知：不知道自己何时死亡的幸福。

（4）

1928 年：比亚埃尔莫萨
吃神父的人

奥夫雷贡刚刚去世——被一个天主教的激进教徒枪杀，墨西哥塔巴斯科州州长曼努埃尔·加里多下令复仇：他下令拆毁大教堂，直到推倒最后一块石头，把教堂铜钟熔化做成逝者的雕像。

加里多认为天主教用永恒之火的威胁恐吓劳动者们，把他们关进了恐惧的牢笼。加里多说，为了让自由进入塔巴斯科，宗教必须离开。他粗暴地赶走它：斩杀圣徒，推倒教堂，拔去墓地里的十字架，强迫神父们结婚，给所有以圣徒名命名的地方换上新的名字。州府圣胡安–包蒂斯塔更名为比亚埃尔莫萨。在一次隆重的仪式上，他把一头种牛命名为"主教大人"，一头驴叫"教皇"。

（283）

1928 年：圣玛尔塔南部
香蕉化运动

当联合果品公司的黄色火车从海边抵达时，它们只不过是哥伦比亚海岸边的一些被人遗忘的村镇，一条横在河流与墓地之间的尘土飞扬的小街，就像两个梦之间的哈欠。火车咳出烟气，穿过沼泽，在雨林中开路前行，当它出现在一片闪耀的光亮里，鸣响汽笛，宣告香蕉时代已经来临。

于是整个地区一觉醒来，变成了广阔的种植园。谢纳加镇、阿拉卡塔卡镇和丰达西翁镇有了电报局和邮局，有了开满台球室和妓院的崭新街道，成千上万的农民忘记了栅栏里的骡子，蜂拥而来，成为工人。

经年里，那些工人恭顺、价廉，挥舞砍刀披荆斩棘，砍香蕉串，每天挣不到一美元的工钱；他们忍受着蜗居在肮脏的棚屋，得疟疾或结核病死去。之后，他们成立了工会组织。

(186，464)

1928 年：阿拉卡塔卡镇
诅　咒

闷热、昏睡、怨恨。香蕉在树上腐烂了。牛在空空的牛车前睡觉。火车停在支线上，一束香蕉也没有收到。七艘船停靠在圣玛尔塔码头，等待：货舱里没有任何水果，鼓风机已停止转动。

已经有四百名罢工者被捕，但是罢工仍然不屈不挠地继续。

在阿拉卡塔卡镇，联合果品公司设晚宴招待该地区的民事军事首领。吃餐后甜点时，卡洛斯·科尔特斯·巴尔加斯将军咒骂那些工人是"武装的恶人""布尔什维克煽动者"，他宣布明天将奔赴谢纳加镇，率军整顿秩序。

(93，464)

1928 年：谢纳加镇

大 屠 杀

谢纳加[1]湖畔，一片大海的波涛和旗帜的海洋。罢工者已经从四面八方赶来，他们是腰间挎着砍刀的男人，身上背着锅和孩子的妇女。在这里，他们围在篝火旁，等待着。公司承诺他们今晚将签署一个结束罢工的协议。

来的不是联合果品公司的经理，而是科尔特斯·巴尔加斯将军。向他们宣读的不是协议，而是最后通牒。

人群一动不动。军号吹响三声，发出警告。

于是，突然，世界爆炸，一声炸雷，机关枪和来复枪打光了子弹。

广场上一片尸山血海。士兵们打扫、清洗了整整一夜，同时，轮船把尸体抛到大海深处。天亮时，什么事情也没发生。

——"在马孔多什么也没发生，现在没有，将来也不会。"

（93，464）

1928 年：阿拉卡塔卡镇

加西亚·马尔克斯

对受伤和藏匿的罢工者的围捕行动开展开来。像抓兔子一样，他们在行驶的火车上撒开网，在车站收网。在阿拉卡塔卡镇，一晚上抓住了一百二十个罢工者。士兵们叫醒神父，拿走墓地的钥匙。神父穿着内衣，颤颤巍巍地听着枪声。

离墓地不远的地方，一个婴儿正躺在摇篮里嗷嗷大哭。

多年以后，这个婴儿将会向世界揭露这个得有健忘症、忘记所有

---

[1] 谢纳加是位于哥伦比亚圣玛尔塔的一个海滨湖。

事物名字的小镇的隐藏的秘密。他将会发现讲述工人们在广场上被枪决的羊皮纸；他将会发现在这里，格兰德姨妈是人命、大庄园以及雨水和即将降临的雨水的主人；他将会发现在雨歇之际俏姑娘雷梅迪奥斯去了天上，在空中遇到了羽毛脱落的衰老天使，而他正落向鸡笼。

（187，464）

1928 年：波哥大

新闻剪辑

新闻报道了香蕉种植区最近发生的事情。根据官方消息，罢工者们的捣乱行为已经造成四十座种植园被焚毁，三点五万米电报线被毁，八名工人因试图袭击军队而被杀。

共和国的总统谴责罢工者们背信弃义，他宣布：*"他们用淬有毒液的匕首刺穿祖国深情的心脏。"* 总统颁布政令，任命科尔特斯·巴尔加斯将军为全国警察总署的署长，宣布将会擢升和奖励参与这一著名事件的其他军官。

在一次轰动一时的演讲中，年轻的自由派立法委员霍尔赫·埃列塞尔·盖坦 [1] 反驳官方说法，宣称哥伦比亚军队听命于一家外国公司而实施大屠杀。据盖坦所说，联合果品公司指挥了屠杀工人的行动，在镇压罢工之后削减了工人的日薪。联合果品公司用配给券而非现金支付工资。立法委员强调说，果品公司压榨哥伦比亚政府赠送的土地，而且不用交税。

（174，464）

---

[1] Jorge Eliécer Gaitán（1903-1948），哥伦比亚法学家、作家，自由党派中偏左的政治家。1928 年香蕉大屠杀之后，他在辩论中站在人民的立场，而赢得威望。1948 年 4 月 9 日他被暗杀，许多人认为他的被杀是因为有些势力想阻止社会主义乃至共产主义蔓延至哥伦比亚。2018 年 4 月 9 日，哥伦比亚真相委员会申请重新调查真相。为纪念他，哥伦比亚 1000 比索的纸币上印有他的图像和他的名言。

1929 年：墨西哥城

梅 利 亚

古巴独裁者赫拉尔多·马查多下令杀他。胡里奥·安东尼奥·梅利亚 [1] 只不过是流亡墨西哥的一个学生，他热衷于四处乱跑和发表一些反对种族主义和带着面具的殖民主义的文章，读者寥寥无几；但是独裁者认为他是最危险的敌人，这一点独裁者没搞错。自从梅利亚激烈的演讲震惊了哈瓦那的学生以来，马查多就瞄准了他。梅利亚激烈地揭发独裁，嘲笑古巴大学的腐朽，是生产殖民时期西班牙经院哲学思想的专业人士的工厂。

一天晚上，当梅利亚挽着女伴蒂娜·莫多蒂 [2] 的胳膊走在路上时，杀手们开枪了结了他。

蒂娜叫起来，但面对倒地的尸体，她没有哭。

蒂娜后来哭了，当她天亮时回到家里，看见梅利亚的鞋，在床底下，空空的，像在等他。

直到几个小时以前，这个女人还幸福得连她自己都嫉妒自己。

（290）

1929 年：墨西哥城

蒂娜·莫多蒂

墨西哥右派的报纸肯定地表示，古巴政府与这件事毫无关系。梅

---

[1] Julio Antonio Mella（1903-1929），古巴记者和革命者，曾先后创立《祖国》《青年》等杂志，宣传革命思想。1922 年他参与创建大学学生联合会，并担任秘书，1923 年成为主席。1925 年他参与创建古巴共产党。1926 年他被驱逐出大学，后流亡墨西哥，在墨西哥被杀害。

[2] Tina Modotti（1896-1942），意大利摄影师，早期热衷于拍摄浪漫主义的作品。 1923-1930 年间，她居住在墨西哥，与墨西哥壁画运动的画家们联系紧密。1927 年她与墨西哥共产党合作，成为革命积极分子。

利亚是激情犯罪的受害者，"不管莫斯科布尔什维克犹太佬 [1] 怎么说"。媒体披露，蒂娜·莫多蒂"作风令人怀疑"，面对这个悲惨事件反应非常冷漠，事后在警察局的供词里，出现了令人生疑的矛盾。

蒂娜是意大利摄影师，生活在这里的短暂几年里，她已经深入墨西哥深处。她的摄影作品是面放大镜，让日常的小事变大，让这里靠双手劳动的普通人变得伟大。

但是她犯了自由罪。当她看见梅利亚走在为萨科和范塞蒂、为桑地诺抗议的人群中时，她还是单身，但她与他没有举办婚礼就住在一起了。之前，她是好莱坞的演员、模特、艺术家的情人；没有一个男人看见她而不激动。因此，她是一个荡妇，更糟的是她是外国人、共产党。警察一边散发展示她曼妙身材的裸体照片，一边启动程序，把她驱逐出墨西哥。

（112）

1929 年：墨西哥城
弗 里 达

面对调查审判，蒂娜·莫多蒂不是一个人。她的同志迭戈·里维拉和弗里达·卡罗 [2] 一人挽着她一只胳膊。画家迭戈肥硕得像尊佛，而瘦小的弗里达也是一名画家，是蒂娜最好的朋友。她看起来像东方神秘的公主，但满口脏话，喝的龙舌兰酒比哈利斯科的马利亚奇歌手还多。

自从她被判处要忍受无尽的疼痛的那·天起，她就放声大笑，在华美的布面上画油画。

第一次的疼痛发生在久远之前，童年时代，当她的父母把她打扮

[1]　指的是托洛茨基。
[2]　Frida Kahlo（1907—1954），墨西哥女画家，以自画像著名，是墨西哥壁画家迭戈·里维拉的妻子。

成天使，而她想张开草扎的翅膀飞翔时；但是永无结束的疼痛是在街上的一次车祸中降临的，当时电车的一根铁柱子像长矛一般穿透了她的身体，打碎了她的骨头。从那之后，她是一个幸存的疼痛者。做了很多次手术，但都没用；在医院的床上，她开始画她的自画像，向她的余生绝望地致敬。

(224，444)

1929 年：卡佩拉

"油灯"

巴西东北部地区最著名的匪帮洗劫了卡佩拉镇。首领"油灯"——从来不苟言笑——定出了合理的赎救价码。大甩价，因为我们处在旱季。当地方的权贵们凑钱时，他在街上闲逛。所有的村民都跟随着他。他令人毛骨悚然的罪行为他赢得了普遍的赞赏。

"油灯"是独眼龙，荒原上的主宰，在阳光下神采飞扬。他的金框眼镜闪闪发光，让他看起来像个漫不经心的教师；他的佩刀像利剑一般长。每一根手指上都戴着一只钻石戒指，额头的束发带上缝着英镑。

"油灯"钻进电影院，里面正在放珍妮·盖诺[1]的电影。晚上他在酒店吃晚饭。镇上的电报员坐在他身边，替他尝试每一道菜。之后，"油灯"才喝了几口酒，一边读着埃伦·G.怀特[2]的《耶稣传》。他在妓院里结束一天的工作。他选了最胖的妓女，一个叫埃内迪纳的，与她度过了一整夜。天亮时，埃内迪纳已经出名了。接下来几年里，男人将在她门口排长队。

(120，348)

---

[1] Janet Gaynor（1906-1984），美国演员，第一届奥斯卡最佳女演员。

[2] Ellen G.White（1827-1915），美国新教先驱，她与复临安息日运动的其他人一起创建了后来称之为基督复临安息日会的新教教派。

1929 年：亚特兰大

犯罪托拉斯

美国有组织犯罪集团在总统酒店的大厅里举行第一届全国大会。主要城市的黑帮组织的权威代表出席了盛会。

橄榄枝、白旗：大会决定对立的黑帮将不再互相厮杀，并颁布了大赦令。为了维护和平，犯罪产业的决策者们效仿了石油企业的模板。与标准石油和壳牌石油刚刚做出的决定一样，实力强大的黑帮也分割市场，固定价格，签署协议共同削弱中小黑帮的竞争力。

最近几年里，犯罪企业已经拓展了业务，实现了工作方法的现代化。现在他们不仅仅实施敲诈勒索、暗杀、组织卖淫和走私，而且还拥有大型的酿酒厂、酒店、赌场、银行和超市。他们使用最新式的机关枪和记账器。工程师、经济学家和广告专家领导技术团队，避免资源的浪费，确保利润持续增长。

阿尔·卡彭[1]领导着这一领域里赚钱最多的公司。他每年挣得一亿美元。

（335）

1929 年：芝加哥

阿尔·卡彭

一万名学生站在西北大学的体育场呼喊阿尔·卡彭的名字。深受欢迎的卡彭挥舞双手向人群问好。十二名保镖守卫着他。出口处一辆卡迪拉克装甲车在等候。卡彭在翻领上别着一枝玫瑰，戴着钻石领带夹，但在那之下他穿着防弹衣，他的心脏在一支点 45 口径手枪下跳动。

---

[1] Al Capone（1899-1947），美国黑帮教父，1925-1931 年掌管芝加哥的意大利黑手党。

他是偶像。没有人能像他这样让丧葬业、花店和缝纫店——无痕缝补被子弹打破的衣服上的窟窿——如此盈利，也没有人像他这样给为他工作的警察、法官、立法者和市长们发放如此慷慨的薪水。作为家里的模范父亲，卡彭讨厌短裙和化妆，认为女人的位置在厨房。他是热诚的爱国者，在他的书桌上方摆放着乔治·华盛顿和亚伯拉罕·林肯的肖像画。他是拥有极高威望的专业人士，在镇压罢工、棒打工人、把反叛者送到另一个世界这些方面，没有人能提供比他更好的服务。在红色威胁面前他总是保持警惕。

(335)

阿尔·卡彭呼吁抵御共产主义的危险

布尔什维克主义正在敲响我们的大门。我们不该让它进入。我们必须团结起来，坚决抵御它。美国应该保持完好无损，不受污染。我们必须保证我们的工人免受赤色媒体和赤色背信弃义的蛊惑，保证他们的思想健康……

(153)

1929 年：纽约

情绪高涨

《一个无人知晓的人》拥有几百万的读者，书中，作者布鲁斯·巴顿把天堂设在华尔街。据作者所说，拿撒勒的耶稣创建了现代的商业世界。耶稣是征服市场的企业家，他拥有天才般的广告触角，得到十二位以他的形象或与之相似的形象做成的销售员的大力支持。

他像怀有宗教信仰般相信资本主义是永恒的存在。哪一个美国公民不自我感觉是上帝的选民？证券交易所是一个所有人都游戏其中、没有人会输的赌场。上帝让一切繁荣。企业家亨利·福特[1]希望永不睡觉，挣更多的钱。

（2，304）

汽车制造商亨利·福特的资本主义宣言节选

布尔什维克主义已经失败，因为它是反自然的、不道德的。我们的体制屹立不倒……

他们坚持认为所有人都是平等的，没有比这更荒唐的了，甚至难以想象比这更糟糕的为普罗大众服务……

金钱是服务自然产生的结果。毫无疑问金钱是必需的。但是我们不能忘记挣钱的目的不是为了偷懒，而是获得更多提供服务的机会。在我的脑海里，没有比生活懒惰更令人厌恶的事情。我们每个人都没有权利偷懒。在文明的世界里没有懒汉的立足之地……

在我们的第一个广告中，我们展示了汽车的用途。我们说："我们经常听到那句古老的谚语——时间就是金钱，但是很少有生意人和专业人士按照他们真正相信的这一真理那样去做……"

（168）

1929 年：纽约
危　机

投机买卖比生产增长快，生产比消费快，一切都以令人眩晕的速度在增长，直到危机突然爆发。纽约证券交易所大崩盘让多年的收益一日之间化为乌有。顷刻之间，最贵的股票变成甚至都不能用来裹鱼

---

[1]　Henry Ford（1863-1947），美国福特汽车公司的创立人。

的废纸。

股价俯冲式下降，物价、工资也随之俯冲式下降，不止一个商人从屋顶平台俯冲式下降。工厂、银行关门，农场倒闭。失业的工人们围着垃圾堆的火堆烤手，咀嚼口香糖来安抚味蕾。高高在上的公司轰然倒塌，甚至是阿尔·卡彭也一蹶不振。

(2，304)

1930 年：拉巴斯
威尔士王子在野蛮人中的一次感人历险

纽约证券交易所把好几个政府拖入深渊。国际价格坍塌，随之拉丁美洲多个民选总统也下台，一个接着一个，像雄鹰翅膀上脱落的羽毛；为了让饥饿更饥饿，新的独裁政府诞生了。

在玻利维亚，锡的价格坍塌埋葬了总统埃尔南多·西莱斯[1]，把受雇于锡矿之王帕蒂尼奥的一位将军扶上总统之位。发生军事暴动时，群情激奋。亡命之徒获得劫掠许可，袭击总统府。骚乱之中，他们抢走了家具、地毯、画和其他一切，一切的一切。他们还带走了完整的卫生间：马桶、浴缸和水管。

那时候，恰逢威尔士王子访问玻利维亚。人们期待着一位有如上帝派遣的王子，那种骑着高大白马、腰佩利剑、金发在风中轻舞的王子，而当看到这位戴着礼帽、拿着手杖的先生一脸倦容地从火车上下来时，人群露出一片失望之情。

晚上，新任总统在被洗劫一空的总统府设宴欢迎他。在吃饭后甜点、演讲即将开始时，殿下对着翻译的耳朵小声讲了一些令人紧张的话，请他转告副官，再由副官转告总统。总统面容失色。王子的一条腿紧张地敲击着地面。他的愿望就是命令，但是在大楼里没有，怎

---

[1] Hernando Siles（1882-1942），玻利维亚律师和政治人物，1926-1930 年担任总统。

么解决呢？总统毫不迟疑地下令给外交部长和军队总司令为首的随从人员。

戴着羽翎大礼帽、打扮得光鲜亮丽的随从人员陪着王子，迈着威严而又急促的步伐，几乎一路小跑地穿过武器广场。转过街角，所有人走进巴黎酒店。外交部长打开上面写着"男士"的门，请英国王位继承人进去。

（34）

1930 年：布宜诺斯艾利斯

伊里戈延

阿根廷总统伊波利托·伊里戈延[1]也来到了世界危机的悬崖边。肉类和小麦价格滑坡判了他的刑。

伊里戈延沉默不语、只身一人地看着他的权力结束。自另一个时代、另一个世界而来的这位顽固老人仍然拒绝使用电话，从未踏入电影院，不相信汽车，也不相信飞机。他征服人民不靠演说，而是通过谈话，一个一个地说服，一点一点地说服。昨日那些卸下他马车上的马匹、用双手推车的人，现在在咒骂他。人群把他家的家具扔到大街上。

推翻伊里戈延的军事政变是借着突如其来的危机烈火趁热打铁，在赛马俱乐部和军事俱乐部的大厅里筹划的。这位体弱多病、因风湿病而关节脆响的大家长在拒绝把阿根廷石油交给标准石油和壳牌石油公司时就被封住了命运。更糟糕的是，他试图通过与苏联进行贸易来应对价格危机。

——"为了世界利益，挥剑时刻再次响起。"诗人莱奥波尔多·卢

---

[1] Juan Hipólito Yrigoyen(1852–1933)，阿根廷激进公民联盟的党魁，两度担任总统（ 1916–1922，1928–1930 ）。

贡内斯[1]已经宣告阿根廷军人时代的到来。

在兵变混乱之中，年轻的上尉胡安·多明戈·庇隆看见一个狂热分子从总统府猛地冲出来，叫嚷着："祖国万岁！革命万岁！"

这个狂热分子胳膊下卷着一面阿根廷国旗，在国旗里面裹着一架他刚刚偷来的打字机。

(178, 341, 365)

1930 年：巴黎
记者奥尔蒂斯·埃查圭[2]评论肉价下降

我每次从阿根廷回来，巴黎的阿根廷人就问我："奶牛怎么样？"

必须来巴黎才知道阿根廷奶牛的重要性。

昨天晚上，在嘉隆——阿根廷年轻人见习生活之艰难的一家蒙马特夜总会，邻桌的几位在凌晨时分问我，非常亲切："喂，朋友，在那边，奶牛怎么样啊？"

"跌到地上了。"我回答。

"涨得起来吗？"

"我觉得困难。"

"您有奶牛吗？"

我下意识地摸了摸口袋，回答说没有。

"您不知道，朋友，您有多幸运。"

在那时刻，三架手风琴响起，呜咽中愁绪重重，打断了我们的对话。

---

[1] Leopoldo Lugones（1874-1938），阿根廷著名作家和政治人物，被认为是西语文学中现代主义的代表人物。

[2] Fernando Ortiz Echagüe（1893-1946），著名记者，出生于西班牙。1918-1941 年作为阿根廷《民族报》特派记者常驻欧洲，对两次世界大战期间的欧洲做了许多精彩的报道，被《民族报》的主编认为是阿根廷一个半世纪的新闻史上最优秀的记者。

　　"奶牛怎么样？"所有人都问我，他们有酒店的老板、乐师、卖花人、侍者、面色苍白的舞者、穿金丝镶边服装的门房、穿着制服的勤奋的服务员，甚至是化妆的妇女，那些眼圈发黑、毫无血色的可怜妇女们……

（325）

1930 年：阿韦亚内达
奶牛、剑与十字架

　　奶牛、剑与十字架构成了阿根廷权力的三位一体。保守党的暴徒们守卫着祭台。

　　在布宜诺斯艾利斯的市中心，戴着白手套的职业杀手们不用机关枪，而是利用法律和政令来实施袭击。具有双重账目和双重道德的专家们不是靠溜门撬锁来抢劫，在有些方面他们是博学之人：他们非常了解开启国家财富的所有宝盒的密码锁。但是在阿韦亚内达的里亚丘埃洛河的另一边，保守党纯粹凭借武力来进行统治和贸易。

　　国家参议员堂阿尔贝托·巴尔塞洛在他的阿韦亚内达宝座上有建有破。低贱的人游行前来找堂阿尔贝托要一些钱、一个父亲般的建议和一个亲密的拥抱。他的兄弟、独臂人恩里克负责妓院。堂阿尔贝托自己负责赌场和社会和平。他用烟嘴抽烟，透过肿胀的眼睑监视这个世界。在这混乱滋生的危机时刻，他的孩子们镇压罢工，焚烧图书馆，破坏印刷厂，把工会人员、犹太人和所有忘记付钱和不服从的人送到另一个世界。之后，善良的堂阿尔贝托送给孤儿们一百比索。

（166，176）

1930 年：卡斯特克斯
最后一位反叛的高乔人

最后一位反叛的高乔人驰骋在阿根廷潘帕斯草原上，他叫巴依罗雷托[1]，他是意大利来的农庄主的儿子。他很年轻时就成为亡命之徒，当时他把子弹打入一个侮辱他的警察的额头，现在他没有办法，只能露宿荒野。他穿梭、隐没在朔风吹打的荒漠上，像闪电抑或一道恶光，骑着一匹栗色骏马，马儿可以轻松跳过七道铁丝网。穷人们保护他，他替他们报仇，去惩戒那些羞辱他们、强夺他们土地的强权们。每次打劫之后，巴依罗雷托都会在庄园磨坊的墙壁上用子弹打出一个 B 字母，并散发宣告革命的无政府主义的宣传小册子。

（123）

1930 年：圣多明各
飓　风

飓风咆哮袭来，把船只卷上码头摔得粉碎，桥梁碎裂，树木被连根拔起，在空中盘旋。铁皮屋顶飘在空中，好似疯狂的斧头，削人脑袋。这个小岛正在被大风夷平，被闪电枪决，被雨水和海水吞没。飓风在报复般地袭击，抑或正在实施巨大的诅咒，仿佛多米尼加共和国注定要独自一人为全球的所有欠债买单。

之后，飓风走后，开始焚烧。在瘟疫吞噬所剩无几的活着或站着的人之前，有许多尸体和废墟亟待焚烧。整整一个星期，圣多明各城的上空飘着一片巨大的黑色烟雾云团。

---

[1] Juan Bautista Bairoletto（1894–1941），阿根廷潘帕斯地区著名盗匪，劫富济贫，人送外号"阿根廷的罗宾汉"或"克里奥人罗宾汉"。

如此，拉斐尔·莱昂尼达斯·特鲁希略[1]将军的政府度过了上台的最初几日。在气旋来临之前，将军刚刚上台，是被不亚于灾难降临的国际糖价大降价推上台的。

（60，101）

1930 年：伊洛潘戈

二十五岁的米格尔

危机也把咖啡的价格掀翻在地。咖啡豆在树枝上腐烂；甜得发腻的气味弥散在空气中，那是咖啡腐烂的气味。在整个中美洲，庄园主们把短工们赶到大路上。寥寥无几的有工作的短工每天的食物配给与猪一样。

在深陷危机的时刻诞生了萨尔瓦多的共产党。米格尔是建党人之一。作为鞋匠铺的手艺师傅，米格尔的工作时断时续。警察对他穷追不舍，他则搅乱局面，召集人群，隐入其中逃走。

一天上午，米格尔化装来到他家门口。看起来没人监视。他听见儿子在哭，就走了进去。孩子一个人在那儿，快要把肺嚷出来了。米格尔准备给他换尿布，而正在那时，他抬起头，从窗户发现警察正在包围他的家。

"对不起。"他对刚拉过便便的孩子说，然后把换了一半尿布的孩子丢在那里。他像猫一样纵身一跃，从破破烂烂的屋顶的窟窿里溜出去，恰在那时候，身后响起了第一阵枪声。

这是米格尔·马莫尔的第四次诞生，在他二十五岁的时候。

（126，404）

---

[1] Rafael Leónidas Trujillo（1891-1961），多米尼加的军人和政治人物，1930-1936 年担任总统，1938-1942 年进行幕后统治，1942-1952 年再次担任总统，1952 年迫于压力把总统职位让给他的弟弟埃克托尔，但他一直把握实权。因此 1930-1961 年间，特鲁希略家族一直对多米尼加实施独裁统治，是拉丁美洲历史上最血腥的独裁政府之一，历史上称这一时期为"特鲁希略时代"。

1930 年：纽约

危机时的日常生活

以粗暴的方式，似几记耳光，危机打醒了美国人。纽约证券交易所的灾难打破了伟大的美国梦，梦中曾许诺让所有的钱包都鼓起来，让每一片天空都有飞机飞翔，让每一寸土地上都有汽车奔驰，都有摩天大楼。

市场里没有人售卖乐观精神。忧伤笼罩时尚界。长长的脸，长长的衣服，长长的头发：疯疯癫癫的 20 年代已经结束，与之一起结束的还有在眼前晃荡的女人的大腿和短短的头发。

所有的消费直线下降。只有香烟、星运图和二十五瓦的电灯泡——发出足够的光但耗电很少——的销售增加了。

好莱坞准备拍摄关于散漫无拘束的巨型怪兽的电影：金刚，弗兰肯斯坦，与经济一样难以解释，像危机一样不可阻挡：在城市的大街上播下恐慌的种子。

（15，331）

1930 年：阿丘亚帕

红黑旗帜飘扬在丘陵之上

尼加拉瓜这个注定生产廉价饭后甜食、香蕉、咖啡和糖的国家，继续在摧毁他的客户们的消化系统。

桑地诺军队的首领米格尔·安赫尔·奥尔特斯在泥泞的阿丘亚帕峡谷消灭了一支海军陆战队的巡逻队，以此辞旧岁迎新年。同一天，奥科塔尔附近一处悬崖的顶峰上另一支巡逻队阵亡。

入侵者们徒劳地想通过焚烧茅屋和种子造成饥荒来取得胜利。许多人家投奔山林，居无定所，毫无保障，在他们身后是滚滚浓烟和被刺刀戳死的动物尸身。

农民们相信桑地诺懂得如何吸引住彩虹。彩虹向他而来，缩小、缩小，直到他能用两根手指抓住它。

（118，361）

1931 年：博凯
希望所希望的

在清香的松明照耀中，桑地诺写信和下达命令。他也写报告，在各军营大声朗读，通报尼加拉瓜的军事和政治形势（*敌人将会像火箭筒一样迅速出动……*），写惩罚叛徒的声明（*他们将无立足之地，哪怕是七拃大的地方……*），写预言书，宣告很快在四面八方都会响起反对压迫者的战争号角，宣告迟早末日审判将会摧毁一切不公正，让世界最终成为仍不是如此模样时就渴望成为的样子。

（237）

桑地诺写给一位军官：鲜花满地，我们甚至于都不能走路

如果睡意、饥饿或恐惧降临到你身上，你就求上帝安慰你……上帝将会给予我们另一种胜利，将是永恒的胜利，因为我确信在这场战斗之后，他们将不再回来寻找零头。诸位将会荣耀加身！当我们进入马那瓜城时，鲜花满地，我们甚至于都不能走路……

（361）

1931 年：博凯
桑托斯·洛佩斯

凡是加入解放军的人都有权利被称为"兄弟"。没有钱挣。没有

钱，从来就没有钱。必须自己挣到枪，在战斗中去挣，或许还能挣
到某个死去的海军陆战队队员的军装，一旦把裤子打出褶边变短后就
能穿。

桑托斯·洛佩斯[1]从第一天起就跟着桑地诺。他八岁起在庄园里
做短工。当圣阿尔比诺矿山起义时他十二岁。在爱国军里，他是运水
工和通信员，他混在醉酒或放荡的敌人中监视，与同龄的同伴一起擅
长于打埋伏，用罐头和爆竹制造混乱，虚张声势。

桑地诺晋升他为上校的那天，桑托斯·洛佩斯满十七岁。

（236，267，361）

1931 年：博凯

特朗基力诺

在桑地诺可怜的军火库里，没有比一挺最新式的勃朗宁机关枪更
好的武器，而这机关枪是从一架被步枪击落的美国飞机上找到的。

在特朗基力诺·华金的手上，这把勃朗宁扫射、歌唱。

特朗基力诺除了是一个唱歌的炮手，还是一个厨子。他帽子上戴
着一朵兰花，微笑时露出一颗牙齿。他一边搅拌着冒着热气、缺肉但
不缺香气的大锅，一边吞下一大口朗姆酒。

在桑地诺的军队里禁止喝酒，但是特朗基力诺禁不住。他费了很
大劲才说服将军，获得特权。不喝几口，这位挥勺和扣扳机的大师就
不能工作。如果不喝酒改喝水的话，他做出的菜会很难吃，他射出的
子弹会是歪的或哑的。

（236，393）

---

[1] José Santos López（1914-1965），是桑地诺民族解放军的军官。1961 年他与其他革命人士
一起建立了桑地诺民族解放阵线，1984 年被封为"尼加拉瓜的民族英雄"。

1931 年：博凯

小卡夫雷拉

特朗基力诺让机关枪唱歌，而佩德罗·卡夫雷拉让军号唱歌。在扫射中，特朗基力诺的勃朗宁奏响了探戈、进行曲和科里多舞曲；而小卡夫雷拉的军号呜咽，诉说情话，歌颂勇敢。

小卡夫雷拉笔直地站着像座雕塑，闭上双眼，轻吻他美妙的小号。黎明之前他唤醒士兵；夜晚时分，他轻声吹奏，延长每一个音符，伴着他们入睡。

小乐手、诗人、热心肠、舞者，自战争开始以来，小卡夫雷拉就是桑地诺的助手。上天给了他一米五的身高和七个女人。

(393)

1931 年：汉威尔

成 功 者

流浪汉夏尔洛访问汉威尔学校。他一条腿走路，像滑冰；他拧了拧耳朵，从耳朵里进出一注水。几百名儿童——孤儿、穷孩子或弃儿——哈哈大笑起来。

三十五年前，查理·卓别林是这些孩子中的一个。现在，他认出了当年他坐的椅子和体育馆的那个阴森角落，在那里他曾被白桦木条抽打惩罚。他逃离伦敦时，那段时间，橱窗里猪排骨和浸在肉汁中的金黄色土豆冒着热气，卓别林的鼻子至今仍记得透过玻璃飘过来嘲弄他的那股香气。另外一些吃不到的食物的价格至今仍刻在他的记忆里：一杯茶，半个便士；一份鲱鱼，一个便士；一块蛋糕，两个便士。

二十年前他坐着一艘装牲口的船离开英国，现在他回来，变成了世界上最出名的人。大群的记者像影子一样围着他，他去哪儿都能遇到渴望看见他、摸摸他的人群。他可以想干什么就干什么。在有声电影如火如荼之际，他的无声电影却取得压倒一切的成功。他可以想怎么花钱就怎么花钱——尽管他从不想。在电影里，流浪儿小查理是迎风飘舞的可怜的叶子，不知钱为何物；在现实中，查理·卓别林尽管腰缠万贯，但他精打细算，在欣赏一幅画时，都没法不去计算一下价格。他将永远不会像巴斯特·基顿那样，那个人口袋敞开，挣多少钱花多少钱。

（121，383）

1932 年：好莱坞
失 败 者

巴斯特·基顿来到米高梅公司的摄影棚，迟到了几个小时，带着宿醉的不适，双目充血，舌头发青，破布条般的肌肉，谁知道他该怎么做剧本要求的那些小丑的腾跳动作，谁知道他要怎么背诵出他们要求他讲的那些愚蠢的笑话。

现在电影是有声的，基顿被禁止即兴发挥。也不允许重复拍摄那些难以捕捉的瞬间，在那瞬间里，诗歌找到被囚禁的笑声并把它释放出来。自由和沉默的天才基顿现在被迫逐字逐句地按照其他人编写的饶舌的剧本来表演。根据有声电影时代电影制片厂的规定，这么做成本缩减了一半，尽管才华已缩减为零。高产业，大生意：好莱坞作为一个疯狂历险的时代已经被抛在后面，永远地抛在后面。

每天，基顿越来越理解狗和牛。每天晚上，他打开一瓶波旁威士忌，恳求他自己的记忆与他一起喝酒、沉默不语。

（128，382）

1932 年：墨西哥城

爱森斯坦

当墨西哥控诉他是"布尔什维克、同性恋、登徒子"时，好莱坞则把他看作"赤狗、杀人犯的同伙"。

谢尔盖·爱森斯坦[1]来墨西哥拍摄一部印第安人的史诗电影。拍了一半，片子就被剪碎了。墨西哥的审查机关禁止了一些镜头，因为虽然所拍摄的是事实但没到如此境地。美国制片人私吞了他拍摄的素材，丢到那些想撕碎它的人手上。

最后，爱森斯坦拍摄的电影《墨西哥万岁》只不过是一堆壮丽的片段，没有关联的影像或没有连贯性、相互矛盾的修补影像：光彩夺目的松散的字母构成一个谈及这个国家时永不会使用的词语，这种谵妄源自一个海洋深处触及大地中心的地方：金字塔是即将爆发的火山，缠绕的藤本植物就像贪婪的躯干，石头在呼吸……

(151，305)

1932 年：去圣达菲的路上

木偶艺人

木偶艺人并不知道他是木偶艺人，直到一天下午，当他和一个朋友在布宜诺斯艾利斯的一座高高的阳台上，看见街上有一辆牧草车经过。牧草上一个少年正在抽烟，他仰面朝天躺着，双手枕在脖子后面，双腿交叉。他和朋友看着这一幕，两个人体会到一种难以抑制的要离开的欲望。他的朋友拽着一个女人的长发，从布宜诺斯艾利斯的阳台飞向南方的南方的神秘极寒之地；而木偶艺人发现他是木偶艺

---

[1] Sergei Eisenstein（1898-1948），苏联电影导演、电影理论家，电影学中蒙太奇理论的奠基人之一。1932 年，他在美国作家厄普顿·辛克莱的资助下，前往墨西哥拍摄史诗片《墨西哥万岁》。

人，这是自由人的职业，于是他坐着一辆两匹马拉着的车上路了。

沿着巴拉那河，从一个村走到另一个村，马车的木头轮子一路留下长长的车辙。这个木偶艺人，给人带来欢乐的魔法师，叫哈维尔·比利亚法尼耶[1]。哈维尔带着他的孩子们一起出行，孩子们的身体是纸片和糨糊做的。他最喜欢的儿子叫环球旅行大师，长着忧伤的长鼻子，穿着黑披风，戴着领结。表演时，他是哈维尔延长的手。表演后，他在哈维尔的脚边睡觉做梦，躺在一只鞋盒里。

1932 年：伊萨尔科
投票权的使用及其痛苦的后果

马西米利亚诺·埃尔南德斯·马丁内斯将军通过政变当了总统，他号召萨尔瓦多的人民选举议员和市长。尽管有上千个陷阱，无足轻重的共产党还是赢得了选举。将军非常愤怒，说这次选举不算数。投票的计票工作无限期地搁置下来。

共产党被骗了，转而起义。人民爆发起义的同一天，伊萨尔科火山爆发。当炽热的熔岩从山坡流下、火山灰遮云蔽日时，红色农民军纯粹靠砍刀袭击了伊萨尔科、纳维萨尔科、塔库瓦、华优阿以及其他村镇的军营。美洲的第一批苏维埃人夺取政权三天。

三天。而屠杀持续了三个月。法拉布恩多·马蒂和其他共产党领头人倒在行刑队面前。士兵们棒杀了伊萨尔科起义的头领、印第安人首领何塞·费利西亚诺·阿玛；之后他们把阿玛的尸体吊在主广场上，强迫学校的孩子观看这一表演。三万农民被东家告发，纯粹因为怀疑或老妇们的闲言碎语就被判刑，他们用自己的双手为自己挖掘了坟墓。孩子们也死了，因为杀共产党员就像杀蛇一样，必须不留后患。在但凡有狗爪或猪蹄出没的地方，都有人的残骸。在被枪决的人中有

---

[1] Javier Villafañe（1909-1996），阿根廷著名的木偶艺人，1933 年他制作了陪伴他一生的木偶 Maese Trotamundos（意为环球旅行大师）。

鞋匠工人米格尔·马莫尔。

（9，21，404）

1932 年：索亚潘戈
二十六岁的米格尔

他们被绑着，装在卡车上。米格尔认出了他小时候常去的地方。"太幸运了。"他想，"我将死在离埋我脐带之地很近的地方。"

他们用枪托击打，让他们下车。他们将两个两个地枪毙他们。卡车的车灯和月光照得四周一片光亮。

在几轮射击之后，轮到米格尔和一个因为是俄国人而被判的版画小贩。俄国人和米格尔被手握手，绑在背后，面对行刑队。米格尔浑身都痒，绝望地需要挠痒，在他正这么想的时候，就听见喊声："预备！瞄准！开枪！"

当米格尔醒过来时，身上压着一堆尸体，正在滴血。他感到自己的头在抽动、在流血，在他的身体里、灵魂里和衣服里，子弹让他疼痛不已。他听到步枪枪栓的声音。致命一枪，又一枪，又一枪。米格尔双眼布满鲜血，等待着他的最后一枪，但是来的不是最后一枪，而是刀砍。

士兵们用脚把尸体踢进墓坑，填上沙土。当卡车走远时，被枪击、被刀砍的米格尔开始挪动。他花了几个世纪的时间从那么多的尸体和那么多的沙土下爬出来。最终他蹒跚、缓慢地向前挪步，仿佛随时要倒下去，站不起来。他一点一点地走远了。他戴着名叫塞拉芬的同志的檐帽。

这是米格尔·马莫尔的第五次诞生，在他二十六岁的时候。

（126）

1932 年：马那瓜

桑地诺所向披靡

桑地诺所向披靡，胜利抵达马那瓜湖湖边，占领军仓皇撤退。与此同时，两张照片在全世界的报纸上传播。一张是美国海军中尉潘辛顿高举着砍下的尼加拉瓜农民的头颅，炫耀战利品。另一张是尼加拉瓜国民警卫队的全体军官穿着高筒靴、戴着游猎的大檐帽，微笑着照的集体照。正中央坐着警卫队的总司令加尔文·B. 马修斯上校。他们身后是雨林。在全体军官的脚边，地上躺着一只狗。只有雨林和狗是尼加拉瓜的。

（118，361）

1932 年：圣萨尔瓦多

二十七岁的米格尔

所有救过米格尔的人一个也没活下来。曾在一条沟渠里救了米格尔的同志们，曾用扶手椅抬着他过河的人，曾把他藏在一个山洞里的人，曾成功地把他带到他妹妹在圣萨尔瓦多的家的人，都被士兵们打得千疮百孔。当他的妹妹看见米格尔被枪击、被砍伤的可怕模样时，差点昏死过去，用扇子才扇醒。她正在为他念九日斋，让他永远安息。

丧礼仪式正在进行。米格尔尽可能安静地藏在纪念他的祭台后面，他的妹妹没有其他方法，只能怀着神圣的耐心，把希茉莉[1] 嫩芽的汁水敷在化脓的伤口上。米格尔躺在帘子的另一边，高烧发烫；他听着伤心的亲戚和邻居为他放声大哭，为他不停祈祷，为他献上赞扬，如此度过了他的生日。

---

[1] Chichipince，拉丁文是 Hamelia patens，一种茜草科长隔木属植物，分布于热带美洲，具有止血、缓解疼痛，有助于伤口愈合等功效。

这些天的一个晚上，一队巡逻兵停在了门口。

"你们为谁祈祷？"

"为我死去的兄弟的灵魂。"

士兵们进来，向祭台探身望去，皱了皱鼻子。

米格尔的妹妹紧捏着念珠。我主耶稣圣像前面的蜡烛摇曳不停。米格尔突然很想咳嗽。但是士兵们手画十字："安息吧！"说完他们走了。

这是米格尔·马莫尔的第六次诞生，在他二十七岁的时候。

(126)

1933 年：马那瓜

美国在拉丁美洲的第一次军事失败

新年第一天，海军陆战队离开尼加拉瓜，所有的战舰和飞机也撤退了。爱国者们的骨瘦如柴的将军，这个戴着大檐帽整个人瘦得像个"T"字母的小男人羞辱了一个帝国。

美国媒体为多年占领中许多人丧生感到遗憾，但强调指出航空兵们得到了训练。感谢反对桑地诺的战争，美国能够从他们特别为攻击尼加拉瓜而设计的福克和寇蒂斯型号飞机上首次试验空中轰炸。

临走之时，马修斯上校把他的位置留给一位亲切忠诚的本地军官。阿纳斯塔西奥·索摩查（昵称塔乔）[1]是国民警卫队的新任司令，警卫队的名字从英文的"*National Guard*"改成西语的"*Guardia Nacional*"。

胜利的桑地诺刚一抵达马那瓜就宣布："*现在我们自由了。我将不再开枪。*"

---

[1] Anastasio Somoza García（1896-1956），尼加拉瓜独裁者，1934 年他暗杀了桑地诺，1936 年发动军事政变，夺取政权。1956 年被暗杀，他的两个儿子相继统治尼加拉瓜。索摩查家族的独裁统治持续 43 年，直到 1979 年被桑地诺民族解放阵线推翻。

尼加拉瓜的总统胡安·巴蒂斯塔·萨卡萨拥抱了他。索摩查将军也拥抱了他。

（118，361）

1933 年：霍尔丹平川

查科战争

玻利维亚和巴拉圭在打仗。南美洲最贫穷的两个国家，两个没有海洋的国家，两个经历了最多败仗和掠夺的国家，正在为地图上的一小块地方而相互毁灭。标准石油公司和荷兰皇家壳牌石油公司隐藏在这两个国家的国旗褶皱之后，正在讨论着查科地区可能蕴藏的石油。

巴拉圭人和玻利维亚人陷入战争，不得不以一块他们并不喜欢的土地的名义来相互仇恨。没有人喜欢这块土地：查科是一片灰色的荒漠，荆棘丛生，蛇虫潜伏，没有鸟儿鸣唱也没有人烟。在这片可怕的世界里一切都很干渴。蝴蝶绝望地拥挤在几滴水珠上。玻利维亚人从冰寒地带来到火炉：他们被迫离开安第斯山巅，投入到这片烤焦了的荆棘丛里。在这里，他们死于子弹，但更多的是死于干渴。

成群的苍蝇、蚊子围着士兵，士兵们低着头，一路奔跑着穿过灌木丛，强行军般地前进，打击敌人的防线。从这边防线到另一边，赤足的人民是为军官们的错误付出代价的人肉炮弹。封建领主和农村神父的奴隶们穿上制服，为帝国的贪婪服务并付出生命。

一位玻利维亚的士兵在说话。他正朝着死亡前行。他没有谈及荣誉，也没有说起祖国。他长久沉默后说："真该死，我出生时是个男的！"

（354，402）

塞斯佩德斯

　　玻利维亚的奥古斯托·塞斯佩德斯[1]将会讲述这段悲惨的史诗。一队士兵挥舞镐锄和棍子开始挖井找水。下的一点雨已经蒸发了，目力所及或腿力能达的地方都没有水。在挖了十二米深后，掘水的人挖出湿湿的泥土。但是之后，挖了三十米、四十五米，滑轮每次运上来的是一桶桶越来越干的沙土。士兵们继续挖，一天又一天，他们围在井边，井越挖越深，洞口越来越深，越来越无声。当同样被干渴逼困的巴拉圭人向他们发起进攻时，玻利维亚人至死捍卫这口井，就像井里有水一样。

（96）

罗亚·巴斯托斯

　　巴拉圭的奥古斯托·罗亚·巴斯托斯[2]将会讲述这段悲惨的史诗。他也会讲到那些后来变成坟墓的水井，讲到死去的人们，讲到活着的人，而他们与死人的唯一区别是他们会动，尽管像醉汉一样的挪动，已经忘了回家的路。他将会陪伴着那些迷路的士兵，那些已经没有一滴水可浪费去流泪的士兵。

（380）

---

[1] Augusto Céspedes（1904-1997），玻利维亚作家，被认为是"查科战争一代"的作家。查科战争发生时，他是战地记者，战场上的所见所闻让他反思战争的残酷与恐怖，之后他成为革命民族主义者。

[2] Augusto Roa Bastos（1917-2005），巴拉圭著名作家，1989年获塞万提斯文学奖。代表作《我，至高无上者》是著名的独裁小说。

1934 年：马那瓜

恐怖电影：两名主演和几个群众演员的脚本

索摩查离开美国大使亚瑟·布利斯·莱恩的家。

桑地诺进入尼加拉瓜总统萨卡萨的家。

当索摩查坐下来与他的军官们一起工作时，桑地诺坐下来与总统共进晚餐。

索摩查告诉他的军官们，大使刚刚表示无条件支持他杀死桑地诺。

桑地诺跟总统汇报威威利合作社的问题，他和他的士兵们一年多以来一直在那里种地。

索摩查向军官们解释说，桑地诺是共产党，是秩序之敌，除了他已经交出的武器，还藏着更多的武器。

桑地诺向总统解释说，索摩查不让他安心工作。

索摩查跟他的军官们讨论应该怎么杀死桑地诺：毒死、枪毙、飞机起火还是在山里设埋伏。

桑地诺与总统讨论索摩查领导的国民警卫队权力在增大，他警告说，很快索摩查就能轻松推翻他，坐上总统的宝座。

索摩查解决了一些实际的细节问题，告别了军官。

桑地诺喝完了他的咖啡，向总统告辞。

索摩查去参加一位女诗人的诗歌会，桑地诺走向死亡。

当索摩查在倾听前来访问的秘鲁青年诗人索伊拉·罗莎·卡德纳斯的十四行诗时，桑地诺被枪杀在一个叫"骷髅"的地方，在"孤独的路"上。

(339, 405)

1934 年：马那瓜

政府决定罪行不存在

那天晚上，桑托斯·洛佩斯上校逃脱了马那瓜的陷阱。他拖着淌血的一条腿——他戎马多年来中的第七枪，爬上屋顶，往下滑，跳到墙垛上，躲在那里，最终他沿着铁路线开始了朝着北方的惊骇之旅。

第二天，当桑托斯·洛佩斯拖着受伤的腿，沿着湖边行走时，在山上发生了大规模的屠杀。索摩查下令捣毁威威利合作社。国民警卫队发动突袭，消灭了所有农民，这些人曾是桑地诺军队的士兵，现在种植烟草和香蕉，还正在修建一家医院。骡子得以幸免，但小孩子们没有。

不久之后，在美国驻马那瓜的大使馆、莱昂市和格拉纳达市的上流社会俱乐部里为索摩查举行了庆功宴。

政府颁布命令遗忘过去。一纸大赦令抹去了自桑地诺被杀前夜以来所有的罪行。

(267，405)

1934 年：圣萨尔瓦多
二十九岁的米格尔

一直被萨尔瓦多的警察追捕，米格尔在西班牙领事的情人家里找到了庇护之所。

一天晚上，暴风骤雨。站在窗户那里，米格尔看见河水猛涨，在遥远的拐角处，湍急的河水快要淹没他妻子和孩子们居住的茅草棚屋。米格尔离开了坚实的藏身之处，不畏狂风暴雨，不畏夜晚的巡逻兵，飞奔去找他的亲人。

整整一个晚上，他们背靠着脆弱不堪的墙壁相拥而卧，听着狂风怒吼、河水咆哮。天亮时分，风停雨歇，小棚屋有点东倒西歪，潮湿滴水，但没被吹翻。米格尔告别家人回自己的避难之所。

但是他没有找到。那座石柱搭建的坚固房子没有留下片砖碎瓦。愤怒咆哮的河水冲击出一条水道，冲毁了地基，把房子、已经溺死的领事的情人和用人们统统送去见魔鬼了。

这是米格尔·马莫尔的第七次诞生，在他二十九岁的时候。

(126)

1935 年：从比亚蒙特斯到博优柏的路上

九万人死后

九万人死后，查科战争结束了。自巴拉圭人与玻利维亚人在一个叫马萨马克莱的村镇第一次交火以来，战争持续了三年时间。那个马萨马克莱镇，在印第安人的语言中意为"兄弟打架的地方"。

中午时分消息传到前线。大炮停止射击。士兵们慢慢支起身子，一个个从战壕里出来。这些衣衫褴褛、在阳光下失明的幽灵踉踉跄跄地走在空无一人的战场上，直到玻利维亚的圣克鲁斯军团与巴拉圭的托莱多军团面对面地相遇：剩下的人都是破衣烂衫的。刚刚接到的命令是禁止与之前的敌人说话，只允许行军礼，于是他们相互致敬。但是有个人发出第一声叫嚷，已经没有人来阻止这些喧嚷。士兵们打破了形式，把帽子和武器抛向空中，一窝蜂地跑起来，巴拉圭人跑向玻利维亚人，玻利维亚人跑向巴拉圭人，他们张开双臂，叫着、唱着、哭着，抱着在炎热的沙子上打滚。

(354，402)

1935 年：马拉凯

戈 麦 斯

委内瑞拉的独裁者胡安·维森特·戈麦斯死了，但仍继续发号施令。他在位二十七年，没有人能动摇他或杀死他，现在，也没有人敢吭声。当这位可怕的老人的灵柩已经毫无疑问地被埋在成堆的沙土之下时，因犯们终于推倒监狱的门，人们终于大声欢呼，肆意抢劫。

戈麦斯独自死去。他生了一堆的孩子，他做爱就像小便一样，但他从来没有在任何一个女人臂弯里度过一整夜。晨曦照射下，他总是独自一人睡在他的铁床上，在圣母玛利亚圣像下面，靠着装满钱的箱子。

他从不花一分钱。所有都是用石油去换。他把石油分成几股，分给标准石油、海湾石油、得克萨斯石油和壳牌石油公司，他用油井支付各种账单：医生为他的膀胱进行检测的账单，诗人们编写歌颂他的十四行诗的账单，刽子手们替他维护秩序而执行秘密任务的账单。

(114，333，366)

1935 年：布宜诺斯艾利斯

博尔赫斯

但凡汇集人群的一切活动都让他感到恐怖，比如足球或政治；但凡成倍增加的一切事物都让他感到恐怖，比如镜子或爱的行为。除了过去——在祖辈的过去里或在知道过去的人写的书中已经存在的事实，他不承认任何其他事实。其他一切都是云烟。

以极致的精细和尖锐的智慧，霍尔赫·路易斯·博尔赫斯讲述《世界恶棍列传》。但对本国的恶棍，他身边的恶棍，他一无所知。

(25，59)

1935 年：布宜诺斯艾利斯

这些无耻的年月

在伦敦，阿根廷政府签署了一个商贸协议，以硬币的价格贱卖国家。在布宜诺斯艾利斯以北的富裕的乡间别墅里，牛肉产业贵族们在凉亭下跳着华尔兹；但是如果一个国家只值一些硬币，那他最贫穷的子民又值多少钱呢？工人劳动力不值一钱，随处可以找到为一杯咖啡的价钱就脱衣的姑娘。新的工厂不断冒出，随之冒出许多铁皮房的街区，而这些地方被警察纠缠，被结核病追逼，在那里昨天的马黛叶在阳光下干枯，马黛茶抗住饥饿。阿根廷警察发明了电棒刺激法，说服犹豫不决的人，让软弱的人变得铁石心肠。

在布宜诺斯艾利斯的夜晚，妓院老板找跳米隆加[1]的姑娘，而跳米隆加的姑娘找无赖；赛马的赌徒找信息，说谎的人寻找某个可以撒谎的无知者；失业的人在清晨的第一份报纸上寻找工作。大街上来来往往的有放荡不羁的人、恶习不改的人、赌徒和其他的夜游人，所有人都在孤独寂寥中独自徘徊。就在这时，迪斯塞波林的最后一首探戈响起，歌中唱到世界曾经是、以后仍然是一个垃圾场。

(176，365，412)

1935 年：布宜诺斯艾利斯

迪斯塞波林

他是一个长着鼻子的骨架，他骨瘦如柴，仿佛打针都会扎在外衣上，他是布宜诺斯艾利斯的无耻岁月里的阴郁诗人。

当恩里克·桑托斯·迪斯塞波罗[2]在各省份里做走街串乡的喜剧演员时，他创作了最初的几首探戈歌曲，是"可以跳舞的悲伤思想"。在凌乱的化妆间里，他与跳蚤成了朋友，硕大的几乎有人那么大的跳蚤。他为跳蚤们哼唱探戈歌曲，讲述没有银子也没有信仰的人的歌曲。

(379)

---

[1] 米隆加是阿根廷、乌拉圭等国拉普拉塔河流域的一种民间音乐和舞蹈，对探戈风格的定型有很大影响。在阿根廷也用米隆加表示在酒吧或类似场合进行的舞蹈表演，一般都是跳米隆加、探戈和融合的华尔兹。

[2] Enrique Santos Discépolo（1902-1951），昵称是迪斯塞波林，阿根廷著名作曲家和音乐家，因创作探戈歌曲而闻名。

1935 年：布宜诺斯艾利斯

艾 薇 塔

她看起来是一个不起眼的小瘦子，脸色苍白，没有血色，不难看也不漂亮，穿着二手的衣服，不言不语地重复着穷人的日常生活。与所有女孩一样，她沉迷于肥皂广播剧，每个星期天去电影院看电影，梦想着成为瑙玛·希拉[1]，每个下午都坐在镇上的火车站，看着列车奔向布宜诺斯艾利斯。但是艾娃·杜阿尔特[2]厌倦了。她已经满了十五岁，她厌倦了，于是爬上火车走了。

这个小姑娘一无所有。她没有父亲也没有钱，身无长物，甚至都没有任何记忆可以帮助她。自从她出生在洛斯－托尔多斯小镇上，作为单身母亲的女儿，她注定要受尽侮辱，现在她是每天被火车倾倒到布宜诺斯艾利斯的成千上万个不名一文的穷人中的一个，这些头发卷曲、皮肤黝黑的外省人将走入城市虎口，成为被吞噬的工人和仆人：整个星期中布宜诺斯艾利斯都在咀嚼他们，每个周日就把嚼成碎片的他们吐出来。

在这个高傲的庞然大物、钢筋水泥的高顶脚下，艾薇塔吓呆了。惊恐之中，她没有办法，只能揉搓冻得通红的手，哭起来。之后，她吞下泪水，咬紧牙关，紧紧抱住纸箱子，隐没在城市里。

(311, 417)

1935 年：布宜诺斯艾利斯

阿芳西娜

思考的女人卵巢会干枯。女人生来是生产乳汁和眼泪的，而不是

---

[1] Norma Shearer（1900-1983），美国早期影坛明星，1930 年凭借电影《弃妇怨》获得奥斯卡最佳女主角奖。

[2] Eva Duarte de Perón（1919-1952），阿根廷总统胡安·庇隆的第二任妻子，著名的庇隆夫人。

生产思想；女人生来不是为了享受生活，而是躲在半掩的窗户后面窥探生活；大家向她解释了上千次，但阿芳西娜·斯托尼 [1] 从不相信这些。她流传最广的诗歌就是抗议男性监禁者的。

当她几年前从外省到达布宜诺斯艾利斯时，阿芳西娜穿着一双歪着鞋跟的破旧高跟鞋，肚子里揣着一个没有合法父亲的孩子。在这座城市她能找到什么工作就做什么工作，她偷拿电报单来写下自己的悲伤。当她一晚一晚地、一句一句地打磨这些诗行时，她经常十指交叉，轻吻预示着她的旅程、遗产和爱情的纸牌。

时光流转，将近二十五年过去了；命运对她毫无馈赠。但是通过赤手空拳的拼搏，阿芳西娜已经在男性世界里开出一条路来。在阿根廷最杰出作家的集体照上从来不会少了她那狡黠的老鼠般的面容。

今年夏天，她得知自己得了癌症。从那时起，她写讲述大海和家的拥抱的诗句，在石珊瑚大道的最深处等待着她的家的拥抱。

（310）

1935 年：麦德林

加 德 尔

他每一次唱歌都唱得比以前好。他拥有多彩的声音。他让昏暗的音符和晦涩的歌词熠熠生辉。他是魔法师，是沉默的人，是卡洛斯·加德尔 [2]。

他胜利者模样的肖像丝毫无损，大檐帽的影子落在他的双眸上，永恒而完美的微笑，永远年轻的模样。加德尔的身世是谜，他的生活，也是谜。悲剧必须让他无须做任何解释，让他不堕落。他的仰慕者们也不会原谅他的衰老。在麦德林机场，飞机起飞时，加德尔爆炸了。

---

[1] Alfonsina Storni（1892-1938），阿根廷现代主义诗人、作家。

[2] Carlos Gardel（1890-1935），阿根廷著名探戈歌王、作曲家和电影演员。1935 年 6 月 24 日他在哥伦比亚麦德林因飞机失事而离世。

1936 年：布宜诺斯艾利斯
帕托鲁苏

十年前，丹特·金特尔诺[1] 的作品，帕托鲁苏的连环画发表在布宜诺斯艾利斯报纸上。现在发行了一本月刊杂志，完全是向主人公致敬：帕托鲁苏是大庄园主，是半个巴塔哥尼亚的主人，住在布宜诺斯艾利斯的五星级酒店里，大手大脚地挥霍，热切地相信私人财产和消费文明的理念。丹特·金特尔诺说帕托鲁苏是典型的阿根廷印第安人。

(446, 456)

1936 年：里约热内卢
奥尔嘉和他

路易斯·卡洛斯·普雷斯特斯走在起义军队的前面，徒步穿越幅员辽阔的巴西，从这一端走到另一端，往返于南部的草原和东北部的荒漠地带，走过亚马孙雨林。在三年的征伐中，普雷斯特斯之柱运动打击咖啡种植园和甘蔗园领主们的独裁统治，从未失败过。因此，奥尔嘉·贝纳里奥[2] 以为他是巨人、是破坏狂。当她看见这位伟大的首领时，她有点吃惊。普雷斯特斯是一个脆弱的小个子，当奥尔嘉盯着他的眼睛看时他会脸红。她在德国的革命斗争中历练成长，是无国界活动分子，现在来到了巴西。而他，从来不了解女人，现在被她爱，被她支持。

很快，他们俩被捕了。他们被带到不同的监狱。

[1] Dante Quinterno（1909-2003），阿根廷著名漫画家。帕托鲁苏是他 1928 年创作的绘画人物。

[2] Olga Benário（1908-1942），德国共产主义积极活动分子，1934 年共产国际派她去巴西支持巴西共产党的革命，认识普雷斯特斯之后，迅速与他结婚。1936 年，夫妻俩均被捕，尽管她已怀孕，巴西总统瓦加斯仍然把她交给了德国纳粹。她在女子监狱生下女儿后，被转入集中营。1942 年被关入毒气室处死。

在德国，希特勒要求逮捕奥尔嘉，指责她是犹太人，是共产党，具有邪恶之血、邪恶的思想；巴西总统热图利奥·瓦加斯[1]把她交了出去。当士兵们来到监狱带走她时，囚犯们组织了叛乱。为了避免无用的屠杀，奥尔嘉阻止了骚乱，任由他们带走。小说家格拉西里亚诺·拉莫斯从牢房的栅栏探出脑袋，看着她走过，戴着手铐，挺着怀孕的大肚子。

码头上，打着"卐"字符标志的船舰在等待。船长接到命令，一路不可停靠，直接开往汉堡。在那里，奥尔嘉将被关进集中营，在一个毒气室里窒息而死，被炉火烤焦。

(263，302，364)

1936 年：马德里
西班牙内战

反对西班牙共和国的叛乱已经在军营、圣器室和王宫里酝酿。将军们、神父们、国王的随从们和掌握生杀予夺大权的封建领主们是筹划这一切的阴险主谋。智利诗人巴勃罗·聂鲁达[2]诅咒他们，祈祷子弹终有一天命中他们的心脏。在格拉纳达，他最好的兄弟费德里科·加西亚·洛尔卡[3]已经倒下。法西斯枪毙了这位安达卢西亚的诗人——"永远自由的闪电"，因为他是或看起来是同性恋和赤色分子。

[1] Getulio Vargas（1883-1954），巴西政治家，在 1930-1945 年和 1951-1954 年期间两度出任总统，1937 年效法德意法西斯，建立"新国家"的极权统治，大力发展民族工业，发展工党主义。著有《巴西：民主的国度》一书。

[2] Pablo Neruda（1904-1973），智利著名诗人，1971 年获诺贝尔文学奖，代表诗作《二十首情诗和一支绝望的歌》《漫歌》等。

[3] Federico García Lorca（1898-1936），西班牙戏剧家、诗人，出生在西班牙南部安达卢西亚的格拉纳达，曾组织参加反法西斯联盟，1936 年内战爆发时，他在格拉纳达被西班牙长枪党杀害。代表剧作有《血婚》《叶尔玛》《贝纳尔达·阿尔瓦之家》，诗歌代表作有《吉卜赛谣曲》《诗人在纽约》等。

聂鲁达行走在浸满鲜血的西班牙大地上。他目睹着这一切，自身发生了转变。这位对政治不感兴趣的人乞求诗歌能变得像金属或面粉一样有用，并做好准备，把前额抹上黑炭，徒手肉搏。

（313，314）

1936 年：圣萨尔瓦多

马丁内斯

站在起义队伍前面，弗朗西斯科·佛朗哥自封为最高统帅、西班牙政府元首。第一份外交承认文书自遥远的加勒比海抵达布尔戈斯城。萨尔瓦多的独裁者马西米利亚诺·埃尔南德斯·马丁内斯[1]将军是第一个向他的同伴佛朗哥新创建的独裁政权表示祝贺的人。

马丁内斯是一个屠杀三万萨尔瓦多人的厚道老人，他认为杀死蚂蚁的罪恶比杀人更大，因为蚂蚁不能轮回转世。每个周日，马丁内斯大师在广播里向全国人民宣讲国际政治形势，讲述国内的幸福天堂，宣讲灵魂的转世和共产主义的危险。通常他用藏在总统府院瓶子里的多彩之水来治愈他的部长和官员们的疾病。当天花瘟疫爆发时，他用红色玻璃纸把大街上街灯包裹起来驱赶瘟疫。

为了发现谋反，他在热气腾腾的汤上晃动摆钟。面对严重的困难时，他就求助罗斯福总统：通过传心术他直接与白宫联系。

（250）

1936 年：圣萨尔瓦多

三十一岁的米格尔

在山涧里的藏身之处塌陷之后，米格尔被捕了。几近两年时间里

---

[1] Maximiliano Hernández Martínez（1882-1966），萨尔瓦多军人和独裁者，1931-1944 年担任萨尔瓦多总统。他沉迷于魔术和迷信，相信轮回转世。前文也提及这位独裁者。

他一直被铐在一间单独的囚室里。

他刚刚从监狱里出来，是个衣衫褴褛、一无所有的贫贱人，在路上闲逛。他没有党派，因为他的共产党同志们怀疑他以叛变换取了独裁者马丁内斯的释放。他没有工作，因为独裁者马丁内斯禁止别人给他工作。他没有妻子，因为他妻子带着孩子抛弃了他。他也没有家，没有吃的，没有鞋，甚至没有名字：自从他在 1932 年被处决以来，官方证明米格尔·马莫尔不存在。

他决定彻底了结自己，已经受够了为这种漆黑的悲惨而伤心。一刀劈下血管就会破裂。他举起砍刀，正在这时路上出现了一个男孩，骑在一头驴子身上。男孩挥舞着大大的草帽向他打招呼，请他把砍刀借给他劈椰子。之后，他把劈开的一半椰子递给他，椰汁、椰肉，米格尔喝了椰汁，吃了椰肉，就像那个不认识的男孩请他吃了一顿大餐一般，然后他起身，与死亡渐行渐远。

这是米格尔·马莫尔的第八次诞生，在他三十一岁时。

（126）

1936 年：危地马拉城

乌 维 科

马丁内斯是第一个，领先几个小时，而乌维科是第二个承认佛朗哥的，比希特勒和墨索里尼早十天。乌维科为反对西班牙民主的反叛献上合法的印章。

霍尔赫·乌维科[1]将军是危地马拉的元首，他执政统治，身边挂满了拿破仑·波拿巴的肖像。他说，他像拿破仑，就像是双胞胎。但是乌维科骑的是摩托车，他领导的战争不是以攻克欧洲为目的，他的战争是反对邪恶思想的。

---

[1] Jorge Ubico Castañeda（1878-1946），危地马拉军人、独裁者，1931-1944 年担任总统。

反对邪恶思想是军队的原则。乌维科对邮局的邮递员、交响乐团的乐师们、学校的孩子们实施军事化管理。由于大肚囊是邪恶思想之母，他下令把联合果品公司种植园里的工资缩减一半；因为懒惰是邪恶思想之父，他惩戒懒惰，强迫有罪之人免费为他的私人土地劳作。为了根除革命者的邪恶思想，他发明了一种铁制王冠，在警局的地下室里箍紧他们的头。

乌维科向印第安人征收每月五分的强制税，用于修建一座乌维科纪念碑。他站在雕刻家面前，手放在胸前，摆好姿势。

（250）

1936年：特鲁希略城
特鲁希略时代的第六年

特鲁希略时代的第六年，多米尼加共和国的首都更名。圣多明各这个由创立者命名的城市更名为特鲁希略城。港口也更名为特鲁希略，许多村镇、广场、市场和街道也叫特鲁希略。自特鲁希略城，大元帅拉斐尔·莱昂尼达斯·特鲁希略向大元帅弗朗西斯科·佛朗哥送上他最热烈的拥护。

特鲁希略不知疲倦地鞭笞赤色分子和异教徒，他与阿纳斯塔西奥·索摩查一样，出身于美国的军事占领。他天生的谦逊并不能阻止他接受他的名字出现在所有汽车的车牌上，也不能阻止他接受他的画像出现在邮局所有的邮票上。他没有反对授予他三岁的儿子拉姆菲斯上校军衔，而是看作一次严格的审判。他的责任感迫使他亲自任命部长和门房、主教和选美女王。为了鼓励企业精神，特鲁希略把食盐、烟草、油、水泥、面粉和火柴的专营垄断权授予特鲁希略；为了保护公共卫生，特鲁希略关闭了那些不售卖特鲁希略屠宰场的肉或奶牛场的奶的商户；出于公共安全的考虑他强迫购买特鲁希略出卖的保单。特鲁希略紧紧把握进步的方向舵，免除了特鲁希略公司的税收，为他的土地提供灌溉、修路服务，向他的工厂指派客户。按照鞋厂老板特鲁希略的命令，谁胆敢在任何一个村镇或城市的街道上光脚走路谁就得进监狱。

这位万能上帝嗓音很尖，但他从不争吵。晚宴上他高举酒杯，与喝完咖啡后即将走向坟墓的省长或议员祝酒干杯。当他对某块土地感兴趣时，他不买，而是占有。当有某个女人让他喜欢，他不去吸引她，而是指定她。

(89，101，177)

对抗雨的方法

在多米尼加共和国，当瓢泼大雨正在吞噬农作物时，人们渴望好的祷告者的服务，那种有能力在雨中行走而不淋湿的祷告者，这样他才能把紧急的请求呈给上帝或圣芭芭拉神[1]。双胞胎一般能够拴住雨水，吓走雷电。

在多米尼加的萨尔塞多镇，用的是另一种方法。他们寻找两个形状像鸡蛋的巨大石头，即被河水打磨的鹅卵石。他们把石头紧紧地拴在一根绳子的两端，然后把它们挂在一棵树枝上。紧紧地抓住鹅卵石，猛地弹射出去，然后乞求上帝。于是上帝发出一声哀号，乘着乌云去了别的地方。

(251)

对抗不服从的方法

玛利亚·拉奥的母亲是一个日日祷告、持续祷告和忏悔的妇女，

---

[1] Santa Bárbara Bendita，圣芭芭拉是暴风雨和大炮神。

她跪下来祈求上帝显灵，让她的女儿听话、乖，她请求上帝原谅无礼女儿的傲慢。

一个圣周五的夜晚，玛利亚·拉奥去了河边。母亲试图阻止她，但无果："你想想他们正在杀害我们的耶稣……"

上帝的愤怒会让在圣周五做爱的两个人永远黏在一起。玛利亚·拉奥不是去约会某个情人，但是她犯了罪：她赤身在河里游泳，河水轻抚着她的身体、身体的私密之处，而她愉悦得震颤起来。

之后，她想离开河水，却不能。她想分开她的双腿，却不能。她浑身铺满鱼鳞，双脚变成了鱼鳍。

玛利亚·拉奥仍然待在多米尼加的河水里，永远得不到原谅。

（251）

1937 年：达哈翁

对抗黑色威胁的方法

被判刑的人是在多米尼加共和国劳动的海地黑人。这种驱魔仪式的军事行动持续一天半，由特鲁希略将军详细制定计划。在多米尼加的制糖区里，士兵们把海地的短工——这些男人、女人和孩子组成的畜群——关押在畜栏里，然后在那里，挥刀了结他们；或者绑住他们的手和脚，用刺刀戳着扔进海里。[1]

特鲁希略每天要往脸上抹好几次粉，因为他想让多米尼加共和国变白。

（101，177，286）

---

[1] 特鲁希略憎恨黑人，1937 年，他下令对居住在多米尼加共和国和海地两国边境的海地人民展开种族屠杀行动，就是历史上的"大斩杀"（El Corte），或"香芹大屠杀"。

1937 年：华盛顿

新闻剪辑

两个星期后，海地政府向多米尼加共和国政府表达了"对最近边境上发生的事件的关注"。多米尼加共和国政府承诺进行"详细的调查"。

以维护大陆安全的命令为名，美国政府建议特鲁希略总统支付赔偿金，以避免可能发生的地区性摩擦。经过漫长的谈判之后，特鲁希略承认在多米尼加境内有一万八千名海地人死亡。统治者表示，某些渠道掌握的两万五千的死亡数字反映出有人企图用下作手段掌控这些事件。特鲁希略同意支付海地政府赔偿金，根据官方承认的人数，每位死者二十九美元，总共五十二万二千美元。

白宫表示祝贺，"因为这是在国际协议和程序框架下达成的一项协定"。国务卿柯德·赫尔在华盛顿宣布："特鲁希略总统是中美洲和南美洲大部分地区最伟大的人物之一。"

在以现金支付完赔偿金后，多米尼加共和国和海地的总统站在边境线上相互拥抱。

（101）

1937 年：里约热内卢

对抗红色威胁的方法

巴西总统热图利奥·瓦加斯别无他法，只能建立独裁政府。报纸和广播里鼓声雷动地宣传阴险的科恩计划，迫使瓦加斯取缔议会和大选。面对莫斯科暴徒们的进攻，祖国不能坐以待毙。科恩计划是政府在某个地下室发现的，计划详细介绍了共产党密谋推翻巴西的战略和战术。

叫科恩计划是打字错误造成的，因为听错了。计划的制定者是军队的上尉奥林比奥·莫朗·菲力奥，在他的计划手稿上他原本命名为库恩计划，是他根据库恩·贝拉[1]领导的匈牙利的闪电革命的资料而起的名字。

名字不重要。重要的是，莫朗·菲力奥上校得到了应得的晋升。

（43）

1937 年：卡里里山谷

公社的罪行

从空中，飞机轰炸扫射他们。从陆地上，大炮攻击他们。砍去他们的头、活活烧死，然后把他们挂在十字架上。在卡努杜斯公社被夷平的四十年后，巴西军队摧毁卡尔代朗公社，这是东北部的一块绿洲，犯下了拒绝私人财产权这个同样的罪行。

在卡尔代朗，任何东西都不属于任何个人：织布机、砖炉、村社周围广阔的玉米田以及更远处一望无际的雪白棉花地都不属于任何人。所有人都是主人，没有人是主人，没有衣不蔽体者，也没有忍饥挨饿的人。在沙漠圣十字架的召唤下，贫困的人都成为公社社员。沙漠圣十字架是由虔诚的沙漠朝圣者若泽·洛伦佐扛到这里的。圣母玛利亚已经选择了这里，十字架也应该来到这里，圣母玛利亚选择让虔诚信徒的肩膀把它扛到这里。在虔诚信徒钉下十字架的地方，冒出了源源不断的清水。

但是，据遥远城市里的报纸揭发，这位消瘦的虔诚信徒是一个拥有一千一百名处女陪伴的富裕苏丹工；如果这还不算什么，他还是莫斯科的代表，在他的粮仓里藏着军火武器。

他们把卡尔代朗公社清洗一空，什么也没留下，什么人也没留下，只让虔诚信徒骑的那匹小马驹特朗塞林快速地逃进了乱石林立的

---

[1] Kun Béla（1886-1939），匈牙利共产主义革命家，犹太人，创立匈牙利苏维埃共和国。

山丘。在地狱般的太阳炙烤之下，它四处寻找可以遮阳的灌木丛，却徒劳无获。

(3)

1937 年：里约热内卢
蒙特罗·洛巴托

审查机构查禁了蒙特罗·洛巴托[1]的《石油丑闻》。这本书冒犯了国际石油托拉斯组织和他们的技术专家，这些专家受雇佣或被收买，谎称巴西没有石油。

作者曾倾家荡产想要成立巴西的石油公司。在那之前，他有一个疯狂的想法，想不仅在书店卖书，也在药店、杂货店和报摊卖书，但他的出版事业也失败了。

蒙特罗·洛巴托生来不是为了出版书的，而是为了写书。他写的是讲给孩子们的故事，与他们一起去认知，与他们一起去翱翔。在黄啄木鸟的小庄园里，一只不怎么聪明的小猪叫拉比克侯爵，一根玉米棒子化身为光彩照人的子爵，能够读拉丁文的《圣经》，能够用英语指挥来亨鸡。拉比克侯爵爱上了碎布条做的布偶娃娃艾米莉亚，艾米莉亚不停地说，说个不停，因为她的生命开始得晚，已经存了许多要说的话。

(252)

1937 年：马德里
海 明 威

欧内斯特·海明威的战事报道讲述了离他酒店一步之遥的正在发

---

[1] Monteiro Lobato（1882–1948），巴西小说家、评论家和儿童文学作家。代表作是儿童系列故事集《黄啄木鸟的小庄园》（Sítio do Picapau Amarelo）和唯一的长篇小说《黑人总统》。1936 年他出版的《石油丑闻》引起轰动，次年该书被禁。

生的战争，酒店所在的首都被佛朗哥的士兵和希特勒的飞机围困。

海明威为什么要赶去孤独的西班牙？在从世界各地赶赴而来的坚定的国际纵队成员中，他并不是严格意义上的积极分子。但海明威通过书写揭示出在人群中如何绝望地寻找尊严，而西班牙共和国战壕里唯一不定量供应的就是尊严。

（220，312）

1937 年：墨西哥城

博莱罗歌曲

墨西哥公共教育部禁止在学校里学习阿古斯丁·拉腊[1]的博莱罗歌曲，因为"淫秽堕落、伤风败俗的歌词"会腐化孩子。

拉腊赞美失足女子，在她们的黑眼圈上可以看到醉卧在阳光下的棕榈树，他向风尘女子求爱，梦想着睡在肤如凝脂的交际花的奢华床榻上，梦想着在激情时刻把玫瑰花扔在烟花女子的脚边，给淫荡之妇献上焚香和珠宝，以换取她嘴中的甜言蜜语。

（299）

1937 年：墨西哥城

坎廷弗拉斯

人们赶去寻乐。在墨西哥城外的大帐篷里——可拆卸的穷戏院，所有的舞台脚灯照在坎廷弗拉斯[2]身上。

"人生中有些时间真的是转瞬即逝。"坎廷弗拉斯宣布。他留着稀少的胡须，裤子宽松得拖到地上，飞速地发表讲话。他那些莫名其妙

---

[1]　Agustin Lara（1897–1970），墨西哥博莱罗歌曲的作曲家和表演家，被誉为"诗人音乐家"。

[2]　Cantinflas（1911–1993），原名 Mario Fortino Alfonso Moreno Reyes，墨西哥著名喜剧演员。

的信口开河是模仿自以为有学问的人和搞政治的人的说话修辞，那些人都是言之无物的博学之士，永远有说不完的话，一直在找结束的句号却从未找到。在这片土地上，经济经历了通货膨胀，政治和文化也得上了词汇膨胀的病。

（205）

1937 年：墨西哥城

卡德纳斯

对西班牙的战争墨西哥没有袖手旁观。拉萨罗·卡德纳斯[1]是一个奇怪的总统，他喜欢沉默不语，讨厌虚张声势，他表示声援支持，但最主要的是付诸行动：远涉重洋地往共和党派的前线运送武器，接受船舰一批批运来的孤儿。

卡德纳斯通过倾听来治国。他四处走访倾听：一个村一个村地走访，怀着无尽的耐心了解人们的抱怨和需求，他从不做超过他能力范围的承诺。由于他是守信用的人，因此说得很少。在卡德纳斯之前，墨西哥的执政艺术是动嘴皮子，但是他说"是"或"不"时，所有人都相信他。去年夏天他宣布进行农业改革，自那时起他就不停地给印第安人的公社分配土地。

那些把革命变成生意的人极其恨他。他们说卡德纳斯不说话是因为他长期与印第安人走在一起，已经忘了西班牙语；他们说随时有一天他会穿着遮羞布、戴着羽翎就出现了。

（45，78，201）

---

[1] Lázaro Cárdenas（1895-1970），1934-1940 年担任墨西哥总统。

1938 年：阿内内奎尔科
萨帕塔的儿子尼古拉斯

阿内内奎尔科的农民们为土地而战，比任何人都早，比任何人都艰辛；在长时间的浴血奋战之后，埃米利亚诺·萨帕塔出生和起义的公社仍然和以前差不多。

在农民们斗争的核心有一捆纸，被虫钻破、被几个世纪的时光侵蚀。这些文件带有副王总督的章，证明这个公社是这片村镇的主人。埃米利亚诺·萨帕塔把这些文件托付给他的一个士兵潘乔·佛朗哥："老兄，你要是把它弄丢了，你就在一个树枝上吊死吧。"

好几次潘乔·佛朗哥和这些纸一起命悬一线。面对军队和政客们的进攻，好几次他不得不躲进山里藏身。

公社最好的朋友是拉萨罗·卡德纳斯总统，他来到阿内内奎尔科，倾听农民们的诉求，承认并增加了他们的权利。公社最坏的敌人是贪得无厌的议员尼古拉斯·萨帕塔，他是埃米利亚诺的长子，他已经占有最好的土地，但还想占有最差的土地。

(468)

1938 年：墨西哥城
石油国有化

坦皮科以北的墨西哥石油属于标准石油公司，以南的属于壳牌公司。墨西哥为它自己的石油支付昂贵的费用，而欧洲和美国购买很便宜。这些公司三十年来一直在洗劫墨西哥的地下矿产、偷税偷税、克扣工资。一个风和日丽的日子，卡德纳斯决定墨西哥是墨西哥石油的主人。

自那天起，没有人能安然入睡。这一挑衅唤醒了全国民众。庞大的人群肩上扛着标准石油和壳牌的灵柩，拥上街头举行不休不止的游行，工人们演奏着马林巴音乐，敲着钟，占领了油井和炼油厂。但是石油公司带走了所有的技术人员——奥秘的主人，没有人能操纵这些难以破解的控制台。国旗飘扬在安静的塔型井架上。

钻井停止转动，管道空了，烟囱不再冒烟。这是战争：反对世界上最强大的两家公司的战争，尤其是一场反对拉丁美洲无能传统的战争。无能传统是殖民时期形成的习惯：我不知道，我做不到。

（45，201，234，321）

1938 年：墨西哥城

混 乱

标准石油公司要求立刻入侵墨西哥。卡德纳斯警告说，如果哪怕一个士兵进入边境，他就焚毁所有油井。罗斯福总统发出嘘声，看向另一边，但是英国王室把壳牌公司的愤怒看作是自己的，宣布将不购买一滴墨西哥石油。法国附议。其他国家也加入了封锁阵线。墨西哥找不到任何人来买他们的零件；港口的船只销声匿迹。

卡德纳斯没有放弃立场。他向禁地寻找客户：红色的苏联、纳粹的德国、法西斯的意大利，与此同时，那些废弃的装置开始慢慢地恢复运转：墨西哥工人们修修补补、临场发挥、发明创造，纯粹出于一腔热情，尽一切可能地工作。于是，创造的魔力让尊严逐渐成为可能。

（45，201，234，321）

1938 年：科约阿坎

托洛茨基

每天早晨醒来他都惊喜于自己还活着。尽管他家的高大塔楼里有卫兵，四周布满电网，列夫·托洛茨基知道这些堡垒一无用处。红军的创立者感谢墨西哥给他提供避难之所，但他更加感谢命运。

"你看，娜塔莎，"每天早晨他都跟他妻子说，"昨晚他们没杀我们，你仍在抱怨。"

自从列宁逝世以来，斯大林已经逐一地清除曾经率领俄国革命的人士。斯大林说是为了拯救革命；而托洛茨基这个注定要死的人说是为了占有革命。

托洛茨基仍然固执地信仰社会主义，哪怕它已经被人类的泥点污染。不管怎样，谁能够否认基督教不比宗教裁判所涵盖面广得多呢？

（132）

1938 年：巴西东北部腹地

强 盗 们

强盗们总是在适当范围内活动，从不做无缘由的抢劫：他们不抢劫有两座以上教堂的村镇，不仅仅因为受人所托或发誓血刃复仇而去杀人。他们在荒漠中炙热地带活动，远离海洋、远离帆船的咸咸气息。他们逆向而行，穿越巴西东北部的荒凉，骑马或步行，戴着坠挂饰物的半月形帽子。他们很少停留。他们不抚养子女也不赡养父母。他们与上天和地狱签下约定，把身体献给子弹和匕首，为自然生死、不被杀死而战，但是他们拼命的人生最终将得不到善终，这种人生已经被盲人歌手的歌谣歌唱了上千次：上帝会说、上帝会赐予，一路奔波，流窜匪帮的史诗，他们四处作战，没有时间等热汗凉下来。

（136，348，352，353）

1938 年：安吉科

捕 盗 者

为了甩掉追捕，强盗们模仿动物的声音和印记，穿带尖跟的假鞋底的鞋。但是知道的人知道。一个优秀的追捕者通过这些干枯垂死的植被认出了人经过的方向，他根据所见所闻做出判断：折断的枝条或不在原位的石头；强盗们是香水的狂热分子，他们几升几升地往身上倒香水，而这个癖好暴露了他们。

追捕者们一路追踪印记和香气，来到"油灯"首领的藏匿之所，在他们身后是军队。士兵们靠得很近，都能听见"油灯"正在跟他老婆吵架。玛利亚·波尼塔坐在窑洞门口的一块石头上，一边骂他，一边一根接着一根地抽烟。他在里边应承着这糟心的事。士兵们架好机关枪，等待射击的命令。

下起了毛毛雨，细细微微地。

(52，348，352，353)

1939 年：巴伊亚的圣萨尔瓦多

神的女人

鲁斯·兰德斯，美国的人类学家，来到巴西。她想了解在一个没有种族歧视的国家里黑人的生活。奥斯瓦尔多·阿拉尼亚部长在里约热内卢接待她。部长向她解释说，政府计划清洗巴西因黑色血液而肮脏的种族，因为黑色血液是国家落后的根源。

从里约热内卢，鲁斯出发去巴伊亚。这座城市里大部分的人口是黑人，昔日依靠甘蔗和奴隶而非常富有的副王总督们拥有王权，这里黑人的所有东西都有价值，从宗教到饮食再到音乐。然而，在巴伊亚，所有人都认为，黑人们也认为，浅色皮肤是优良质量的证明。所有人？不是所有人都这么认为：鲁斯·兰德斯发现了非洲神庙里妇女们身为黑人的骄傲。

在那些神庙里，几乎一直都是妇女，黑人女祭司，她们用自己的身体接纳从非洲来的神祇。她们容光焕发、圆滚滚的像炮弹一般，她们向神祇献上她们宽阔的身躯，让他们愉快地进入并留下来，像住家一样。神祇附在她们的身上，在她们体内跳舞。从被神灵附体的女祭司手上，人们获得鼓励和安慰；从她们的嘴里，人们听到命运的声音。

巴伊亚的黑人女祭司们有情人，但没有丈夫。婚姻给人威望，但剥夺自由和快乐。没有人愿意在神父或法官面前举办婚礼，没有人愿意成为戴着手铐的妻子，没有人愿意成为某某人的夫人。女祭司们像创世纪的女王一样，挺直了头，疲惫地摇晃着，惩罚她们的男人们，让他们体会嫉妒神祇的无比痛苦。

(253)

埃舒神

鼓声震天响，搅扰了里约热内卢的清梦。自灌木丛里，借着篝火的火光，埃舒神[1]嘲笑富人们，向他们施以致命的魔法。他是一无所有之人叛变的复仇者，他照亮黑夜，遮蔽白日。如果他向树丛扔石头，树丛会流血。

穷人们的神也是恶魔。他有两个头：一个是拿撒勒的耶稣，另一个是地狱的撒旦。在巴伊亚，他被看作是来自另一个世界的令人讨厌的信使，是第二级别的小神，但是在里约热内卢的贫民窟里，他是子夜时分最强大的主宰。埃舒神，可以轻抚也可以犯罪，他能救人，也

---

[1] 埃舒神是非洲约鲁巴人的神灵，Exu 在约鲁巴语中意为"球体，天球"，是"看得见一切的""无处不在的"。他是约鲁巴宗教中奥里莎诺神（约鲁巴人祭拜的半神，至高神奥伦罗之下的神祇）的信使，即他是人类与奥里莎神交流的媒介，他负责把迷途的人指引到奥里莎神的面前。他亦正亦邪，善恶一体，时而哈哈大笑，时而严肃。他有不同的化身，且拥有不同的名字，区分男女。很多时候人们把他与基督教里的魔鬼联系在一起。

能杀人。

他来自大地深处。他从赤脚的脚掌进入，粗暴、破坏力强。住在悬崖上破棚屋里、与老鼠们一起生活的男男女女们借给他身躯。在埃舒神那里，他们可以得到宽恕，能够开心，甚至笑得满地打滚。

(255)

玛利亚·帕迪尼亚

她是埃舒，也是他众多女人中的一个，是他的镜子、情人：玛利亚·帕迪尼亚是埃舒愿意在火堆里翻身扑倒的众多女魔鬼中最放荡的一个。

当她附在某人身上时，不难认出她。玛利亚·帕迪尼亚以一种很糟糕的方式尖叫、号叫、辱骂和大笑，在最后的紧要关头她要求昂贵的饮料和进口的香烟。必须像对待尊贵的夫人一样对她，必须得不停地哀求她，恳请她屈尊对更有权威的诸神和诸魔行使她为人所熟知的影响力。

玛利亚·帕迪尼亚不随便附在别的身体上。为了在这个世界展示自己，她挑选里约热内卢郊区为养家糊口以身体换钱的女人们。于是，那些被鄙视的女人化身为被崇拜的人：待租的肉身站在了祭坛的中央。夜晚的垃圾比所有的阳光都灿烂耀眼。

1939 年：里约热内卢
桑 巴

巴西是巴西的，上帝也是，阿里·巴罗索[1]在既充满爱国情调又

---

[1] Ary Barroso（1903-1964），巴西流行音乐作曲家，以创作桑巴音乐闻名。

具有舞蹈韵律的音乐中如此表达，而这音乐正成为里约热内卢狂欢节的主力。

但是比狂欢节上所呈现的更诱人的桑巴音乐并没有赞美这个热带天堂的美好。他的歌词逆反地歌颂放荡不羁的生活和自由散漫的不端行径，诅咒贫困和警察，鄙视工作。工作是蠢人做的事情，因为，很显然，泥瓦匠将永不可能住进他双手建造的楼房里。

桑巴是黑人的节奏，是贫民窟里召唤黑人神祇的圣歌的派生品，是狂欢节的主导。尊贵门第仍睥睨它。因为它是黑人的，是穷人的，是诞生自被警察追捕的避难所，所以不值得信赖。但是桑巴撩动腿脚，抚慰心灵，只要它一响起就没有办法无视它。整个宇宙伴着桑巴的节奏呼吸，走进星期三的圣灰礼仪。在狂欢持续时，它把每一个无产者变成了国王，把所有瘫痪病人变成了田径运动员，把所有的无聊变成了美丽的疯癫。

（74，285）

1939 年：里约热内卢

恶 棍

里约最可怕的恶棍叫撒旦夫人[1]。

他七岁时，母亲用他换了一匹马。自那时起，他不停地被转手，被倒卖给不同的主人，直到他最后留在一家妓院，在那里他学会了厨师的手艺和床上的愉悦。在那里他成为职业打手，保护女妓和男妓以及所有无人庇护的浪荡儿。警察对他棍棒相加，仿佛几度想把他送进坟墓，但是这个健硕的黑人从来不会走进比医院和监狱更远的地方。

---

[1] 原名为若昂·弗朗西斯科·杜斯桑托斯（1900-1976），撒旦夫人是他男扮女装参加狂欢节游行而从美国同名电影借用的艺名。此外，他擅长巴西战舞。他是黑人、同性恋，因家里贫困被母亲卖给他人以换取一匹马。长大后他成为妓院的打手，善于以一对多、徒手与带有棍棒的警察打斗。

周一至周五他是撒旦夫人，一个戴着巴拿马帽子的恶魔，依靠拳头和折刀管控着拉帕街区的黑夜，他用口哨吹一首桑巴，用火柴盒打着拍子四处巡逻；周末的时候，他是她，刚刚赢得狂欢节奇装异服比赛的女魔。他穿着非常女气的、金色蝙蝠式披肩，每个手指上都戴着戒指，像他的朋友卡门·米兰达那样扭动着胯部。

（146）

1939 年：里约热内卢
卡尔托拉

在曼盖拉贫民窟里，卡尔托拉 [1] 是桑巴之魂，是所有一切的灵魂。

经常能看见他一闪而过，手里的裤子像旗帜飘展，被某个不堪忍受的丈夫追赶。

在纵乐和逃跑中，他内心中冒出许多旋律和爱的抱怨，他轻声哼唱但又很快忘却。

卡尔托拉把他的桑巴曲子卖给第一个出现的人，哪怕给的钱少得可怜。他总是惊诧于竟有人会为此而付钱。

（428）

1939 年：蒙特塞拉修道院
巴 列 霍

残败凋零，西班牙共和派日暮途穷，气息奄奄。佛朗哥的军队势不可当、赶尽杀绝。

---

[1] 原名是 Angenor de Oliveira（1908-1980），巴西作曲家、歌手，被许多评论家认为是 20 世纪巴西最重要的桑巴音乐人。

在蒙特塞拉修道院里，作为道别，民兵们印制了诗歌，这是两位拉丁美洲诗人献给西班牙和这场灾难的。智利人聂鲁达和秘鲁人巴列霍的诗篇印在由残破军装布条、敌人的旗帜和绷带做成的纸上。

塞萨尔·巴列霍在与他一样难过、孤独的西班牙倒下之前不久去世。他死在巴黎，在一个他有记忆的日子里，他在阴森四壁间、病痛困苦中写下的最后诗行是献给西班牙的。巴列霍歌颂武装起来的西班牙人民的伟大功绩，歌颂他们的独立自由精神、钟爱的太阳、钟爱的月亮；西班牙是他弥留之际说出的最后一个单词，而这个美洲的诗人是最有美洲之情的诗人。

(457)

1939 年：华盛顿

罗 斯 福

当富兰克林·德拉诺·罗斯福登上总统宝座时，美国有一千五百万工人没有工作，他们像迷途孩童四处张望。许多人在公路上竖着大拇指等待搭车，奔走在不同城市之间，赤着脚或者在破洞的鞋底上垫些纸板，他们借宿在公共厕所和火车站里。

为了拯救国家，罗斯福首先做的是把钱装进笼子里：关闭所有的银行，直至局势明朗化。从此，他掌控经济，不再被经济所控，从而巩固了被危机威胁的民主。

然而，对拉丁美洲的独裁者们，他与之相处融洽。罗斯福庇护他们，就像庇护福特汽车公司、开尔文纳特冰箱以及所有其他美国工业产品一样。

(276，304)

1939 年：华盛顿

特鲁希略时代的第九年

特鲁希略时代的第九年，西点军校鸣礼炮二十一响欢迎他。特鲁希略扇着一把熏香的象牙扇子，晃动着帽子上的鸵鸟羽翎致意。陪伴他的是由主教、将军、大臣、一名医生和一名专门治疗眼疾的巫师组成的矮胖代表团。九岁的侍卫队队长拉姆菲斯·特鲁希略将军也陪伴着他，他拖着一柄比他自身还长的佩剑。

乔治·马歇尔将军在五月花船上设宴款待特鲁希略，罗斯福总统在白宫接见了他。立法官员、政府官员和记者们纷纷赞扬这位模范的国家元首。特鲁希略用现金偿付死者，也用现金购买赞扬，使用的是多米尼加共和国行政预算里"鸟粮"项目的钱。

（60，177）

1939 年：华盛顿

索 摩 查

在海军陆战队把他封为将军和尼加拉瓜的统帅之前，塔乔·索摩查依靠伪造金币、打牌出千和感情欺骗来挣钱。

自从他独揽大权之后，杀害桑地诺的凶手就把国家预算变成他的个人账户，并侵占了全国最好的土地。他通过发放国家银行的贷款清算了温和派敌人。激烈的敌人则死于事故或伏击。

索摩查对美国的成功访问丝毫不逊于特鲁希略。罗斯福总统率领好几位部长前往洛杉矶的联合车站迎候他。军乐队演奏两国的国歌，鸣放礼炮，发表演讲。索摩查宣布马那瓜城里连接小湖和大湖的穿城主干道将更名为罗斯福大道。

（102）

1939 年：纽约

超　人

杂志《动作漫画》上刊载了超人的历险记。

我们时代的赫拉克勒斯守卫整个宇宙的私人财产。从一个叫大都会的地方，他穿越时空或飞向银河系，飞得比光还快，打破了时间的樊篱。不管去哪儿，无论是在这个世界上抑或在其他世界里，超人比整个海军陆战队更快速、有效地重建秩序。他目光扫射即可熔化钢铁，抬腿一脚就能砍倒森林里的所有树木，挥拳一击则会同时穿透好几座山。

在他的另一个身份里，超人是胆小的克拉克·肯特，是与任何一位读者一样的穷鬼。

（147）

1941 年：纽约

舆论制造者的特写

电影院放映厅拒绝放映《公民凯恩》。只有几家无足轻重的小剧场胆敢应对如此的挑战。在《公民凯恩》中，奥逊·威尔斯[1]讲述了一个病态地迷恋权力的人的故事，那个人与威廉·伦道夫·赫斯特[2]非常相似。

赫斯特拥有十八家日报、九家杂志、七座城堡和众多手下。他知道如何煽动公众舆论。在其漫长生命里，他曾挑起战争，推动银行破产，创造并摧毁了许多财富，建立偶像，破坏声望。丑闻和八卦专栏

---

[1]　Orson Welles（1915-1985），美国演员、导演、制片人，1940 年他拍摄了传记体电影《公民凯恩》。

[2]　William Randolph Hearst（1863-1951），美国报业大王，赫斯特国际集团的创始人。

是他的创造，是对腰部以下最好的打击，而这正是他喜欢做的。

美国最强劲的舆论制造者认为白人种族是真正人类的唯一种族，他认为最强大的人必须赢得胜利，他把年轻人喝酒归咎于共产分子。他还坚信日本人生来就是叛徒。

当日本轰炸珍珠港的美军基地时，赫斯特的报纸已经花了半个多世纪来警惕黄祸[1]。美国进入第二次世界大战。

（130，441）

1942 年：华盛顿

红十字会不接纳黑人的献血

美国的士兵奔赴战争前线。很多是黑人，他们听从白人军官的命令。

幸存下来的人将会返回家中。黑人们将会从后门进去，在南方的各大州，将会有单独的地方给他们居住、工作和死亡，甚至是死后他们也将葬在单独的墓地。三 K 党的蒙面人[2]将会阻止黑人进入白人的世界，特别是阻止进入白人妇女的寝室。

战争接纳黑人，成千上万的美国黑人。红十字会，则不接纳黑人。美国的红十字会禁止黑人的血输入白人血浆库里。如此，避免了注射造成的混血。

（51）

---

[1] 黄祸论是 19 世纪出现的一种极端民族主义理论，认为黄种人对白种人是威胁，该种族歧视的矛头直指日本和中国。

[2] 三 K 党成员不公开身份，他们标志性的服装是白色长袍和只露出眼睛的尖头罩。

1942 年：纽约

德 鲁

查尔斯·德鲁[1]是生命的创造者。他的研究让血液存储成为可能。感谢他，白人血浆库的创建让成千上万的在欧洲战场上奄奄一息的人正在苏醒。

德鲁领导了美国红十字会的血浆服务。当红十字会决定拒绝黑人的血液时，他辞职了。德鲁是黑人。

（218，262）

1942 年：密西西比的牛津镇

福 克 纳

威廉·福克纳坐在衰败大宅院的圆柱走廊前面的摇椅上，抽着烟斗，倾听幽灵们的窃窃私语。

种植园的主人们告诉福克纳他们的荣耀与恐惧。没有什么比种族混血让他们这般害怕。一滴黑人的血，哪怕只是一滴，那也注定会诅咒命运，注定死后经历地狱之火的炙烤。美国南方的王朝生于犯罪，注定要犯罪，在被任何一个黑色或黑色的阴影侮辱之后，仍坚守着自身暮光中的惨白光彩。绅士们宁肯相信世系的纯正将不会消亡，哪怕他们的记忆已消失，哪怕被林肯打败的骑士们发起最后冲锋的号角声的回声的余音也已消失。

（163，247）

---

[1] Charles Drew（1904-1950），美国黑人医生，发明了保存血浆的方法，组织建造了美国第一个大型血库。

1942 年：好莱坞
布莱希特

好莱坞生产电影，把人类在灭亡时刻的可怕祈祷变成甜蜜美梦。贝尔托·布莱希特[1]被希特勒的德国驱逐，他正效力于这个催眠产业。试图让人们睁大双眼的剧院创建者在联合艺术家工作室里挣钱糊口。他是众多为好莱坞工作、遵循上班时间重复写出日产量最大的愚蠢作品的作家之一。

在这样的一个日子里，布莱希特以四毛钱的价格在一家中国店里买了一座小幸运佛。他把它摆在书桌上显眼的位置。别人告诉布莱希特，每当幸运佛被强迫喝毒药时，他总是舔舔嘴唇。

（66）

1942 年：好莱坞
南方的睦邻

南方的睦邻陪伴美国参加世界战争。这是"民主价格"的时代：拉丁美洲国家提供廉价原材料、便宜的食物和一两个士兵。

电影歌颂共同的事业。电影中鲜见缺少南美的节目，用西班牙语或葡萄牙语又唱又跳。唐老鸭里首次展现了一位巴西朋友——小鹦鹉若泽·卡里奥卡。在太平洋岛屿上或欧洲战场上，好莱坞的男主角们消灭大量的日本人和德国人：每个主角的身边都有一个拉丁人，他善良、懒惰甚至愚笨，而且敬佩北方这位金发碧眼的兄弟，甘做他的应声虫和跟屁虫、忠诚的侍从、快乐的乐手、信使和厨师。

（467）

---

[1] Bertolt Brecht（1898-1956），德国著名剧作家、戏剧理论家，在演剧方法上提出"陌生化"理论。有评论家认为他的表演方式、戏剧理念构成了布莱希特体系，与斯坦尼斯拉夫斯基体系和梅兰芳京剧艺术体系一起构成世界戏剧三大表演体系。

1942 年：玛利亚·巴尔佐拉草原

拉丁美洲削减生产成本的方法

玻利维亚是支付战争的国家之一。自始以来一直实施定额口粮的玻利维亚为协约国的大业做出贡献，以比日常最低价格还便宜十倍的价格出售锡矿。

矿山的工人们为这桩便宜买卖买单：他们的工资从微不足道到化为乌有。当政府的政令强迫工人们在枪尖的威胁下劳动时，罢工爆发了。又一政令下达禁止罢工，但罢工仍然继续。于是总统恩里克·佩尼亚兰达[1]下令军队开展"严肃而有力的"行动。锡矿之王帕蒂尼奥下令"坚决执行"。他的两位副王阿拉马约和霍克希尔德同意采取行动。机关枪连续几个小时不停地喷火，荒原上尸横遍野。

帕蒂尼奥矿山买了一些棺材，但省了赔偿费。枪击的死亡不是工伤。

(97, 474)

1943 年：桑苏西

卡彭铁尔

阿莱霍·卡彭铁尔[2]懵懂中发现了亨利·克里斯托夫的王国。古巴作家跑遍那位黑人奴隶厨师谵妄中的雄伟废墟，厨师成为海地的国王，最后以金子弹杀死自己，永远把子弹留在脖子里。当他走访克里斯托夫按照凡尔赛宫仿建的宫殿，走遍其坚不可破的堡垒——这座庞

---

[1] Enrique Peñaranda（1892-1969），玻利维亚军事指挥官，曾参加查科战争。1940-1943 年担任总统，1942 年 12 月 21 日他下令对帕蒂尼奥锡矿的罢工工人进行屠杀，现在这一天是玻利维亚的矿工日。

[2] Alejo Carpentier（1904-1980），古巴著名作家和文学评论家，1943 年他去海地访问了亨利·克里斯托夫的王国，看到了魔幻世界的奇迹，从而发现了"神奇的现实"，以区别于欧洲超现实主义者们精心虚构的超现实。

然大物因石块浸润着献祭的牛血而抵御了闪电和地震的袭击——时，卡彭铁尔听到了祈天的仪式颂歌和神奇鼓声。

在海地，卡彭铁尔发现没有比通过现实、通过身体进入美洲深处的旅行更神奇更愉快的魔法了。在欧洲，魔法师已经化身为官僚，神奇已经厌倦，退减为戏法。而与之相反，在美洲超现实主义是天然的，就像雨水或疯癫一样。

（85）

1943 年：太子港
不撒谎的双手

德威特·彼得斯[1]创建了一个伟大的开放作坊，从那里开始骤然引爆海地艺术。所有人涂染一切：布匹、纸板、罐头、木板、墙壁以及一切可呈现的东西。所有人以彩虹的七颗心灵来绘画，画得喧闹，画得色彩斑斓。所有人都画画：修鞋匠、渔夫、河边的浣衣妇、市场的运送工。在美洲最贫穷的国家，这个被欧洲压榨、被美国入侵、被连年战争和独裁摧毁的国家里，人们开始高叫出色彩，没有人能让他们喑哑。

（122，142，385）

1943 年：蒙路易
一颗盐粒

在一个酒馆里，围着一群大肚子的孩童和皮包骨的狗，埃克托

---

[1] Dewitt Peters（1901–1977），水彩画家，因美国的睦邻政策前往海地教英文。1943 年他与几位年轻人一起创办了海地艺术中心，免费提供绘画材料，推动海地艺术的发展，一批年轻画家得以崭露头角。下文提及的埃克托尔·伊波利特就是其中之一。

尔·伊波利特[1]用母鸡毛做的画笔画诸神。施洗约翰每天下午出现，来帮助他。

伊波利特画出的诸神借他的手来描画自己。这些画画和被画的诸神是海地的神祇，同时居住在地上、天上和地狱里：他们能善能恶，为他们的子民们提供报复和安慰。

不是所有的神都来自非洲。有几个诞生在本地，比如巴隆·撒麦迪[2]，他是神圣的行走神，戴着黑色大礼帽、拿着黑色手杖的黑人，他是毒药和坟墓的主人。因为巴隆·撒麦迪，毒药才可杀人，死人才能安息。他把许多死人变成还魂尸，惩罚他们成为干活的奴隶。

还魂尸是行走的死人或者是已经失去灵魂的活人，他们有些无可救药的愚蠢。但是他们经常逃走并恢复了失去的生命、被偷走的灵魂：一颗小小的盐粒就能唤醒他们。只要一颗小小的盐粒。打败拿破仑、在美洲建立自由的奴隶们的家里怎么能少得了盐呢？

（142，233，295）

1944 年：纽约

学习看见

是中午时分，詹姆斯·鲍德温[3]正和一位朋友走在曼哈顿岛南部

---

[1] Hector Hyppolite（1894-1948），海地画家，以伏都教的故事为绘画主题。在进入海地艺术中心画画之前，他用鸡毛充当画笔在纸板上画画，1943 年被德威特·彼得斯发现其绘画天赋。1945年超现实主义作家安德烈·布勒东和古巴画家林飞龙访问海地，购买了伊波利特的作品。布勒东的认可为伊波利特的绘画和海地艺术打开了广阔的天地。

[2] Baron Samedi，海地伏都教的死神，由于 Samedi 在法语中意为"星期六"，所以又被意译为"星期六男爵"。他是生与死的中介神，站在十字路口，等待亡者的出现，引领他们进入冥界。

[3] James Baldwin（1924-1987），美国作家、诗人、戏剧家和社会活动家。一生著作甚多，出版六部长篇小说、四部剧本和十几部散文集，作品涉及的题材广泛，但身为黑人和同性恋者，他特别关注种族问题和性解放问题，代表作有《向苍天呼吁》《乔瓦尼的房间》等。

的大街上。红灯把他们拦在一个街角。

"你看。"他的朋友指着地面说。

鲍德温看了看。什么也没看到。

"你看，你看。"

什么也没有。那里没什么可看的，也什么都看不到。只有人行道边上有一个肮脏的小水坑，再无其他。但是朋友坚持："看见了吗？你在看吗？"

于是鲍德温凝神注视，他看见了。他看见水坑面上晃荡着一块油渍。然后，在油渍上他看见了彩虹。在更深处，在水坑底部，街道经过，人们从街上走过：心不在焉的人、疯子、魔术师，整个世界都经过，一个令人吃惊的世界里充满着在这个世界里闪闪发光的各种世界。于是，感谢一位朋友，鲍德温看见了，生命中他第一次看见了。

（152）

1945 年：危地马拉与萨尔瓦多边境

四十岁的米格尔

他睡在洞穴和墓地里。他饿得不停打嗝，与喜鹊和鸽子争夺面包屑。他的妹妹时不时地来看他，对他说："上帝给了你很多才能，但是他惩罚你，让你成为共产党。"

自从米格尔重新得到他的党的完全信任以来，他就不停地奔波受苦。现在党里决定让这位牺牲最多的党员离开萨尔瓦多流亡去危地马拉。

历经上千的诡计和危险之后，米格尔成功越过边境线。已是深夜，他精疲力竭，倒在一棵树下睡去。清晨，一头巨大的黄母牛把他弄醒，它正在舔他的脚。米格尔对它说："早上好。"

牛大吃一惊，奋力而逃，哞哞叫着钻进山里。很快，从山里钻出五头前来复仇的公牛。米格尔不能向后逃，也不能往上藏。他身后是深渊，树干光滑。公牛们蜂拥向他奔来，但是在发动最后的进攻之前，突然停下来，喘着粗气死死地盯着他，吐烟冒火，向空中昂起犄角，蹄子刨着地面，掘起丛生的杂草和大片的尘土。

米格尔冷汗直冒，全身颤抖。他恐惧地结结巴巴、吞吞吐吐地解释。公牛们看着他，一个又饿又怕的小个儿男人，它们相互凝视。他乞求马克思和圣亚西西的方济各的庇护。最后，公牛们转身离去，低着头地缓缓走远。

这是米格尔·马莫尔的第九次诞生，在他四十岁的时候。

（126）

1945 年：广岛与长崎

火 太 阳

火太阳——世上从未见过的强光，缓缓升起，划破天空，坠落。三天之后，另一个太阳中的太阳在日本上空炸裂。下方留下两座城市的灰烬，铁锈的荒漠、几万的死人和更多的注定在接下来的年月中逐渐死去的人。

当哈里·杜鲁门总统下令向广岛和长崎的平民投放原子弹时，战争几近结束，已经消灭了希特勒和墨索里尼。在美国，全民呼吁要求立即肃清"黄祸"。是时候彻底消灭这个从未被任何人殖民的傲慢亚洲国家的帝国气焰了。甚至连死人都不是好人，报纸上说，都是背信弃义的小猴子。

现在一切疑问烟消云散。在众多的胜利者中有一个伟大胜利者。在这场战争中美国毫发无损，显露出从所未有的强大，就好像全球都是他的战利品。

（140，276）

1945 年：普林斯顿
爱因斯坦

阿尔伯特·爱因斯坦感觉是他自己的手按动了按钮。他没有制作原子弹，但是没有他的发现原子弹不可能造出来 [1]。现在爱因斯坦真想成为另一个人，从事如修理管道或砌墙这种不伤害人的职业，而不是四处寻找生命的奥秘而被他人利用来消灭生命。

孩提时代，一位老师对他说："你将到不了任何地方。"

他目瞪口呆，神情迷离。他心中疑惑，如果一个人骑在一道闪电上，他看到的光该是什么样子。长大后他找到了答案，就是相对论。他获得一个诺贝尔奖，但他值得拥有更多个，因为在那之后他找到了许多其他问题的答案，那些问题产生于莫扎特奏鸣曲与毕达哥拉斯定理之间的神秘联系抑或诞生于他长长的烟斗里飘出的烟在空中画出的挑衅的阿拉伯花饰。

爱因斯坦相信科学是揭示宇宙之美的方式。这位最杰出的博学之士拥有人类历史上最忧伤的眼眸。

(150, 228)

1945 年：布宜诺斯艾利斯
庇 隆

麦克阿瑟将军负责照管日本，斯普鲁尔·布雷登则负责阿根廷。为了引导阿根廷人走上民主的正确道路，美国大使布雷登召集所有党派，从保守党到共产党，统一阵线来反对胡安·多明戈·庇隆 [2]。据

---

[1] 爱因斯坦并没有参与原子弹的研制，但他推出了质能转化方程，对原子弹的研究有很大贡献。

[2] Juan Domingo Perón（1895-1974），1946-1952 年、1952-1955 年和 1973-1974 年期间三度担任阿根廷总统。

美国国务院称，政府劳工部长庇隆上校是纳粹派的头领。《观看》杂志确认这是一个腐化分子：在他书桌的抽屉里存放着巴塔哥尼亚地区裸体印第安女人的照片，与希特勒和墨索里尼的画像摆在一起。

庇隆飞奔着跑在总统之路上。他挽着艾薇塔的胳膊，艾薇塔是广播剧的女演员，拥有炽烈的双眸和诱人的声音，当他疲倦、迟疑或害怕时，是她领着他。庇隆聚集了比所有党派加在一起还要多的人。当别人控诉他是煽动者时，他欣然接纳、引以为荣。上层人士和盛装打扮的人在布宜诺斯艾利斯市中心的街角，晃动着檐帽和手帕，齐声高呼大使布雷登的名字，但是在工人街区贫穷的大众们喊着庇隆的名字。被驱赶出自家土地的劳工大众因为长久的沉默而喑哑，但在这位总是站在他们身边的奇怪部长身上找到了祖国和声音。

庇隆的民众声望在增长，随着他重新提起早已遗忘的社会法则或创造新的法则而不断增长。要求尊重在庄园和种植园里劳累之人权利的规定是他颁布的。这个规定并没有停留在纸张上，于是农村的短工以前几乎是个物品，而现在成为有工会组织的农村工人。

(311, 327)

1945 年：土库曼草原

使　魔

使魔[1]火冒三丈，因为这些新鲜事已然搅乱了他的领域。工会组织与他争吵，比刀柄更让他害怕。

在阿根廷北部的甘蔗种植园里，使魔负责让短工们服从命令。对胆敢回嘴或莽撞的短工，使魔就一口吞了他。他发出铁链的声音，喷出硫磺臭气，但没有人知道他是恶魔附体还是普通的官员。只有他的受害者能看见他，没有人能做出解释。传说每天晚上，使魔变成一条

---

[1]　使魔是灵异故事中的一种恶魔、怪物或精灵，与施术者肯定主从关系的契约，为施术者传信、侦查、看守或从事家务的各种事情。在阿根廷这种精灵叫 El Familiar。

巨蛇巡查短工们居住的棚屋，或化身为双目喷火、浑身漆黑、龇嘴獠牙的狗，潜伏在道路上窥探。

（103，328）

小天使的守灵

在阿根廷北部省区人们不为孩童的夭折哭泣。地上少了一张嘴，天上多了一个天使：从雄鸡第一遍唱晓开始，人们为死亡饮酒跳舞，大口大口地喝着玉米酒和奇恰酒，踏着低音大鼓和吉他的节奏跳舞。当舞者转圈跺脚时，孩子从一个臂膀被送向另一个臂膀。当孩子得到足够的摇晃和祝福之后，所有人齐声歌唱，送他飞向天堂。小行者穿着他最华丽的服装，随着越来越高的歌声，飞向远方。人们点燃炮仗向他告别，他们万分小心，生怕烧着他的翅膀。

（104）

1945 年：土库曼草原
尤 潘 基

这位阿根廷北部歌唱神秘的高乔人长着印第安人的面孔，凝望着大山，大山也凝望着他，但是他来自南方的平原，没有回声、无处藏匿的潘帕斯草原。他骑马而来，沿途中随意停在每个地方，停在每个人面前。为了继续上路，阿塔瓦尔帕·尤潘基[1]歌唱，歌唱一路所行。也为了延续历史：因为穷人的历史要么在歌唱中延续，要么消失。他清楚地知道这点，他用左手弹拨吉他、思考世界。

（202，270，472）

---

[1] Atahualpa Yupanqui（1908-1992），阿根廷创作歌手、吉他手和诗人，被认为是阿根廷民间传统音乐的重要人物。

1946 年：拉巴斯

拉罗斯卡

山巅之上，有三个人。下面，在山脚下，有三百万人。山是锡做的，叫玻利维亚。

山巅的三个组建了拉罗斯卡矿山寡头集团 [1]。西蒙·帕蒂尼奥位于正中。一边是卡洛斯·阿拉马约，另一边是毛里西奥·霍克希尔德。帕蒂尼奥原是一个贫穷的矿工，直到半个世纪前一位仙女对他挥舞魔法棒，把他变成了世界上最富有的人之一。现在他穿着镶金边的马甲，与国王总统平起平坐。阿拉马约来自当地的贵族阶层。霍克希尔德是用飞机把他带来的。这三个人中的任何一个都富可敌国。

锡矿挣来的一切都留在国外。为了逃税，帕蒂尼奥的总部设在美国，阿拉马约的在瑞士，霍克希尔德的在智利。帕蒂尼奥每年支付玻利维亚五十美元的所得税，阿拉马约交二十二美元，霍克希尔德一分不交。

拉罗斯卡集团的每个成员各拥有一家报纸、好几位部长和立法委员。外交部长从帕蒂尼奥矿山公司每月领取薪水是传统。但是现在瓜尔维托·比利亚罗埃尔总统 [2] 想强迫拉罗斯卡集团缴纳并非象征意义的赋税和薪资，于是爆发了一场惊天大阴谋。

（97）

1946 年：拉巴斯

比利亚罗埃尔

比利亚罗埃尔总统没有自卫抵抗。他听任命运的安排，仿佛命该

---

[1] 帕蒂尼奥与玻利维亚另外两位矿业大亨阿拉马约、霍克希尔德联合成立垄断统治集团拉罗斯卡，全面垄断玻利维亚的锡矿。

[2] Gualberto Villarroel（1908-1946），玻利维亚军人，1944-1945 年为临时总统，1945-1946 年担任宪法总统。在任期间，试图进行一些改革，但遭到抵制，最后惨遭杀害。

如此一般。

雇佣打手们攻击他，后面还跟着一群人数众多、夹杂着虔诚女信徒和学生的奇怪人群。暴民们高举火把、黑色旗帜和沾血的床单，攻入总统府，把比利亚罗埃尔从阳台摔到大街上，然后把他赤身裸体地挂在街灯灯柱上。

除了与拉罗斯卡集团对抗，比利亚罗埃尔也曾想赋予白人和印第安人、妻子和情人、婚生子和私生子同样的权利。

整个世界都为这个罪行欢呼。民主的主人们宣称他们已经消灭了这个受雇于希特勒的独裁者，因为他试图用不可原谅的骄横抬高锡矿早已触底的国际价格。在玻利维亚，在这个为她的不幸而不停工作的国家里，人们庆祝现今一切的倒塌，庆祝过往一切的复辟。道德联盟、祭司母亲们协会、战争遗孀们、美国大使馆、所有右派人士、几乎所有左派人士——月亮左边的左派——以及拉罗斯卡集团都热烈庆祝。

(97)

1946 年：好莱坞
卡门·米兰达

箔片和项链都闪闪发光，头上戴着香蕉塔，卡门·米兰达[1]在热带景色的背景板前摇曳身姿。

她出生在葡萄牙，是一位贫穷的理发师的女儿，他们漂洋过海抵达巴西。现在卡门是巴西最主要的出口产品，其后是咖啡。

这位矮胖的轻佻女子没什么音色，还有点走调，但是她扭胯伸手、眉飞色舞地唱歌，而这就足够了。她是好莱坞工薪最高的人，她拥有十栋房子和八座石油矿井。

---

[1] Carmen Miranda（1909-1955），巴西著名的桑巴歌手和歌舞明星，身高仅 1.52 米，以香蕉女王的形象而闻名。

但是福克斯电影公司拒绝与她续约。参议员约瑟夫·麦卡锡认为她淫秽色情，因为在她全情投入地跳舞拍摄过程中，一位摄影师告发她飞旋的裙摆下面不可容忍的赤裸。报纸上揭露说在她最温柔的孩提时代，卡门就曾在比利时的阿尔贝一世国王面前朗诵，在朗读诗句的同时她就不知羞耻地摇摆、垂眸招徕，这引起了修女们的反感，也让国王长久地失眠。

（401）

1948 年：波哥大

前 夕

在平静的波哥大，在神父和法学家们的宅院里，马歇尔将军会见拉丁美洲各国的外交部长。

这位西方的贤王在被战争破坏的欧洲大陆上到处撒美元，那他的褡裢里给我们带来了什么呢？马歇尔将军把耳机贴在太阳穴上，冷漠地忍受着愈来愈夸大的演讲。他甚至都没眨一下眼睛，忍受着拉丁美洲亟待以白菜价出售自己的许多代表对民主信仰的冗长表白。与此同时，世界银行的主管约翰·迈克洛伊[1]提示说：“抱歉，先生们，我的文件箱里没有带我的支票本。”

在离第九届泛美大会会议厅的更远处，在整个东道国的全国上下也到处都是演讲。自由派的饱学之士宣称将带给哥伦比亚和平，“宛若帕拉斯·雅典娜女神让雅典的山上长出橄榄树一般”，而保守党的经纶之才则承诺“把人所不知的力量昭然于阳光之下，将用地球内核里的深邃之火点燃昏暗之夜的背叛前夕烛台上应该燃烧的微弱还愿灯”。

当外交部长们和博学之士们呼吁、宣告和演说之时，现实就已

---

[1] John McCloy（1895-1989），美国律师、银行家，曾任世界银行行长，是从罗斯福到里根历届总统的顾问。

存在。在哥伦比亚战场上保守党与自由党之间的战争已经真刀实枪地打响；政客们诉诸语言，而农民们则奉上死尸。暴力正逐渐抵达波哥大，已经敲响首都的大门，威胁永恒的常规——永远相同的罪孽，永远一样的比喻。在上个周日的斗牛比赛中，绝望的人群冲上沙场，把一头拒绝角斗的可怜公牛撕成了碎片。

（7）

1948 年：波哥大

盖 坦

霍尔赫·埃列塞尔·盖坦说："政治国家与民族国家毫不相干。"盖坦是自由党的党魁，但也是该党的害群之马。所有阵营的穷人都崇拜他。"自由派的饥饿和保守派的饥饿有什么区别呢？疟疾既不是保守派也不是自由派！"

盖坦的话鼓动群众，群众通过他的嘴而呐喊。这个男人把恐惧抛掷于身后。衣衫褴褛的人划桨穿越雨林，或用踢马刺策马疾行从四面八方赶来，赶来听他说话，听他们自己的声音。据说当盖坦说话时，波哥大云开雾散，甚至在高空之上，圣彼得也竖耳倾听，不允许雨点落到那些举着火把聚集在一起的人山人海中。

这位威严的领袖，神情严肃、面若雕塑，直言不讳地揭发政治寡头以及把没有自己生命和自己话语的寡头安坐在自己膝盖上的帝国木偶操纵者们；他宣布要进行农业改革和其他一些将终结这如此漫长谎言的真相。

如果不杀死他，盖坦将是哥伦比亚的总统。收买他，不可能。这个鄙视享受、独自就寝、食少不饮酒，甚至连拔牙都不接受麻醉的男人还有什么诱惑不能抵抗呢？

（7）

1948 年：波哥大

波哥大事件

4 月 9 号的下午两点，盖坦有一个约见。他将接见一个学生，非法聚集在波哥大、反对马歇尔将军的泛美大会的众多拉丁美洲学生中的一个。

一点半，学生离开宾馆，准备开始走向盖坦办公室的轻松路程。但是没走几步他就听见天崩地裂之声，人群像雪崩一样朝他倾泻而来。

穷人们从郊区贫民窟冒出来，从山头上冲下来，蜂拥着奔向四方，他们是痛苦和愤怒的飓风，赶来清扫城市，打破玻璃，掀翻电车，焚烧楼房："你们杀了他！你们杀了他！"

那是在大街上，三枪。盖坦的手表停在一点零五分[1]。

那个学生，叫菲德尔·卡斯特罗的魁梧古巴人往头上罩了一顶没有边檐的帽子，任由人民之风带他而去。

（7）

1948 年：波哥大

火 焰

穿着套头斗篷的印第安人和穿着麻鞋的工人们攻入波哥大市中心，他们双手被沙土或石灰皱裂，沾满机油或鞋油，往这旋风中赶赴而来的有搬运工人、学生、服务生、河里的浣衣妇、市场的运送女工，各行各业的人，谋生的人、寻死的人、找运气的人：从旋涡中出

---

[1] 1948 年 4 月 9 日，自由派领导人霍尔赫·埃列塞尔·盖坦在波哥大市中心的街头遇刺身亡。盖坦宣传社会主义思想，深受广大民众喜爱，原本有望赢得总统大选。他的遇害引起动乱，人们走上街头抗议，当场杀死凶手，但最终被镇压。这一事件史称"波哥大事件"。从此，哥伦比亚进入保守党和自由党相互争夺的"暴力时期"（La Violencia）。

来一个妇女，她穿着四件皮大衣，全都穿在身上，她笨拙而又高兴得像一只恋爱中的熊；一个男人像兔子一样逃窜开去，他脖颈上戴着好几串珍珠项链；另一个人像乌龟一样挪动，背上背着一个冰箱。

拐角处，破衣烂衫的孩子们指挥交通，囚犯们打破监狱的栅栏，有人用砍刀砍断了消防管道。波哥大是一个巨大的火场，天空变成血色穹顶，从燃烧中的各个部委的阳台上打字机像雨般落下，从火焰中的教堂钟楼上子弹雨倾泻而下。面对暴怒，警察躲藏起来或袖手旁观。

从总统府可以看到人潮正在涌来。机关枪已经阻止了两次进攻，但是人流已经把杀死盖坦的傀儡压成肉泥，甩到总统府的门上。

第一夫人伯莎女士往腰间挎上一把左轮手枪，给她的忏悔神父打电话："神父，请您发善心把我的儿子送去美国大使馆。"

在另一部电话上，总统马里亚诺·奥斯皮纳·佩雷斯[1]吩咐保护马歇尔将军的住所，下令镇压造反的人群。之后，他坐下来等待。街上的骚乱声愈来愈大。

三辆坦克开路向总统府发动进攻。坦克上载着人，人们晃动着旗帜，呼喊着盖坦的名字，后面跟着挥舞砍刀、斧头和棍棒猛冲的人群。刚一抵达总统府门口，坦克停了下来。炮塔缓缓地调转方向，向后瞄准，开始杀戮。

（7）

1948 年：波哥大

灰 烬

有人四处走动寻找一只鞋。一位妇女为臂弯里死去的婴儿哭号。城市烟雾腾腾。走路需小心翼翼，怕踩到尸体。一个散架的人体模型

---

[1] Mariano Ospina Pérez（1891–1976），出身于哥伦比亚政治世家，属保守党派，1946–1950 年担任哥伦比亚总统。

挂在电车的电缆上。一座已经变成木炭的修道院的台阶上，一个赤身裸体、熏黑的耶稣双臂张开仰望天空。在台阶的下面，一个乞丐在喝酒并邀请别人喝酒：主教的礼帽罩住他的头，遮到眼睛，紫色的天鹅绒窗帘裹住了他的身体，但是这个乞丐靠用金杯喝法国白兰地来御寒，他用银质大圣餐杯为过往行人送上一盅酒。他饮着酒、邀人饮酒，军队的一颗子弹把他撂倒。

最后的枪声响起。被战火夷平的城市恢复了秩序。在三天的复仇和疯狂之后，手无寸铁的群众重回到以前工作、悲伤的受屈辱状态。

马歇尔将军没有丝毫犹豫。波哥大事件是莫斯科的作品。哥伦比亚政府中断了与苏联的关系。

(7)

1948 年：乌帕山谷
巴耶那多音乐

"我想仰天长啸，他们不让……"

哥伦比亚政府禁止唱《流浪的呼声》。谁要是唱了就可能蹲大狱或吃枪子儿。然而在玛格达莱纳河边，人们照常唱这首歌。

哥伦比亚海边的人们以音乐来保护自己。《流浪的呼声》是巴耶那多[1]旋律，是一首讲述当地新闻趣事的放牛之歌，而同时能活跃气氛。

巴耶那多行吟歌手们怀抱着手风琴骑马或徒步漫游。他们把手风琴放在大腿上，接受欢乐晚会的第一口酒，然后开始和任何人的对歌比赛。他们用手风琴与带走和带来的巴耶那多诗句交锋，就像格斗一般，市场里和斗鸡场里这样欢快的战争持续几天几夜。这些即兴创作

[1] 巴耶那多音乐是哥伦比亚加勒比沿岸地区的一种民间音乐形式，是欧洲音乐、非洲音乐与当地音乐融合的产物，主要使用手风琴、巴耶那多小鼓和类似笛子的瓜恰拉卡三种乐器来演奏。

歌手们最可怕的对手是路西法，伟大的音乐家，他厌倦了地狱生活，隔三差五地化装来到美洲寻乐。

(359)

1948 年：弗罗茨瓦夫
毕 加 索

这位画家身上住着许多世上曾有的最优秀画家。所有的，从远古时代到前不久的画家都共同居住在他体内，杂乱无序。体内住着这么多难以相处的人不是件容易的事情，他们总是互相打架，因此这位画家甚至都没有一分钟的自由时间来倾听演说，更不用说去发表演说。

但是这一次，他一生中第一次也是唯一的一次，巴勃罗·毕加索发表了演说。这个奇特事件发生在波兰城市弗罗茨瓦夫，在世界知识分子和平大会上。

"我有一个朋友，他原本应该在这里……"

毕加索致敬"*最伟大的西班牙语诗人，世界上最伟大的诗人之一，他总是站在不幸的人们身边：巴勃罗·聂鲁达，他在智利被警察追捕，像狗一样被困住……*"

(442)

1948 年：智利某个地方
聂 鲁 达

在《公正》日报上头版头条看到："全国通缉聂鲁达。"下面写道："找到该逃犯藏匿之所的调查人员将受到嘉奖。"

诗人奔走在智利的夜晚，从一个藏身之所到另一个藏身之所。聂鲁达是众多因为是、应该是抑或可能是赤色分子而正在经历追捕的人之一，但他并不抱怨他所选择的命运。他毫不后悔地坚信自己所做的一切，尽管这给他带来了麻烦，但他享受和庆祝这种战斗的激情，就像享受和庆祝钟声、红酒、海鳗洋葱土豆汤以及展翅高飞的风筝一样。

(313，442)

1948 年：哥斯达黎加的圣何塞
菲格雷斯

六个星期的战争结束了，两千人死亡，农村中产阶级执掌哥斯达黎加的政权。

新政府的领导人何塞·菲格雷斯[1]把共产党列为非法组织，并大声承诺"无条件地支持全世界反对苏联帝国主义的自由斗争"。但是他又小声承诺将继续深化共产党最近几年推进的社会改革。在共产党人的朋友拉斐尔·卡尔德隆[2]总统的庇护下，哥斯达黎加的工会组织和合作社已经翻倍增长，小产业主们已经获得大庄园的土地，健康和教育已经得到推广。

反共产主义分子菲格雷斯没有触碰美国联合果品公司的土地，因那是有权有势的贵夫人，但是他把银行国有化，解散了军队，这样金钱不能做投机买卖、武器不能谋反。哥斯达黎加想置身于中美洲激烈的骚乱之外。

(42，243，414，438)

---

[1] José Figueres（1906-1990），哥斯达黎加咖啡种植园庄园主、政治家，1948-1949 年，1953-1958 年和 1970-1974 年间三次担任总统。1948 年他发动内战，推翻政府，建立第二共和国，并进行一系列政治、经济和社会改革，解散军队，让哥斯达黎加成为世界上第一个不设军队的国家。

[2] Rafael Ángel Calderón Guardia（1900-1970），哥斯达黎加民主共和党政治家，1940-1944 年担任总统。上任初期，哥斯达黎加经济恶化，政治腐败，在哥斯达黎加共产党的支持下，卡尔德隆进行了具有共产主义性质的经济和社会改革。

1949 年：华盛顿

中国革命

昨日与明日之间，隔着一座深渊：中国革命横空出世，跨过鸿沟。自北京而来的消息在华盛顿引起勃然大怒和万分恐惧。经过武装落后的漫长斗争，毛泽东的红军取得胜利。蒋介石将军逃走，美国为他在福尔摩沙岛[1]安置了新的王位。

曾经，中国的公园禁止穷人与狗入内，清晨乞丐们冻得奄奄一息，就像以前的满清时期一样；但是并不是在北京颁布命令，并不是中国人自己任命他们的部长和将军，不是他们自己制定法律和规定，不是他们自己确定价格和工薪。那时，中国不在加勒比海是地理上的错误。

(156, 291)

1949 年：哈瓦那

广 播 剧

——"你别杀死我。"演员乞求作者。

奥内略·霍尔赫·卡多索已经设想好下一集中虎克船长的死亡；但是如果这个人物死在海盗船上的利剑之下，演员将会饿死在大街上。作者是演员的好友，他承诺这个人物将永远不死。

奥内略创造了很多精彩的历险，是那种令人窒息的历险。但是他的广播剧并无很大成功。他善于甜言蜜语，不会像拧干衣服上最后一滴水的洗衣妇那样善于压榨敏感的心灵。而何塞·桑切斯·阿尔西亚恰恰相反，他能触碰到最深处的心弦。在他的长篇小说《眼泪项

---

[1] 福尔摩沙音译自拉丁文和葡萄牙语 Formosa，"美丽"的意思。1542 年葡萄牙人在前往日本的航船上发现一座不被他们认识的岛屿，便以"Isha Formosa"（美丽之岛）来命名它，这就是今天的台湾岛。

链》中，小说人物反对邪恶命运的裁定，在九百六十五集里让听众沉浸在眼泪中。

但是获得空前成功的广播剧是菲利克斯·B.凯涅特的《出生的权利》。在古巴乃至世界上任何其他地方都没有听过类似的故事。每天夜晚，在既定的时间，大家只听这个，就像做统一的弥撒。电影院里电影中断，大街上空无一人，情侣们不再调情，公鸡们停止打架，苍蝇歇下不飞。

自最近的七十四集以来，整个古巴都在等待堂拉斐尔·德尔洪科说话。《出生的权利》中的这个人物是秘密的主人。他已经完全瘫痪，更甚之，在一百九十七集里他失音了。现在我们听到二百七十一集，堂拉斐尔沙哑的咽喉只能发出一些声音。什么时候他才能向善良的女人讲明真相，说她有一次经不住所谓的疯狂激情的诱惑而犯下罪孽？什么时候他才能发声告诉她小阿尔韦托·利蒙塔——她的医生，其实是那次不正当关系的结晶。孩子刚一出生，她就把他丢给一个有着纯白心肠的黑人妇女的手上？什么时候，什么时候？

听众们心心念念不已，却不知道堂拉斐尔因为罢工而噤声。这种残忍的沉默将会持续下去，直到扮演堂拉斐尔·德尔洪科的演员获得加薪，他从两个半月以前就一直在要求加薪。

（266）

1950 年：里约热内卢

奥夫杜略

尽管对手对他强力施压，但是奥夫杜略挺直胸膛，步伐稳健，运球踢球。乌拉圭队的队长、训练有素的黑人领袖毫不灰心。看台上，对方球迷吼得越厉害，奥夫杜略越斗志昂扬。

马拉卡纳球场里的惊喜与悲痛：巴西队连胜不败，所向披靡，一直都是宠儿，但在最后一刻失去了最后一场比赛；而乌拉圭队顽强抵抗，赢得了足球世界杯的冠军。

夜幕降临，奥夫杜略·瓦雷拉[1]逃出酒店，躲避记者、球迷和好事之人的围堵。奥夫杜略宁愿单独庆祝。他要去随便找一家咖啡馆喝喝酒，但是随处都碰到哭泣的巴西人。

"都是奥夫杜略。"几个小时前在球场里声嘶力竭呐喊的人现在泪流满面，说道，"奥夫杜略赢了我们的比赛。"

奥夫杜略刚刚还不喜欢他们，现在看见他们一个个这样感到很吃惊。胜利开始让他觉得脊背沉重。他摧毁了这些善良之人的庆祝，他很想为他犯下赢球的严重罪过而请求他们的原谅。于是他一直在里约热内卢的大街上奔走，从一家酒吧到另一家酒吧。于是，天亮时，他仍在喝着酒，拥抱那些被打败的人。

(131, 191)

1950 年：好莱坞

丽 塔

她征服了好莱坞，依靠更改名字、体重、年龄、声音、嘴唇和眉毛。她的头发从深黑色变成火红色。为了扩大前额，她采用疼痛不已的电击法一根根地脱去前额头发。她的眼睛安上像花瓣一样的睫毛。

丽塔·海华丝[2]装扮成女神，或许在整个 40 年代她曾经是女神。而 50 年代需要新的女神。

(249)

---

[1] Obdulio Varela（1917-1996），乌拉圭著名足球运动员，因有非洲血统、皮肤黝黑而得绰号"黑人头领"。1950 年世界杯赛上，他作为乌拉圭国家队的队长，率领球员顶住压力，在先输一球的不利局势下，齐心合力连进两球，扭转战局，打败夺冠呼声最高的东道主巴西队，夺得冠军。瓦雷拉的坚定顽强、组织进攻的控场能力令人称道。

[2] Rita Hayworth（1918-1987），美国演员，20 世纪 40 年代红极一时的性感偶像。1946 年因在电影《吉尔达》中成功塑造了一位狂歌热舞的性感偶像形象，被称为"爱之女神"。

1950 年：好莱坞

玛 丽 莲

与丽塔一样，这个姑娘也被修整过。她原来眼睑厚重，下巴有肉，鼻头圆润，牙齿较长，好莱坞减去了她的脂肪，去除了她的软骨，锉平了牙齿，把她傻傻的栗色头发变成闪闪发光的金色波浪卷发。之后专家们把她更名为玛丽莲·梦露，为她编造了一个感人的童年故事，讲述给记者们听。

好莱坞生产的新维纳斯已经不需要钻进别人的床上去寻求一个三流电影里的二流角色的合同。她不再靠香肠和咖啡生活，也不需忍受冬日的寒冷。现在，她是一个明星，抑或是：一个戴着面具的小人物。她试图想起，但想不起她曾简单地想被拯救出孤独的某个时刻。

（214，274）

1951 年：墨西哥城

布努埃尔

乱石如雨砸向路易斯·布努埃尔[1]。好几家报纸和工会组织请求墨西哥政府驱逐这个忘恩负义的西班牙人，因为他用无耻行径偿还曾接受的恩典。这部引起全国激愤的电影《被遗忘的人》描述了墨西哥城贫民窟的情形。在这个可怕的黑社会里，几个生活无所依靠的少年，在垃圾堆上过活，找到什么就吃什么，相互欺诈。这些少年抑或雏鹰相互撕咬、一点一点地，于是他们逐渐履行了这座城市为他们选择的黑暗命运。

---

[1] Luis Buñuel（1900–1983），西班牙电影导演，西班牙内战爆发后他流亡墨西哥，后加入墨西哥国籍。1950 年，他拍摄了关注墨西哥青少年犯罪问题的电影《被遗忘的人们》，对墨西哥社会的残酷现实和死亡有许多直白的描绘，悲情色彩浓厚，获得第 4 届戛纳国际电影节最佳导演奖。

神秘的雷声，神秘的力量，在布努埃尔的电影中回响。这是漫长
而深沉的密集鼓点，或许是他童年时代在卡兰达的鼓声让他双脚下的
地面颤抖，尽管音轨没有记录任何声音，尽管世界佯装沉默和原谅。

（70，71）

1952 年：圣费尔南多山
死亡热病

自从盖坦在波哥大的街头被杀以来，哥伦比亚就陷入死亡热的病
症中。在群山上，在平原上，在冰寒的荒芜之地，在潮热的山谷里，
农民们相互残杀，穷人对抗穷人，所有人对抗所有人：在这惩戒与复
仇的旋涡中，"黑血""挠爪""泰山""厄运""蟑螂"和其他一些
分尸杀人艺术家非常显眼，但是秩序部队犯下了更残酷的罪行。在他
们从潘塔尼约到圣费尔南多山的最近一次扫荡中，在托利马战场上杀
死了一千五百人，不包括被强奸和伤残的人。为了斩草除根，士兵们
把婴儿抛向空中，用刺刀或砍刀把他们刺穿。

"不要给我带回故事，"下令的人下令道，"给我带回耳朵。"

得以逃脱的农民放弃身后冒着浓烟、烧成灰烬的茅屋，跑向深山
老林寻求庇护。在逃进深山之前，有一个痛苦的杀狗仪式，因为它们
会发出声音。

（217，227，408）

1952 年：拉巴斯
伊宜马尼峰

尽管你没看它，它看着你。不管你躲在哪里，它都监视着你。没
有一个角落能逃出它的视线。玻利维亚的首都属于它，尽管直到昨晚

之前寡头们并不知道这一点，他们一直自认为是这里的房子和人的主宰。

伊宜马尼峰，骄傲的王，褪去了雾霭。在它的脚下，城市迎来清晨。篝火次第熄灭，传来机关枪的最后一阵扫射声。矿工的黄色头盔战胜了军帽。一支对外从未赢过、对内从没输过的军队土崩瓦解了。在任何一个街角人们跳起舞。在库埃卡[1]美妙的风中，手帕招展，长辫和裙摆翻飞。

在深邃幽蓝的天空之上，三座峰的皇冠闪闪发光：自白雪皑皑的伊宜马尼峰之巅，诸神凝望着拿起武器在街头巷尾一寸一寸地长期战斗至今兴高采烈的子民。

（17，172，473）

1952 年：拉巴斯

人民的战鼓

人民的战鼓敲响，一再敲响，战鼓声声，惊天动地，这是印第安人的复仇，他们像狗一样睡在门厅，双膝跪地向主人问候。底层人民的军队用自制的炸弹和甘油子弹来战斗，最终军队的军火库落入他们之手。

维克多·帕斯·埃斯登索罗[2]承诺自今日起玻利维亚将属于所有玻利维亚人。矿山上，工人们把国旗降至半杆，将一直这样直到新总统兑现锡矿国有化的承诺为止。在伦敦，人们等待着这一刻的来临：锡矿的价格下降至原来的三分之 ，就像被施了魔法一样。

---

[1]　库埃卡是智利、秘鲁、玻利维亚和阿根廷地区流行的表达爱情的双人舞蹈。

[2]　Víctor Paz Estenssoro（1907-2001），玻利维亚民族主义革命运动的领袖，四度担任总统。1941 年他创建并领导民族主义革命运动（Movimiento Nacionalista Revolucionario）。1952 年他领导人民革命，4 月 9 日推翻军政府，建立新政府，实施一系列民主主义改革，其中包括矿业国有化、土地改革、教育改革、印第安人获得选举权等。

在帕伊鲁马尼庄园上，印第安人把帕蒂尼奥从荷兰进口的优良种牛架上炉算子烧烤。

阿拉马约家的用从英国运来的砖粉铺地的网球场已被改为骡子的畜栏。

（17，172，473）

玻利维亚矿山的一位妇女解释如何自制炸弹

你找一个小牛奶罐子。在罐子中间放上甘油，一瓶盖那么多。接着是，细铁、碎煤块、一点土。然后放点玻璃、钉子。之后，密封盖好。就像这样，你看见了吗？从那里你点着它……嘶嘶响了，就扔出去。你要是有投石器，你就会扔得更远。我丈夫知道怎么从这里扔到六个街区以外。那样的话你就把引线留长点。

（268）

1952 年：科恰班巴
嘲笑与抱怨的呼声

整个玻利维亚的农村都在发生变化，四处造反反对大庄园，对抗恐惧。在科恰班巴山谷，妇女们也载歌载舞，发出挑战。

在圣真十字架基督的庆典仪式上，整个山谷的克丘亚妇女们点燃蜡烛，喝着奇恰酒，伴着手风琴和五弦琴的音乐，围着钉在十字架上的基督唱歌跳舞。

适婚年龄的少女们开始请求基督赐给她们一个不让她们哭泣的丈夫，一头载满玉米的骡子，一头白绵羊和一头黑绵羊，一台缝纫机或与双手手指一样多的戒指。然后她们高声歌唱抗议，声音刺耳，总是用印第安语言：向基督，向父亲，向未婚夫，向丈夫，她们承诺会爱他，在餐桌前、在床上都会好好伺候他，但是她们不愿意成为挨打负重的牲畜。她们唱着歌，射出了嘲笑的子弹。她们把一个赤身裸体的男人当作靶子，这个人已经被岁月和蚊虫侵蚀，睡在十字架上或者在装睡。

（5）

科恰班巴印第安妇女们献给耶稣基督的无耻之歌

圣真十字架，亲爱的爸爸：
"我的女儿"，你正在说
你怎么生的我？
既然你没有鸡鸡

"你懒，懒"，你正在说
圣真十字架，亲爱的爸爸
但是你更懒
你站在那儿一动不动地睡觉

小狐狸蜷着尾巴
眼珠子偷偷瞄着女人
老鼠脸的老东西
被虫蛀坏的鼻子

你不愿我孤身一人
你用孩子来惩罚我
他们活着时我给他们衣食
他们死了我给他们下葬

你将给我一个
打我踢我的丈夫吗？
为什么绽放的鲜花
凋零着走向遗忘？

（5）

1952 年：布宜诺斯艾利斯

失去她庇护的阿根廷人民

"癌症万岁！"某个敌对之手在布宜诺斯艾利斯的一堵墙上写下这句话。锦衣玉食的人以前恨她，现在恨她：因为她贫穷，因为她是女人，因为她很傲慢。她通过说话向他们挑战，她在生存中侮辱他们。她生来是女仆，或至多是当一名廉价音乐剧的女演员，但艾薇塔走出了她的位置。

无人关爱的人曾经爱她，现在爱她：他们借她的嘴说话、咒骂。此外，艾薇塔是金发碧眼的仙女，她拥抱麻风病人和破衣烂衫的人，让绝望的人平静下来。她是无尽的源泉，慷慨赠与工作、床垫、鞋子、缝纫机、假牙、嫁妆。可怜的人像隔壁邻里一样接纳这些救济，而非自上而下的施舍，尽管艾薇塔也戴着光彩夺目的珠宝，炎热夏季还穿着貂皮大衣。不是因为他们原谅她的奢侈，而是他们为之庆祝。人民没有感觉到羞辱，反而为她女王般的着装感到扬眉吐气。

艾薇塔的遗体前摆满白色康乃馨，人们排着队哭着吊唁。日复一日，夜以继日，长长的举着火把的队伍：这支队伍足足排了两个星期。

高利贷者、商人们、地主们松了口气。艾薇塔死了，庇隆总统已是一把无刃之刀。

（311，417）

1952 年：远洋上
流浪汉夏尔洛被警察通缉

查理·卓别林前往伦敦。开航的第二天，他将不能返回美国的消息已经传到船上。政府对他执行了针对共产分子、腐化或疯癫的外国可疑分子的法律。

之前，在美国，卓别林曾被 FBI——美国联邦调查局和移民入籍服务中心的官员审问：

"您是犹太人？"

"您是共产党吗？"

"您曾犯过通奸罪吗？"

参议员理查德·尼克松和爱搬弄是非的赫达·霍珀[1]下论断：*对我们机构来说卓别林是威胁。*在上映他的电影的影院门口，全国道德联盟[2]和美国退伍军人协会[3]的小分队举着牌子要求：*卓别林滚去苏联。*

FBI 花了将近三十年的时间搜寻证据，证明卓别林实际上是一个叫伊斯雷尔·托恩斯坦的犹太人，是为莫斯科工作的间谍。1923 年 FBI 开始怀疑他，因为《真理报》上发表了一篇文章称：*卓别林是毋庸置疑的天才演员。*

（121，383）

---

[1] Hedda Hopper（1885-1966），原为美国百老汇和好莱坞女演员，1938 年开始成为八卦专栏作家。政治立场上她是反共保守派，曾推动制定"好莱坞黑名单"，如果艺人被认为有任何一点亲共的苗头，都有可能被列入黑名单。

[2] 这是 1933 年成立的美国教会组织，原名为 The National Legion of Decency，也叫天主教道德联盟（Catholic Legion of Decency），旨在根据天主教的道德规范来检查影片中的道德内容。

[3] 1919 年成立的美国退伍军人组织（American Legion）。

1952 年：伦敦

一个值得尊重的幽灵

一个值得尊敬的幽灵在被遗忘多年之后重返银幕，与卓别林一起，他叫巴斯特·基顿。《舞台春秋》在伦敦首映，电影里，基顿与卓别林一起表演了一段荒唐的音乐二重奏，时间不长，却抢尽风头。

这是基顿和卓别林第一次一起演戏。电影中两人看起来白发苍苍、满脸褶皱，但是他们拥有年轻时同样的幽默。在默片时代，他们俩创造了比所有词句都更风趣的沉默。

卓别林和基顿仍然是最好的、无与伦比的。他们了解秘诀。他们知道没有比笑更严肃的事情，这是需要许许多多努力的艺术，只要世界还在宇宙中转动，让别人笑仍是最美好的事情。

（382，383）

1953 年：华盛顿

新闻剪辑

美国在埃尼威托克岛 [1] 引爆了第一颗氢弹。

艾森豪威尔总统任命查尔斯·威尔逊 [2] 为国防部长。通用汽车公司的执行官威尔逊前不久刚刚宣布：*对通用汽车有利的东西对美国就有利。*

经过漫长的审讯，埃塞尔和朱利叶斯·罗森堡夫妇被执行电椅死刑。罗森堡夫妇被指控为苏联从事间谍服务，但他们自始至终否认一切罪行。

---

[1] 位于西太平洋马绍尔群岛西北端的珊瑚岛埃尼威托克是世界上第一个氢弹试验场。

[2] Charles Erwin Wilson（1890-1961），曾任美国通用汽车执行官，1953-1957 年间担任美国国防部长。

美国的城市莫斯科规劝苏联同名城市更改名字。爱达荷州的这座小城市政府呼吁得到独占莫斯科这个名字的特权，要求苏联的首都重命名，"以避免尴尬的联系"。

根据公共舆论调查问卷的结果显示，美国一半的公民坚决支持麦卡锡参议员反对共产主义对民主渗透的运动。

麦卡锡计划下一步进行审讯的众多嫌疑人中的一个，雷蒙德·卡普兰工程师纵身跳下货车自杀了。

科学家阿尔伯特·爱因斯坦要求知识分子们拒绝向反美颠覆活动委员会交出证据，"准备好蹲大狱或经济破产"。如果不这么做的话，爱因斯坦建议，"那知识分子也就只配接受别人欲强加的奴役了"。

（41）

1953 年：华盛顿
猎 捕

根据麦卡锡参议员的名单，不可救药的阿尔伯特·爱因斯坦是共产主义的主要"同路人"。要想加入这个名单，只需要有几个黑人朋友或反对美国出兵朝鲜；但是爱因斯坦的案件更严重，对于麦卡锡来说，有太多的证据表明这位忘恩负义的犹太人血液赤红、心脏位于左边。

审讯室里宗教裁判的烈火燃烧，俨然是马戏表演。爱因斯坦的名字不是响彻那里的唯一一个著名的名字。自很久以来，好莱坞一直在非美活动调查委员会[1]的瞄准器上。委员会要求揭发名字，好莱坞的名单令人震惊。谁要是缄口不语，就会失去工作、事业全毁，要么被

---

[1] 众议院非美活动调查委员会（House Un-American Activities Committee）是 1938 年美国国会众议院设立的反共机构，旨在调查与共产主义活动有关的嫌疑个人、公共雇员和组织机构。这个委员会与参议员约瑟夫·麦卡锡有关。

押入大牢，比如达谢尔·哈梅特 [1]；要么被取消护照，比如莉莲·海尔曼 [2] 和保罗·罗伯逊 [3]；要么被驱逐出境，比如塞德里克·贝尔弗雷齐 [4]。男配角罗纳德·里根 [5] 负责标示出赤色分子，以及那些不值得被救出哈米吉多顿 [6] 愤怒之火的粉色分子。另一个主角演员罗伯特·泰勒 [7] 公开表示后悔参演了一部有苏联人微笑的电影。剧作家克利福德·奥德茨 [8] 为他的思想请求原谅，并揭发他的旧同志。演员何塞·费勒和导演伊利亚·卡赞 [9] 用手指指着揭发同事。为了表明他与共产党没有任何关联，卡赞拍了一部关于墨西哥首领埃米利亚诺·萨帕塔的电影。电影里，萨帕塔不是一个进行农业改革的沉默寡言的农民，而是一个开枪、发表演说、腹泻不止的话痨。

(41，219，467)

---

[1] Dashiell Hammett（1894-1961），美国冷硬派推理小说家，自 30 年代起参加左派主义活动，1937 年加入美国共产党。50 年代在好莱坞黑名单调查中，他因拒绝泄露组织和同伴的信息而被监禁。

[2] Lillian Hellman（1905-1984），美国女剧作家，1931 年开始与达谢尔·哈梅特相爱交往，直至他去世。她的名字也出现在好莱坞黑名单中。

[3] Paul Robeson（1898-1976），美国黑人歌手，因政治激进主义和参加美国民权主义运动而出名，因为反帝亲共的原因，也被列入好莱坞黑名单。

[4] Cedric Belfrage（1904-1990），美国电影评论家、作家和社会活动家。曾被指控为苏联间谍，后又被认为是同时也为英国提供情报的双重间谍。当他出现在麦卡锡时代的黑名单上后，他流亡国外，辗转游览了南美大陆，最后在墨西哥定居直到去世。

[5] Ronald Reagan（1911-2004），美国前总统，曾当过好莱坞电影演员，1947-1952 年间，他担任了美国演员协会的主席。

[6] 哈米吉多顿是《圣经》中神全能者击败魔鬼和天下众王的地方，象征人类的权柄将被基督毁灭，是善恶的决战。现在哈米吉多顿大战有"世界末日之战""伤亡惨重的战役"的意思。

[7] Robert Taylor（1911-1969），美国好莱坞著名影星，主演《魂断蓝桥》。这里指的电影可能是 1944 年拍摄的《俄罗斯之歌》。

[8] Clifford Odets（1906-1963），美国剧作家，20 世纪 30 年代美国左翼戏剧的代表人物，并短暂加入美国共产党。1952 年他接受非美活动调查委员会的调查，他积极配合并揭发了以前一起工作的左翼人士。

[9] Elia Kazan（1909-2003），希腊裔美国话剧和电影导演，代表作有《欲望号街车》《码头风云》《君子协定》等。30 年代曾短暂加入美国共产党，后脱离。在麦卡锡时代，他配合非美活动调查委员会做证并揭发他人。

1953 年：华盛顿

猎魔人的特写

他的原材料是集体恐惧。他卷起衬衣袖子，开始干活。技术娴熟的陶土工人约瑟夫·麦卡锡[1]把害怕变成惊恐，把惊恐变成歇斯底里。

他要求大声揭发。只要他的祖国仍然受到马克思主义的瘟疫感染，他就不会闭上他那引人注目的嘴。所有的犹豫在他听来都是胆怯。首先他控告，然后他调查。他向犹豫不决的人出售确信，他准备用膝盖顶撞腹股沟或者用强有力的拳头来打倒任何一个不相信私有权抑或反对战争、反对做生意的人。

(395)

1953 年：西雅图

罗 伯 逊

他被禁止去加拿大或其他任何国家。当加拿大的工人们邀请他时，保罗·罗伯逊在西雅图，在电话里为他们唱歌，在电话里向他们发誓，只要身上还有一口气，将一直坚定信念。

罗伯逊是奴隶的孙儿，他认为非洲是骄傲之源，不是人猿泰山买的一座动物园。他是拥有红色思想的黑人，他是支持朝鲜抵御白人入侵的黄皮肤人的朋友。他以被侮辱的家乡人民和所有被侮辱的人们的名义唱歌，通过歌唱人们高昂着脸、擦干眼泪；他用雷鸣的天空之声和颤抖的大地之音来唱歌。

(381)

---

[1] Joseph McCarthy（1908–1957），美国共和党人，极端的反共产主义者。1950 年麦卡锡掀起反共浪潮，政府要害部门、文学界、好莱坞都被调查。

1953 年：古巴的圣地亚哥

菲 德 尔

7 月 26 日清晨，一队青年人对蒙卡达军营发动袭击。他们依靠尊严和古巴精神以及几杆打小鸟的猎枪的武装起来战斗，反对富尔亨西奥·巴蒂斯塔的独裁统治，反对以共和国为幌子的半个世纪的殖民统治。

战斗中有几个人，很少的几个人死了，但是在之后一个星期的拷打中，军队杀死了七十多人。刑讯人挖出了阿贝尔·桑塔玛利亚以及其他囚犯的眼睛。

起义的首领、囚犯发表了他的自我辩护词。菲德尔·卡斯特罗以男子气概面对所有的一切，付出一切并不要求回报。法官们惊讶地听着他说，没有漏掉一个词，但是他的话不是讲给被上帝亲吻的人听的：他是讲给被恶魔撒尿的人听的。为了他们，以他们的名义，他解释了他所做的一切。

菲德尔恢复了反对专制主义而起义的古老权利：*"我们不会同意做任何人的奴隶，除非我们的国土沉入海底……"*

他威严，宛若一棵树。他揭发巴蒂斯塔和他的官员们，指责他们脱下军服，换上了屠夫的围裙。他阐述了革命的纲领。在古巴将会人人有食物，人人有工作，此外：

"不，这不是不可思议的……"

(90, 392, 422)

1953 年：古巴的圣地亚哥

被告变成检察官，宣布："历史将宣判我无罪"

……不可思议的是，一边只剩一英寸的土地没有播种，另一边还有人挨饿睡觉；不可思议的是，有孩子因没有医疗救治而死亡；不可

思议的是我们百分之三十的农民都不会写自己的名字，百分之九十九的人不了解古巴历史；不可思议的是我们农村大部分的家庭生活得比哥伦布发现人类肉眼所见的最美大地时遇到的印第安人的生活条件还差……

只有死亡才有可能脱离如此多的贫困，而这一点上政府确实多有帮助：帮助死亡。百分之九十的农村儿童被寄生虫吞噬，这些寄生虫通过进入赤脚脚指甲的泥垢而渗入身体……

产量最好的耕地一半以上在外国人手里。在最大的省份奥连特，联合果品公司和西印第安公司的占地连通了北部海岸和南部海岸……

古巴仍然是一个原材料生产工厂，以出口糖来进口糖果，出口皮革来进口皮鞋，出口铁来进口犁……

（90）

1953 年：波士顿
联合果品公司

香蕉的宝座，香蕉的王冠，像握住权杖一般攥着香蕉：萨姆·泽姆拉伊是香蕉王国里大地和海洋的主人，他不认为他在危地马拉的臣民们能让他头疼："印第安人太愚笨，不懂马克思主义。"他总是这么说，而且总是得到他位于马萨诸塞州波士顿的皇宫的朝臣们的鼓掌。

自半个世纪前，危地马拉是联合果品公司广阔领域里的一部分，这归功于曼努埃尔·埃斯特拉达·卡夫雷拉和霍尔赫·乌维科的一系列政令，前者被一群谄媚的人和间谍包围，深陷甜言蜜语的湖泊和耳朵的丛林，后者自比拿破仑但他并不是。在危地马拉，联合果品公司可以随意占有土地，广袤的未开垦的田地；它控制着铁路、电话、电报、港口、船队以及许多军人、政客和记者。

萨姆·泽姆拉伊的厄运开始于胡安·何塞·阿雷瓦洛总统强迫公司尊重工会和罢工权利。但是现在更糟糕：新总统哈科沃·阿本斯启动了农业改革，收回联合果品公司没有开垦的土地，并把土地分给十万家庭。他这么做就好像在危地马拉掌权的是那些没有土地的人、不识字的人、没有面包的人、一无所有的人。

（50，288）

1953 年：危地马拉城

阿 本 斯

当危地马拉的香蕉种植园里工人们翻身成人时，杜鲁门总统仰天大吼。而现在，在联合果品公司被征用之前，艾森豪威尔总统已经火冒三丈。

美国政府认为危地马拉政府严肃对待联合果品公司的账簿的行为是一种践踏。阿本斯试图按照这家公司为逃税而支付的土地价格来进行赔偿。美国国务卿约翰·福斯特·杜勒斯要求支付二十五倍以上的赔偿。

被指控怀有共产主义阴谋的哈科沃·阿本斯[1]并不是从列宁那里得到启发，而是从亚伯拉罕·林肯那里。他的农业改革旨在实现危地马拉的资本主义现代化，是比一个世纪前美国的农业法更加温和的改革。

（81，416）

1953 年：圣萨尔瓦多

寻找独裁者

危地马拉的米格尔·伊迪格拉斯·富恩特斯是屠杀印第安人的著

---

[1] Jacobo Arbenz（1913-1971），1951-1954 年间担任危地马拉的总统。执政期间，他颁布土地改革法，征收闲置土地和出租地，并无偿分配给 10 万无地或少地的农民家庭。1954 年 6 月美国雇佣军从洪都拉斯入侵干涉，危地马拉的军人在美国策动下发动政变，推翻了阿本斯的统治，阿本斯流亡国外。美国联合果品公司参与了此次军事干涉。

名将军，自从独裁者乌维科倒台之后，他一直流亡国外。沃尔特·特恩布尔来到圣萨尔瓦多与他谈一笔生意。特恩布尔作为联合果品公司和美国中央情报局的代表，建议他执掌危地马拉，并为他提供夺取权力所需的金钱，只要他承诺将摧毁工会组织，恢复联合果品公司的土地和特权，并在一个合理的期限内归还这次贷款的每一分钱。伊迪格拉斯要求给他时间考虑，不过他预先表示这些条件太过苛刻。

消息不胫而走。好几个流亡的危地马拉人——军人和平民均有——飞往华盛顿自告奋勇地提供服务，另一些则跑去叩响美国大使馆的大门。何塞·路易斯·阿雷纳斯是副总统尼克松的所谓朋友，他保证只要给他二十万美元他就能推翻阿本斯总统。费德里科·庞塞将军说，他有一支一万人的军队，已经准备好打总统府：他声称他的价格适中，尽管他宁可现在不谈具体数字。他只请求能预付一点……

喉癌排除了联合果品公司选中的候选人胡安·科尔多瓦·塞尔纳。在他弥留之际的病榻前，科尔多瓦博士呼噜呼噜地说出了他推荐之人的名字：卡洛斯·卡斯蒂略·阿马斯上校，他在堪萨斯的莱文沃斯堡接受过培训，是廉价、服从命令、吃苦耐劳的人。

（416，471）

1954 年：华盛顿
决策机器，零件展示

德怀特·艾森豪威尔：美国总统。他推翻了伊朗穆罕默德·摩萨台的政府，因为摩萨台对石油实行国有化。他刚刚下令推翻危地马拉的哈科沃·阿本斯政府。

萨姆·泽姆拉伊：联合果品公司的大股东。他所有的不安都自动变成美国政府的宣言，变成了中央情报局的来复枪、迫击炮、机关枪和飞机。

约翰·福斯特·杜勒斯：美国国务卿。曾是联合果品公司的律师。

　　艾伦·杜勒斯：中央情报局的局长，是约翰·福斯特·杜勒斯的弟弟。与他一样，曾为联合果品公司提供法律服务。他们一起策划了危地马拉行动。

　　约翰·摩尔斯·卡伯特：美洲事务国务卿。他是联合果品公司总裁托马斯·卡伯特的弟弟。

　　比德尔·史密斯：助理国务卿。危地马拉行动的联络人。联合果品公司的未来领导层成员。

　　亨利·卡伯特·洛奇：参议员。美国驻联合国代表，联合果品公司的股东。他曾多次接受该公司的钱，在国会上替他们说话。

　　安妮·怀特曼：艾森豪威尔总统的私人秘书。她与联合果品公司公关经理结婚。

　　斯普鲁尔·布雷登：曾是美国驻拉丁美洲多国的大使。自 1948 年从联合果品公司领取薪资。他请求艾森豪威尔"*通过武力取缔危地马拉的共产主义*"，引起媒体的巨大响应。

　　罗伯特·希尔：美国驻哥斯达黎加大使。参与危地马拉行动。联合果品公司未来领导层成员。

　　约翰·普里福伊：美国驻危地马拉大使。因为以前在雅典的外交斡旋而被称为"希腊屠夫"。他完全不会西班牙语。他在华盛顿国会接受的政治培养，在那里他曾是电梯工人。

（416，420，465）

1954 年：波士顿

撒谎机器，零件展示

　　发动机：把刽子手变成受害者，把受害者变成刽子手。准备从洪都拉斯入侵危地马拉的人，指责危地马拉意图入侵洪都拉斯和整个中美洲。"可以看到克里姆林宫的触角。"约翰·摩尔斯·卡伯特自白宫宣称。普里福伊大使在危地马拉发出警告："*我们不能允许自得克萨*

斯到巴拿马运河之间建立一个苏维埃共和国。"整个闹剧的证据是一船从捷克斯洛伐克运来的武器。美国已经禁止向危地马拉出售武器。

1号齿轮传动装置：全球公众舆论遭到轰炸，消息、文章、宣言、传单、照片、电影、连环画都是关于危地马拉共产主义者的暴行。这些宣传材料从没披露过来源，均出自联合果品公司在波士顿的办公室或华盛顿的政府办公室。

2号齿轮传动装置：危地马拉的大主教马里亚诺·罗塞尔·阿雷利亚诺呼吁人民起来反抗"共产主义这个上帝和国家的敌人"。美国中央情报局的三十架飞机在全国各地播撒主教教谕。大主教把埃斯基普拉斯地区有名的耶稣圣像运到首都，该圣像将被任命为自由十字军的统帅。

3号齿轮传动装置：在泛美会议上，约翰·福斯特·杜勒斯握拳敲击桌面，要求美洲国家组织为计划好的入侵计划祝福。在联合国，亨利·卡伯特·洛奇封锁了哈科沃·阿本斯的求助申请。美国外交在全世界都行动起来，得到了英国和法国的勾结许可，条件是美国保证在苏伊士运河、塞浦路斯和印度支那等敏感问题上保持沉默。

4号齿轮传动装置：尼加拉瓜、洪都拉斯、委内瑞拉和多米尼加共和国的独裁者们不仅为危地马拉行动提供训练场、广播电台和飞机场，还为宣传运动贡献自己的力量。索摩查在马那瓜召集国际媒体，展示了几把手枪，手枪上刻有镰刀斧头的印记。他说这些手枪来自一艘苏联潜水艇，是在运往危地马拉的路上被拦截下来的。

(416，420，447)

1954 年：危地马拉城

收复危地马拉

危地马拉没有飞机，也没有高射炮，于是美国的飞行员坐在美国的飞机里，极为舒适地轰炸这个国家。

美国中央情报局在美国大使馆的屋顶平台安装了一架强大的发射机，在全国传播混乱和恐慌：撒谎机器向全世界宣布这是"解放之声"，是起义广播，从危地马拉的丛林里传递卡斯蒂略·阿马斯上校胜利进军的消息。与此同时，卡斯蒂略·阿马斯与他的整个部队驻扎在联合果品公司位于洪都拉斯的一个种植园里，等待撒谎机器的命令。

阿本斯政府已瘫痪，目睹了它自身的倒台。轰炸抵达首都，燃料库纷纷爆炸。政府仅能埋葬死者。"上帝、祖国、自由"雇佣军越过边境，没有遇到任何抵抗。因为钱或因为害怕，危地马拉的军队领袖们没有鸣一枪一炮就率领部队投降了。一个二十出头的阿根廷医生埃内斯托·格瓦拉试图在首都组织人民进行抵抗，但徒劳：他不知道如何抵抗也不知道用什么来抵抗。临时的民兵们在街上走动，但手无寸铁。当阿本斯最终下令打开军火库时，军官们拒绝服从。在这些晦暗而平常的日子里的一天，格瓦拉经历了哮喘和愤怒的打击。一天子夜时分，在经过两个星期的轰炸之后，阿本斯总统从总统府的台阶上缓缓走下，穿过大街，前往墨西哥大使馆请求避难。

（81，416，420，447）

1954 年：马萨特南戈

四十九岁的米格尔

伴着鸟儿的鸣唱，在第一缕晨曦倾洒之前，他们磨着砍刀。他们快速抵达马萨特南戈寻找米格尔。在卡斯蒂略·阿马斯的军队控制住危地马拉的同时，刽子手们逐一从长长的死亡名单上画去名字。在最危险人员名单中米格尔位列第五，因为他被指控是红色分子和多管闲事的外国人。自从他从萨尔瓦多被追捕到这里以来，他一刻不停地履行他鼓动工人革命的任务。

他们放狗追捕他。他们想一刀劈开他的咽喉，然后把他绑在一匹马上，沿途展示。但是米格尔是一个经验丰富、灵活机敏的家伙，躲进了杂草丛中。

这是米格尔·马莫尔的第十次诞生，在他四十九岁的时候。

（222）

1954 年：危地马拉城
新闻剪辑

危地马拉大主教宣布：*我钦佩卡斯蒂略·阿马斯总统真诚而炽热的爱国主义精神。* 在一片喧哗之中，卡斯蒂略·阿马斯接受了教皇使节赫那罗·贝罗力诺大人的赐福。

艾森豪威尔总统在白宫祝贺中央情报局的负责人们，对他们说："感谢铲除了苏联在我们这个半球的一个首领。"

中央情报局的局长艾伦·杜勒斯委托《时代》杂志的一名记者为危地马拉起草一份新的宪法。

《时代》杂志发表了美国驻危地马拉大使夫人的一首诗。诗中说普里福伊先生和夫人非常"*乐观*"，因为危地马拉已经不再是"*共产主义的*"。

在胜利后与大使的第一次会晤中，卡斯蒂略·阿马斯总统表达了对地方监狱数量不足的担忧，因为监狱中没有足够的牢房来关押共产分子。根据美国国务院从华盛顿发过来的名单，危地马拉的共产分子共计七万二千人。

大使馆举行宴会庆祝。四百名受邀参加的危地马拉人齐声歌唱美国的国歌。

（416，420）

1954 年：里约热内卢

热图利奥

他想抹去他自己独裁统治的记忆，在以前的警察和邪恶时代的独裁记忆。最近几年里，他以从来没有人做过的方式治理巴西。

他站在工薪这一边，而不是利益那一边。很快公司老板们向他宣战。

为了让巴西不再是过滤器，他堵住了财富的出血口。很快外国资本进行蓄意破坏。

他收回了石油和能源，认为它们是跟国歌和国旗一样甚至更重要的国家主权。很快，受到冒犯的垄断组织发起猛烈的回击。

他捍卫咖啡的价格，而不是像以往所做把一半的收成扔进火堆里。很快美国减少了一半的购买量。

在巴西，所有肤色、所有地区的记者和政客们都一同发声反对，加入这场混乱。

热图利奥·瓦加斯站着执政。当他们强迫他弯腰时，他选择以死相抗的尊严。他举起左轮手枪，对准自己的心脏，开枪。

(427，429，432)

1955 年：麦德林

怀 念

卡洛斯·加德尔死在火中，快二十年了。悲剧发生所在地哥伦比亚的麦德林城已经变成了朝圣与祭拜的中心。

加德尔的崇拜者以歪戴的帽子、条纹裤子和摇摆的走路姿态而周知。他们头上抹着发油，斜着眼看，歪着嘴笑。当他们要伸出手、点香烟或者用白垩粉擦台球杆头的时候，举手投足间会扭摆出一个探戈身姿，好像在跳一段无休无止的米隆加舞。晚上，他们倚靠着城郊的路灯杆，吹着口哨或哼唱着探戈曲子。歌词里说，女人都是婊子，除了母亲，母亲是被上帝带进荣光里的神圣老妇。

有些当地的或者从布宜诺斯艾利斯来的崇拜者售卖偶像的遗物。有个人出售牙齿。他说，飞机爆炸的时候他就在事发地，他已经卖出了一千三百多颗加德尔的真牙，平均一颗卖十二美元。他挂售第一颗牙齿已是几年前的事了。买的人是纽约来的游客，加德尔歌迷会的成员。看到这个纪念品，买主情不自禁地涌出了热泪。

（184）（李瑾 译）

1955 年：亚松森

忧 伤

他犯下颁布离婚法这项不可饶恕的罪行时，教会给他制作了他缺的那副十字架。军人们光天化日之下公然谋反，直到推翻了他。消息传来，大厅里欢声庆祝，而厨房里悲伤哀号——庇隆下台了。

庇隆丝毫没有反抗，离开了阿根廷。他动身去巴拉圭，去流亡。

在亚松森他悲凉度日。他觉得自己被打败了，年老而孤独。他说，他的辞职举动让一百万人免于一死，但他也说，民众不懂得捍卫他给他们的东西，忘恩负义，应当承受可能降临的不幸。他说，民众用肚子思考，不用脑也不用心去思考。一天上午，庇隆正在房东里卡多·加约尔的家中诉苦，他眯着眼睛说：

"我的笑容曾让他们疯狂，我的笑容……"

于是他张开双臂，露出微笑，仿佛他正站在阳台上，面朝着广场，广场上挤满了向他欢呼的人。

"您想要我的笑容吗？"

房东惊讶地看着他。

"拿去吧，给您了。"庇隆说。他把两根手指伸到嘴里，然后往房东的手掌心里放上一副假牙。

（327）（李瑾 译）

1956 年：危地马拉城

收复危地马拉一年后

收复危地马拉一年后，理查德·尼克松访问这片被占领的土地。联合果品公司的工会和其他五百三十二个工会都被新政府取缔了。现在，刑法规定对罢工组织者将处以死刑。所有政党都是非法的。陀思妥耶夫斯基和其他苏联作家的书都被扔进了火堆。

香蕉王国被从土地改革中解救出来。美国副总统祝贺卡斯蒂略·阿马斯总统。尼克松说，一个共产主义政府被一个自由政府取代了，这是史上第一次。

（416，420）（李瑾 译）

1956 年：布宜诺斯艾利斯

政府决定庇隆主义不存在

阿根廷军事独裁政府在垃圾堆里枪决工人的同时，宣布庇隆、艾薇塔和庇隆主义并不存在。禁止提起他们的名字和日期，摆放他们的肖像是犯罪。政府下令拆毁总统宅邸，片石不留，就像染了瘟疫一样。

但是，经过防腐处理的艾薇塔的遗体，要怎么办呢？她是贱民傲慢自大的最危险的象征，她是被煽动起来的平民的旗帜，十年来，她在权力里游走，自由进出。将军们把尸体扔进一个箱子里，箱子贴着标签"音响设备"，然后他们把它流放到外地。去哪儿了？这是秘密。人们传着传言，说它去了欧洲，或是海中央的一个小岛。艾薇塔成了一个流浪的死人，隐秘地漂泊在遥远的墓园，被将军们驱逐出境。但那些将军不知道，或不想知道，她安息在她的人民之中。

（311，327）（李瑾 译）

1956年：莱昂

索摩查的儿子

"圣玛尔塔，圣玛尔塔有火车。"歌手们唱歌，舞者们跳舞，"圣玛尔塔有火车，但是没有铁轨。"正当人们热闹地聚会时，一无所有的诗人里格贝托·洛佩斯·佩雷斯[1]用四发子弹打倒了那个无所不有的人。

一架美国飞机把奄奄一息的塔乔·索摩查送到巴拿马运河美国领区的一家美国医院里，然后他死在美国的床上。后来，他在尼加拉瓜下葬，以红衣主教的礼仪规格。

索摩查已经执政二十年。每隔六年，他会戒严一天来举行一场确保他在位的大选。他的长子、继承人路易斯现在是中美洲最富有、最有权的人。艾森豪威尔总统从华盛顿向他表示祝贺。

路易斯·索摩查在他父亲的雕像前鞠躬，青铜制造的英雄骑在马上，一动不动地立在马那瓜城的正中心。在骏马四蹄的阴影下，路易斯向这个建立王朝、指导良好政府、让监狱和贸易都成倍增加的人寻求建议。然后，他在这不朽的陵墓上盖满了鲜花。

某个人的手，所有人的手，躲开仪仗卫队的监视，在坟墓的大理石上潦草而仓促地写下这句碑文："*索摩查长眠于此，他比活着时更腐朽。*"

（10，102，460）（李瑾 译）

---

[1] Rigoberto López Pérez（1929-1956），尼加拉瓜诗人，革命的象征，因为他枪杀了尼加拉瓜的独裁者阿纳斯塔西奥·索摩查。洛佩斯认为解放国家的方式就是杀死独裁者，于是在经过策划之后，1956年9月21日，他混入举行庆祝活动的工人之家，向出席活动的索摩查开了5枪，4枪命中，但他也被当场击毙。

1956 年：圣多明各

特鲁希略时代的第二十六年

他的塑像在市场上出售，放在圣母玛利亚、圣乔治和其他行过奇迹的圣人的雕像中间：

"卖圣像啦！便宜卖啦！"

多米尼加没有什么是不属于他的，一切都是他的：处女的初夜、垂死之人的遗愿、形形色色的人、奶牛、空中机群、连锁妓院、制糖厂、面粉厂、啤酒厂，还有壮阳药装瓶厂。

二十六年来，特鲁希略担任上帝在多米尼加共和国的副主席。每隔四年，民主选举为这条定规祝圣："上帝和特鲁希略"，每堵墙、每扇门上的海报都写着这句话。

玛利亚·德·特鲁希略在她的《道德冥想》这本书里，把她的丈夫与勇士熙德、拿破仑·波拿巴相提并论。此书让她赢得"安的列斯群岛文学第一夫人"的头衔。矮胖的玛利亚星期中间放高利贷，星期日进行神秘主义灵修，于是她被当地评论界人士比作圣德肋撒。

特鲁希略拿着熙德的剑或戴着拿破仑的帽子，为雕塑摆好姿势。塑像不断被复制，青铜的或大理石的，刻的是他没有的那种下巴，而不是他有的双下巴。几千个塑像：从底座的上方，特鲁希略骑马监视每个城市、每个村镇的每个角落。在多米尼加，不经他批准，苍蝇都不拉屎。

(63，101)（李瑾 译）

1956 年：哈瓦那

新闻剪辑

古巴军队击溃了从墨西哥来的远征部队。在奥连特省一个叫阿莱格利亚－德皮奥的地方，古巴军队团团围住入侵者，陆地上机枪扫射，从空中轰炸。在众多死人中间有那伙人的头领菲德尔·卡斯特罗和阿根廷共产主义煽动分子埃内斯托·格瓦拉。

在纽约享受了漫长的一段时光之后，埃内斯托·萨拉与美貌优雅的妻子罗洛回到了哈瓦那。他们是哈瓦那社交圈中最高级别的人物。

宾·克罗斯比[1]也从纽约而来。没脱掉大衣，也没摘下呢绒帽子，这位流行歌手在机场宣布："我来古巴打高尔夫。"

一位哈瓦那姑娘差点赢得了"电视学校"比赛的头奖，但在回答倒数第二个问题时她答错了。最后一道没有回答的题目是："穿过巴黎的河叫什么名字？"

马里亚瑙赛马场明天将迎来一场精彩的比赛。

（98）（李瑾 译）

1956 年：马埃斯特腊山脚下

十二个疯子

他们一周没睡，呕吐，像罐头里的沙丁鱼一样挤在一起，与此同时，北风耍弄"格拉玛"小船。在经历了墨西哥湾水浪的反复颠簸之后，他们在错误的地方下船登陆。没走几步，一颗霰弹将他们打倒在地或者燃烧弹把他们活活烧死。

几乎所有人都死在这场屠杀中了。幸存的人靠天空指引的方向前进，但是他们看错了星星。沼泽地吞噬了他们的背包和武器。除了甘蔗他们没有别的东西可吃，他们一路撒下暴露行迹的甘蔗渣。他们丢掉炼乳罐头，因为罐底被射穿了孔。他们一不小心往所剩无几的淡水中掺了海水。迷路，找路。最后，阴差阳错，一小队人在悬崖边找到了另一小队人，于是，十二个死里逃生的人聚在了一起。

这些人，抑或这些影子，一共有七杆步枪，少许潮湿的弹药，以

---

[1]　Bing Crosby（1903-1977），美国著名流行歌手，酷爱打高尔夫。

及许多的溃烂和伤口。从侵袭开始以来，他们就一直在干蠢事。但是，这天夜里，天空没有星星，人们呼吸到比以往任何时候都清新、洁净的空气。卡斯特罗立在马埃斯特腊山的丘陵前，这么说：

"我们打赢了战争。巴蒂斯塔已经完蛋了！"

（98，209）（李瑾 译）

1957 年：贝尼多姆 [1]

做了标记的纸牌

保守派和自由派签订联姻协定。在地中海的一块沙滩上，哥伦比亚的政客签署了肮脏的交易，结束了长达十年的相互灭绝。两大政党互相赦免对方。从现在起，他们将交替执政，分配职务。哥伦比亚将可以投票，但不能选举。自由党和保守党将轮流上台，以共同保障在全国范围内，他们的家人购买和受赠财产的私有权和继承权。

这份富人间的合约对穷人来说是个坏消息。

（8，217，408）（李瑾 译）

1957 年：马哈瓜尔 [2]

哥伦比亚的圣蛋

土地的领主们焚烧村镇，屠杀印第安人，摧毁森林，安装金属网，他们把农民逐渐赶到哥伦比亚沿海地区的河流沿岸。许多农民拒绝在大庄园里做奴隶短工，而去当了渔民，成为吃苦耐劳、艰难生活的能手。他们吃了太多龟肉，从乌龟身上学到：乌龟一旦咬到东西就决不会松口，而且在气候干燥或者面临雀鹰的威胁时，它会把自己埋

[1] Benidorm 是西班牙东部瓦伦西亚大区的一个海边城市。

[2] Majagual 是哥伦比亚北部苏克雷省管辖的一个城镇。

在沙子里。学到了这些，在上帝的帮助下，他们活下来了。

鲜有教士留在这些炎热的乡镇。在这个沿海地区，没人把弥撒当回事。只要是不瘫痪的人，都会逃离婚礼现场，会逃避工作。为了更好地享受那七宗不赦之罪，人们躺在吊床上，睡着无尽的午觉。在这里，上帝是个受人喜爱的同伴，而不是一个发牢骚的、惩戒他人的警长。

赫瓜镇那无趣的基督已经死了，成为一个不流汗、不流血、不行奇迹的破烂人偶。自从神父带着所有的银器逃跑以后，也没人给它擦掉蝙蝠的粪便。然而我们的小黑人上帝、圣贝尼托－阿瓦德镇黑人基督还活得好好的，它流汗、流血、行奇迹，凡是深情抚摸它的人都能得到安慰。那些隔三差五出现在哥伦比亚沿海地区并留下来的爱热闹的圣徒也活着，摇着尾巴。

一个暴雨之夜，渔民们在一块蛋形石头上看到了上帝的面孔，在闪电下熠熠生辉。从那时起，人们就庆祝圣蛋的神迹，为它跳起昆比亚舞[1]，为它的健康祝酒。

马哈瓜尔镇的堂区神父宣称，他要带着一个营的十字军，沿河而上，把那块亵渎神明的石头扔到河底，还要放火烧掉那个用棕榈木搭的小礼拜堂。

在小礼拜堂中，举行音乐四溢的弥撒。渔夫们在圣蛋周围布置岗哨，手里拿着斧头，日夜守卫。

（159）（李瑾 译）

1957 年：苏克雷

圣卢西奥

马哈瓜尔的神父对圣蛋宣战的时候，苏克雷的神父把圣卢西亚逐

---

[1] Cumbia，哥伦比亚传统民间音乐旋律和舞蹈，是印第安、非洲和欧洲音乐融合的产物。

出了教堂，因为从来没人见过长阴茎的圣女。

一开始，它像是淋巴结，长在脖子上的小囊肿，后来它越长越下，越长越下，越长越大，越来越大，长到了越来越短的圣袍下面。所有人都装作没看见，直到终于有个小孩嚷出这个可怕的事实：

"圣卢西亚长了小鸡鸡。"

圣卢西奥[1]被判处流放，他在一个棚屋里找到栖身之所，离摆放圣蛋的小礼拜堂不远。很快，渔夫们给他建了圣坛，因为圣卢西奥爱热闹、值得信赖，跟信徒们一起嬉闹，倾听他们的秘密。夏天鱼儿游上来时，他就非常高兴。

这个他，曾是她，没有出现在布里斯托尔的圣人年历上。圣蛋也没有被罗马教皇封圣。同样，洗衣妇们遇见圣母玛利亚显灵的肥皂盒上拆下的圣板没被封圣，屠夫发现耶稣荆棘冠的不起眼的牛腰子也没有。圣多明戈·比达尔也没有被封圣。

（159）（李瑾 译）

1957 年：锡努河畔
圣多明戈·比达尔

他是个侏儒，且瘫痪。镇上的人封他为圣人，"圣多明戈·比达尔"，因为他那些感受思考的话能预言丢失的马匹跑到了哥伦比亚沿海的哪个地方，预言下次斗鸡哪只能赢。他教穷人识字，教他们抵御蝗灾、抵御贪婪的地主，却从来没想为此收取任何东西。

教会称他为路西法之子。一个神父把他从奇玛镇小教堂的坟墓里拖出来，用斧头砍，用锤子敲，打碎了他的骨头。他的残骸被搁在广场一角，另一个神父想把它扔到垃圾堆。第一个神父死的时候蜷成一团，双手变成了爪子；而第二个神父窒息而死，在他自己的粪便上

---

[1]　圣卢西奥指的是已变成男性的圣卢西亚。

打滚。

　　与圣蛋、圣卢西奥以及许许多多的当地圣人圣物一样，圣多明
戈·比达尔仍愉快地活在所有爱戴他的人的热忱中，活在平民百姓
的喧闹旋涡中，这些人共同激烈斗争，捍卫土地，捍卫庆祝成果的
喜悦。

　　圣多明戈·比达尔保护锡努河沿岸村落的古老习俗——村落之
间相互来往，互赠食物。一个村子的居民把长桌扛到另一个村子的广
场，桌上摆满了鲜花以及从河里和岸边收获的美味：鲷鱼或者鲱鱼炖
菜、鲇鱼块、鬣蜥蛋、椰汁饭、奶酪山药汤、热带水果酱；当接受馈
赠的村民享用的时候，送来食物的人在他们周围载歌载舞。

（160）（李瑾 译）

1957 年：皮诺德阿瓜

小克鲁斯

　　巴蒂斯塔悬赏三百比索和一头刚生犊的奶牛，抓捕菲德尔·卡斯
特罗，无论死活。

　　在马埃斯特腊山的山头，游击队员奔走，人数在增加。很快，他
们学到了在丛林中打仗的规律，学会了怀疑，学会了夜间行动，学
会了永远不在同一个地方睡两次，最重要的是学会了和当地人和睦
相处。

　　当那十二个邋遢的幸存者抵达马埃斯特腊山的时候，他们一个农
民也不认识；而对于亚拉河，他们也是通过提到它的歌才知道的。没
过几个月，起义的行伍里有了几个农民，他们是那种在甘蔗收割时节
去割一阵子甘蔗，然后就被扔到别的地方忍饥挨饿的人。现在游击队
员们认识、熟悉这些地方，就像他们出生在这里似的。他们知道这些
地方的名字，如果不知道，就按自己的方式给它们取名。他们把一条
溪流叫作"死亡溪"，因为在这里有个曾高声发誓要斗争到死的游击

队员逃跑了。

另一些游击队员战斗到死，从没发过什么誓。

何塞·德拉·克鲁斯，人称"小克鲁斯"，是山间的行吟诗人。休息时他一边抽烟，一边完成了十行体的瓜希拉民歌，讲述古巴革命的全部历史。因为缺纸，他把这些诗篇记在脑子里。革命军队的卡车遭到伏击时，把他打死在皮诺德阿瓜岩石上的那颗子弹带走了这些诗。

（209）（李瑾 译）

1957 年：乌韦罗

阿尔梅达

胡安·阿尔梅达[1]说，他心里有一种快乐时刻令他发痒，让他不得不笑出来、跳起来。这份快乐非常顽固，要知道：阿尔梅达出身贫寒，是个黑人，而这个岛上，私人海滩不向穷人开放，因为他们穷，也不向黑人开放，因为他们会把水染黑；更该诅咒的是，他决心既当泥瓦工人又当诗人；仿佛麻烦还不够多，他开始在古巴革命这场掷骰子游戏中翻滚人生。他曾参加攻打蒙卡达军营，被判处监禁，被流放；在成为现在这个游击队员之前，他是"格拉玛号"上的掌舵手；不久前，在攻打位于海边的乌韦罗兵营的三小时战斗中，他被两发子弹击中，虽不致死，但很糟糕，一发打中了左腿，另一发打中了肩膀。

（209）（李瑾 译）

---

[1] Juan Almeida（1927-2009），古巴革命家、政治家、诗人。黑人族裔，出身贫寒，年幼辍学，成了泥瓦工。1952 年在哈瓦那大学读书时结识卡斯特罗兄弟，从此与他们一起参加革命。

1957 年：古巴的圣地亚哥

帝国大使特写

美国大使厄尔·史密斯接过古巴圣地亚哥城的钥匙。典礼正在进行，官员们滔滔不绝地讲话，此时窗帘另一侧的呼喊声越来越大。大使小心翼翼地从窗户探出头，看到了一大帮身穿黑衣的妇女，她们唱着国歌前进，高喊着"自由"。警察拿棍子打倒她们。

第二天，大使参观关塔那摩美军基地，之后巡视了自由港硫磺公司[1]的铁矿和镍矿。感谢他不屈不挠的交涉，矿山最终免交捐税。

大使公开表示，他讨厌警方拿棍棒打人，尽管他承认政府有权防御共产主义的侵犯。顾问们告诉大使，菲德尔从小就不正常，因为他从一辆行驶的摩托车上摔了下来。

大使在学生时代曾经是拳击冠军，他认为，一定要不惜一切代价支持巴蒂斯塔将军。巴蒂斯塔绝不会拒绝保护美国的任何财物和个人。有了巴蒂斯塔执掌大权，游客们在飞机上就可以从照片里选一个混血美女来共度周末。哈瓦那是一座美国城市，到处都是内华达州的老虎机和芝加哥的黑帮，还有许多电话机，以便能够下令通过下一趟从迈阿密飞来的航班送来热气腾腾的晚饭。

（431）（李瑾 译）

1957 年：翁布里托

切

起义者在翁布里托峡谷下达命令。这里安了面包烤炉，一台印刷机——是个老旧的蜡纸油印机和一个医疗诊所，诊所其实是只有一

---

[1] 自由港硫磺公司（Freeport Sulphur Company）1912 年在得州自由港创立，由于靠近全球最大的硫磺矿脉而得名，1955 年开始在古巴开采镍钴矿。是美国自由港麦克默伦铜金矿公司的前身。

间屋子的棚屋。医生是埃内斯托·格瓦拉，人们叫他"切"。作为阿根廷人，除了有这个绰号以外，他还有一些阿根廷人的习惯，比如喝马黛茶、爱讽刺。在他漫游美洲的时候，他在墨西哥加入了菲德尔的部队。自从危地马拉民主政府倒台以后，他就留在墨西哥，靠摄影谋生，一张照片一比索，他也卖瓜达卢佩圣母的圣像。

在翁布里托的诊所里，他接待了一群大肚子、像侏儒似的小孩；也接待了相貌衰老的姑娘，她们短短几年里生育多营养差，耗尽了青春；还接待了长得像干瘪空皮囊的男人，因为贫穷把他们自己都渐渐变成了活着的木乃伊。

去年，游击队员刚一登陆就被霰弹扫射的时候，切不得不在一盒子弹和一盒药物之间做出选择。他没法同时带着两个，于是选择了那盒子弹。现在，他抚摩着他老旧的汤普森冲锋枪，这是他唯一真正信任的手术器械。

（209）（李瑾 译）

马埃斯特腊山的老农妇将这样回忆他：

可怜的切。每次看见他哮喘发作，我就说："唉，圣母啊。"为了抑制哮喘，他总是保持平静，低缓地呼吸。有些人一旦哮喘发作就变得歇斯底里，咳嗽，睁大眼，张着嘴。而切会尽力让哮喘缓和下来。他会退到一个角落里，让哮喘停下来。

他可不喜欢被人同情。要是哪个女的跟他说"小可怜"，他准会迅速看她一眼，那眼神里什么都不想说，却又想说很多东西。

我常给他做点热的，希望热的食物通过他的胸口时减轻他的痛苦。他挺会讨好人，总跟我说："啊，我的女朋友。"真是个无赖！

（338）（李瑾 译）

1958 年：斯德哥尔摩
贝 利

巴西足球熠熠发光，它舞动，也让人起舞。瑞典世界杯上，贝利和加林查全力以赴，戳穿了"黑人在冷天踢不动球"的谎言。

贝利当时很瘦，差不多还是个孩子，他挺胸抬头，想留下一个好印象。他踢球就像上帝踢球一样，假如上帝决定好好踢球的话。不论贝利在何时何地、以何种方式约见足球，球从来没有爽约过。他把球送上高空，球划出一道长长的弧线又回到脚下，顺从、感激，或许有条看不见的橡皮筋拴着它。贝利把它踢起来，缩起胸脯，让球在他身上温柔地转圈。球不用触地，他双腿交互盘带着球，飞奔猛跑，直奔球门。没人能截住他，就算用索套和子弹都无济于事，直至他把这只白色的、发亮的足球牢牢地钉在球网内侧。

不管是在场上还是场下，他都行事小心。他绝不浪费一分钟，也不会让硬币从他口袋里掉出去。不久以前，他还在港口的码头上给人擦皮鞋。贝利生来就是为了往上走；这一点他知道。

（279）（李瑾 译）

1958 年：斯德哥尔摩
加 林 查

加林查[1]用假动作晃倒对手。转身半周，转身一周。假装去那边，实际冲到这边；假装冲过来，实际去了那边。对方球员摔倒在地，一个接着一个，屁股着地，两脚朝天，就像加林查撒了一地香蕉皮似的。他闪过了所有人，包括门将，在进球的路线上，他却坐

---

[1] Garrincha（1933-1983），巴西足球运动员，他代表巴西队于 1958 年、1962 年和 1966 年三战世界杯。原名是 Manoel Francisco dos Santos，因为天生有长短脚的残疾，右脚向内歪曲，左脚比右脚短 6 厘米，且向外歪曲，所以有了加林查（意为小鸟）这个绰号。

在了皮球上。于是他撤向后方，重新开始。看到他这么胡闹，球迷很开心，但是球队管理层气得发疯。加林查踢球是为了笑，而不是为了赢。他是一只爪子内翻的快乐鸟，忘却了比赛结果。他仍然认为足球是一场聚会，而不是工作，也不是生意。他喜欢在海滩和小块场地上踢球，不为得到什么，或者只为一点啤酒。

他有很多孩子，婚生的、私生的。他尽情吃喝，好像这是最后一次吃吃喝喝一样。他摊开手掌，把一切都送出去，把一切都丢掉。加林查生来就是为了自我毁灭；这一点他不知道。

（22）（李瑾 译）

1958 年：马埃斯特腊山

革命是不可阻挡的百足之虫

战争如火如荼，子弹在头顶上呼啸，菲德尔在马埃斯特腊山进行土地改革。农民得到了他们的第一块土地，还有第一位医生、第一位老师，甚至第一位法官。他们说，调停纠纷的时候，法官没有砍刀那么危险。

巴蒂斯塔军队的万余士兵一次又一次被击溃。起义军的规模比他们小了不止一星半点，而且武器装备很差，但是起义军的上上下下、前前后后，甚至在它内部，都有人民。

未来就是现在。菲德尔发动了总攻，从头到尾的全面入侵。一百七十名游击战士分为两支纵队，一支由切·格瓦拉指挥，一支由卡米洛·西恩富埃戈斯[1]指挥，他们下山去攻占平原。

（98，209）（李瑾 译）

---

[1] Camilo Cienfuegos（1932-1959），古巴革命的领导人之一。1956 年他与卡斯特罗兄弟一起登上格拉玛号，远征古巴，开始革命。1958 年他率领的纵队在亚瓜哈伊战斗中取得胜利，他获得了"亚瓜哈伊的英雄"称号。

1958 年：亚瓜哈伊

卡 米 洛

入侵纵队奇迹般地躲过轰炸和伏击，抵达岛的中心地带。古巴一分为二：卡米洛·西恩富埃戈斯经过十一天的战斗，占领了亚瓜哈伊兵营；切·格瓦拉进入了圣克拉拉城。迅猛的进攻夺走了巴蒂斯塔一半的国家。

卡米洛·西恩富埃戈斯胆大贪吃。他战斗时离敌人那么近，杀死敌人时，敌人的枪还没落地，就被他收走了。好几次他差点被子弹打死，还有一次差点因吃羊肉而死，因为他在两天没吃东西之后吞下了整整一只小羊羔。

卡米洛长着大胡子、长头发，就像《圣经》里的先知那样。但是他不是个爱皱眉头的人，而是爱笑的人，笑时嘴角咧到耳朵根。最让他骄傲的英雄事迹是他在山上骗过了一架军用小型飞机那次，当时他往自己身上浇了一大瓶碘酒，然后躺下，双臂交叉，纹丝不动。

（179，210）（李瑾 译）

1959 年：哈瓦那

天亮时古巴已无巴蒂斯塔

这一年的元旦，天亮时古巴已无巴蒂斯塔。当独裁者降落在圣多明各，请求同行特鲁希略的庇护时，在哈瓦那，刽子手们各自仓皇逃命去了。

美国大使厄尔·史密斯惊恐地发现，街道全被一群下贱的平民和一些游击队员给占领了，游击队员们赤着脚、毛发浓密、脏兮兮的，跟迪林杰 [1] 的匪帮一样。他们一边跳着瓜管科舞 [2]，一边用枪声打

[1] John Herbert Dillinger（1903–1934），美国中西部的银行抢匪、黑帮成员。
[2] 瓜管科舞是起源于古巴哈瓦那的一种伦巴舞，是非洲节奏与西班牙舞蹈相结合的产物，出现时间与废除奴隶制的时间 1886 年相吻合。

节拍。

（98，431）（李瑾 译）

伦　巴

瓜管科舞是一种伦巴舞。任何一个自重的古巴人都是有基础的伦巴舞者：和平时期跳，战争期间跳，在任何一个期间都跳。甚至在开战时，古巴人也跳伦巴，加入枪弹的舞蹈，像听到鼓声召唤的人们一样席卷而来。

"我乐在其中。倘若我被打中，那是我运气不好。但是我乐在其中。"

每条街上，每一阵扬尘里，音乐都会被释放，没人让它停下。伦巴舞曲奏响在鼓上、在箱鼓上；倘若没有鼓和箱鼓，就奏响在身体上，在空气中。连耳朵都在跳舞。

（86，198，324）（李瑾 译）

1959 年：哈瓦那

加勒比"卡萨诺瓦"的特写

多米尼加大使波菲里奥·鲁维罗萨[1]也对这可怕的景象感到恐惧。他早餐只喝了一杯咖啡，新闻夺去了他的胃口。一队侍从用钉子钉住抽屉，合上箱子，关上手提箱的时候，鲁维罗萨紧张地点燃香烟，打开留声机播放他最喜欢的歌：《我的味道》。

众所周知，在他的床上太阳永不落下。特鲁希略在古巴的这个手下是出名的花花公子，讨贵族小姐、女继承人、电影明星的喜欢。鲁

---

[1] Porfirio Rubirosa（1909-1965），多米尼加共和国特鲁希略时代的重要政客，以风流韵事而闻名，是人所皆知的花花公子。

维罗萨对她们阿谀奉承，在献上柔情蜜意或缠绵缱绻之前，为她们弹奏尤克里里。

有人说，他惊人的充沛精力源自童年时代喝的海妖胸脯的奶水。爱国人士振振有词地说，秘密藏在锦屏藤里，锦屏藤是多米尼加的野生植物，特鲁希略从中提炼出壮阳的灵丹妙药，并出口到美国。

鲁维罗萨的职业生涯开始于特鲁希略把他招为女婿之时。之后他担任驻巴黎大使，向被希特勒迫害的犹太人出售签证。后来他先后娶了多丽丝·杜克和芭芭拉·赫顿这两个百万富婆，让他的事业至臻完美。让这个热带的卡萨诺瓦[1]感到兴奋的是金钱的气味，就像血腥味让鲨鱼兴奋起来一样。

（100）（李瑾 译）

1959 年：哈瓦那

"我们只是赢得了开始的权利"

菲德尔说："我们只是赢得了开始的权利。"他坐在坦克上面，从马埃斯特腊山抵达这里。面对沸腾的人群，他解释说，所有这一切看起来像个结局，却只不过个开始。在他说话的时候，鸽子落在他肩头休息。

有一半的土地尚未开垦。数据表明，去年是古巴历史上最繁荣的一年；可是农民既看不懂数据，又读不明白别的东西，丝毫没有察觉到这一点。从现在起，另一只雄鸡将要高唱；为了让它唱起来，最紧迫的任务是像在山上一样进行土地改革和扫盲运动。而在这之前是肃清那伙暴虐之徒。最残暴的拉去枪毙。有个绰号"骨头粉碎机"的施刑者，每次行刑队瞄准他时，他就晕倒。他们只好把他捆在柱子上。

（91）（李瑾 译）

---

[1] 卡萨诺瓦（1725-1798）是意大利的冒险家、作家，他迷恋女色，周旋于众多女子中间，而且他深爱着他的每一个女人，并与她们保持着友好的关系，是 18 世纪享誉欧洲的大情圣。

1960 年：巴西利亚

一座城市抑或虚无中的谵妄

巴西启用了新首都。突然间，巴西利亚诞生了，在一个十字的中央，而十字画在荒漠的红色尘土上，远离海岸，远离一切。

它以令人炫目的速度建成。三年里，这里是个蚂蚁窝，工人和技术人员肩并肩地日夜劳动，做着同样的事情，吃着同样的饭，睡在同样的地方。但当巴西利亚建成时，兄弟情义的短暂幻想也随之结束了。所有的门砰地关上：这个城市不为仆人服务。巴西利亚将那些亲手把它建起来的人拒之门外。他们以后要成群地住在郊外随意搭建的棚屋里。

这就是政府的城市，权力的居所，广场上没有人，也没有方便行人的人行道。巴西利亚位于月球之上：它洁白，闪耀，飘浮在远方，飘在远远的上方，飘在巴西的上面，屏蔽了它的污垢和疯狂。

这些宫殿的建筑师奥斯卡·尼迈耶[1]并不是这么构想的。当举行盛大的落成典礼时，尼迈耶没出现在观礼台上。

（69，315）（李瑾 译）

1960 年：里约热内卢

尼迈耶

他讨厌直角和资本主义。反对资本主义，他能做的不多，但是，反对压抑空间的直角，他那些像云一样自由、性感、轻盈的建筑成功了。

尼迈耶把人的住宅设想成女人的胴体、蜿蜒的海岸或热带的水果，也会设想成山的形状，如果在天空的映衬下山体裁剪出优美的弧

---

[1] Oscar Niemeyer（1907-2012），巴西建筑师，是巴西利亚城的总设计师。1988 年他获得普利茨克建筑奖。

线的话，就像里约热内卢的山峦是由上帝设计的，而那一天上帝以为
自己是尼迈耶。

（315）（李瑾 译）

1960 年：里约热内卢
吉马朗埃斯·罗萨

同样大胆而且蜿蜒起伏的还有吉马朗埃斯·罗萨[1]的语言，他筑
造了词语之家。

这个举止端庄、谨遵日程、不敢闯红灯的先生创作了激情澎湃的
作品。在这位面带微笑的职业外交官写就的短篇小说和长篇小说里充
斥着残酷的悲剧之风。写作时，他打破所有规则，这个保守的资产阶
级分子梦想着进入文学院。

（李瑾 译）

1960 年：阿特米萨
成千上万把大刀

成千上万把大刀在空中挥舞，互相摩擦，互相碰撞，互相打磨，
坚硬而又锋利。大刀发出的锵锵之声构成了战争音乐的背景，映衬着
卡斯特罗在主席台上演讲抑或演唱。在古巴岛的东部，菲德尔对着制
糖工人阐释他的政府为什么征用了特萨科石油公司。

---

[1] Guimaraes Rosa（1908–1967），巴西外交官和作家。他博学多才，借鉴流行语和方言，创
造了一批新词和语法。他的文学创作多以巴西腹地为故事背景，大量运用腹地的民间口
语，生动形象，感情激烈。代表作有1956年出版的长篇小说《广阔的腹地：条条小路》，
1946年的短篇小说集《萨加拉纳》。1963年他当选巴西文学院院士。他在中国广为传诵
的文章是《河的第三条岸》。

面对每一次打击，古巴都不会以倒下或沉默来回应。美国国务院不接受古巴的土地改革，因为古巴把美国拥有的大庄园分给农民。艾森豪威尔派遣飞机过来焚毁甘蔗地，还威胁说不再购买古巴的蔗糖。古巴与苏联做生意，用蔗糖换石油，打破了美国的贸易垄断。美国的石油公司拒绝提炼苏联的石油，于是古巴对这些公司实施国有化。

每一场演讲都是一节课。连续几个小时里，菲德尔推论、提问、学习、教育、辩护、谴责；同时古巴还在试探着迈开步子，每走一步都在寻找前路。

（91）（李瑾 译）

1961 年：圣多明各
特鲁希略时代的第三十一年

他用的镇纸是个瓷制的棒球手套，放在镀金的丘比特像和舞女像之间。被特鲁希略的半身像和特鲁希略的照片围在中间，特鲁希略浏览间谍给他发来的最后几份谋反者名单。他轻蔑地弹弹手指，画去几个名字，这些男男女女明天将不再醒来。与此同时，他的刑讯员从奥萨马堡垒里哀号的囚犯里揪出新的名单。

这些名单勾起了特鲁希略悲伤的思绪。谋反者中带头的有美国大使和西印度地区大主教，他们直到昨天还与他共同执政。现在，帝国和教会拒绝接受这个如此忠诚的儿子，唾弃他的挥霍之手，因为在举世瞩目下他已变得难容于世。如此忘恩负义地对待这个实现多米尼加共和国资本主义发展的人，真让他痛心。然而，在他挂在胸前、肚子上、墙上的那些勋章里面，他还是最喜欢梵蒂冈授予他的圣大格里高里大十字架骑士勋章，以及那枚多年前用来酬谢他为美国海军陆战队效力的小奖章。

尽管如此，至死他都将是"西方的哨兵"，这个人他曾被官方称作"祖国的恩人""祖国的救世主""国父""恢复金融独立的人"

"世界和平捍卫者""文化保卫者""美洲首位反共产主义者""最卓越最光辉的最高统帅"。

(60，63，101)（李瑾 译）

1961年：圣多明各
伟大的逝者

伟大的逝者把整个国家留作遗产，此外还有放在圣多明各的衣橱里的九千六百条领带、两千套西装、三百五十件军服、六百双鞋，以及他在瑞士私人账户里的五亿三千万美元。

拉斐尔·莱昂尼达斯·特鲁希略中了埋伏，在车里被打成了筛子。他的儿子拉姆菲斯从巴黎飞回来继承遗产，负责葬礼和复仇。

拉姆菲斯·特鲁希略[1]是波菲里奥·鲁维罗萨的同伴和朋友。从他最近在好莱坞进行文化任务开始，他就颇得恶名。在那里他把奔驰车和貂皮、鼠皮大衣赠给金·诺瓦克和莎莎·嘉宝[2]，以饥饿但慷慨的多米尼加人民的名义。

(60，63，101)（李瑾 译）

1961年：猪湾
迎 着 风

迎着风，迎着死亡，总是向前，从不退后，古巴革命仍然令人震惊地充满活力，在离迈阿密不超过八分钟航程的地方。

[1] Ramfis Trujillo（1929-1969），拉斐尔·莱昂尼达斯·特鲁希略的儿子。1961年5月30日老特鲁希略被刺杀之后，他继承权位，开始执掌多米尼加，但该年年底，迫于国内外的压力，他不得不流亡国外。

[2] 金·诺瓦克（1933-）和嘉宝（1917-2016）都是美国好莱坞女演员。

为了消灭这种傲慢放肆，美国中央情报局组织了一场从美国、危地马拉和尼加拉瓜发动的入侵。索摩查二世在码头为远征军送行。中央情报局组建并推动了古巴解放部队的运行，组成这支军队的是巴蒂斯塔独裁时的军人和政客，以及被驱逐出境的制糖厂、银行、报社、地下赌场、妓院和各个政党的继承人。

"给我带回来几根卡斯特罗的胡子！"索摩查吩咐他们。

美国的飞机进入古巴上空。飞机做了伪装，上面画着古巴空军的星标。飞机在低空飞行，对欢迎他们到来的人进行扫射，然后轰炸城市。在空袭削弱了地面的防御之后，侵略者们在猪湾的沼泽地登陆。与此同时，肯尼迪总统在弗吉尼亚州打高尔夫球。

肯尼迪已经下令，但是由艾森豪威尔实施侵略计划。艾森豪威尔在以前签署入侵危地马拉计划的同一张办公桌上，批准了对古巴的入侵计划。中央情报局局长艾伦·杜勒斯向他保证，会像干掉阿本斯那样干掉菲德尔·卡斯特罗。也就是两个星期的事情，或多一天或少一天。参与行动的将是中情局的同一支队伍：同一拨人，来自同样的基地。解放者们的登陆必将在这个屈于红色暴君的岛上激起了人民的起义。美国间谍知道古巴人民已经厌倦排队等候，迫不及待地盼望起义的信号。

（415，469）（李瑾 译）

1961 年：吉隆滩
美国在拉丁美洲的第二次军事失败

古巴只用三天时间就消灭了侵略者。死人里有三个美国飞行员。美国海军护送过来的七艘军舰有的逃了，有的在猪湾沉没了。

肯尼迪总统对中情局的此次惨败负有全责。

中情局一如既往地相信诡计多端的当地间谍发来的报告，这些人靠说别人爱听的话来赚钱；也一如既往地把实际地理环境跟与人和历史无关的军事地图弄混了。中情局选择登陆的沼泽曾是全古巴条件最差的地方，一直到革命爆发时那里都是鳄鱼和蚊子的王国。但是人类的热情改变了这些泥潭，在上面修建了学校、医院和道路。这里的人是用胸膛抵挡子弹的第一批人，抵挡前来拯救他们的侵略者。

（88，435，469）（李瑾 译）

1961 年：哈瓦那

往日特写

侵略者们——寄生虫、刽子手、青年百万富翁、犯下上千种罪行的老手，出面回答记者提问。他们谁也不对吉隆滩事件负责，也不对任何事情负责；他们都是远征军的厨子。

巴蒂斯塔时期著名的施刑者拉蒙·卡尔维尼奥面对认出他、痛斥他的许多被他殴打、脚踹、强奸过的女人，患上了彻底的失忆症。侵略军里的随军神父伊斯梅尔·德·卢戈躲在圣母的罩袍下寻求庇护。西班牙内战时，他曾听从圣母的建议，在佛朗哥身边战斗。现在他入侵古巴，为的是让圣母不再难受地看到这么多的共产主义。卢戈神父乞求一位企业圣母的保护，她是某个银行或者某个国有种植园的主人，她与其他一千两百个囚徒想法一样、感受相同：权利就是所有权和继承权；自由就是企业的自由。模范公司就是股份有限公司。模范的民主，就是股东大会。

所有的侵略者都曾受过无罪道德教育。没人承认自己杀过人，毕竟连贫穷都不认罪。有些记者就社会不公问题向他们提问，但是他们推卸责任，体制也推卸责任：那些很早就夭折的古巴孩子以及全拉美的孩子死于肠胃炎，而不是死于资本主义。

（397）（李瑾 译）

1961 年：华盛顿

谁侵略了古巴？美国参议院里的一段对话

凯普哈特议员：*我们当时有多少飞机？*

艾伦·杜勒斯（中情局局长）：*古巴人当时有多少飞机？*

斯帕克曼议员：*不是，美国人有多少飞机？*

杜勒斯：*哦，那说的就是古巴人。*

斯帕克曼：*那群叛军。*

杜勒斯：*我们不管他们叫"叛军"。*

凯普哈特：*我的意思是"革命军"。*

斯帕克曼：*他问"我们当时有多少飞机"的时候，指的就是这个，指的就是反对卡斯特罗的势力。*

理查德·M.比斯尔（中情局副局长）：*先生们，我们从十六架B-26 战机开始说吧……*

（108）（李瑾 译）

1961 年：哈瓦那

玛利亚·德拉·克鲁斯

侵略刚结束没多久，人民聚在广场上。菲德尔宣布，要用囚犯去换取给孩子们治病的药，然后，他为四万名识字的农民颁发文凭。

一个老妇人执意要登上演讲台，她强烈要求，最后他们让她上了台。她伸手在空中抓着，想要抓住高高的话筒，但没够到，直到菲德尔为她调好话筒的高度。

"我想见您，菲德尔。我想跟您说……"

"您看，我的脸都要红了。"

这位老妇满脸皱纹，瘦得只剩一把骨头，对菲德尔大加赞扬，千恩万谢。她在一百零六岁的时候学会了读书写字。她做了自我介绍。

她名字叫玛利亚·德拉·克鲁斯[1]，因为她出生在圣十字架日；她姓塞马纳特，这是她出生的甘蔗园的名字，她生来就是奴隶，她是奴隶的女儿、奴隶的孙女。玛利亚·德拉·克鲁斯解释说，那个时候庄园主下令把想识字的黑人送上颈手枷，因为黑人只是一台台机器，钟声一响，鞭子一抽，他们就运转，因此她才拖了那么长时间去学习。

玛利亚·德拉·克鲁斯掌控了演讲台。她说完了就开始唱歌，唱完了歌就开始跳舞。玛利亚·德拉·克鲁斯已经跳了一个多世纪。她跳着舞从妈妈的肚子里出来，跳着舞穿越痛苦和恐怖直到来到这里，这是她本应当到达的地方，所以现在没有人阻拦她。

（298）（李瑾 译）

1961 年：埃斯特角
厕所统治

士兵在古巴登陆失败以后，美国宣布要让美元在拉丁美洲大规模登陆。

为了孤立古巴的大胡子们，肯尼迪总统向拉美人民提供大量的捐助、贷款和投资。

"古巴是一只下金蛋的母鸡。"在埃斯特角[2]的泛美会议上，切·格瓦拉说道。

切·格瓦拉指出这个贿赂计划是一个骗局。为了让什么都不改变，就尽情发挥改变的修辞手法。会议的官方报告多达五十万页，没有一页不提及革命、土地改革和发展。美国降低拉丁美洲产品价格的同时，承诺为穷人、印第安人和黑人提供厕所：不是机器，不是设备，

---

[1] 克鲁斯的西语 Cruz 是十字架的意思。
[2] 埃斯特角位于乌拉圭，曾是富人的疗养地，现已成为旅游胜地。1961 年在埃斯特角举行的泛美经社理事会特别会议签署了《埃斯特角宪章》，决定建立"争取进步联盟"，制定了特别培训计划和技术合作统一计划。

而是厕所。

切·格瓦拉指责说："对技术人员来说，规划就是规划厕所。如果我们真的理会他们，古巴就有可能成为……一个厕所的天堂！"

（213）（李瑾 译）

1961 年：埃斯奎纳帕
编故事的人

有一次他给老虎套上鞍，骑了上去，还以为那是头驴；还有一次他用一条活蛇系裤子，然后才发现那并不是腰带，因为上面没有带扣。当他说如果不在跑道上撒几粒玉米飞机就没法着陆的时候，当他讲述有一天火车发了疯，不是往前跑而是奔向侧面，造成很大伤亡的时候，所有人都信以为真。

"我从不说谎。"瘦条·骗子[1] 撒谎道。

"瘦条"是埃斯奎纳帕河湾捕虾的渔民，是这个地区能说会道的人。他来自拉丁美洲一个善编故事的显赫世家，他们是柜台旁或灶台边闲谈的魔法师，总是用口语编故事，从不写成文字。

七十岁的时候，他的眼睛仍然会跳舞。他嘲笑死亡。一天晚上，死亡来找他。

"咚咚咚"，死亡敲他的门。

"请进，""瘦条"在床上讨好地请她进门，"我正等你呢。"

但是当他想要脱下死亡的裤子时，她惊惧万分地逃走了。

（309）（李瑾 译）

---

[1] 瘦条·骗子是墨西哥作家达马索·穆鲁亚（1933-）作品中的一个人物，güilo 在墨西哥的方言中意为"瘦弱"，Mentiras 意为撒谎。根据作家介绍，该人物原名弗洛伦西奥·比利亚，非常瘦，说了很多谎话，从而得名，1969 年去世。

1961 年：巴伊亚的圣萨尔瓦多

亚 马 多

当瘦条·骗子在墨西哥吓跑死亡的时候，在巴西，小说家若热·亚马多[1]编出了一个吓跑孤独的船长的故事。亚马多写道，这个船长向狂妄的飓风和火焰发出挑战，穿越海啸和漆黑的深渊。他还根据一个香港老海盗的秘方制作烧酒，用它来宴请街区里的邻居。

船长在秘鲁沿海遭遇海难的时候，他的邻居也遭遇海难。这些邻居中有羞怯的公职人员、患有无聊与风湿这些疾病的退休人员，当在雾茫茫的北海上看见一座冰山朝着船的左舷而来的时候，或是印度洋季风猛烈地吹在孟加拉湾的时候，他们的心拧成结。而每次船长呼唤出一位阿拉伯舞女，一丝不挂，只在腹股沟那里放一朵白花，她一边咬着多汁的葡萄，一边在阿莱杭德利亚的沙上翩翩起舞的时候，所有人都快乐得发抖。

船长从来没有离开过巴西。他也从来没踏足任何船，哪怕是一条小船，因为大海让他犯晕，但是他坐在自家客厅里，房子就出海航行，比马可·波罗、哥伦布或宇航员到得更远。

(19)（李瑾 译）

1962 年：科萨拉

一加一等于一

它们被拴在同一根柱子上，背负着重重的干柴，相互看着对方。公的多情，母的轻佻。公驴和母驴相互看了又看的时候，虔诚的妇女们穿过广场向教堂走去，一路专心地祈祷。因为今天是圣周五受难节，女信徒们一直吟诵哀弥，哀悼我们的主基督，她们一身黑色装

---

[1] Jorge Amado（1912–2001），巴西著名作家，1961 年当选巴西文学院院士。代表作有《无边的土地》《加布里埃拉》等。本文中提及的船长来自《老海员们》这个故事。

束：黑色的头巾，黑色的长袜，黑色的手套。当公驴和母驴挣断了缰绳，在广场正中央，面向教堂、背朝市政府尽情享乐的时候，信徒们大惊失色。

尖叫声在整个墨西哥回响。科萨拉市市长何塞·安东尼奥·欧乔阿走到阳台上，尖叫一声，就捂住眼睛。随即，他下令动用武器把这两头缠在一起捣乱的驴子弄死。它们被枪决了，倒下的时候也没分开。

（308，329）（李瑾 译）

1962 年：赫苏斯－玛利亚镇
一加一等于全部

在山里的另一个镇上，离枪决驴子的镇不远，科拉印第安人[1]戴着面具，在赤裸的身体上绘画。像所有的圣周五一样，举行庆典——基督受难或者神奇的猎鹿或者谋杀太阳神，这是一桩为人类在地上生活打下基础的罪行——的时候，每件东西都有了新的名字。

"让他死吧，杀了它吧，让它繁衍。"

在十字架之下，跳舞的情侣们把自己献给对方，互相拥抱，进入对方的身体，与此同时，跳舞的小丑们蹦蹦跳跳地模仿他们。所有人都一边玩一边寻欢：抚摸、挑逗、调情；所有人都一边玩一边吃，因为水果变成炮弹，鸡蛋变成炸弹，盛宴最后变成了一场相互投掷玉米饼和喷射蜂蜜的战役。科拉印第安人像疯子一样尽情享乐，跳舞、欢爱、享用美食，以此纪念奄奄一息的基督，纪念他弥留之际的极端痛

---

[1] 科拉印第安人是居住在墨西哥中西部纳亚里特山的印第安人，他们信奉哥伦布史前土著宗教与天主教相融合的宗教。他们举行的圣周五受难日庆典中融入了土著宗教的因素，比如猎杀鹿、杀死太阳神这些与当时墨西哥族印第安人的宗教祭祀有关系。下文提及的"让他死吧，杀了它吧，让它繁衍"，原文看不出三个他／它的所指，审校者斗胆把与耶稣受难、猎鹿和托尔特克印第安人的五个太阳的诞生相对应起来，欢迎方家指正。

苦。而他，在十字架上感激地微笑着。

（46）（李瑾 译）

1963 年：巴亚莫

飓风 "弗洛拉"

飓风 "弗洛拉"[1] 在一个多星期的时间里扎扎实实地猛烈袭击了古巴。这是古巴史上历时最长的飓风，它发起攻击，逃走，然后又回来，好像之前忘记毁掉什么东西似的。气旋势头汹汹，一切都围着这条巨型风蟒旋转，风蟒蜷曲着，向人们最意想不到的地方发动袭击。

把门窗钉死也无济于事。飓风把所有东西都连根拔起，把房子和树木扔进风里，捉弄它们。飞鸟受惊逃离，天空空无一物；海水淹没了古巴岛的整个东部地区。救援队乘坐划艇或直升机，从巴亚莫基地出发。志愿者来来往往，营救人和牲畜，给找到的所有活物都接种疫苗，而剩下的死尸则填埋或者焚烧了。

（18）（李瑾 译）

1963 年：哈瓦那

所有人都是多面手

这个被飓风破坏，被美国封锁、迫害的岛屿度过的每一天都是一个壮举。玻璃橱窗上展示的是宣传与越南团结一心的海报，而不是皮鞋或衬衫；不管买什么东西都要排几个小时的队；仅有的几辆汽车的轮毂是用牛角做的；艺术学校里临时要绘画时就碾碎铅笔笔芯；工厂

---

[1] 1963 年 10 月 3-9 日热带气旋 "弗洛拉"（ciclón Flora）快速席卷加勒比地区，对古巴、特里尼达和多巴哥、海地等国造成严重伤亡和损失，是一场至今仍记忆深刻的浩劫。

里，一些崭新的机器上长了蜘蛛网，因为某个配件还没走完一万公里的路程抵达这里；从遥远的波罗的海港口，石油和其他一切东西运过来；一封从古巴寄到委内瑞拉的信要环绕地球整整一圈才到达离它很近的目的地。

不只是缺少物品。许多无所不晓的人去了迈阿密，追随无所不有之人的脚步。

那现在呢？

"现在必须要创造。"

十八岁的时候，里卡多·古铁雷斯高举步枪，在哈瓦那参加游行。他身处步枪、大刀和棕榈叶帽的浪潮里，大家在庆祝巴蒂斯塔独裁政权结束。第二天，他不得不接手了几家被原主人抛弃了的企业，其中包括一家女性内衣厂。很快就出现了原材料的问题。没有填充胸衣的乳胶海绵。工人们在大会上讨论后决定掏枕芯。那是一场灾难。枕头芯没法洗，因为它永远都干不了。

里卡多二十岁的时候，他们往他口袋里塞了两个秤砣，派他去管理一家蔗糖厂。他这辈子还没见过蔗糖厂，远远地，也没见过。在那里，他发现甘蔗酒是深色的。前任主管是个有五十年经验的忠实仆人，他胳膊下夹着老板胡里奥·罗沃的肖像油画，消失在天边。在革命中被征用的那些甘蔗园都是罗沃的。

现在，外交部部长请他过去。劳尔·罗亚坐在地上，面前地毯上摊着一张巨大的西班牙地图。然后他开始在上面画小小的"×"。如此，里卡多在他二十二岁的时候得知他被任命为领事了。

"但是我只会用两根手指在打字机上打字啊。"他结结巴巴地争辩道。

"我只会用一根手指打字，我还是部长呢。"罗亚做出裁定。

（李瑾 译）

1963 年：哈瓦那
官僚的特写

黑色时代孕育出红色时代，而红色时代将会孕育出绿色时代：团结渐渐取代了贪婪和恐惧。因为能够发明，能够创造，能够疯狂，古巴革命仍在进行。但是它的敌人太多了，最让人胆寒的敌人之一就是官僚，他的破坏力有如飓风，他像帝国主义一样令人窒息。没有一场革命不把他卷入其中。

官僚是一个木头人，因诸神的错误而降生，他没有血气，没有气息，也不会丧气，而且一个字都不说；有回响但没法发声；他会传达命令，但没有想法。他认为所有的疑问都是异端，所有的反驳都是背叛。他混淆了"统一"与"完全一致"两个概念。他认为人民永远是未成年人，必须牵着他们的鼻子走。

官僚玩弄人生的可能性非常低，玩弄职权的可能性绝对没有。

（李瑾 译）

1963 年：哈瓦那
"雪球"

"这就是约鲁巴－马克思－列宁主义。"雪球[1]说。他是瓜纳瓦科阿[2]的歌手，是厨子多明戈和伊内斯大娘的儿子。他嘟囔着说出这句话，以一种无比低沉、嘶哑、肉质的嗓音。"约鲁巴－马克思－列宁主义"是雪球用来定义这里人的热情和欢腾的。这里的人扭动腰胯，伴随着《国际歌》跳舞。古巴革命诞生在美洲沙滩上的欧洲与非洲的狂热拥抱中。在这个地方，人创造出来的神祇与被诸神创造的人交会在一起，有些降临大地，另一些则去征服天空，雪球庆祝地唱歌，以

---

[1] "雪球"是古巴歌手、作曲家和钢琴家，原名 Ignacio Jacinto Villa Fernández（1911–1971）。

[2] Guanabacoa 是哈瓦那省东部的一个区。

非常幽默的方式。

（李瑾 译）

1963 年：科科河 [1]

他的肩上留有桑地诺的拥抱

他的肩上留有桑地诺的拥抱，没有被时间抹去。三十年后，桑托斯·洛佩斯上校重返北部雨林的战场，为了尼加拉瓜能够存在。

几年前，桑地诺民族解放阵线诞生了。与桑托斯·洛佩斯一起成立它的还有卡洛斯·丰塞卡、阿马多尔、托马斯·博尔赫以及其他人，虽然他们不认识桑地诺，但是想继承他的事业。这项任务将让他们付出血的代价，他们知道。

"水洗不掉这么多污秽，哪怕是再圣洁的水。"卡洛斯·丰塞卡说。

游击队员在雨林里游走，迷路，没有武器，被连绵的雨淋湿，没有吃的，但他们被吃掉，被踩踏，被打败。没有比太阳落山时更糟的时候了。白天就是白天，夜晚就是夜晚。而黄昏时分是垂死挣扎的时刻，是可怕的孤独时刻。桑地诺主义者仍然什么都不是，或者说，几乎什么都不是。

（58，267）（李瑾 译）

1963 年：圣萨尔瓦多

五十八岁的米格尔

米格尔像往常一样过着不安全的生活，组建农民联合会，进行其他的破坏。警察在一个小村子捉住了他，捆住他的手脚，把他带到圣

---

[1] 科科河是洪都拉斯与尼加拉瓜的界河，注入加勒比海。

萨尔瓦多城。

在这里他被打了很久。他被吊着打了八天，被扔在地上打了八夜。他的骨头咯吱作响，他的肉在尖叫，但是他们要求他透露秘密的时候，他连哼都没哼一声。不过，当负责刑讯的上尉凌辱他爱的人时，这个爱顶嘴的老人拖着流血的躯体爬起来，像一只被拔光了毛的公鸡竖起鸡冠子咯咯叫，米格尔命令上尉闭上他的猪嘴。于是上尉用枪筒抵住米格尔的脖子，米格尔挑衅他，让他尽管开枪。他们两个人面对面，暴怒，气喘吁吁，就像在吹燃火炭一样：军人的手指按在扳机上，枪口钉在米格尔的脖子上，眼睛盯着米格尔的双眼。米格尔连眼睛都不眨，数着时间一秒一秒流逝，一世纪一世纪流逝，听着心蹿到脑子里的跳动声。米格尔已准备赴死，真的死去，突然，上尉眼睛愤怒的光芒里出现一道阴影，疲惫感或是别的什么东西侵袭了他，攻克了他的眼睛，随即他眨了眨眼睛，诧异自己竟在这里，然后缓缓地放下了武器，垂下了目光。

这是米格尔·马莫尔的第十一次诞生，在他五十八岁的时候。

（222）（李瑾 译）

1963 年：达拉斯
政府决定真相不存在

一天中午，在达拉斯的某条街上，美国总统被刺杀了。他刚一死亡，官方消息就发布出来。在这个官方解释版本中，也将是最终版本中，确认是李·哈维·奥斯瓦尔德杀死了肯尼迪。

凶器和子弹不符，子弹与弹孔也不符。罪犯与罪名不符：奥斯瓦尔德枪法很差，体能一般，但是根据官方版本的说法，当时他表现得像个射击和赛跑双料奥运冠军。他用一把旧来复枪以不可能的速度射击，他的神奇子弹像杂技翻转一样，穿透肯尼迪和得克萨斯州州长康纳利的身体，却奇迹般地毫无破损。

奥斯瓦尔德大嚷着否认。但是没有人知道、也没人会知道他说了什么。两天后，他倒在电视镜头前：所有人都目睹了这个经过。杰克·鲁比 [1] 让他永远闭上了嘴。鲁比是个贩卖妇女和毒品的恶棍。他说，他出于爱国之情，出于对可怜的寡妇的同情，为肯尼迪报了仇。

（232）（李瑾 译）

1963 年：圣多明各

拉丁美洲风俗记事

以前他经常从索苏阿的沙滩往大海的深处游。前面的船上载着一支乐队，吓退鲨鱼。

现在，托尼·英韦托 [2] 将军已大腹便便，懒懒散散，极少去海里游泳，但是经常回到他童年去的海滩。他喜欢坐在堤上，瞄准，射杀鲨鱼。在索苏阿，鲨鱼和穷人争抢屠宰场的残渣。英韦托将军同情穷人，他坐在堤上，把十美元一张的钞票扔给他们。

英韦托将军很像他的挚友威辛-威辛 [3] 将军。即使感冒了，他们俩也能从远处闻到共产主义者的味道；他们俩都因早起杀死被捆绑的人而获得了许多奖章；当他俩说"总统"的时候，总是指的美国总统。

---

[1] Jack Ruby（1910-1967），美国得克萨斯州达拉斯的一家夜总会老板。1963 年 11 月 22 日，时任总统肯尼迪遇刺，凶手被认定为李·哈维·奥斯瓦尔德（1939-1963）。两天后，警察转移奥斯瓦尔德的过程中，鲁比开枪击毙奥斯瓦尔德，美国人在电视直播中目睹了经过。

[2] Antonio Imbert Barrera（1920-2016），原名安东尼奥·英韦托·巴雷拉，安东尼奥名字的昵称是托尼。他是多米尼加共和国的军人，1965 年美国占领多米尼加时，他曾担任临时总统。

[3] Elías Wessin y Wessin（1924-2009），多米尼加军人，以领导 1963 年推翻胡安·博奇总统的军事政变而出名。

英韦托将军和威辛－威辛将军都是巴拿马美洲学校[1]的多米尼加学员。在特鲁希略的庇护下他们俩都长胖了，后来他们俩都背叛了他。特鲁希略死后举行选举，大量群众投票给胡安·博奇[2]。他们俩不能袖手旁观。博奇拒绝购买战斗机，他宣布进行土地改革，推行离婚法，增加了工人的工资。如此红色的时期持续了七个月。英韦托、威辛－威辛和国内的其他将军在清晨发动一场简单的军事政变，夺回了权力这个溢满蜜汁的蜂巢。

美国很快就承认了新政府。

(61，281)（李瑾 译）

1964 年：巴拿马

二十三个青年遍体鳞伤地倒下了

二十三个青年遍体鳞伤地倒下了，当他们试图在巴拿马的土地上升起巴拿马国旗的时候。

"只是用子弹来猎鸭子而已。"占领巴拿马的美国部队司令辩解道。

另一面国旗飘扬在将巴拿马从海到海分开的长条地峡上。实施另一部法律，执行另一种政策，说着另一种语言。巴拿马人未经允许不能进入运河区，哪怕是去捡芒果树上掉下来的果子都不行。如果他们在那里工作，他们和黑人、妇女一样拿二等工资。

运河是美国的殖民地，是一笔生意，是一个军事基地。过往船只缴纳的过闸费用来资助美洲学院。运河区的兵营里，五角大楼的军官

[1] Escuela de las Américas de Panamá，1946 年美国政府以保护巴拿马运河、帮助拉美各国军队实现职业化为名义，成立了拉丁美洲培训中心，1963 年更名为美洲学校，训练科目远超于正规化训练，有传授如何执行秘密枪决、如何刑讯等等内容。

[2] Juan Bosch（1909-2001），多米尼加作家、教育家和政治家，他是反对特鲁希略独裁统治的重要领导人物，创建了多米尼加两个重要政党：1939 年成立的多米尼加革命党和 1973 年的多米尼加解放党。1962 年他被民选为总统，但 7 个月后被推翻。

们把切除共产主义的外科手术传授给拉丁美洲军人，很快，这些军人将在各自的国家担任总统、部长、司令或大使。

"他们是未来的领袖。"美国国防部长罗伯特·麦克纳马拉说。

这些军人监视着威胁他们的肿瘤，对于那些胆敢实施土地改革或国有化的人，军人们会砍下他们的手，而对于那些爱顶嘴、发问的人，则会撕下他们的舌头。

（248）（李瑾 译）

1964 年：里约热内卢

"有一些乌云"

林肯·戈登[1]说，"有一些乌云正在向我们在巴西的经济利益逼近……"

若昂·古拉特[2]总统刚刚宣布要进行土地改革、对炼油厂实施国有化、终结资本外逃，愤怒的美国大使声色俱厉地攻击他。大量资金从使馆涌出，砸向污染公共舆论的人和准备哗变的军人。一篇高声呼吁政变的宣言在所有媒体上传播。连国际狮子会[3]都在宣言末尾签了名。

瓦加斯自杀身亡十年后，同样的呼声再次响起，声势比以前大了几倍。政客和记者呼唤出现一位能在这场混乱中建立秩序、穿制服的弥赛亚。电视上播放的电影展示了把巴西城市一分为二的柏林墙。报

---

[1] Abraham Lincoln Gordon（1913-2009），美国学者和外交官，1961-1966 年担任美国驻巴西大使，1967-1971 年担任约翰·霍普金斯大学校长。他的全名是亚伯拉罕·林肯·戈登，但他从不使用第一个名字。

[2] João Goulart（1919-1976），1961-1964 年担任巴西总统，上任后推行社会主义政策，如进行土地改革，加强教育、卫生医疗建设等。

[3] 国际狮子会（Lions Club）是成立于 1917 年的服务组织，座右铭是"我们服务"（We serve），Lions 的名字源于下面这个口号的首字母缩写"自由，智慧，我们国家的安全"（Liberty，Intelligence，Our Nations' Safety）。

纸和广播大力宣传私人资本的好处，说它能变沙漠为绿洲；也宣传军队的功绩，说他们阻止共产主义者窃取水源。在主要城市的大道上，许多家庭与上帝一起为自由而游行，请求上天怜悯。

林肯·戈登大使谴责共产主义的阴谋：庄园主古拉特在选择吞吃还是被吃、评议他人还是被人评议、金钱自由还是人的自由时，正在背叛他的阶级。

（115，141）（李瑾 译）

1964 年：茹伊斯迪福拉

收复巴西

将近三十年前，奥林比奥·莫朗·菲力奥奉瓦加斯总统指令制定了一项共产主义阴谋——科恩计划。现在，莫朗·菲力奥将军购买了戈登大使制定的阴谋。将军承认，在政治事务上他是头穿制服的牛，但他确实弄得懂共产主义阴谋。

在茹伊斯迪福拉兵营，他举起佩剑：

"我会让巴西脱离深渊！"他扬言道。

天还没亮，莫朗·菲力奥就醒了。他一边刮胡子，一边大声朗读大卫王的赞美诗，大卫说一切翠绿都会枯萎。随后，他吃早餐，并祝贺他的妻子嫁给了一个英雄。之后他带领部队朝着里约热内卢进军。

其他将军纷纷跟着他。同时，一艘航母、无数飞机、几艘战舰和四艘油船从美国向巴西进发。这是为了扶持起义而启动的"山姆老兄行动"。

若昂·古拉特不知所措，任其行动。美国总统林登·约翰逊[1]在华盛顿对那些发动政变的人表达了最热情的肯定，尽管当时古拉特仍然担任总统。美国国务院宣布要向新政府提供大量贷款。在南部，莱

---

[1] Lyndon Johnson（1908-1973），1963-1969 年担任美国总统，在他任期内，积极介入越南战争，由于美国士兵伤亡惨重，约翰逊遭到谴责。

昂内尔·布里索拉[1]意图抵抗，但没有得到声援。最后，古拉特去流亡了。

在里约热内卢的一堵墙上，某位民众的手写道：

"别再有中间人了！林肯·戈登就是总统！"

但是获胜的军人选择了卡斯特略·布朗库[2]元帅，他是个崇高的军人，但缺少幽默感，也缺乏傲气。

（115，141，307）（李瑾 译）

1964 年：拉巴斯

没有悲痛也没有荣誉

和巴西总统一样，玻利维亚总统维克多·帕斯·埃斯登索罗[3]也登上了送他流亡的飞机，没有悲痛也没有荣誉。

来自空军的雷内·巴里恩托斯[4]开始统治玻利维亚，他是个喋喋不休的独裁者。现在美国大使参加玻利维亚的内阁会议，他坐在各位部长中间。海湾石油公司的经理起草经济法。

帕斯·埃斯登索罗已经是孤家寡人了。在他当政十二年后，民族主义革命和他一同倒塌了。为了供养榨干革命的新贵和官僚，革命一点点地转过身，直到背向工人阶级。现在只需轻轻一推，就能让革命崩溃。

---

[1] Leonel Brizola（1922-2004），巴西倾向于劳工主义和社会主义的政治人物，1961 年坚决支持若昂·古拉特担任巴西总统。1964 年他被迫流亡。1980 年他领导的左派人士共同建立了民主工党。

[2] Humberto de Alencar Castelo Branco（1897-1967），巴西军事领袖，1963 年擢升为陆军元帅，1964-1967 年担任巴西总统。执政期间，他取缔所有政党，干预经济，限制国会和法院的权力，扩大总统的权力。

[3] 参见 171 页脚注 [2]。1964 年 5 月埃斯登索罗第 3 次当选总统，但同年 11 月被副总统、空军司令雷内·巴里恩托斯发动的军事政变推翻，流亡秘鲁。

[4] René Barrientos（1919-1969），玻利维亚空军司令，1964 年策动军事政变，担任总统。在他任内，组织一切力量消灭切·格瓦拉的游击队。

同时，工人们已经分化，相互斗争，就像莱梅和胡库玛尼部族的居民一样。

（16，17，26，473）（李瑾 译）

1964年：波托西以北

暴 怒

莱梅印第安人与胡库玛尼印第安人暴怒地交战。贫穷的玻利维亚中最贫穷的人们，贱民中的贱民，在波托西北边的冰冻荒原上互相残杀。十年来双方阵亡五百人，数不尽的棚屋被烧毁。战斗常常持续好几周，没有休战也没有宽恕。很久很久以前印第安人被驱逐到这边荒凉的高地上，如今为了报复所受的侮辱或者为了争夺一小块贫瘠的土地，他们把对方撕碎。

莱梅和胡库玛尼印第安人以土豆和大麦为食，这是荒原勉强能提供的食物。他们睡在绵羊皮上，感谢体温、虱子前来做伴。

在这场彼此消灭的仪式中他们戴上生皮帽子，形状同征服者的头盔一模一样。

（180）（黄韵颐 译）

宽 檐 帽

玻利维亚现在的宽檐帽是由征服者和商人们从欧洲带来的，但已经变得极具本地和本地人的特色。起初它们是作为牲畜的标记，是必须佩戴的来自西班牙的装饰，这样每位领主就能认出作为他们财产的印第安人。随着时间流逝，每个村社的人一点点地往上面增添他们自己骄傲的印记、快乐的标志：银制的星星和小月亮、彩色的羽毛、玻璃珠、纸花、玉米冠……之后英国人涌入玻利维亚，带来圆顶礼帽和高礼帽，于是就有了波托西印第安姑娘的黑礼帽，科恰班巴印第安姑娘的白礼帽。意大利的博尔萨利诺帽阴差阳错地到了玻利维亚，从此留在了拉巴斯印第安姑娘的头上。

玻利维亚的印第安人，不管是男人还是女人，男孩还是女孩，可以不穿鞋子走路，但不能不戴宽檐帽。帽子延展了它遮护的头颅，当灵魂倒下，帽子将它从地上拾起。

（161）（黄韵颐 译）

1965 年：波多黎各的圣胡安

博 奇

人们冲到圣多明各的街道上，用他们手头一切合适的东西武装自己，向坦克发起冲击。他们想让篡位者滚出去，希望合法总统胡安·博奇回来。

美国将博奇囚禁在波多黎各，不让他回到战火中的祖国。这个坚韧健壮的男人浑身紧绷，在愤怒中独自咬着拳头，蓝眼睛刺透墙壁。

某个记者曾在电话里问他是不是美国的敌人。不，他只是美帝国主义的敌人：

"任何一个读过马克·吐温的人，"博奇肯定地说，"都不能成为美国的敌人。"

（62，269）（黄韵颐 译）

1965 年：圣多明各

卡马尼奥

学生、士兵、戴着卷发夹的妇女都加入到混战之中。大桶和侧翻的卡车堆成街垒，阻挡了坦克的推进。石块和瓶子在空中飞舞。飞机俯冲下来，机翼两侧的机关枪扫射，子弹如雨点般落在奥扎马河的桥上和挤满人群的街道上。人潮向高处涌去，将曾事从特鲁希略的军人们向两边分开：一边是朝人民射击的士兵，由英韦托和威辛－威辛指挥；另一边是弗朗西斯科·卡马尼奥[1]率领的军人们，他们打开军火库，分发步枪。

为了胡安·博奇总统能够归来，卡马尼奥上校在早上发动起义。他以为战斗只是几分钟的事情，到了中午他才意识到这会是一场漫长的斗争，而他将不得不与他的战友对抗。他看到血流成河，恐惧地预感到这将是一场国家悲剧。傍晚时分他向萨尔瓦多大使馆寻求庇护。

卡马尼奥瘫坐在大使馆的扶手椅里，试图入睡。他吃了镇静药，平日常吃的药，且量更大，但没有用。失眠，牙齿咬得咯吱作响，啃指甲，自特鲁希略时代以来他就这样，那时他是独裁政府的军官，总要完成或看着别人完成阴暗甚至残忍的任务。但今晚比以往任何时候都要糟。他半睡半醒，刚刚合眼就开始做梦。梦中他很诚实；他颤抖着、哭泣着醒来，为他的恐惧感到羞愧，感到愤怒。

夜晚结束了，仅仅持续一夜的逃亡也结束了。卡马尼奥上校洗了把脸，走出大使馆。他看着地面走路。他穿过大火中的烟雾，烟雾浓得投下影子，他走进白日晴朗的空气中，回到起义队伍最前面的领导位置上。

（223）（黄韵颐 译）

1965 年：圣多明各

入 侵

空中不行，陆上不行，海上也不行。无论是威辛－威辛将军的飞

---

[1] Francisco Caamaño（1932-1973），多米尼加军人。1965 年 4 月 24 日上午，为了反对美国干预，反对国内的政变军人，卡马尼奥领导人民起义。多米尼加进入内战和美国入侵的艰难时期，而卡马尼奥是无可争议的民族英雄，在 1965 年期间他担任多米尼加宪法总统。

机，还是英韦托将军的坦克，都无法平息这座燃烧的城市中的混战。舰船也无能为力：它们对着卡马尼奥占领的政府宫开炮，却炸死了家庭主妇。

美国大使馆把起义者叫作"共党渣滓""匪帮"。他们通知华盛顿骚乱无法平息，请求紧急援助。于是海军陆战队登陆。

次日第一个入侵者死去。一个来自纽约北部山区的小伙子，在来自屋顶平台的一阵扫射中倒下，死在这座他从未听过的城市的一条小巷里。第一个遇难的多米尼加人是个五岁的小男孩。他被一枚手榴弹炸死在阳台上。入侵者以为他是个狙击手。

林登·约翰逊总统警告，他不容许加勒比地区出现第二个古巴。更多的士兵在岛上登陆。越来越多，两万，三万五，四万二。在美国士兵掏出多米尼加人内脏的同时，美国志愿者在医院里为他们缝合伤口。约翰逊劝说他的盟友加入这支西方十字军。巴西的独裁军政府，巴拉圭的独裁军政府，洪都拉斯的独裁军政府和尼加拉瓜的独裁军政府向多米尼加共和国派出军队，拯救受到人民威胁的**民主**[1]。

人民被围困在河与海之间，在圣多明各的老城区里。他们坚持抵抗。

美洲国家组织秘书长何塞·莫拉·奥特罗单独约见卡马尼奥上校，他提出，如果上校离开这个国家，就给他六百万美元。他碰了钉子。

（62, 269, 421）（黄韵颐 译）

1965 年：圣多明各
一百三十二个夜晚

这场棍、刀和卡宾枪对抗机枪与迫击炮的战斗已经持续了一百三十二个夜晚。城市里弥漫着火药、垃圾和尸体的气味。

---

[1] 原文"民主"大写，译文标黑以突显。

无所不能的入侵者无法让对方投降，只能接受签订协议。那些无名之辈，那些被看轻的人们，没有任由他们践踏。他们不接受背叛也不接受宽慰。他们在夜里战斗，在每个晚上整夜整夜地战斗，辗转于房屋之间，躯体挨着躯体，一米一米地激烈奋战，直到太阳从大海深处升起它燃烧的旗帜，这时他们潜伏起来，等待下个夜晚来临。在这么多个光荣又恐怖的夜晚过去之后，入侵军队仍然没能把英韦托将军、威辛-威辛将军或其他任何一个将军扶植上台。

（269，421）（黄韵颐 译）

1965 年：哈瓦那

革命的扩散者

革命的扩散者，斯巴达式的游击队员，离开前往别的地方。菲德尔公布了切·格瓦拉告别信的内容："现在我和古巴之间不再有任何法律上的关系，"切写道，"只有那些不会断裂的联结。"

切也给他的父母和孩子写信。他要求他的孩子们，要能从心底最深处感知到世界上任何地方对任何人犯下的任何不公正。

在这里，在古巴，带着哮喘和一切，切永远是第一个到，最后一个离开的，无论是在战时还是在和平的日子里，从没有一丁点儿的松懈。

女人、男人、孩子、狗和草木全都爱上了他。

（213）（黄韵颐 译）

切·格瓦拉告别父母

"又一次我感到脚后跟挨上驽骍难得的侧肋；我挎上盾牌，再次启程……

"许多人会说我是冒险家，我确实是，只不过是另一类冒险家，为了证明自己的真理而甘愿牺牲性命的那一类。可能这一次是彻底的离开。我并不寻求这样的结局，但它在众多可能的情理之中。若真如此，这是我最后的拥抱。

"我深爱你们，只是不知道该怎么表达我的感情；我行事极度严格，我想你们有时并不理解我。另一方面，理解我并不容易，但只是今天，请你们相信我。

"现在，我以艺术家般的兴味打磨过的意愿将会支撑我虚弱的双腿和疲惫的肺。我一定会做到的。请你们偶尔想起这个渺小的 20 世纪佣兵吧……"

（213）（黄韵颐 译）

1966 年：帕迪奥塞门托

"我们知道饥饿会致死"

"我们知道饥饿会致死。"卡米洛·托雷斯[1]神父说。"既然我们都知道这点，"他说，"浪费时间去争论灵魂是否不死又有什么意义呢？"

卡米洛相信基督教就是践行对邻人之爱，并且希望这种爱是有用的。他执着于有用的爱。这种执着让他拿起武器，因为它，他倒在哥伦比亚一个无人知晓的角落，倒在游击队的战斗中。

（448）（黄韵颐 译）

---

[1] Camilo Torres（1929–1966），哥伦比亚天主教神父，拉美解放神学的先驱，他一生致力于推动马克思主义与基督教的对话。后他放弃神职和在哥伦比亚国立大学的教职，加入哥伦比亚左翼反政府组织民族解放军（ELN），成为游击队员，在 1966 年 2 月 15 日参加的第一场战斗中牺牲。这场战斗发生在帕迪奥塞门托，因此史称"帕迪奥塞门托战斗"。

1967 年：亚亚瓜

圣胡安节

玻利维亚的矿工们是圣母的子女，魔鬼的侄辈，但谁也不能拯救他们早死的命运。他们钻到大地腹中，被坑道里无情的尘雨摧毁：不用多久，只消几个年头，他们的肺就变得像石头，气管就会堵住。而在肺忘记如何呼吸之前，他们的鼻子就先失去嗅觉，舌头失去味觉，双腿沉重如铅，嘴里只能吐出怨恨与复仇的话语。

一离开矿道，矿工们就寻欢作乐。趁着短暂的生命还没结束，趁着双腿还愿动弹，他们要饱餐辛辣的菜肴，痛饮烧喉的烈酒，在温暖了荒原的篝火照耀下纵情歌舞。

在这个圣胡安之夜，当节庆达到欢乐的高潮时，军队潜入山中。这里的人们对遥远的尼亚卡瓦苏河畔的游击队员们几乎一无所知，虽然有人听到传言说，他们为了一场美丽得像海洋一样见所未见的革命而战斗。但巴里恩托斯将军却认为在每个矿工身边都潜伏着一个狡诈的恐怖分子。

天亮之前，在圣胡安节结束的时候，一阵子弹的飓风将亚亚瓜[1]的村庄夷为平地。

（16，17，458）（黄韵颐 译）

1967 年：卡塔维

第 二 天

新的一天阳光白得像骨头。之后太阳躲到云后，这片土地上的贱

---

[1] 亚亚瓜和下文的卡塔维是波托西省管辖下的矿区小城镇。独裁者雷内·巴里恩托斯认为在矿区正在组织类似切·格瓦拉游击队的游击运动，决定斩草除根，在 1967 年 6 月 24 日凌晨对矿区工人进行屠杀。6 月 23 日夜晚到 24 日凌晨工人们一直在举行圣胡安节仲夏夜庆典，因此这次屠杀史称"圣胡安大屠杀"。

民们清点死者，用小车把他们拖走。矿工们沿着亚亚瓜一条泥泞的小巷前进。队伍跨过河流，河道里污浊的唾液流过灰烬石，然后他们穿过广阔的草原，到达卡塔维的墓地。

天空没有太阳，如同锡做的巨大屋顶；大地也没有了温暖它的篝火。这片荒原从未如此冰冷孤寂。

需要挖很多坑。大大小小的尸体排成排，平摊着，等待着。

在墓地围墙高处，一个女人大声喊叫。

（458）（黄韵颐 译）

1967 年：卡塔维

多米蒂拉

多米蒂拉[1]朝凶手大声喊叫，从围墙高处。

她跟她的矿工丈夫和七个孩子一起，住在没有厕所也没有自来水的两间房里。她的第八个孩子即将出生。多米蒂拉每天做饭，洗衣，扫地，编织，缝补，教她会的东西，治她能治的病，此外，她做一百个馅饼沿街叫卖。

因为侮辱玻利维亚军队，她被抓起来了。

一个士兵朝她脸上吐了口唾沫。

（458）（黄韵颐 译）

审讯多米蒂拉

他朝我脸上吐唾沫，然后踹了我一脚。我忍不了，还了他一个

---

[1] Domitila Barrios de Chungara（1937-2012），玻利维亚女权主义领袖。1967 年因抗议圣胡安大屠杀，她被抓去刑讯，导致第八个孩子胎死腹中。之后许多年她组织绝食罢工等非暴力抗议活动来反对独裁统治。已经出版了两本记录她斗争的书：《如果他们让我说话——玻利维亚矿区的女人多米蒂拉的证词》和《多米蒂拉也在这里》。2012 年去世时，玻利维亚总统莫拉莱斯宣布举行三天的国丧，并追授她"安第斯雄鹰勋章"。

耳光。他又打了我一拳。我挠他的脸。然后他打我，不停地打我……他把膝盖压在我肚子这里，掐着我的脖子，差点掐死我。他像要把我的肚子压裂似的，手上也掐得越来越紧……于是我竭尽全力，用两只手把他的手掰了下去。我不记得是怎么做的，但我抓住他的拳头，咬他，咬他……他的血流到我嘴里，叫我恶心得要命……然后啐的一下，我愤怒地把他的血吐到他的脸上。他发出可怕的号叫，使劲踹我，大喊大叫……喊来士兵帮忙，四五个人一起抓住我……

当我像从梦中苏醒过来时，正吞下我的一小块牙齿。我能感觉到它就在我喉咙里。然后我意识到那个混蛋打碎了我六颗牙齿。血不停地涌出来，我睁不开眼睛，鼻子也不通……

命运好像要捉弄我，正在这时，我开始分娩了。我感到疼痛，疼痛，无比的疼痛，有一阵子那小东西马上就要出来了……我忍不下去，跪到一个角落里，支撑住自己，捂住脸，因为我一点劲儿也使不上。我的脸疼得像要炸裂一样。有那么一瞬间，它来了，我看见宝宝的头已经露了出来……就在那关头我昏了过去。

不知道过了多久以后：

——"我在哪儿？我在哪里？"

我浑身湿透了。血和分娩时流出的液体把我浸得透湿。于是我努力动了一下，终于摸到了宝宝的脐带。我拉着脐带，沿着它找到了我的小宝宝，冷冰冰的，已经冻僵了，在那个地板上。

（458）（黄韵颐 译）

1967年：卡塔维

住着神明的石头

子弹疾风之后，一阵狂风席卷了亚亚瓜的矿工村落，卷走了家家户户的屋顶。在邻近的卡塔维教区，大风吹倒了圣母像，把它摔碎了。然而，充当底座的石头却完好无损。神父赶来拾起地上的无玷圣母的碎片。

"看啊，神父。"工人们说，向他展示这块石头是如何猛烈摇晃着，把强占它领地的圣母甩下来的。

在这块石头里，被打败的神明们仍在沉睡、做梦、呼吸，聆听那些祷告者与献祭者的祈求，向矿山的工人们预告那伟大的日子即将来临：

"我们的那一天，我们一直等待的那一天。"

从那块奇迹之石被工人们找到并膜拜的那天开始，神父就一直谴责它。他把它封进水泥笼子里，以免工人们抬着它游行，又在上面竖了一座圣母像。奉神父之命用尖镐和锤子敲打着把石头囚禁起来的泥瓦匠，自那不幸的一天起就一直高烧不退，身子发抖，眼睛歪斜。

（268）（黄韵颐 译）

1967 年：尼亚卡瓦苏河畔
十七个人走向毁灭

枢机主教毛雷尔从罗马到达玻利维亚。他带来教皇的祝福和话语：上帝坚决支持巴里恩托斯将军打击游击队。

与此同时，游击队员们在尼亚卡瓦苏河畔的灌木丛里打转，忍饥挨饿，被复杂的地形弄得晕头转向。这无边无际的荒山野岭几乎没有农民；没有一个人加入到切·格瓦拉的小队里，一个也没有。遭遇一次又一次的伏击，队伍人数越来越少。切没有垮掉，他不允许自己垮掉，尽管他感觉自己的身体就像山石间的石头，而他拖着这块沉甸甸的石头走在队伍最前列；他也否定了放弃伤员以拯救队伍这样的念头。在切的命令下，所有人都按走得最慢的人的步速行进着：要么一起得救，要么一起灭亡。

他们走向灭亡。由美国特别行动队率领的一千八百名士兵追上了他们的脚步。包围圈越收越紧。最后，几个告密的农民和美国国家安全局的电子雷达泄露了他们的确切位置。

（212，455）（黄韵颐 译）

1967 年：尤罗峡谷

切的陨落

机枪扫射中弹片打伤了他的腿。他坐着继续战斗，直到手中的步枪被炸飞。

士兵们争抢着他的手表、军用水壶、腰带和烟斗。几个军官一个接一个地审讯他。切不说话，血流个不停。一个没有海的国家的海军长官——海军少将乌加特切是陆地上的悍狼，侮辱并威胁他。切朝他脸上啐唾沫。

从拉巴斯传来处决囚犯的命令。一阵扫射把他打得千疮百孔。切死于子弹，死于背叛，在他即将年满四十岁之际，与同样死于子弹、死于背叛的萨帕塔和桑地诺恰好同龄。

在伊格拉斯小村，巴里恩托斯将军向记者展示他的战利品。切躺在一张洗衣槽里。继子弹之后，闪光灯又将他刺得千疮百孔。这张最后的脸上有着一双控诉的眼睛和一缕忧伤的微笑。

（212，455）（黄韵颐 译）

1967 年：伊格拉斯

丧钟为他而鸣

1967 年他死在玻利维亚，是不是因为他弄错了时间、地点、节奏和方式？抑或他从未在任何地方死去，因为在那适用于一切时间、地点、节奏与方式的真理上，他从未出错。

他认为必须永远提防着贪欲的陷阱，决不能放松警惕。担任古巴国家银行行长时，他在所有的纸币上签上"切"，以嘲弄金钱。他爱世人，所以他蔑视一切财物。他觉得这个世界生病了，因为在这里拥有什么和是什么竟是同一回事。他从不为自己保留任何东西，也从不要求得到任何东西。

活着就是奉献，他这样相信着，最后献出了生命。

（黄韵颐 译）

1967 年：拉巴斯

超级男人特写

雷内·巴里恩托斯将军骑在他壮硕的保镖内内的肩上穿过拉巴斯城，从内内的头顶向朝他鼓掌的人们致意。他进入政府宫，坐在书桌前，身后站着内内，他签署法令，廉价贱卖玻利维亚的天空、土地和地下资源。

十年前，巴里恩托斯在华盛顿特区一家疯人院里待了一段时间，就在那时他突然有了当玻利维亚总统的想法。他像个田径运动员一样发迹腾达。他假扮成美国飞行员，夺取了权力，现在他利用权力来扫射工人，夷平图书馆，摧毁人们的工资。

这位杀害切的凶手是高声啼叫的雄鸡，是长了三个睾丸的男人，拥有上百个女人，上千个子女。从来没有一个玻利维亚人像他飞得那么高，做过那么多场演说，抢过那么多的钱财。

在迈阿密，古巴流亡者们推选他为年度人物。

（16，17，337，474）（黄韵颐 译）

1967 年：埃斯托里尔

社会报道

别在女主人的发间的世上最大的几颗钻石闪闪发光。孙女戴着的项链的十字架上，镶嵌着世上最大的一粒绿宝石。帕蒂尼奥家族是世上几大最富有的继承人之一，举办了世上最豪华的一场宴会。

为了让上千来宾度过愉快的八天八夜，帕蒂尼奥家族买下了葡萄牙现存的所有鲜花美酒。请柬很早之前就已发送，让时装设计师和社会新闻记者有足够的时间来完成应做的工作。贵妇们一天要换好几套服装，每一套都是独一无二的设计，如果同一间大厅里撞见两套同样的服装，有人就嘟囔着要把伊夫·圣罗兰扔进油锅里油炸。管弦乐团从纽约包船前来，宾客们乘坐游艇和私人飞机赴宴。

整个欧洲贵族阶级都出席了宴会。已故的西蒙·帕蒂尼奥是吞吃无数矿工的玻利维亚食人者，用金钱买到了好婚姻。他的女儿们分别嫁给了一位伯爵和一位侯爵，儿子娶了国王的侄女。

（34）（黄韵颐 译）

1967 年：休斯敦

阿 里

他们叫他卡修斯·克莱[1]；他挑选了新的名字，叫自己穆罕默德·阿里。

他们把他变成基督徒；他选择了新的信仰，成为了穆斯林。

他们迫使他自卫；他打得比任何人都出色，凶猛又迅捷，如一辆轻型坦克，像一枚具有杀伤力的羽毛，世界之冠不可摧毁的主人。

他们对他说，一个好拳击手会把他的战斗留给拳击场；他说真正的拳击场在别处，那里一个胜利的黑人为那些战败的黑人战斗，为那些在厨房里吃着残羹剩饭的黑人战斗。

他们劝他行事谨慎；从那以后他开始呐喊。

他们监听他的电话；从那以后他打电话时也大喊。

---

[1] Cassius Clay（1942-2016），美国传奇的拳王阿里，他公开改信奉伊斯兰教，更名为穆罕默德·阿里，而且他公开反对越战，并拒绝服兵役。

他们给他穿上制服，要送他去参加越战；他扯下制服，大喊着他不去，因为他和越南人无冤无仇，他们从没伤害过他，也没伤害过任何美国黑人。

他们剥夺他的世界冠军称号，禁止他打拳，对他处以监禁和罚款；他大喊着，感谢他们如此称赞他作为人的尊严。

（14，149）（黄韵颐 译）

1968 年：孟菲斯
危险人物特写

马丁·路德·金牧师公开反对越南战争。他告诉人们，在越南死去的黑人是白人的两倍，他们充当了一场与纳粹罪行不相上下的帝国冒险的炮灰。向水和土地投毒，毁灭人和庄稼，这些都是灭绝计划的一部分。布道者揭露，上百万越南死者中，大部分都是孩子。他说美国的灵魂感染了一种疾病，任何解剖结果都会显示这种疾病名叫越南。

六年前，联邦调查局把这个人列入 A 级怀疑对象名单，和其他必须监控、紧急时监禁的危险人物编在一起。从那以后警察就对他紧盯不放，没日没夜地监视他、威胁他、挑衅他。

马丁·路德·金倒在孟菲斯一间宾馆的阳台上。一颗正中面部的子弹免去了如此多的烦恼。

（254）（黄韵颐 译）

1968 年：加利福尼亚的圣何塞
奇卡诺人

杰拉尔德·查金法官宣读了对一个被指控乱伦的小伙子的判决，

顺便建议他自杀。法官对他说："*你们这些奇卡诺人* [1] *连牲畜都不如，是堕落、卑鄙、肮脏的人……*"

奇卡诺人从墨西哥来，他们穿过边境上的河流，采摘棉花、橙子、番茄和土豆以获取微薄的工资。几乎所有人都留在了美国南部，一个世纪多一点以前，这里曾是墨西哥的北部。在这片已不属于他们的土地上，他们被利用，被鄙夷。

死在越南的美国人里每十个就有六个是黑人或奇卡诺人。他们对奇卡诺人说：

"*你们这么坚韧，这么强壮，首当其冲上前线吧。*"

（182, 282, 369, 403）（黄韵颐 译）

1968 年：波多黎各的圣胡安

阿尔维苏

波多黎各人也是战死越南的上佳人选。他们为篡夺了祖国政权的人去死。

波多黎各岛，美国的殖民地，消费它不生产的东西，生产它不消费的东西。在它荒弃的土地上，甚至连大米和菜豆这两样国民食物都不种。宗主国教导殖民地如何呼吸空调冷气，吃罐装食物，开虚有其表的大轿车，欠下淹到脖子的债务，在电视节目中泯灭灵魂。

佩德罗·阿尔维苏·坎波斯 [2] 去世有一段时间了。由于无休无止的煽动，他在美国监狱里被关押了将近二十年。他相信要光复祖国，必须像爱女人一样去爱它。付出灵魂和生命；要让它重焕生机，必须用枪弹去拯救它。

他总是系着黑领带来悼念失去的祖国，他越来越孤独。

（87, 116, 199, 275）（黄韵颐 译）

---

[1]　奇卡诺指的是 20 世纪中叶以后的美国的墨西哥裔。

[2]　Pedro Albizu Campos（1891-1965），波多黎各独立派领袖，被认为是"美洲最后的解放者"。

1968 年：墨西哥城
学 生 们

学生们占领了街道。这样盛大欢乐的游行在墨西哥前所未见，所有人都挽着胳膊，唱着歌，纵情欢笑。学生们反对迪亚斯·奥尔达斯[1]总统和他的一群像缠着绷带的干尸的部长们，反对其他所有篡夺了萨帕塔和潘乔·比利亚革命成果的人。

在特拉特洛尔科广场设下了圈套，过去这个广场曾是征服者们和印第安人浴血厮杀的地方。军队用坦克和机枪堵住了所有出口。包围中，即将成为牺牲品的学生们挤在一起。一长排装了刺刀的步枪封住了包围圈。

信号弹，一道绿，一道红，发出了信号。

几小时以后，一个女人来找她的孩子。她的鞋子在地上踩出血印。

(299，347)（黄韵颐 译）

"好多好多血"，一位学生的母亲讲述道

"好多好多血，多到我手上都能感到血的黏稠。墙上也有血。我觉得特拉特洛尔科的墙缝里全是血，整个特拉特洛尔科都弥漫着血气……尸体躺在水泥地上，等着被收走。我从窗边数，数了很多，大概六十八具。他们在雨里把尸体堆在一起。我记得我的儿子，小卡洛斯，穿了一件绿色灯芯绒外套。我想我在每具尸体上都看见了那外套……"

(347)（黄韵颐 译）

---

[1] Díaz Ordaz（1911-1979），1962-1970 年担任墨西哥总统，下令军队开枪镇压了 1968 年的学生游行。

1968 年：墨西哥城

雷韦尔塔斯

他已经度过了漫长的半个世纪，却每天还在犯下年轻人的罪行。他总在骚乱的最中心，发表演说和宣言。何塞·雷韦尔塔斯[1]控诉墨西哥的当权者，控诉他们不可救药地憎恨一切搏动、生长、变化的事物，所以刚刚在特拉特洛尔科谋杀了三百名学生：

"政府的绅士们已经死了，所以要杀我们。"

在墨西哥，权力要么被同化要么被消灭，在拥抱中或用子弹消灭；对那些不肯被纳入预算收买的刺头儿，就把他们扔进监狱或坟墓。决不悔改的雷韦尔塔斯过着监禁的生活。他鲜有不睡在牢房的时候，如果有，那他就躺在林荫道边的长椅上或者在大学书桌前过夜。警察恨他煽动革命，教条主义者恨他无拘无束，左翼虔诚信徒们不能原谅他经常光临酒馆的习性。前段时间同志们给他找了个守护天使，帮助雷韦尔塔斯远离所有诱惑，结果天使不得不典当了自己的翅膀，来付清他俩一同玩乐的花销。

（373）（黄韵颐 译）

1968 年：亚基河畔

墨西哥革命已经不再

亚基印第安人[2]是几个世纪的勇士，他们求见拉萨罗·卡德纳斯。地点定在墨西哥北部一片阳光普照的草原上，离他们祖辈居住的河流不远。

八个亚基部落的酋长站在枝繁叶茂的面包树的浓荫下欢迎他。在

---

[1] José Revueltas（1914-1976），墨西哥作家和政治活动家，他以文学、学术报告来进行斗争，代表作有《禁闭室》（El apando）。

[2] 亚基印第安人是墨西哥北部索诺拉州的印第安居民，祖先居住在亚基河畔。

他们头上佩戴着只有重大场合才使用的闪亮羽饰。

"你记得吗，老爹？"

三十年过去了，今天是个重大的日子。大酋长说道：

"拉萨罗老爹，你记得吗？你把土地还给了我们。你给了我们医院和学校。"

他每说完一句话，酋长们就用权杖敲一次地面，草原上回荡着单调的回声。

"你记得吗？我们想让你知道。有钱人抢走了我们的土地，医院成了军营，学校成了酒馆。"

卡德纳斯听着，沉默不语。

（45）（黄韵颐 译）

1968 年：墨西哥城

鲁 尔 福

沉默中，另一个墨西哥在跳动。生者与死者不幸命运的叙述人，胡安·鲁尔福保持着沉默。十五年前他在一部中篇小说和几篇小故事里说尽了他要说的，从那以后他缄口不言。或者说：他以最深入的方式做爱，然后沉沉睡去。

（黄韵颐 译）

1969 年：利马

阿格达斯

阿格达斯一枪打碎了自己的头骨。他的故事就是秘鲁的故事；他患上了秘鲁病，他自杀了。

何塞·玛丽亚·阿格达斯[1]是白人的儿子，却被印第安人养大。童年时他一直说克丘亚语。十七岁那年他被从山区带走，丢到海边；他离开公社的小村庄，进入讲究私产的城市。

他学会了胜利者的语言，用它说话、写作。他从来不写"关于"战败者的事情，而是从他们"内部"去写。他知道如何去写他们，但是他的功绩在于他的诅咒。他感觉他的一切都是背叛或失败，是徒劳的撕裂。他没法做一个印第安人，不愿做一个白人，他不能忍受自己集蔑视和被蔑视于一身。

这孤独的旅人行走在深渊的边缘，深渊两侧是撕裂他灵魂的两个敌对世界。痛苦无数次雪崩似的压在他身上，比任何泥石流都可怕，直到他最终倒下。

（30，256）（黄韵颐 译）

1969 年：宁静海
发现地球

宇宙飞船从得克萨斯州的休斯敦出发，抵达月球，它把长长的蛛足停靠下来。宇航员阿姆斯特朗和奥尔德林看到了之前无人见过的地球。地球不是喂养我们乳汁和毒液的慷慨乳房，而是一块美丽的冰冻石头，在孤寂的宇宙中径自转动。它似乎没有子女，也没有居民；或者它无动于衷，仿佛丝毫感觉不到它的土壤上熙熙攘攘的人类的激情。

宇航员们一边通过电视和广播对我们说出事先拟好的台词——关于人类正迈出多么伟大的一步，一边把美国国旗插在石砾遍布的宁静

---

[1] José María Arguedas（1911-1969），秘鲁作家、翻译家和人类学家，被认为是秘鲁土著文学的代表作家之一。代表作品有《深沉的河流》《所有的血》《山上的狐狸和山下的狐狸》。

之海上。

（黄韵颐 译）

1969 年：波哥大
小乞儿们

小乞儿们以街道为家。他们跳跃、击打时是猫，飞奔时像麻雀，打架时宛若小公鸡。他们成群结伙、拉帮结派地游荡，挨作一团睡觉，因黎明时的严寒而挤在一起。他们吃偷来的食物、讨来的剩饭或找到的垃圾，深吸汽油和胶水来压下腹中的饥饿和心中的恐惧。他们的牙齿发灰，脸被寒气冻伤。

第二十二街乞儿帮里的阿图罗·杜埃尼亚斯，离开了他的小团伙。他受够了伸出屁股挨打的日子，只因为他是最小的，是小臭虫、小不点儿。他决定靠自己过活比较好。

一天夜里，和其他任何一个夜晚一样，阿图罗溜到餐厅一张桌子下边，抓起一只鸡腿，像举着旗子一样举着它，逃进了小巷子里。他找到一个阴暗的小角落，坐下来吃这顿晚餐。一只小狗盯着他，舔了舔嘴巴。阿图罗踢开它好几次，它却又跑回来。他们彼此对视：他俩一模一样，都是无父无母的孤儿，都受尽毒打，瘦骨嶙峋，浑身油污。阿图罗退让了，分享他的晚餐。

自那以后，孩子和小狗总是高高兴兴地形影不离。他们共同面对危险，分享战利品和身上的跳蚤。阿图罗以前从没跟任何人说过话，现在对小狗讲起了他的事情。小狗睡觉时偎在他脚旁。

在一个该死的下午，警察逮到了正在偷炸面团的阿图罗，把他拖到第五警察局，对他一顿毒打。过了一段时间阿图罗回到街上，遍体鳞伤。小狗没有出现。阿图罗来回跑了一次又一次，找了一回又一回，它还是没有出现。他四处问人，毫无所获；他一遍遍喊它，没有应答。世上没有任何人像这个七岁的小男孩这么孤独。他一个人站在波哥大城的街道上，喊到嗓子都哑了。

（68，342）（黄韵颐 译）

1969 年：任何一个城市

有 人

在一个街角，红灯前，有人在表演吞火，有人在擦挡风玻璃，有人在兜售纸巾、口香糖、小旗子和会撒尿的小玩偶。有人在听广播里的占星节目，感谢星星眷顾自己。有人行走在高楼之间，想要买一点宁静、一点空气，却没有足够的钱。在头顶苍蝇成群、脚下老鼠乱窜的肮脏贫民窟里，有人租了一个女人三分钟：在妓院的一个破烂房间里，被生活强奸的人变成强奸者，强过在河里干一头母驴。有人挂了电话后对着话机继续喃喃自语。有人在电视前喃喃自语。有人在老虎机前喃喃自语。有人浇灌一盆塑料花。有人清晨登上一辆空荡的巴士，车厢里却依然空空。

（黄韵颐 译）

1969 年：里约热内卢

清理贫民窟

他们拒绝离开。他们过去是农村最贫穷的人，如今是城市里最贫穷的人，永远落在队伍的最后。这些人廉价地出卖劳力，不断迁徙，现在他们住在这里，至少离挣钱糊口的地方近些。这些平托海滩上的居民，还有遍布里约热内卢山上的那些棚屋，都顽固地扎根下来。但军队的首长们看中了这些可以出售、倒卖、投机交易的土地，于是几场适时的火灾解决了这个问题。消防员根本没有来。到清晨时分，只剩下泪水和灰烬。在火灾烧毁了垃圾搭成的房子之后，他们像扫垃圾一样清理贫民，用垃圾车把他们运走，扔得远远的。

（340）（黄韵颐 译）

1969 年：下格兰德

垃圾城堡

老加夫列尔·多斯 – 桑托斯按照他梦的指令行事。他在巴西梦见一个世纪前安东尼·高迪 [1] 在加泰罗尼亚、在遥远的巴塞罗那做的疯狂之梦，虽然老加夫列尔从没听说过高迪，也从没见过他的任何作品。

老加夫列尔一醒来，就开始用双手复现他梦中见到的奇观，趁着它们还没有从脑海里溜走。就这样，他建起了花之屋。它坐落在海风吹拂的一面山坡上，而加夫列尔就住在里面。年岁流逝，一个梦接着一个梦，老加夫列尔的房子随之长大。这座城堡，或者说一只色彩明快、形状扭曲的动物，全部是由垃圾建成的。

老加夫列尔是盐场工人，从没上过学，从没看过电视，从没有过钱。他不知道什么规则，也不知道什么模型。他只是顺着自己的心意胡乱拼造，用的是邻近的卡布弗里乌城 [2] 扔出来的废料：挡泥板、罩灯、窗户和瓶子的残片、碎碟子、旧铁块、椅子腿、车轮子……

（171）（黄韵颐 译）

1969 年：阿尔克峡谷

巴里恩托斯飞行员的最后一炫

毛雷尔枢机主教说巴里恩托斯总统就像圣保禄，因为他走遍玻利

---

[1] Antoni Gaudí （1852-1926），西班牙著名建筑师，善于利用曲线，在建筑中融入大自然，色彩鲜明，主要作品在巴塞罗那，比如圣家族教堂等等。

[2] 卡布弗里乌城与下格兰德都是里约热内卢州的市镇，前者是风景秀美的岬角，后者与之隔海相对。

维亚的田野去播撒真理。但巴里恩托斯也播撒钞票和足球。他开着直升机来来去去，往下洒水般散发钞票。直升机是海湾石油公司送给巴里恩托斯的，为了回馈他送给海湾石油公司的二十亿美元的燃气和十亿美元的石油。

巴里恩托斯曾把切·格瓦拉的遗体绑在起落架上，开着这架直升机在玻利维亚的上空巡行展示。现在，巴里恩托斯开着这架直升机飞到阿尔克峡谷，像往常一样把钱撒向农民。这本来是他许多连续巡回中的一次，但在飞离的时候飞机缠上了一根电缆，一头撞向山岩，他自己活活烧死了。在烧了那么多书画之后，暴怒如火的巴里恩托斯在直升机里被烈焰烤熟，连同他一起燃烧的还有机舱里满载的钞票。

(16，17，474)（黄韵颐 译）

1969 年：圣萨尔瓦多和特古西加尔巴
两场足球骚乱

洪都拉斯和萨尔瓦多爆发了两场足球比赛骚乱[1]。救护车运走看台上的死伤者，与此同时狂热的球迷们把体育场的骚乱转移到了街道上。

很快，两国断交。在特古西加尔巴，汽车挡风玻璃上都贴着闪耀的贴纸：*"是洪都拉斯人，就抄一根木棍，打死萨尔瓦多人。"* 在圣萨尔瓦多，报纸上呼吁军队出兵洪都拉斯："*好好教训那些野蛮人一顿。*"洪都拉斯驱逐了境内的萨尔瓦多农民，尽管许多人根本不知道自己是外国人，也从没见过任何身份证件。洪都拉斯政府把萨尔瓦多人统统轰走，除了身上的穿戴不准带走任何东西，然后烧掉他们的茅

---

[1] 1969 年萨尔瓦多和洪都拉斯为争夺 1970 年世界杯的入场券而展开激烈竞争。6 月 9 日洪都拉斯队主场 1：0 战胜萨尔瓦多队，6 月 15 日萨尔瓦多队主场 3：0 赢了洪都拉斯队。两场比赛均引起球迷的骚乱，两国报纸也相互谩骂，两国宣布进入备战状态。7 月 19 日萨尔瓦多入侵洪都拉斯，战争持续 100 小时，史称"一百小时战争"，也叫"足球战争"。

屋，并把这次驱逐叫作"农业改革"。萨尔瓦多政府把境内的所有洪都拉斯居民都视为间谍。

战争没多久就爆发了。萨尔瓦多军队入侵洪都拉斯，一边向前推进一边扫射边境上的村庄。

（84，125，396）（黄韵颐 译）

1969 年：圣萨尔瓦多和特古西加尔巴

所谓的"足球战争"

所谓的"足球战争"让中美洲的两块土地成了仇敌，一个半世纪以前，它们曾是同一个国家的两部分。

洪都拉斯，一个农业小国，被大庄园主掌控。

萨尔瓦多，一个农业小国，被大庄园主掌控。

洪都拉斯的农民们没有土地也没有工作。

萨尔瓦多的农民们没有土地也没有工作。

洪都拉斯在政变后建立了独裁军政府。

萨尔瓦多在政变后建立了独裁军政府。

统治洪都拉斯的将军曾在巴拿马的美洲学校学习。

统治萨尔瓦多的将军曾在巴拿马的美洲学校学习。

美国向洪都拉斯独裁者提供武器和顾问。

美国向萨尔瓦多独裁者提供武器和顾问。

洪都拉斯独裁者指控萨尔瓦多独裁者是受菲德尔·卡斯特罗雇用的共产党。

萨尔瓦多独裁者指控洪都拉斯独裁者是受菲德尔·卡斯特罗雇用的共产党。

战争持续了一个星期。战争期间，洪都拉斯人认为他们的敌人是萨尔瓦多人，萨尔瓦多人认为他们的敌人是洪都拉斯人。两国交战，四千人死于战场。

（84，125）（黄韵颐 译）

1969 年：太子港

法律规定对口头或书面发表赤色言论者处以死刑

第一条　进行下列形式的共产主义活动，属于危害国家安全罪：公开或私下以口头或书面形式宣布信仰共产主义，通过讲座、演说、对话、阅读、公共或私人集会，借助小册子、海报、报纸、杂志、日记、书籍或图像宣传共产主义或无政府主义思想；与传播共产主义和无政府主义思想的境内个人、组织或境外个人、组织进行任何口头或书面的通信；收取、募集、提供资金直接或间接用于宣传上述思想的行为。

第二条　上述罪行的主谋和共犯将被处以死刑，一切动产与不动产充公出售，所得金额归国家所有。

弗朗索瓦·杜瓦利埃 [1] 博士
海地共和国终身总统
（351）（黄韵颐 译）

1970 年：蒙得维的亚

刑讯大师特写

"图帕马罗斯" [2] 的游击队员处决了丹·安东尼·米特里奥内 [3]，

---

[1] François Duvalier（1907-1971），海地独裁者，1957 年被选为总统，上任后实行独裁统治，1964 年修改宪法，授予他自己为终身总统。他搞个人崇拜，因早年从医，人称"医生爸爸"。

[2] "图帕马罗斯"全称是图帕马罗斯民族解放运动，1960 年成立之初是一个极端左派的城市游击队组织，1989 年加入中间偏左的左翼"广泛阵线"联盟。图帕马罗斯的名字源于1780 年秘鲁印第安人独立起义的领导者图帕克·阿玛鲁二世。

[3] Dan Anthony Mitrione（1920-1970），美国联邦调查局官员，负责拉美事务的安全顾问。1969 年他被派往乌拉圭负责支援乌拉圭的公共安全，而实际上他主要负责传授刑讯技巧。1970 年 7 月 31 日，乌拉圭游击队组织"图帕马罗斯"绑架了包括米特里奥内在内的许多官员，8 月 9 日处决了米特里奥内。

乌拉圭警察的美国教官中的一员。

这位死者生前常在一间隔音地下室里给警官们授课。他用街上抓来的叫花子和妓女做教学试验。他向学生展示不同电压的电流作用于人体最脆弱的部位产生的效果，教授学生如何有效运用催吐剂和其他化学品。最近几个月里，有三个男人、一个女人死在他刑讯技巧课的课堂上。

米特里奥内讨厌无序和肮脏。一间刑讯室应该像外科手术室一样保持无菌环境。他讨厌不当的用词：

"局长，不要说'蛋蛋'，要说'睾丸'。"

他还讨厌无用的花费、不必要的动作、可避免的损伤。

"刑讯与其说是一门技术，不如说是一门艺术，"他说，"用精确的方式，在精确的部位施以精确的疼痛。"

（225）（黄韵颐 译）

1970 年：马那瓜

鲁 加 马

高傲的诗人，站着领圣餐、穿着教士服的小个男人，他打光了最后一颗子弹，倒在了抵抗索摩查一整个营的战斗中。

莱昂内尔·鲁加马 [1] 二十岁。

在他的朋友里边，他偏爱下象棋的。

在下象棋的人里边，他偏爱那些因一个女孩儿走过而分心输掉的。

在走过的女孩儿里边，他偏爱留下的。

在留下的女孩儿里边，他偏爱那还没来的。

---

[1] Leonel Rugama（1949-1970），尼加拉瓜诗人，参加反对索摩查家族独裁统治、解放国家的斗争。1970 年 1 月 15 日，在与索摩查的国民卫队的战斗中牺牲。他流传最广的一首诗是《地球是月球的卫星》。

在英雄里边，他偏爱那些不说愿为祖国而死的。

在祖国里边，他偏爱那个他牺牲自己而建立的祖国。

（399）（黄韵颐 译）

1970 年：智利圣地亚哥

大选之后的风景

在一个不可饶恕的恶劣行为的仪式中，智利人民选举萨尔瓦多·阿连德为总统。另一位总统，ITT 公司的"总统"——国际电话电报公司的董事长，悬赏一百万美元，希望有人终结这场灾难。美国总统则为此事投入一千万美元：理查德·尼克松命令中央情报局阻止阿连德坐上总统席位，如果阻止不了，就把他推翻。

军队首脑雷内·施奈德将军拒绝发动军事政变，被伏击枪杀。

"那些子弹本来是射向我的。"阿连德说。

世界银行以及其他所有国家银行和私人银行都中止提供贷款，用于军费开支的贷款除外。国际铜价暴跌。

从华盛顿传来亨利·基辛格国务卿的解释：

"我看不出我们有什么理由要袖手旁观，眼睁睁地看着一个国家由于其国民的不负责任而倒向共产主义。"

（138，181，278）（黄韵颐 译）

1971 年：智利圣地亚哥

唐 老 鸭

唐老鸭和他的侄子们在某个风景如明信片的落后国家向野蛮人宣扬消费文明的种种妙处。唐纳德的侄子们用肥皂泡向愚蠢的当地人换取纯金的矿石，唐纳德叔叔则与颠覆秩序的流亡革命者们展开斗争。

沃尔特·迪斯尼的漫画从智利传遍南美，深入数百万孩童心中。唐老鸭没有宣称反对阿连德和他的赤色朋友们，但它根本不需要这么做。迪斯尼的世界是资本主义的可爱动物园：鸭子、老鼠、狗、狼和小猪做生意，买、卖，听从广告宣传，接受贷款，缴纳会费，收取股利，梦想继承遗产，为了拥有更多、赚取更多而彼此竞争。

（139，287）（黄韵颐 译）

1971 年：智利圣地亚哥
"向菲德尔开枪"

"向菲德尔开枪。"中情局这样命令两名特工。摄像机似乎忙着拍摄菲德尔·卡斯特罗对智利的访问，其实只是用来掩盖内藏的自动手枪。两名特工瞄准了卡斯特罗，把他定在准星中央，但两个人谁都没有开枪。

多年以来，中情局技术司的专家们不停构思各种各样针对菲德尔的袭击，已经投入了大量的金钱。他们试过往巧克力奶昔里放氰化物胶囊，试过往啤酒和朗姆酒里放必定致命的可溶药片，这种药尸检都检不出来。他们也试过用火箭筒、带望远式瞄准镜的狙击枪，试过让一名特工在讲台下方的下水道里埋三十公斤的塑胶炸弹。他们还用过掺毒的雪茄。他们为菲德尔准备了一支特别的古巴雪茄，一碰到嘴唇就足以致命。它没起作用，于是他们换了一支让人晕眩、还能把嗓音变尖的雪茄。他们谋杀不了他的性命，便转而尝试谋杀他的威望：他们尝试在菲德尔的麦克风上涂一种粉末，让他在演说中途开始无法自控地胡言乱语；甚至还为他准备了一种脱毛药水，能让他掉光胡子，只得光着脸面对民众。

（109，137，350）（黄韵颐 译）

1972 年：马那瓜

尼加拉瓜有限公司

　　游客乘坐索摩查的飞机或轮船到达这个国家，下榻在首都索摩查拥有的众多宾馆中的一家。游客很疲倦，在索摩查制造的床和床垫上睡了过去。醒来以后，早餐喝一杯咖啡，由索摩查名下的普雷斯托咖啡公司生产。咖啡里加的奶来自索摩查的奶牛，糖来自索摩查的庄园里收割的甘蔗并在他拥有的其中一家蔗糖厂里加工。游客擦燃一根索摩查名下的莫莫通博公司生产的火柴，吸了一口尼加拉瓜烟草公司生产的香烟，该公司由索摩查和英美烟草公司联合经营。

　　游客走到街上，在索摩查的银行里兑换货币，在街角买了一份索摩查派的报纸《新闻报》。阅读《新闻报》绝非常人所能，于是他把报纸扔进了垃圾箱。次日清晨，垃圾将会被一辆由索摩查进口的梅赛德斯卡车运走。

　　游客上了一辆前往马萨亚火山口的神鹰公司的公交车，该公司归索摩查所有。在去往那火焰山顶的路上，游客隔着车窗见到满是铁皮罐和泥泞的居民区，索摩查使用的最廉价的劳动力在那里艰难度日。

　　傍晚，游客回到住处，喝了一杯索摩查蒸馏的朗姆酒，里面加了索摩查极地公司的冰块，然后吃牛肉配米饭加沙拉。肉来自索摩查的小牛犊，它在索摩查的屠宰厂里被宰杀。饭来自索摩查的稻田。沙拉用科罗纳牌的油调味，该品牌由索摩查和联合商标公司共同持有。

　　子夜十二点半，地震爆发。游客可能成为一万两千名死者之一。如果不被埋在某个公共墓穴里，他将会在索摩查丧葬公司的棺材里安息，身上缠着"前景"纺织公司生产的裹尸布，这家纺织公司也是索摩查的。

（10，102）（黄韵颐 译）

1972 年：马那瓜

索摩查的另一个儿子

大教堂的钟永远停在了地震把城市掀起来的那一刻。地震让马那瓜摇晃起来，并摧毁了它。

在灾难面前，塔奇托·索摩查[1] 展现了他作为政治家和企业家应有的品德。他颁布法令，规定泥瓦匠们每周工作六十小时，工钱一分不涨。他宣称：

"这是一场机遇的革命。"

塔奇托是塔乔·索摩查的儿子，取代他的兄长路易斯坐上尼加拉瓜的宝座。这位西点军校的毕业生拥有更锋利的爪子。他率领着一群贪婪的远房叔伯兄弟，扑向地震废墟：地震不是他制造的，但他能从中获利。

五十万人无家可归的悲剧，对他来说是一份再好不过的圣诞礼物。索摩查肆无忌惮地贩卖瓦砾和土地；更甚之，他把红十字会捐助给地震灾民的血液倒卖到美国。感谢这场不幸，让他发现这个"矿脉"，之后他继续深挖。塔奇托·索摩查展现出比德拉库拉伯爵更厉害的创新意识和企业精神，他建立起一家有限公司，在尼加拉瓜购买廉价血液然后高价卖给美国市场。

（10，102）（黄韵颐 译）

塔奇托·索摩查的传世思想

"我炫耀我的钱财，不是把它看作权力的象征，而是尼加拉瓜人

---

[1] Tachito Somoza（1925-1980），全称是阿纳斯纳西奥·索摩查·德瓦伊莱，1963 年兄长路易斯·索摩查去世，他开始幕后操控尼加拉瓜政局。1967 年成为总统。1978 年尼加拉瓜桑解阵取得胜利，他下台，流亡至巴拉圭。1980 年他被桑解阵的特种兵团暗杀。1972 年 12 月 23 日凌晨 0：35 马那瓜发生里氏 6.2 级地震，造成近 2 万人死亡、2 万人受伤。但索摩查和他的国民警卫队贪污国外的抗震支援物资和捐款，极为恶劣。

民工作来源的象征。"

（434）（黄韵颐 译）

1972 年：智利圣地亚哥
智利正要诞生

一百万人在圣地亚哥的街道上游行，支持萨尔瓦多·阿连德，反对那些假装自己是智利人、假装自己活着的资产阶级僵尸。

烈火中的民族，冲破逆来顺受的传统束缚的民族：智利在寻找自我，收回了铜、铁、硝石、银行、外贸和垄断工业。政府还宣布接下来将把国际电话电报公司的电话业务收归国有，并按照他们报税时声称的低廉价格来赔偿。

（278，449）（黄韵颐 译）

1972 年：智利圣地亚哥
跨国企业特写

国际电话电报公司发明了一种红外线仪器，用于在黑暗中探测游击队员，但在发现智利政府里的游击队员时却不需要用它。为了反对阿连德总统，公司花了不少钱。近期经验证明这种投资是值得的：当年他们用来资助推翻古拉特总统的美元，如今巴西当政的将军们已数倍返还。

国际电话电报公司挣得比智利多多了。七十个国家的四十万工人和官员为它效力。董事会桌上坐的都是以前在中情局和世界银行工作的高层。国际电话电报公司在全球各大洲经营数种生意：生产电子设备和精密武器，建设国家内部和国际间的通信系统，参与宇航事业，提供贷款，签署保险，开发森林，提供旅游用车与宾馆，制造电话和独裁者。

（138，407）（黄韵颐 译）

1973 年：智利圣地亚哥
罗 网

　　绿油油的美钞装在外交官的手提箱里运来，用于资助罢工、蓄意
破坏和瀑布般倾泻的谎言。企业主们令智利陷入瘫痪，还断绝了食品
供应。只有上黑市才能买到东西。人们为了买一包香烟或两斤白糖排
长长的队；要想买到肉或油，非得圣母玛利亚赐福不可。基督教民主
党和《信使报》对政府恶言相加，叫喊着要求一场救世的政变，因为
终结红色暴政的时候已经来临；其他日报、杂志、电台频道、电视节
目统统应声附和。政府运转艰难：法官和议员们百般阻挠，阿连德认
为忠诚的军队首脑们在军营里暗中密谋。

　　在这段艰难时日中，劳工们逐渐发现经济的奥秘。他们逐渐明
白，没有老板生产也不是不可能的，没有商人自供自销也不是不可能
的。但工人群众们手无寸铁、赤手空拳地走在寻求自由的道路上。

　　几艘美国战舰从地平线上驶来，在智利海岸边一字排开。这么多
的预兆之后，军事政变终于爆发了。

（181，278，449）（黄韵颐 译）

1973 年：智利圣地亚哥
阿 连 德

　　他喜爱美好的生活。他说过许多次，他没有使徒的天资，也没有
殉道者的品质。但他也说过，他愿为生命中不能缺失的那些事物付出
生命。

叛乱的将军们要求阿连德辞职，向他提供一架飞机，让他离开智利。他们警告他，总统府将会遭到来自陆上和空中的轰炸。

萨尔瓦多·阿连德和一小队人一起听着新闻。军人们已经掌控了整个国家。阿连德戴上钢盔，准备好他的步枪。第一拨炸弹落下，发出巨响。总统通过广播发表最后一次讲话：

"我决不辞职……"

（449，466）（黄韵颐 译）

1973 年：智利圣地亚哥
"康庄大道将会开启"，萨尔瓦多·阿连德在最后的讲话中说道

"我决不辞职。在历史的危难时刻，我将以性命回报人民的忠诚。我确信我们交给千千万万有良心、有尊严的智利人民的种子不会被彻底扼杀。他们有武力，他们可能会战胜我们，但社会进程不会因为罪行或武力而停止。历史是我们的，是由人民创造的……

"我亲爱的国家的劳动者们：我相信智利，相信它的未来。会有其他人战胜现在这个背叛试图强加的灰暗苦涩的日子。请你们坚信，那一天将会早早来临，康庄大道将会重新开启，走过它，自由的人们将会建设一个更加美好的社会。智利万岁，人民万岁，劳动者万岁！这是我最后的话。我敢肯定我的血不会白流。"

（黄韵颐 译）

1973 年：智利圣地亚哥
收复智利

一股巨大的黑云从燃烧的总统府升起。阿连德总统死在他的位置上。军人们在智利全国屠杀数以千计的人民。民事登记处没有记录死

亡名单，因为登记册已经记录不下。但托马斯·奥帕索·桑坦德将军肯定地说，遇难者不超过总人口的万分之一，这意味着没有付出高昂的社会成本。中情局局长威廉·科尔比在华盛顿解释道，多亏了枪决这些人，智利避免了一场内战。皮诺切特夫人声称，母亲们的哭泣将会救赎这个国家。

一个军事委员会掌握了权力，所有的权力。委员会的四个成员都曾在巴拿马的美洲学校学习，以地缘政治学教师奥古斯托·皮诺切特将军为首。在爆炸和机枪扫射的背景音上，奏起了军乐：广播中播报公告和演讲，许诺更多的流血；与此同时，世界市场上铜价猛然上涨三倍。

奄奄一息的诗人巴勃罗·聂鲁达询问这场恐怖行动的新消息。他有时能入睡，睡着了就说起胡话。清醒和做梦无甚差别，都是一场噩梦。自从在广播里听到了萨尔瓦多·阿连德极具尊严的告别演说，诗人就陷入了临终的痛苦。

（278，442，449）（黄韵颐 译）

1973 年：智利圣地亚哥

阿连德的家

在轰炸总统府之前，他们先轰炸了阿连德的家。

轰炸过后，军人们闯进屋子，销毁残余的物件：用刺刀戳破马塔 [1]、瓜亚萨明 [2] 和波托卡雷罗 [3] 的画，用斧子把家具砍得稀烂。

一周过去了。房子变成了垃圾堆。原本装点楼梯的盔甲已散架，

---

[1] Roberto Matta（1911–2002），智利建筑师、画家和诗人，被认为是超现实主义的最后代表。政治上他左倾。

[2] Oswaldo Guayasamín（1919–1999），厄瓜多尔著名画家、雕刻家、版画家、壁画家，他是卡斯特罗兄弟、巴勃罗·聂鲁达等很多著名人物的朋友。他的作品表现了厄瓜多尔乃至拉美人民经历的苦难、战争、暴力和贫困，也歌颂那片土地上深沉的母爱和柔情。

[3] René Portocarrero（1912–1985），古巴画家，被认为是古巴 20 世纪最重要的艺术家之一。

铁皮做的胳膊和大腿散落在台阶上。卧室里，一个士兵烂醉如泥，睡得四仰八叉，鼾声不断，周围是一堆空酒瓶。

客厅里传来呻吟和喘息的声音。厅里还有一把快要散架、但还勉强没有倒下的黄色大扶手椅。阿连德家的狗正在椅子上分娩。小狗崽们还睁不开眼睛，向她寻求着温暖和乳汁。她用舌头舔舐它们。

（345）（黄韵颐 译）

1973 年：智利圣地亚哥

聂鲁达的家

在巨大的破坏下，在同样被斧砍砸碎的家中，聂鲁达躺着，死于癌症，死于悲伤。仅仅他死去还不足够，因为聂鲁达是一个顽强活下去的人；于是军人们杀死他的物品：砸烂他的欢愉之床和喜乐之桌，捣烂他的床垫，焚毁他的书籍，摔碎他的吊灯、彩瓶、瓦罐、绘画和海螺。他们扯掉墙上挂钟的钟摆和指针，用刺刀戳穿他妻子肖像画的眼睛。

诗人离开他被摧毁、被水和泥泞淹没的家，向墓地出发。挚友们列队为他送行，马蒂尔德·乌鲁蒂亚[1]站在第一个。（他曾对她说：*你在时，活着如此美好。*）

走过一个又一个街区，队伍变得越来越长。每一个街角都有人加入进来，与他们共同前行，即便身旁驶过装满机枪的军用卡车，即便穿制服的警察和士兵们骑着摩托车、坐着装甲车来来回回，散布着噪音与恐惧。某扇窗户背后，一只手向他们致意。某个阳台高处，一条手绢朝他们挥舞。今天政变已十二天，沉默和死亡的十二天，国际歌第一次在智利响起。起初不是歌声，而是齿缝间的喃喃、呻吟与啜

---

[1] Matilde Urrutia（1912–1985），智利女歌手、作家，聂鲁达的第三任妻子。聂鲁达去世后，她与诗人的好友共同整理出版了聂鲁达晚年撰写的自传体回忆录《回首话沧桑——聂鲁达回忆录》。

泣，直到队伍变成游行，游行变成示威，而逆着恐惧前行的人民终于开始放声歌唱。他们在圣地亚哥的街道上声嘶力竭地唱着歌，以他当之无愧的这种方式陪伴诗人聂鲁达——他们的诗人聂鲁达——走完生命的最后一程。

（314，442）（黄韵颐 译）

1973 年：迈阿密

神圣的消费主义对抗共产主义恶龙

智利遭遇的浴血屠杀引起了全世界的斥责和不满，但是迈阿密除外：古巴流亡者举行欢呼雀跃的游行，庆祝阿连德以及其他所有人的被害。

迈阿密已经变成了继哈瓦那之外人口最集中的古巴城市。第八大街正是昔日的古巴。在迈阿密，推翻菲德尔的幻想已经破灭，但只要走到第八大街上，任何人就都回到了逝去的美好时光里。

银行家和黑手党统治着那里，凡是思考的人都是疯癫或危险的共产分子，而黑人尚未偏离自己的位置，甚至连寂静都是刺耳的。生产塑料灵魂，生产骨肉汽车，超市里货物购买人。

（207）（黄韵颐 译）

1973 年：累西腓

耻 辱 颂

在位于东北部的巴西首都，吉尔贝托·弗雷雷[1]出席了一家餐厅的开业仪式，餐厅与他那部著名的作品同名，叫作"豪宅与棚屋"。

---

[1] Gilberto Freyre（1900-1987），巴西社会学家、人类学家、历史学家、作家。他最广为人知的作品是 1933 年出版的《豪宅与棚屋》（Casa-Grande e Senzala）。

作家在此庆祝他的作品出版四十周年。

上菜的侍应生们都打扮成奴隶模样。餐厅墙上装饰着鞭子、枷锁、颈手枷、锁链和铁环。就座的宾客们仿佛回到了美好的过去，那时黑人们一声不吭地侍奉着白人，就像儿子侍奉父亲，妻子侍奉丈夫，平民侍奉军人，殖民地侍奉宗主国一样。

巴西独裁政府正在竭尽所能让这个成为现实。吉尔贝托·弗雷雷为它送上掌声。

（170，306）（黄韵颐 译）

1974 年：巴西利亚

收复巴西十年后

经济发展好极了；人民生活糟透了。官方数据显示独裁军政府将巴西变成了一个经济大国，国内生产总值增长指数很高。数据还显示巴西营养不良的人口从两千七百万增加到了七千两百万，其中有一千三百万人被饥饿摧残到跑不动路。

（371，377，378）（黄韵颐 译）

1974 年：里约热内卢

奇 科

独裁政府残害人民，侮辱音乐。音乐和人民塑造的奇科·布阿尔克[1]以歌唱对抗权力。

他每三首歌中，审查机构禁止或删改两首。政治警察对他进行着漫长的审讯，一天如此，又一天亦如此。在审讯室门口，他们检查他的衣服；出来时，奇科则检查自己的内心，确认警察没在他心灵中放

---

[1] Chico Buarque（1944– ），巴西新民歌歌手、诗人、作家。

入审查员，也没剥夺他消遣时刻的快乐。

（龚若晴 译）

1974 年：危地马拉城
收复危地马拉二十年后

村镇和城市里都可见到用焦油画了十字的门，以及道路两旁刺桩上钉着的头颅。为了惩戒和警告，他们把罪行变成公众表演。受害者被剥夺姓名和历史，投入火山口或海底，或被埋在公墓中，墓碑上刻着"NN"，意为"Non Nato"，即"查无此人"。大部分时候，这种国家恐怖行动不穿制服执行。因此这些行动被称为：手、阴影、闪电、反共秘密军队、死亡命令、死亡中队。

最近通过选举造假而登上总统席的吉耶尔·劳赫鲁德[1]将军许诺将在危地马拉继续使用五角大楼曾在越南实验过的技术。危地马拉成为肮脏战争中的第一个拉丁美洲实验室。

（450）（龚若晴 译）

1974 年：危地马拉的雨林
格 查 尔

格查尔[2]过去一直是危地马拉空中的欢乐。最闪耀的鸟儿现在仍然

---

[1] Kjell Eugenio Laugerud（1930-2009），1974-1978 年担任危地马拉总统，在 1960-1996 年危地马拉内战历史上他对反对派的镇压被认为是相对宽容的。1976 年 2 月 4 日发生地震，他做出了有效的救灾决策。此外他加大石油开发。在他执政最后时期，发生了潘索斯大屠杀，至少有 53 名印第安人被杀，47 人受伤，几乎所有的尸体被埋在公墓里，成为"被失踪"人口。

[2] 格查尔是居住在中美洲热带雨林中的一种鸟，学名是凤尾绿咬鹃，尾羽长且色彩缤纷，是一种颜色极为华丽的鸟。因为它们生性热爱自由，宁死不愿被人豢养，被认为是圣鸟。格查尔是危地马拉货币名称，国歌和国旗上都有它的身影。

是国家的象征，虽然现在难得一见，甚至无迹可寻，但以前在茂密丛林中它们随处可见。格查尔正在灭绝，与此同时秃鹫却不断繁殖。秃鹫嗅觉灵敏，能闻到远方的死亡气味，完成军队的任务：跟随着刽子手从一个山庄飞到另一个山庄，在空中焦急地盘旋。

秃鹫——天空的耻辱，将会取代货币上、国歌里、国旗上的格查尔吗？

（龚若晴 译）

1974 年：伊斯坎

危地马拉的一堂政治教育课

游击队员穿过丛林，满身蚯蚓，充满不确定性。这些饥饿的影子已在树木遮天蔽日似穹顶的黑暗丛林中行走多日。他们以丛林的声音作为时钟：夜鹰在河中歌唱，宣告黎明到来；日暮时分，鹦鹉和金刚鹦鹉的喧闹声便响起；夜晚降临，南美浣熊发出尖厉的叫声，蜜熊咳嗽般咔咔尖叫。这次，几个月以来头一回，游击队员听到了公鸡的打鸣声。村庄近了。

这片村庄和山脉由一位叫"伊斯坎的老虎"[1]的地主统治。与其他土地的领主们一样，法律免除他一切刑事责任。他们的庄园里有绞刑架、鞭子和颈手枷。当地劳动力人手不够时，军队会通过直升机给他运送印第安人，让他们免费砍伐森林或收割咖啡。

几乎没人见过伊斯坎的老虎。所有人都害怕他。他杀了很多人，

---

[1] 伊斯坎的老虎本名何塞·路易斯·阿雷纳斯，早期从政，后改做大地主，在玛雅基切人的聚居地伊斯坎种植咖啡和豆蔻。1972 年 1 月 9 日一批游击队员进入伊斯坎地区。1973年由于受到当地农民的接纳，他们决定在附近的山区建立秘密营地。1974 年他们召开第一次游击队员大会，确定之后的行动计划，并把这支部队命名为"穷人游击部队"。他们听取农民的抱怨，其中之一就是要处决伊斯坎的老虎。1975 年 6 月 7 日何塞·路易斯·阿雷纳斯给工人发工资，游击队员混入队伍枪杀了他，然后召集群众宣告老虎已被处决。

也命人杀了很多人。

游击队员将印第安人聚集起来，向他们展示：老虎已经死去，看起来像被丢弃的化装服。

（336）（龚若晴 译）

1974 年：约罗

雨

在智利，他目睹了太多死亡。他最亲爱的同伴们死于枪杀或被枪托猛击、被拳打脚踢。阿连德总统的顾问之一胡安·布斯托斯[1]死里逃生。

流亡至洪都拉斯，胡安苟活度日。在智利死去的人中有多少是替他而死的？他正呼吸的空气是从谁那里强夺而来的？接连好几个月，他沉浸在悲痛中，为偷生而感到羞耻。一天下午，双腿将他带到洪都拉斯内陆深处中部的一个叫约罗的小镇。

他来到约罗，有原因，又没有原因，那天晚上他随意在一间房子里过夜。一大早，他起身走过灰土的街道，颓唐不振、沉溺于悲伤，目光游离。

突然间，雨打在他身上。一场暴雨。胡安护住脑袋，但马上发现这场怪雨既不是水也不是冰雹。疯狂的银光从地上弹起，跳跃在空中：

"*下的是鱼！*"胡安大叫，手掌抓着这些活生生的鱼儿，它们从云中簌簌落下，在他周围蹦跳、闪烁着，为了让胡安永不再诅咒自己奇迹般的存活，为了让他永不忘记自己有幸生于美洲。

"是的，"一位邻居平静地对他说，仿佛这根本算不上什么，"约罗这地方，下鱼。"

（龚若晴 译）

---

[1] Juan Bustos（1935–2008），智利刑法学家和政治家，曾在阿连德政府的内政部当法律顾问。1973 年军事政变后，他先后流亡阿根廷、西德、西班牙，1989 年才回到祖国。

1975 年：圣萨尔瓦多
七十岁的米格尔

生命中的每一天都是嘲笑死亡的音乐中的一段不可重复的和弦。危险的米格尔一直活着，萨尔瓦多的主人们决定买通杀手，让他的生命和音乐一起到另一个世界去。

杀手把匕首藏在衬衫下。米格尔坐在大学里对学生们讲话，他对他们说年轻人就应该占据主导地位，他们必须行动、冒险、做事，而不是像母鸡一样下个蛋就咯咯叫。凶手在观众中慢慢开路，跑到了米格尔身后。但就在他提起刀刃的一瞬间，一个女人发出了惊恐的尖叫，米格尔倒到地上，避开了刀刺。

这是米格尔·马莫尔的第十二次诞生，在他七十岁的时候。

（222）（龚若晴 译）

1975 年：圣萨尔瓦多
罗　克

罗克·达尔顿[1]是米格尔·马莫尔复活艺术的徒弟，他曾两次从枪决中逃生：一次是因为政府倒台，另一次他得以逃命是因为墙塌了，感谢及时发生的地震。此外，他从刑讯人手中逃生，他们摧残他，却让他活了下来；他躲过了火力全开、追击他的警察，避开了乱石夹击他的足球迷；还有一次，他摆脱了一个刚分娩的产妇和她众多复仇心切的丈夫的盛怒纠缠。

罗克是个深沉却喜欢戏谑的诗人。比起严肃认真，他更喜欢嬉笑怒骂。于是他摆脱了严重折磨拉丁美洲政治诗的浮夸、一本正经与其他毛病。

---

[1]　Roque Dalton（1935-1975），萨尔瓦多诗人、散文家、记者和政治活动家。

但他没躲过他的同伴。正是他的同伴，以意见分歧为罪名判决罗克。唯一能找到他的子弹必须从他身边飞来。

（127）（龚若晴 译）

1975 年：亚马孙河

热带风景

船在亚马孙河上缓慢前行，从贝伦到马瑙斯[1]的旅程漫长无尽。雨林被缠绕的藤蔓覆盖，偶尔出现一座棚屋，某个赤身裸体的孩子挥手向船上的人打招呼。甲板上站满了人，有人大声朗读《圣经》，高声赞美上帝，但人群更喜欢唱歌、大笑，酒瓶和香烟传来递去。被驯服的眼镜蛇缠在横档上，磨蹭着死去同伴的已经风干的外皮。眼镜蛇的主人坐在地上，与其他乘客斗牌。

这艘船上有一名瑞士记者。几个小时里他一直在观察一个瘦骨嶙峋的穷老头，那人一直抱着一个大纸箱，甚至睡觉时也不松手。受好奇心驱使，瑞士人递给他香烟、饼干，与他交谈，但那老人既不沾恶习、不吃东西，也不爱说话。

中途，老人在雨林中间下船。瑞士人帮他把大纸箱搬下去，他透过半掩的盖子向里窥视：箱里，玻璃纸包裹着一棵塑料棕榈树。

（264）（龚若晴 译）

1975 年：亚马孙河

这是千条河的父亲河

这是千条河的父亲河，是世界上水量最大的河流，它呼吸吞吐出

---

[1] 贝伦位于巴西东北部，是临近大西洋的重要城市，玛瑙斯是位于亚马孙雨林中央的亚马孙州的州府。

的雨林是这个星球上最后的绿肺。很久以前，第一批踏上这块土地的欧洲人发现印第安人背向而行，在这片潜藏着巨大财富的土地上，他们不但不往前走，反而走上岔道。于是大批冒险者和贪婪者蜂拥赶到亚马孙。

自那时起，在亚马孙雨林的任何贸易都从屠杀印第安人开始。在圣保罗、纽约或其他任何地方的一间空调办公室里，公司总经理签下一张支票，下达灭绝的命令。任务便从清理雨林里的印第安人和其他野兽开始。

他们送给印第安人混了老鼠药的糖或盐，或从空中轰炸他们，或者把他们倒吊着放血，没有剥皮的工作，因为没人会买这些皮肉。

这个任务的最后一项由陶氏化学公司[1]的落叶剂完成，摧毁了越南森林的落叶剂现在又来破坏巴西的森林。已经失明的乌龟徘徊在树木曾经生长的地方。

（55，65，67，375）（龚若晴 译）

1975 年：里贝朗博尼图

正 义 日

征服亚马孙雨林的畜牧公司占有的土地大可敌国。巴西将军们对他们免税，为他们修路，向他们提供贷款，颁发杀人许可。

这些公司使用河流和贫困从东北部带来的衣衫褴褛的农民：农民杀死印第安人，然后被杀；他们侵占印第安人的土地，然后被侵占；他们赶走印第安人的牛，却永远也尝不到牛肉。

当公路修到里贝朗博尼图镇时，警察开始驱赶。对于拒绝离开的农民，警察在监狱里来说服他们：棍棒殴打残害，或用针扎指甲缝。

---

[1]　陶氏化学公司（Dow Chemical Company）是一家总部设在美国密歇根州的跨国公司，1897 年在美国成立，2015 年与杜邦美国合并，成为第二大化工企业。该公司多次参与生产化学武器，比如越南战争中公司生产了凝固汽油弹和毁灭林区的"橙剂"（落叶剂）。

若昂·博斯科·布尔涅[1]神父来到镇上，进入监狱，询问那些受到酷刑的人。一名警察如此回答他：一颗子弹打飞了他的脑袋。

第二天，女人们是最愤怒的人。卡梅辛尼亚、奈德、马加里达高举巨大的十字架。在她们身后，六百名农民攥着斧头、尖镐、棍棒，或能找到的任何东西。整个城镇发动进攻，齐声合唱，声势浩大。曾经是监狱的地方，如今只剩一片瓦砾。

（65，375）（龚若晴 译）

1975 年：瓦亚奈
另一个正义日

秘鲁安第斯山区的瓦亚奈公社多年来一直生活在马蒂亚斯·埃斯科瓦尔带来的巨大痛苦中。这个恶棍造成了很大的伤害，他偷山羊、偷女人，杀人放火，最后公社抓住他、审问他，宣判并执行判决。在镇上的武器广场，马蒂亚斯被殴打二百三十下致死：公社每位成员都打了他，之后在招供书上有二百三十个指纹印。

没有人在意贝拉斯科·阿尔瓦拉多将军将克丘亚语列入官方语言的法令。学校里不教克丘亚语，法庭上也不接受。一名法官说着难以理解的卡斯蒂利亚语，审问关押在利马的几名瓦亚奈印第安人。他问谁杀了马蒂亚斯·埃斯科瓦尔，仿佛这事无人知晓一样。

（203）（龚若晴 译）

1975 年：库斯科
孔多里用面包测量时间

他像骡子一样工作。公鸡一打鸣，他就在市场或者车站，背上

---
[1] João Bosco Burnier（1917-1976），巴西耶稣会神父，1976 年 10 月 12 日在圣保罗州的市镇贝朗博尼图被杀害。

已经扛着第一袋货物，直到夜晚，他走在库斯科的街道，四处找运货的活，换来别人丢过来的几枚硬币。在货物和岁月的重压下，衣衫褴褛、面容憔悴的格雷戈里奥·孔多里[1]工作并回忆着，只要他的背和记忆还能承受该死的重压。

自从他骨头长硬了以后，他当过牧羊人、朝圣者、农夫和士兵。在乌尔科斯，他因接受了别人给他的一碗用偷盗而来的牛做的肉汤而被关了九个月。在锡夸尼他第一次看到火车：一条头顶喷火的黑蛇。几年后，当看到一架飞机像神鹰一样掠过天空，嘶哑地低吼着宣告着世界末日时，他双膝跪地。

孔多里在面包中记忆秘鲁的历史：

"五个纯麦大面包卖一雷亚尔、三个卖半个雷亚尔时，奥德里亚[2]夺取了布斯塔曼特[3]的总统位置。"

来了另一个夺了奥德里亚的政权，另一个又一个，另一个，最后，贝拉斯科终于把贝朗德赶下了台。而现在，谁又会把贝拉斯科赶下去呢？孔多里听说贝拉斯科向着穷人。

（111）（龚若晴 译）

1975 年：利马

贝拉斯科

一只公鸡跑了调。饿鸟啄食干谷。黑鸟在其他鸟的巢穴上盘旋。

---

[1] Gregorio Condori Mamani 是秘鲁克丘亚族印第安人，与妻子一起在库斯科附近的小城讨生活。他每天在车站或市场做货运工。他没上过学，不会西班牙语，只会说克丘亚语。两位人类学家里卡多和卡门对他们进行跟踪采访，并把这些记录搜集成册，名为《格雷戈里奥·孔多里的自传》，这本书不仅仅介绍秘鲁普通印第安人的生活，而是在探讨秘鲁印第安人生存发展状况和身份认同。

[2] 曼努埃尔·阿图罗·奥德里亚（1897-1974），1948-1956 年担任秘鲁总统，1948 年通过军事政变推翻布斯塔曼特总统的统治而上台执政。

[3] 何塞·路易斯·布斯塔曼特（1894-1990），1945-1948 年担任秘鲁总统，执政期间实行经济现代化的改革。1947 年他提出了 200 海里领海权的主张。

没有被赶下台，但是他离开了：生病、伤残、沮丧的胡安·贝拉斯科·阿尔瓦拉多[1]将军放弃了秘鲁总统职位。

他留下的秘鲁已没有他上台时那么不公平。他反抗帝国垄断和封建领主，并希望印第安人不再在自己的土地上流亡。

印第安人像黍草一样坚忍，继续等待着他们的日子到来。依据贝拉斯科的法令，克丘亚语和西班牙语有同等权利，且同样是官方语言；但没有一个官员承认这条法令，也没有任何法官、警察或者老师执行这条法令。克丘亚语语言学院获得政府的补贴，约等于每年六美元七十五美分。

（龚若晴 译）

1975 年：利马

华曼加的祭坛装饰屏

在利马，画架前的艺术家们、学者，甚至先锋派艺术家们都愤怒不已。国家艺术奖竟然颁给了华金·洛佩斯·安泰[2]，一位华曼加的祭坛装饰家。真是令人哗然。秘鲁的艺术家们说，只要不出位，手工艺还是不错的。

华曼加的祭坛装饰屏一开始可以携带，随着时间推移，上面塑造的人物逐渐改变。圣徒和使徒让位于给羊羔喂奶的母羊和监视世界的神鹰，让位于农民和牧人、施以惩戒的主人、工作室里的制帽匠和悲伤地弹拨恰朗戈琴[3]的歌手。

---

[1] Juan Velasco Alvarado（1910-1977），1968 年身为军区总司令的贝拉斯科策动军事政变，推翻民选总统费尔南多·贝朗德·特里，建立军政府，执政期间实行了一系列民族主义改革。1975 年 8 月 29 日弗朗西斯科·莫拉莱斯将军发动军事政变，贝拉斯科放弃总统职位，但并没有爆发支持他的游行。

[2] Joaquín López Antay（1897-1981），秘鲁著名的手工艺人，他在圣马科斯匣子上进行艺术创造，做出祭坛装饰，这种祭坛被称为"阿亚库乔祭坛"。

[3] 恰朗戈是秘鲁、玻利维亚等南美国家流行的一种拨弦乐器。

洛佩斯·安泰是艺术圣殿的闯入者，他从他的印第安祖母那儿学会了装饰祭坛的手艺。半个多世纪前，她教他如何塑出圣像；现在，她安静地坐着，在九泉之下看着他工作。

（31，258）（龚若晴 译）

圣布拉斯的莫拉拼布

巴拿马圣布拉斯岛屿上的古纳印第安妇女们制作莫拉[1]，把它们装饰在前胸后背。她们穿针引线，凭借天赋和耐心，将彩色的织物碎片慢慢拼凑成独一无二的图案。她们有时模仿现实，有时自己创造。有时她们想要复制，只是想复制见过的某只飞鸟，于是就开始裁剪缝合，一针又一针，最后她们发现这个创造远比天空中的任何鸟儿都更色彩斑斓、更啼鸣婉转、更灵敏善飞。

巴尔萨斯河畔的榕树皮画

雨季来临之前，在新月娟娟的时候，他们剥去榕树的树皮。被剥去树皮的榕树死了。在树皮上，墨西哥巴尔萨斯河畔的印第安人画鲜花和想象的事物，画山间光彩照人的飞鸟和暗中窥伺的怪兽，画公社日常的劳作和节庆活动，比如举办虔诚的游行迎接圣母和秘密的求雨仪式。

在欧洲人征服之前，其他的印第安人早已在榕树皮上绘制了讲述人的生活和天文星占的抄本[2]。当征服者强制使用他们的纸张和画像

---

[1] 莫拉是巴拿马圣布拉斯群岛的古纳印第安人的手工艺术，印第安妇女们把彩色的布裁剪拼贴成各种色彩斑斓的图案，灵感多来源于生活中常见的花草动物，然后她们把这些图案缝制在衣服上作为装饰。莫拉拼布色彩鲜艳，想象丰富，独一无二。

[2] 此处应该指的是玛雅古抄本，刻制在榕树内树皮做的纸上。

后，榕树皮画就消失了。四个多世纪里，在墨西哥大地上没有人在这些被禁止的皮纸上绘制任何东西。不久之前，本世纪中叶，榕树皮画回来了："所有人都是画家，每个人，所有人。"

遥远的生命透过榕树皮画呼吸，这些画来自远方，很远很远的地方，但它们从不疲倦。

（57）（龚若晴 译）

圣地亚哥的粗麻布刺绣画

孩子们，每三个人睡一张床，朝着一只飞翔的母牛伸出双臂。圣诞老人带来一袋面包而不是玩具。树下一个女人在乞讨。红日当空，一具骷髅驾驶着垃圾车。无尽的路上走着无脸的人。一个巨大的眼睛监视着。在沉默和恐惧的中心，人民的大锅[1]冒着烟。

智利就是面粉袋为底的彩色碎布拼贴的这个世界。居住在圣地亚哥悲惨贫窟的妇女们用剩余的毛线和破旧的布条，刺绣出粗麻布画[2]，在教堂售卖。有人会买这些画，这是让人难以相信的事情。她们很惊讶："我们绣出我们的问题，而我们的问题是丑陋的。"

首先是女囚犯，随后许多其他妇女也开始刺绣。为钱，因为这可以补助家用；但不仅仅是为了钱。因为刺绣粗麻布画，女人们聚在一起，暂时走出孤独和悲伤，并且在这几个小时里她们打破了服从丈夫、父亲、成年儿子和皮诺切特将军的常规。

（龚若晴 译）

---

[1] 人民大锅（ollas communes）指的是智利社区里搭建的公共食堂，以解决困难时期的基本吃饭问题，有点像人民公社大食堂，但是社区居民自发、独立组织的。人民大锅出现在经济大萧条时期，1982 年经济危机时，大锅再次出现。

[2] 粗麻布刺绣画（arpilleras）是智利和秘鲁的一种传统刺绣工艺，1958 年智利民歌歌手比奥莱塔·帕拉开始在粗麻布上刺绣。1964 年她的刺绣作品在卢浮宫展览，引起国际关注。70 年代独裁军政府时期，和平委员会等机构组织了粗麻布刺绣作坊，妇女们聚在一起刺绣，为挣钱贴补家用，但更为了寻找情感的慰藉和心灵的庇护港湾。

奥库米乔的小恶魔

与智利粗麻布刺绣画一样，墨西哥小镇奥库米乔的陶土小恶魔也诞生于女人之手。小恶魔做爱——两两一起或多个一起、上学、骑摩托车、开飞机、偷偷溜入诺亚方舟、隐藏在钟爱月亮的日光下、伪装成新生儿钻入圣诞节耶稣降生模型里的牲口槽。小恶魔在最后的晚餐的餐桌下窥探，耶稣被钉在十字架上，与他的印第安使徒们一起吃帕茨夸罗湖的鱼。耶稣吃着吃着，咧嘴大笑，仿佛发现这个世界可能更容易被快乐而非痛苦救赎。

在昏暗无窗的房子里，奥库米乔的陶土女工们塑造出这些闪亮的形象。这些被不停歇的儿女束缚住的女人、被喝醉的丈夫殴打的囚徒创造了这种自由风格的艺术。被判顺从、注定悲伤的她们，每日创造一个新的反叛、一个新的快乐。

（龚若晴 译）

关于创作版权

买家希望奥库米乔的陶瓷女工在她们的作品上署名。她们用印章在小恶魔的脚边刻上名字。但很多时候她们会忘记署名，或者手边找不到自己的印章，就用邻居的印章，因此玛丽亚其实是尼古拉萨的作品的创作者，抑或相反。

她们不了解个人荣誉的事情。在塔拉斯科[1]印第安人公社里，一个人就是所有人。在公社之外，一个人，就像嘴里掉下的牙齿，什么都不是。

（183）（龚若晴 译）

---

[1] 塔拉斯科印第安人居住在墨西哥米却肯州北部，在哥伦布史前时期建立了塔拉斯科帝国。奥库米乔是米却肯州的一个城镇。

1975 年：卡维马斯

巴尔加斯

石油经过马拉开波湖的岸边，带走了色彩。污秽的街道、肮脏的空气、漂着油污的水，拉斐尔·巴尔加斯[1] 在这个垃圾场里生活、画画。

卡维马斯寸草不生，城市死去，土地荒芜，水中无鱼，天上无鸟，也没有雄鸡唱晓；但在巴尔加斯的画中，世界一片欢乐：大地畅快呼吸，苍翠欲滴的树木上鲜花盛开，硕果累累，鱼、鸟和公鸡数量众多，像人一样挨挨挤挤。

巴尔加斯几乎不会读写。但他确实知道，作为木匠该如何谋生，作为画家该如何获得生活中的洁净之光：一个不描绘所知现实，而描绘所需现实的人的复仇和预言。

（龚若晴 译）

1975 年：萨尔塔

改变的欢快色彩

就像委内瑞拉画家巴尔加斯的画里一样，在阿根廷萨尔塔省，警察巡逻车被涂成黄色和橙色。没有警报器，而是放着音乐；不是带着囚犯，而是载着孩子：巡逻车开动，满载着在遥远棚屋和城市学校之间往来的孩子。惩戒牢房和刑讯室被拆除，足球比赛和工人示威游行时不见警察身影。受刑讯的人被自由释放，而施刑者——那些专门用锤子碎骨的军官们则进入监狱。曾令人民恐惧的警犬改行为穷人社区进行杂技表演。

---

[1] Rafael Vargas（1915-1978），委内瑞拉雕刻家和画家。因生活贫困早年做过许多工作。1967 年开始在木头上刻鸟，1968 年经朋友提供绘画材料后才开始在画布上作画。他的绘画作品色彩浓烈，以表现地方风俗为主。

这一切发生在两年前，在鲁文·福尔图尼当萨尔塔的警察局长的时候。福尔图尼没当多久。在他做这一切的时候，其他像他一样的男人在阿根廷全国做出类似的疯狂举动，整个国家欢欣鼓舞，互相拥抱。

庇隆政府迎来了悲惨的收场：夺回政权的庇隆死了，在他死后，刽子手又重新享有自由和恢复工作。

他们杀死福尔图尼，子弹击中心脏。之后，他们绑架了任命他的省长米格尔·拉格尼[1]。而对于拉格尼，他们只留下一摊血迹和一只鞋子。

（龚若晴 译）

1975 年：布宜诺斯艾利斯
反对艾薇塔和马克思的孩子

但在人民心中，改变的危险之风仍在继续吹拂。军人们看见四面八方都有社会革命的威胁冒头的迹象，遂决定拯救国家。几近半个世纪以来他们一直在拯救国家；在巴拿马的课程中，国家安全学课程已经向他们证实敌人并不来自外部，而是来自内部、来自底层。下一场政变已经准备就绪。全国净化方案将"通过一切手段"来实行：这是一场战争，一场反对艾薇塔和马克思的孩子的战争。而在战争中，唯一的罪过就是效率低下。

（106、107，134）（龚若晴 译）

1976 年：马德里
奥 内 蒂

他不期待永不扔进任何大海里的任何瓶子里装有的任何信息。但

[1] Miguel Ragone（1921-1976），阿根廷正义党的成员，曾担任萨尔塔省省长，他是 1976-1983 年军事独裁之前唯一一个在政治恐怖浪潮中消失的省长。

绝望的胡安·卡洛斯·奥内蒂[1]并不孤单。若不是有圣达玛利亚镇的邻里，他将是孤身一人。这些邻居像他一样悲伤，是他创造出来陪伴自己的。

奥内蒂出狱后就一直住在马德里。乌拉圭的军队把他送进监狱，因为在某次大赛中，他大加赞赏的一个故事不受军方的喜欢。

流亡者双手搭在后颈上，欣赏着他在圣达玛丽亚或马德里或蒙得维的亚或谁知哪里的房间的天花板上的潮湿印迹。有时候他起身，写下看着像低语的吼叫。

（龚若晴 译）

1976 年：圣何塞

一个失语的国家

总统阿巴里西奥·门德斯[2]宣布："美国民主党和肯尼迪家族是乌拉圭叛乱行动中的最佳搭档。"一名记者在圣何塞市主教和其他证人的见证下，录下了这引起哗然的发言。

阿巴里西奥·门德斯是在一场总共只有二十二位公民投票的选举中被选为总统的，他们是：十四位将军、五位准将和三位海军上将。军方已经禁止他们选出的总统与记者以及他妻子以外的任何人说话。因此，他们惩罚了报道该发言的日报，下令停刊两天。那名记者被解雇。

在禁止总统说话之前，军方已禁止其他乌拉圭人说话。每一个不是谎言的单词都是颠覆作乱。不能提及被法律禁止的成千上万名政

---

[1] Juan Carlos Onetti（1909-1994），乌拉圭著名作家，被认为是西语文学中少有的存在主义文学家。圣达玛利亚镇是奥内蒂创造的港口，其大部分作品以此地为故事背景。1974 年他作为《前进》周刊年度文学奖的评委，把该奖项颁给了内尔森·马拉的《保镖》（El guardaespaldas），由于该作者和小说均被独裁军政府查禁，奥内蒂也被捕。

[2] Aparicio Méndez（1904-1988），乌拉圭律师，1976 年被军事委员会任命为总统，但实权仍在军队手里。1981 年他下台。

客、工团主义者、艺术家和科学家中的任何一人。"游击队"一词已被官方禁止，指代它时必须说"无赖""罪犯""犯人"或"犯罪分子"。狂欢节的街头乐队一贯说话放肆，总是嘲笑权力，他们不能唱出以下词语："土地改革""主权""饥饿""秘密""鸽子""绿色""夏天"或"反歌"。也不能唱出"人民"[1]这个词，即使作为"小镇"这一义项也不能使用。

在这个沉默的王国里，关押政治犯的最重要的监狱名叫"自由"。被隔离的囚犯们发明密码。他们无声地说话，用指关节敲击墙壁，从牢房到牢房，敲出字母，敲出单词，继续相爱，继续彼此调侃。

（124，235）（龚若晴 译）

乌拉圭政治犯毛里西奥·罗森科夫[2]的证词

"……这是男人拒绝变成奶牛的斗争。因为他们把我们关进生产奶牛的地方，禁止我们说话，要求我们哞哞叫。这就是问题：在这样的情况下，一个囚犯要如何有能力抵抗自己被兽化。这是关乎尊严的抗争……有个同伴搞到了一小节甘蔗，他用指甲抠出洞，制成了一根笛子。那笨拙粗糙的声音就是磕磕绊绊吹奏出的音乐……"

（394）（龚若晴 译）

1976 年："自由"监狱
被禁止的飞鸟

乌拉圭的政治犯不经允许不得擅自说话、吹口哨、微笑、唱歌、

---

[1] 西语单词 pueblo 有"人民""小镇"两个意思。

[2] Mauricio Rosencof（1933-），乌拉圭作家、剧作家、记者。他创建了共产主义青年联盟，是民族解放运动－图帕马罗斯的领导人。1972他被捕被刑讯，一直被监禁，直到1985年才因大赦图帕马罗斯成员而被释放。

快步走、向另一个囚犯打招呼。他们也不能画孕妇、情侣、蝴蝶、星星或飞鸟，也不能接受含有这些内容的图画。

迪达斯科·佩雷斯是学校的老师，因为"意识形态的观点"而遭受酷刑和监禁。一个星期天，他五岁的女儿米拉伊来探望他，并带来了一幅画着飞鸟的画。审查员在监狱门口把画撕碎了。

接下来的星期天，米拉伊带来了一幅画着树的画。树木是不被禁止的，画通过了检查。迪达斯科称赞画作，问女儿树梢上彩色的小圆圈是什么，树枝间还有许多这样的小圆圈：

"是橙子吗？是什么水果？"

女孩儿让他小声点：

"嘘——"

她悄悄地解释：

"傻瓜，你没看到是眼睛吗？是我给你悄悄带来了鸟的眼睛。"

（204，459）（龚若晴 译）

1976 年：蒙得维的亚
七十五种酷刑方法

七十五种酷刑方法，有些是照搬过来的，有些则是极具创造力的乌拉圭军人发明的，都被用来惩罚团结。但凡怀疑财产权和服从义务的人都将走进监狱、坟墓或去流亡。按照危险、有潜在危险和无危险的分类，危险评估表将公民划分为 A、B、C 三个等级。工会变成了警察局，工资减半。谁要是思考或曾经思考，就会丢掉工作。小学、中学和大学里都禁止谈论美洲的第一次农业改革——何塞·阿蒂加斯的农业改革。凡是与聋哑人秩序相矛盾的一切都被禁止。新的必修课本给学生们强加了军事教育。

（235）（龚若晴 译）

1976 年：蒙得维的亚

"必须服从"，新的官方课本如此教导乌拉圭学生

政党的存在对于民主来说并非必不可少。梵蒂冈便是一个明显的例子，那里没有政党，却有真正的民主……

妇女平等——已被误解，意味着激发女性的性别与智力发展，推迟她们作为母亲和妻子的使命。虽然从法律角度看，男女显然是平等的；但从生物学角度来看并非如此。这样的女人从属于她的丈夫，因此要服从他。整个社会需要领导来带领，而家庭也是一个社会……

为了让一些人能行驶指挥权，另一些人必须服从。如果无人服从，统治就没有可能……

（76）（龚若晴 译）

1976 年：蒙德维的亚

头颅缩减机

致力于禁止现实和焚毁记忆的乌拉圭军队已经打破了封禁报纸的世界纪录。

历史悠久的周刊《前进》已不复存在。它的编辑之一胡里奥·卡斯特罗已死于酷刑，之后不见尸首：他们让他消失了。其他编辑也都被判处监禁、流放或噤声。

电影评论家乌戈·阿尔法罗[1]被判噤声。一天晚上，他看了一部让他兴奋不已的电影。他一看完就跑回了家，敲出了几页稿纸的评论。他甚匆甚忙，因为已经很晚了，明日很早《前进》车间就会截止发排演出版面。当他敲下结尾的句号时，阿尔法罗突然意识到《前

---

[1] Hugo Alfaro（1917-1996），乌拉圭记者、电影评论家、作家，曾是《前进》周刊（1939 年创刊，1974 被禁封）的主编。军人独裁期间，他被剥夺职业。1985 年他与人合作创立《裂缝》周刊。

进》两年前就已经不存在了。他感到惭愧，就把这篇报告丢弃在他书桌的抽屉里。

这篇不写给任何人的报道评论了约瑟夫·罗西[1]的一部关于纳粹占领法国期间的电影，电影展示镇压机器如何摧毁被追踪的人，又如何摧毁那些自认为安全的人、已经知晓一切的人和宁愿一无所知的人。

与此同时，在拉普拉塔河另一边，阿根廷军队发动了政变。新独裁政府的领导人之一伊维里科·圣吉恩[2]将军宣告：

"首先我们要杀掉所有作乱者；然后杀掉他们的同伙；然后杀掉同情他们的人；然后杀掉犹豫不决的人；最后，杀掉所有中立的人。"

（13，106）（龚若晴 译）

1976 年：拉佩拉
第三次世界大战

山顶上，一个阿根廷高乔人骑在枣红色马上注视着。何塞·胡里安·索拉尼耶[3]看见一列长长的军队正朝这里来。他认出了走下福特猎鹰车的梅嫩德斯将军。从卡车里走下来许多被枪托推搡着的男人女人，他们被罩着头，双手被捆在背后。高乔人看到有一个罩着头的人开始奔跑。他听到子弹的声音。逃跑者摔倒在地，又起身，反复了几次，终于再也站不起来。当全体射击开始时，无论男女都像玩偶一样倒落，高乔人踢踢马刺，离开了。在他身后，一股黑烟升起。

---

[1] Joseph Losey（1909-1984），美国电影导演。本文提及的电影应是 1976 年上映的《克莱恩先生》（Monsieur Klein）。

[2] Ibérico Saint-Jean（1922-2012），阿根廷军人，1976 年被军政府任命为布宜诺斯艾利斯省的省长，直到 1981 年魏地拉领导的军政府执政结束。

[3] José Julián Solanille 是阿根廷肮脏战争中的一个目击人，他作为游牧的高乔人，偶然目睹了军方在科尔多瓦山区拉佩拉让人"消失"的行动，为之后的调查真相、正义审判提供了证词。

位于科尔多瓦山脉的第一个褶皱带的这个山谷是众多死人坑之一。下雨的时候，坑里便冒出烟来，因为他们在尸体上撒了生石灰。

在这场圣战中，受害者"消失了"。他们不是被大地吞没，就是被河底或海里的鱼吞噬了。许多人没有犯罪，只不过名字出现在电话簿上。他们先在兵营接受严刑拷打，然后走向虚无，走向浓雾，走向死亡。"没有人是无辜的。"拉普拉塔的主教大人普拉萨说道。坎普斯将军认为即使一百个人里只有五个人有罪，但把这一百个嫌疑人全部杀掉也是合理的。恐怖主义的罪犯——"恐怖分子"魏地拉[1]将军解释，"不仅仅是那些放置炸弹的人，也包括那些在思想上反对我们西方文明和基督教文明的人。"这是对西方在越南战争中失败的复仇。

"我们正在赢得第三次世界大战"，梅嫩德斯将军如此庆贺道。

(106，107，134)（龚若晴 译）

1976 年：布宜诺斯艾利斯

一群畜生

他们让一名怀孕的女囚犯在被强奸或被电击之间做出选择。她选择了电棒，但是一个小时之后她已经无法忍受疼痛。因此，所有人都强奸她。他们一边强奸她，一边唱婚礼进行曲。

"好吧，这是战争。"格拉西里主教说。

这些在营房里用喷灯烫烧女人乳房的男人每个星期天都穿上教徒的披肩去领圣餐。

"一切之上有上帝。"魏地拉将军说。

主教团主席托尔托洛主教把魏地拉将军比作耶稣，把军队独裁比作耶稣的复活。教皇的使节皮奥·拉吉以圣父的名义访问灭绝集中营，

---

[1] Jorge Rafael Videla（1925–2013），阿根廷军人，1976 年魏地拉与一批军官发动军事政变，并成立军事委员会，委员会任命他为国家总统。他实行独裁统治，通缉和捕杀左翼人士和反对派，进行阿根廷历史上最悲惨的肮脏战争。

高度赞扬军队对上帝、祖国和家庭的热爱，并为国家恐怖主义辩护，因为文明有权自卫。

（106，107，134）（龚若晴 译）

1976 年：拉普拉塔
一个女人跪在废墟上寻找

一个女人跪在废墟上寻找某个没有被破坏的东西。秩序的力量摧毁了玛丽亚·伊莎贝尔·德·玛丽亚尼[1]的房子，而她徒劳地在废墟中翻找。东西不是被抢走就是被彻底摧毁了，只有一张唱片，威尔第的《安魂曲》是完好无损的。

玛丽亚·伊莎贝尔很想在杂乱的废墟中找到关于她儿子、儿媳或孙女的纪念，照片或玩具、书或烟灰缸，什么都行。她的儿子、儿媳被怀疑藏有地下印刷机，已死在炮火之下。她的三个月大的孙女，作为战利品，已经被军官们赠送或售卖了。

这是夏天，火药的味道和椴树花的香气混合在一起（椴树的花香将会让她永远无法忍受）。没有人陪着玛丽亚·伊莎贝尔，她是作乱者的母亲。朋友们穿过小路走另一边或移开目光。电话静默无声。没有人跟她说话，哪怕是谎话。没有任何人的帮助，她一点点地把被毁房子的碎片装进箱子里。夜深后，她把箱子拖到小路边。

清晨，一大早，垃圾清理工一个接一个地收走箱子，动作轻柔，也不拍打它们。这些清理工小心地对待箱子，好像他们知道箱子里面装满了破碎生活的残片。玛丽亚·伊莎贝尔静默地藏在窗户后，她感

---

[1] Maria Isabel de Mariani（1923–），阿根廷人权活动家。1976 年 11 月 24 日军队袭击了她儿子在拉普拉塔的家，儿媳当场死亡，第二年儿子被杀。玛利亚得知袭击时三个月大的孙女仍然活着的消息之后，独自四处寻找孙女下落。1977 年她与其他母亲一起成立了"五月广场祖母协会"，寻找被军方"偷窃"的孙儿。1996 年，她以失踪的孙女的名义和名字创立了"阿娜依协会"。

谢他们动作轻柔，这是痛苦开始以来她收到的唯一的轻抚。

（317）（龚若晴 译）

1976 年：兹尼卡丛林

卡 洛 斯

他总是当面批评，背后赞扬。

因为近视、因为狂热，他像一只愤怒的公鸡注视着，锐利的蓝色眼眸看得比其他人都远，他是拥有一切或一无所有的人；但喜悦让他像孩子一样蹦蹦跳跳，下命令时他看起来像是请求帮助。

尼加拉瓜革命领袖卡洛斯·丰塞卡·阿马多尔[1]倒在丛林的战斗中。

一名上校把这个消息带到了托马斯·博尔赫[2]的牢房，他因饱受酷刑而精疲力竭。

自从卡洛斯在马塔加尔帕卖报纸和糖果以来，卡洛斯和托马斯已经一起走过很多路；他们一起在特古西加尔巴建立了桑地诺民族解放阵线。

"*他死了*。"上校说。

"*你搞错了，上校*。"托马斯说。

（58）（龚若晴 译）

---

[1] Carlos Fonseca Amador（1936-1976），尼加拉瓜革命者，1961 年与桑托斯·洛佩斯、托马斯·博尔赫等人一起创建了桑地诺民族解放阵线（简称桑解阵），旨在推翻索摩查家族的独裁统治。

[2] Tomás Borge（1930-2012），尼加拉瓜革命者。参与成立桑解阵组织，是桑地诺主义革命中的领导人物。

1977 年：马那瓜

托 马 斯

托马斯·博尔赫被绑在一个铁环上，颤抖着，只剩一堆破碎的骨头和裸露的神经，浑身浸透了屎、血和呕吐物。他像个废物，瘫在地上等待下一轮酷刑。

但他残存的部分仍能在秘密的河道航行，河流带他远离痛苦与疯狂。他听任自己航行，到达另一个尼加拉瓜。他看见了另一个尼加拉瓜。

透过紧压着他被打肿的脸的面罩，他看到它：他数着每间医院的床位，每所学校的窗户，每座公园的树木，他看到睡着的人眨着眼睛，困惑不解，死于饥饿和被其他一切杀死的人正在被新生的太阳逐渐唤醒。

（58）（龚若晴 译）

1977 年：索伦蒂纳梅群岛

卡德纳尔

苍鹭看着镜子里的自己，抬起尖嘴。渔船回来了，船后跟着来沙滩产卵的乌龟。

在一座小木屋里，耶稣坐在渔民的桌前，吃着乌龟蛋、刚捕捞的石斑鱼肉和木薯。丛林正在寻找着他，把胳膊伸进了窗户。

为了这位耶稣的荣耀，索伦蒂纳梅的神父、诗人埃内斯托·卡德纳尔 [1] 写作。为了他的荣耀，号手大八哥歌唱，大八哥是朴素的

---

[1]　Ernesto Cardenal（1925-），尼加拉瓜著名诗人、神学家，被认为是拉丁美洲解放神学的代表人物之一。1965-1977 年间，他在尼加拉瓜湖中的索伦蒂纳梅群岛建立渔民公社和原始主义艺术家社区，身体力行地贯彻福音书的精神，从事传教活动，并进行诗歌创作。他的一本著名作品《索伦蒂纳梅的福音》（El evangelio en Solentiname）就是在岛上完成的。

鸟儿，总在穷人间飞翔，在湖中梳洗翅膀。为了他的荣耀，渔民绘画。他们画出鲜艳明亮的画作，画里描绘了天堂的模样——所有人都是兄弟姐妹，没有谁是主人，没有谁是雇工。直到一个晚上，画天堂的渔民们决定开始创建这个天堂，他们穿过湖泊，投身攻打圣卡洛斯兵营。

"他妈的！他妈的！"

当寻找天堂的人穿过尼加拉瓜的山峦、峡谷和岛屿时，独裁政府杀了许多人。面团发起来了，大面包就发起来了……

（6，77）（龚若晴 译）

奥马尔·卡维萨斯讲述大山哀悼尼加拉瓜游击队员之死

我从没原谅过特略，他就那样被一颗子弹打死了，就一颗子弹……我感到巨大的恐惧，仿佛山也陷入恐惧。山风平静下来，树木不再晃动，一片叶子也不动，鸟儿都停止了歌唱。一切都变得阴森起来，等待着他们到来、杀光我们所有人的那个时刻。

我们开始行进。当我们开始以战斗的步伐向沟壑深处前进时，我们仿佛在摇晃大山，仿佛抓住她问："好吧，混蛋，你怎么了。"

特略与大山一同居住。我确信他和她有关系，她为特略生了孩子。他死后，大山感到自己失去了责任，其他一切都毫无价值……但当她看到这队人以战斗姿态行进在她身上、在她心脏时，她意识到自己做错了，特略死去的那个下午她不该保持沉默，她意识到特略不是世界末日也不是开始，特略是她的孩子。特略是她的孩子，即使他也是她的生命，是她的秘密情人，即使特略是她的兄长、她的动物、她的石头，即使特略是她的河流……在他之后，我们所有人都来了，我们可以在她心中点燃火焰。

（73）（龚若晴 译）

1977 年：巴西利亚

剪　刀

超过一千名巴西知识分子签署了反对审查的宣言。

去年 7 月，军事独裁政府禁止《运动》周报刊登美国 1776 年的独立宣言，因为宣言中说人民有权利和义务废除专制政府。从那以后，审查机构禁止了许多事情，其中包括禁止莫斯科大剧院芭蕾舞演出，因为是苏联的；禁止巴勃罗·毕加索的情色版画，因为色情；查禁了《超现实主义历史》这本书，因为书中有个章节的标题出现了"革命"一词（诗歌革命）。

（371）（龚若晴 译）

1977 年：布宜诺斯艾利斯

沃 尔 什

他寄出一封信和几份复印件。原信寄给统治着阿根廷的军事委员会，复印件给国外新闻机构。在政变一周年的时候，他正在寄出这样如同侮辱备忘录的东西，这是一个"只会在死亡演讲时吞吞吐吐"的政府所犯下的恶劣行径的证据。在信封下面，他签上姓名和证件号（鲁道夫·沃尔什 [1]，C.I.2845022）。他走出邮局，没走几步便被枪击中，重伤的他被带走，再也没回来。

在恐惧统治的地方，他赤裸裸的话语令人羞耻。在正在举行盛大化装舞会的地方，他揭露性的话语是非常危险的。

（461）（龚若晴 译）

---

[1] Rodolfo Walsh（1927—1977），阿根廷记者、作家，1977 年 3 月 25 日因反对军事独裁政府而被逮捕，从此失踪。他是报告文学的先驱，他的《大屠杀行动》和《谁杀死了罗森多？》是非虚构文学作品。

1977 年：里奥夸尔托

清除沃尔什和其他作者被烧的书

借鉴这所国立大学的前军事干预在完成上级明确指令时所采取的方法，关于撤下图书馆区域所有具有反社会性质、内容与阿根廷民族性相悖、构成极端马克思主义教化和颠覆之来源的所有读物，以及鉴于：该类读物已然及时焚烧，把它从这个高等研究院的馆藏中清除出去实乃合情合理。

里奥夸尔托大学校长决定：从里奥夸尔托大学（图书馆区）的馆藏撤销以下所有书目，详见附录。（紧接着是长长的书单，包括鲁道夫·沃尔什、伯特兰·罗素、威廉·狄尔泰、莫里斯·多布、卡尔·马克思、保罗·弗莱雷等人的书。）

（452）（龚若晴 译）

1977 年：布宜诺斯艾利斯

五月广场母亲

五月广场母亲，因儿女而生的妇女群体，是这场悲剧的希腊戏剧合唱团。她们高举着失踪孩子的照片，在政府的玫瑰宫前围着方尖碑绕了一圈又一圈，带着奔走于牢房、警察局和圣器室时相同的固执。她们泪已流干，仍在绝望地长久等待着，等待着曾经在现在已不在、或许仍然在的未归人，又或许……谁知道呢？

"我醒过来，觉得他还活着。"一位母亲说，所有母亲都说，"早上过去，我慢慢沮丧。中午他死了，下午他复活了。因此我再次相信他会回来，在桌上摆上他的盘子，但他又死了，晚上我在绝望中入睡。等我醒来，我觉得他还活着。"

她们被叫作"疯婆子"。通常人们不会说起她们。局势已正常，美元很廉价，一些人命也是。疯狂的诗人走向死亡，正常的诗人亲吻宝剑，献上颂扬和沉默。一切都习以为常，经济部长在非洲丛林中捕杀狮子和长颈鹿,将军们在布宜诺斯艾利斯的贫民窟里捕杀工人。新的语言规范要求称军事独裁为"国家重组进程"。

(106,107)(龚若晴 译)

1977 年:布宜诺斯艾利斯

阿丽西亚·莫罗

有时候她信心满满,以不太现实的方式宣布开展社会革命,或者公开怒斥军事政权和罗马教皇。但是,假如没有这个女孩儿的热情,五月广场母亲们会是什么样子?当这些母亲仿佛要被太多的沉默和嘲笑击败时,她不让她们倒下:

"*总能做些什么的,*"她对她们说,"*联合起来。各自为战?不。我们要……我们应该……*"

她拿起手杖,成为第一个开始行动的人。

阿丽西亚·莫罗[1]已年近百岁。自从社会主义者只喝水、只唱国际歌开始,她就在抗争。从那时起,发生了许多奇迹和背叛,许多生生死死,尽管经历了所有的痛苦,她仍然相信这是值得的。阿丽西亚·莫罗仍像本世纪初一样优雅、充满活力。当时她在布宜诺斯艾利斯工人社区发表演讲,站在大木箱上,身边红旗招展;抑或她骑在骡背上穿越安第斯山脉,催促骡子快跑,及时赶到女权主义者大会。

(221)(龚若晴 译)

1977 年:布宜诺斯艾利斯

金钱艺术家特写

阿根廷独裁政府的经济部长何塞·阿尔弗雷多·马丁内斯·德

---

[1] Alicia Moreau(1885-1986),阿根廷医生和政治家,著名的女权主义者和社会主义者,在 1976 军人独裁统治时期,年事已高的她仍然积极参与人权斗争。

奥斯[1]是私人企业的热衷者。星期天跪着做弥撒的时候，工作日在军校教课的时候，他都想着私人企业。然而部长脱离了他经营的私人公司，把它慷慨地出让给国家，国家为此支付他企业价值十倍的钱。

将军们把这个国家变成了兵营，而这位部长把它变成了赌场。美元和各种东西像倾盆大雨一般落在阿根廷。这是刽子手的时代，也是赌徒和骗子的时代：当将军们下令沉默与服从时，这位部长下令投机倒把和消费。工作的人是傻瓜，抗议的人成为尸体。为了将工资减半并让叛乱的工人一无所得，部长用不义之财贿赂中产阶级，他们到迈阿密旅游，回来时带回如山的器材和小装置，各种器物和小玩意儿。

面对日常的屠杀，这些愚蠢的混血人耸耸肩说：

"他们肯定做了什么。这可能是有原因的。"

或者看向另一边，吹着口哨说：

"你别掺和。"

（143）（龚若晴 译）

1977 年：加拉加斯

侵入者的外逃

在加拉加斯萨瓦纳格兰德街区，一位先知在雷尔大街的一家咖啡馆里说：一个眼睛冒火的外星人曾短暂现身，宣称八月的某个星期天，愤怒的大海将劈开群山，摧毁这座城市。

主教、巫师、天文学家和占星家再三声明这没有什么可担心的，但他们无法阻止恐慌像滚雪球一样在加拉加斯的街区中蔓延。

昨天是预示中的星期天。共和国总统下令警方接管这座城市。超过一百万的加拉加斯人，背着细软，争先恐后地逃走了。留在加拉加

[1] José Alfredo Martínez de Hoz（1925-2013），阿根廷政治家和经济学家，是阿根廷新自由主义经济学派的代表人物，与国际金融机构关系密切，在 1976-1981 年军人独裁的所谓"国家重组进程"阶段，担任经济部长。

斯的车比人多。

　　而今天，星期一，逃亡的人开始返回。大海还在原来的地方，群山也是。山谷中，加拉加斯仍然在那儿。石油之都重新接纳了受惊的居民。他们像乞求原谅一样进入城市，因为知道自己是多余的。这是一个轮子的世界，而非双腿的世界。加拉加斯属于占绝对优势的汽车，而不属于那些有时竟敢穿越街道、打扰机器行进的贱民。如果玛丽亚·利昂莎[1]不保护他们，如果何塞·格雷戈里奥不救治他们，这些被迫住在不属于他们的城市里的贱民会过得如何？

（135）（龚若晴 译）

玛丽亚·利昂莎

　　她的乳房立在加拉加斯市中心的上空，裸露着，统治着繁忙纷乱的一切。在加拉加斯，在整个委内瑞拉，她是女神玛丽亚·利昂莎。

　　她隐形的宫殿远离首都，在索尔特山脉的一座山峰上。那座山的岩石都曾是玛丽亚·利昂莎的情人，那些男人为了一个晚上的拥抱而变成了能呼吸的石头。

　　西蒙·玻利瓦尔和拿撒勒的耶稣在她的圣殿中为她工作。她还有三名秘书帮忙：一个黑人、一个印第安人和一个白人。他们负责接待那些带来水果、鲜花、香水和内衣等供品的忠实信徒。

　　玛丽亚·利昂莎，上帝和魔鬼都惧怕又渴望的桀骜不驯的女人，拥有天堂和地狱的力量：她可以带来幸运或灾难；她想拯救就拯救，

---

[1]　玛丽亚·利昂莎是委内瑞拉民间的本土女神，是在奇瓦科阿地区索尔特山区逐渐形成的这种融合天主教、印第安人土著宗教和非洲约鲁巴教的宗教崇拜。1951年雕塑家阿莱杭德罗·科里纳制作了一尊该神祇的雕像，女神双乳裸露、腿部肌肉健硕，骑在一匹印第安部落崇拜的雄性貘身上，双臂高举，手中托着象征丰产的女性盆骨，貘的脚下踩着象征嫉妒和自私的蛇。玛丽亚·利昂莎深受委内瑞拉和周边国家民众的崇拜。

她想怒吼就怒吼。

（190，346）（龚若晴 译）

何塞·格雷戈里奥

玛丽亚·利昂莎的白人秘书是所有禁欲之人中最贞洁的。何塞·格雷戈里奥·埃尔南德斯[1]医生从未屈服于肉体的诱惑。所有带着取悦意味接近他的女人最终都进了修道院，悔恨不已，以泪洗面。1919年，这位从没被打败、品德高尚的穷人的医生、医学的使者结束了他的生命，他从未被玷污的身体被一辆车无情地碾轧。当时，加拉加斯还是只有两三辆车以龟速奔跑的幸福时代。去世后，何塞·格雷戈里奥的奇迹之手仍然继续为病人开出药方、进行手术。

在玛利亚·利昂莎的圣殿中，何塞·格雷戈里奥负责处理公共卫生问题。他听到痛苦者的召唤便从另一个世界赶来，从不失约。他是世界上唯一戴着领带和帽子的圣人。

（363）（龚若晴 译）

1977 年：雅园

埃尔维斯

曾经，他晃动左腿的姿态激起人群的尖叫。他的嘴唇、他的眼睛、他的鬓角都是性器官。

现在，埃尔维斯·普雷斯利[2]，被废黜的摇滚之王，已是一个软

---

[1] José Gregorio Hernández（1864-1919），委内瑞拉医生，乐善好施，是虔诚的天主教徒，因为总是为穷人看病，帮助穷人而被许多拉丁美洲人尊为圣徒，但这没有得到天主教会的承认。

[2] Elvis Presley（1935-1977），美国著名摇滚歌手"猫王"。

气球，躺在床上，目光在六个电视屏幕之间浮游。电视机悬挂在天花板上，全部同时开着，播放着不同的频道。在睡梦与睡梦之间，他总是睡着的时候比清醒的时候多。埃尔维斯耍弄着没上膛的手枪，对着他不喜欢的图像扣动扳机，咔嗒，咔嗒。他身上的脂肪球覆盖着一个由可待因、吗啡、安定、西可巴比妥、乙氯维诺、安眠酮、耐波他、凡眠特、德美罗、盐酸阿米替林、盐酸去甲替林、戊巴比妥钠、派德、安密妥组成的灵魂。

（197，409）（龚若晴 译）

1978 年：圣萨尔瓦多

罗 梅 罗

大主教递给她一把椅子，但玛利亚内拉更喜欢站着说话。她总是为别人而来，但这一次，玛利亚内拉是为她自己而来。玛利亚内拉·加西亚·比拉斯[1]是萨尔瓦多那些遭受酷刑的人或失踪人口的律师，但她这次来不是为某个受害者而寻求大主教的支持。受害者或遭受用喷枪施刑的"火炬上尉"——德奥布松[2]（D'Aubuisson）的酷刑，或被其他某个制造恐怖的军队专家刑讯。玛利亚内拉这次来不是请求帮忙进行任何调查或检举。这次，她有私事要告诉他。她轻柔地说出警察如何绑架、捆绑、殴打、侮辱她，脱光她的衣服并强暴她。她对他说着，没有眼泪也没有惊恐，保持着一贯的镇静。但大主教阿努尔福·罗梅罗[3]以前从没在玛利亚内拉的声音中听到过这种仇恨的颤动、厌恶的回声、报复的号召。当玛利亚内拉停下不说的时候，震惊之中

---

[1] Marianela García Vilas（1948-1983），萨尔瓦多哲学家、律师，萨尔瓦多人权独立委员会的主席。34 岁时被政府的军队严刑拷打、杀害。

[2] Roberto d'Aubuisson（1944-1992），萨尔瓦多军人，1981 年他创建右翼保守政党民众主义共和联盟党（ARENA）。他被指控杀害阿努尔福·罗梅罗主教。

[3] Arnulfo Romero（1917-1980），萨尔瓦多的大主教，被尊称为罗梅罗蒙席。他捍卫人权，谴责军政府践踏人权，杀害同胞，公开支持政府独裁统治中的受害者。

的大主教也陷入了沉默。

长久的沉默后，他开始对她说教会不会憎恨，也没有敌人，所有的卑鄙和违背上帝旨意的事情都构成神圣秩序的一部分，罪犯也是我们的兄弟姐妹，也应该为他们祷告，应该宽恕迫害者，应该接受痛苦，应该……突然，罗梅罗大主教停住了。他垂下目光，把头埋进双手间，摇头否认道：

"不，我不想知道。"

（259，301）（龚若晴 译）

1978 年：圣萨尔瓦多

启 示

"我不想知道。"他的声音嘶哑了。

总是给予安慰和保护的罗梅罗大主教现在哭得像一个没有母亲又没有家的孩子。罗梅罗大主教现在陷入了怀疑，他以往总是给人信心，让人平静地相信有一个中立的上帝会理解所有人，拥抱所有人。

罗梅罗一直哭着，陷入怀疑，玛利亚内拉轻抚着他的头。

（259，301）（龚若晴 译）

1978 年：拉巴斯

五个女人

"我们主要的敌人是什么？军人独裁政府？玻利维亚的资产阶级？帝国主义？不，同志们。我想告诉大家这个：我们主要的敌人是恐惧，我们内心的恐惧。"

多米蒂拉在卡塔维的锡矿山如此说道，然后跟其他四个女人和二十来个孩子一起来到了首都。圣诞节她们开始绝食。没有人相信她们，不止一人觉得这是个笑话：

"五个女人就想推翻独裁统治。"

路易斯·埃斯皮纳尔[1]神父第一个加入了她们。过了不久，全玻利维亚已经有一千五百人在绝食。这五个女人，从出生开始就习惯了饥饿，把水称作加盐的"鸡肉"或"火鸡"和"肉条"，微笑滋养着她们。同时，绝食的队伍飞速增长，三千，一万，直到数不清的玻利维亚人停止进食，停止工作。在绝食运动开始二十三天后，民众占领了街道，势不可当。

五个女人推翻了军人独裁政府。

（1）（龚若晴 译）

1978 年：马那瓜

"猪圈"

尼加拉瓜人民称他们的国家宫为"猪圈"。参议员在这座浮华的帕特农神庙的一楼发表讲话，众议员则在二楼。

八月的一个中午，一小群游击队在伊登·帕斯托拉和多拉·玛丽亚·特列斯[2]的领导下攻打"猪圈"，并在三分钟内控制了索摩查的所有立法委员。为了赎回人质，索摩查别无选择，只能释放了监狱中的桑地诺主义者。在去机场的途中，民众列队为桑地诺主义者们欢呼喝彩。

这将变成一年的持续战争。索摩查下令杀死记者佩德罗·华金·查莫罗，开启了这场斗争。于是，愤怒的民众焚烧了独裁者的好几家

---

[1] Luis Espinal（1932-1980），玻利维亚耶稣会修士，也是记者、电影工作者，他一直致力于建设一个更加公正、公平、自由的社会，玻利维亚人民称他是民主的烈士、自由和人权的捍卫者。

[2] Dora María Téllez（1955- ），尼加拉瓜历史学家，游击队的领导人。1978 年 8 月 22 日她与伊登·帕斯托拉等领导了"猪圈"行动，攻占了尼加拉瓜的国家宫。

公司。火焰摧毁了蓬勃发展的、尼加拉瓜向美国出口鲜血的血浆公司。人们发誓将永不停息，直到把钉子钉入这个吸血鬼的心脏，把它埋进比黑夜更深的地方。

（10，460）（龚若晴 译）

塔奇托·索摩查的传世思想

我是一个企业家，但很卑微。

（434）（龚若晴 译）

1978 年：巴拿马城
托里霍斯

奥马尔·托里霍斯[1]将军说他不想进入历史。他只想进入美国在世纪初从巴拿马强行夺走的运河区。因此他跑遍世界各地，从东到西，一个个国家，一个个政府，一个个论坛。当被指责为莫斯科或哈瓦那服务时，托里霍斯大笑起来，他说每个国家都有各自的阿司匹林来治疗自己的头疼，他说，他跟卡斯特罗主义者相处得比跟阎闾人好。

最后，运河铁丝网倒塌。美国被整个世界推着签署了分阶段将运河及运河禁区归还给巴拿马的协约。

"这样更好。"托里霍斯安心地说。这样就避免了炸毁运河和所有设施这样令人不快的任务。

（154）（龚若晴 译）

---

[1] Omar Torrijos（1929-1981），巴拿马政治家。1977 年与美国总统卡特签署了新的运河协议，取消美国永久占有运河区的特权。1981 年因飞机失事而丧生。

1979 年：马德里

闯入者扰乱了上帝之躯的安静消化

在马德里的一个大教堂里举行着庆祝阿根廷独立纪念日的特殊弥撒。外交官、企业家和军人被莱安德罗·安纳亚将军邀请而来，这位独裁政府的大使在大洋彼岸也一直忙碌于确保国家的遗产、信仰和其他财产安全。

美丽的光透过彩色玻璃落在女士先生们的脸上和衣服上。在这样的星期天里，上帝值得信任。神父逐步完成仪式，偶尔的咳嗽声装点了这份寂静：上帝选民们的永恒世界的沉着安静。

到了领圣餐的时候。阿根廷大使被保镖环绕着走向祭坛。他跪下，闭上眼睛，张开嘴巴。但白色的头巾已经扬开，罩住在教堂中殿和偏殿往前走的妇女的头：五月广场母亲轻轻地走着，发出棉花般的声响，直到包围了环绕着大使的保镖。她们定定地看着他，只是定定地看着他。大使睁开了眼睛，看着所有这些眼睛眨也不眨地看向他的女人，咽了口口水；此时神父的手停在空中，两指间还夹着圣饼。

整座教堂挤满了女人。忽然间，圣殿里已没有圣徒或商人。什么都没有了，只有一群不请自来的女人，穿着黑色长袍，头戴白色头巾，沉默不语，全都站立着。

（173）（龚若晴　译）

1979 年：纽约

银行家洛克菲勒祝贺独裁者魏地拉

豪尔赫·拉斐尔·魏地拉阁下，
阿根廷共和国总统。
布宜诺斯艾利斯，阿根廷
尊敬的总统先生：

非常感谢在我最近访问阿根廷期间您的拨冗接待。我已有七年不曾造访阿根廷。这三年来您的政府在控制恐怖主义与发展经济方面所取得的成就令人振奋。祝贺您取得丰硕成果，祝您前程似锦。

大通曼哈顿银行很荣幸能通过阿根廷贸易银行开展在阿根廷的业务，希望在未来几年中我们能在贵国发展中发挥越来越大的作用。

敬颂崇祺！

大卫·洛克菲勒

（384）（龚若晴 译）

1979 年：休纳

尼加拉瓜一位工人的特写

何塞·比利亚雷纳，已婚，育有三子。他是美国罗莎里奥矿业公司的矿工，该公司曾于七十年前推翻塞拉亚总统。自 1952 年起比利亚雷纳就在休纳的矿坑里掘金，但他的肺部仍未完全腐烂。

1979 年 7 月 3 日下午一点半，比利亚雷纳从隧道的一个竖井口探出头时，一辆矿车削去了他的脑袋。三十五分钟后，公司通知死者，根据《工作条例》第 18 条、第 115 条及第 119 条的规定，他因未完成合同规定的工作被解雇。

（362）（李雪冰 译）

1979 年：整个尼加拉瓜

大地在晃动

大地晃动得比所有地震加起来还强烈。飞机飞越广袤的雨林，投放凝固汽油弹，轰炸布满街垒和战壕的城市。桑地诺主义者占领了莱昂、马萨亚、希诺特加、奇南德加、埃斯特利、卡拉索、希诺特佩……

索摩查在等待国际货币基金组织已经批准的一笔六千五百万美元的贷款，而此时整个尼加拉瓜每棵树后都在战斗，挨家挨户地战斗。小伙子们戴着面罩和头巾，用步枪、砍刀、棍子、石头或随便什么东西攻击；即使步枪不是真的，玩具枪也可用来唬人。

在马萨亚——印第安人语中意为"燃烧的城市"，人民精通烟火制造，将水桶改装成迫击炮筒，还发明了没有导火线、一击即爆的接触性炸弹。老妇人们背着装满炸弹的大包穿梭在枪林弹雨中，像分发面包一样派发炸弹。

（10，238，239，320）（李雪冰 译）

1979 年：整个尼加拉瓜

谁也别落下

谁也别落下，谁也别丢了。那天，舞会开得正热闹，粪都炸出来了，愤怒的人们赤手空拳地对抗坦克、装甲车、轻型飞机、步枪和冲锋枪，所有人都加入战斗，没人退缩，这是我和你的圣战而不是小打小闹，彪悍的人们从自制军火库里拿起棍棒搏斗，你不在战斗中死去迟早也会死，肩并肩地与我们作战，所有人团结一致，是一个人民的整体。

（10，238，239）（李雪冰 译）

塔奇托·索摩查记事本摘录

1979 年

7 月 12 日，周四

爱

1979 年：马那瓜

"必须发展旅游业"

"必须发展旅游业。"独裁者命令道，此时马那瓜东部街区遭受飞机轰炸，正在燃烧。

索摩查在地堡里指挥，地堡像一个钢筋水泥做的巨大子宫。那里听不到炸弹的轰鸣，也听不到人们的哀号，也听不到任何能打破这完美寂静的声音；在那里什么也看不见，什么也闻不到。索摩查住在地堡里有一段时间了，那儿位于马那瓜中央，却离尼加拉瓜无限远；现在他在地堡，与福斯托·阿马多尔在一起。

福斯托·阿马多尔是卡洛斯·丰塞卡·阿马多尔的父亲。父亲是中美洲最富有的人的总管；儿子是桑地诺民族解放阵线的成立者。儿子通晓祖国国情，而父亲通晓财产祖业。

被镜子和塑料花环绕着的索摩查和福斯托·阿马多尔坐在电脑前进行账目清算，彻底把尼加拉瓜抢劫一空。

随后，索摩查通过电话宣布：

"我不会走，他们也不会赶我走。"

(10，320，460)（李雪冰 译）

1979 年：马那瓜

索摩查的孙子

他们赶他走，他走了。索摩查登上去迈阿密的飞机。最后这几天美国抛弃了他，但他没有抛弃美国："*在我心里，我始终是那个伟大国家的一部分。*"

索摩查从尼加拉瓜带走了中央银行的金块、八只彩色鹦鹉和他父亲及哥哥的骨灰。他还带走了仍活着的王储。

阿纳斯塔西奥·索摩查·波尔多卡雷罗[1]是独裁王朝创建人的孙子，是一位体型硕大的军官，在美国学习了统治和优秀政府的艺术。他在尼加拉瓜建立步兵基础训练学校并领导至今，这支年轻的部队是审讯囚犯的专家，因技术精湛而远近闻名：小伙子们拿着夹子和勺子，懂得如何不断根地掀掉指甲，他们可以挖出眼睛却丝毫不伤害到眼睑。

索摩查家族逃亡，与此同时，半个世纪前被枪决的奥古斯托·塞萨尔·桑地诺在整个尼加拉瓜巡游，沐浴在鲜花之中。整个国家变得疯狂起来：铅块浮在空中，软木塞沉下去，死人逃出墓地，女人跑出厨房。

（10，322，460）（李雪冰 译）

1979 年：格拉纳达
女指挥官们

背后是深渊。面前和两侧是准备攻击的武装群众。格拉纳达市的拉波尔沃拉军营是独裁统治的最后一方阵地，它即将沦陷。

上校得知索摩查逃亡的消息后，下令停止冲锋枪攻击。桑地诺主义者也停止了射击。

一会儿，军营的铁门打开，上校挥动着白旗走出来。

"别开枪！"

上校穿过大街。

"我想跟指挥官说话。"

指挥官拉下遮住脸的面巾：

"我就是指挥官。"莫妮卡·巴尔托达诺说，她是桑地诺阵线中几

---

[1] Anastasio Somoza Portocarrero（1951–），是索摩查独裁王朝创建者阿纳斯塔西奥·索摩查·加西亚（昵称塔乔）的孙子，是阿纳斯塔西奥·索摩查·德巴依莱（昵称塔奇托·索摩查）的长子。1979 年跟父亲一起流亡美国，后去巴拉圭。活着的王储指的是他。

位女军队指挥官之一。

"什么？"

通过这位上校、这个霸道汉子的嘴说出了军事制度，败而不输尊严，不忘男儿气概和军人荣耀："我不会向女人投降！"他喊道。

然后，他投降了。

（李雪冰 译）

1979 年：整个尼加拉瓜
出 生

从瓦砾中出生的尼加拉瓜只有几个小时大，在历经劫掠和战争的废墟中朝气蓬勃；创世初日欢快的光照亮了充斥着烧焦味道的空气。

（李雪冰 译）

1979 年：巴黎
达 西

索邦大学授予达西·里贝罗[1]名誉博士学位。他接受了，并说这是肯定了他失败的价值。

作为人类学家，达西失败了，因为巴西的印第安人仍继续被消灭。作为大学校长，他希望大学成为改变现实的力量，他失败了。作为教育部长，他失败了，这个国家文盲率仍在增长。作为政府的一员，试图进行农业改革，控制吃人的外国资本，他失败了。作为梦想阻止历史重演的作家，他也失败了。

---

[1] Darcy Ribeiro（1922-1997），巴西知识分子，在教育学、社会学和人类学都进行了很多研究和尝试。

这些是他的失败。这些是他的尊严。

（376）（李雪冰 译）

1979 年：智利圣地亚哥
固执的信仰

皮诺切特将军在对马普切人强制实行私人财产制的政令末尾盖上了签名印章。政府向乐意接受分割公社财产的人提供金钱、铁丝网和种子，并警告说拒绝和平接受的人最终会被迫接受。

皮诺切特不是第一个相信贪婪是人类天性的人，而这是上帝所愿。很早以前，征服者佩德罗·德·巴尔维迪亚曾试图打破智利土著社群。自那时起，在血与火中印第安人的一切都被剥夺了：土地、语言、宗教、习俗。但是，印第安人尽管只据守着最后几块土地，注定贫困，尽管他们对这么多战争和欺骗感到精疲力竭，但他们仍然坚持相信世界是一所共享的居所。

（李雪冰 译）

1979 年：查胡尔
危地马拉的另一堂政治教育课

帕特罗西尼奥·门楚是印第安玛雅基切人，生于齐美尔村，与他的父母共同捍卫被侵犯的公社的土地。他从父母那里学会了如何在高处行走不摔倒，学会了以古老的习俗向太阳致敬，学会了在大地上耕耘施肥，并为它拼命。

现在他是被军方卡车带到查胡尔示众的囚犯之一。他的姐姐里戈韦塔[1]认出了他，尽管那时他全身因被殴打而肿胀，眼睛、没有舌头的嘴和没有指甲的手指都在冒血。

五百个士兵——也是印第安人，其他地区的印第安人——守卫着仪式。查胡尔全村的人围成一个圈，被迫观看仪式。里戈韦塔被迫观看，在她心中，与所有人心中一样，爆发了无声的、含泪的咒骂。行刑队长向他们展示裸露的、被剥皮、手脚被砍、仍然活着的躯体，宣称这些是来危地马拉煽动叛乱的古巴人。队长仔细地展示了每个人遭受的刑罚，喊道：

"你们好好看看等待游击队员的是什么！"

然后他把囚犯淋上汽油，点燃。

帕特罗西尼奥·门楚还是根柔嫩的玉米。仅仅在十六年前他才被播种。

（72）（李雪冰 译）

玛雅人播种每一个出生的孩子

在群山之巅，危地马拉的印第安人埋下脐带，并把孩子带到火山爷爷、大地妈妈、太阳爸爸、月亮奶奶和所有强大的祖辈的面前，请求他们保护新生婴儿免受伤害、不犯错误：

"在浇灌我们的雨水面前，在我们的证人风的面前，我们，作为你们的一部分，在这里种下这个新生的孩子，这个新的伙伴……"

（李雪冰 译）

---

[1] 里戈韦塔·门楚（1959-）是危地马拉基切族印第安人，她积极宣传原住民的生存困境，呼吁改善原住民的权利，积极捍卫人权，并进行了一系列的社会斗争。1992年她获得诺贝尔和平奖，1998年获得阿斯图里亚斯王子奖。

1980 年：拉巴斯

古柯统治

路易斯·加西亚·梅萨将军 [1]，玻利维亚一个半世纪历史中第一百八十九位政变的发起人，宣布效仿智利实行自由经济，效仿阿根廷消灭极端分子。

与加西亚·梅萨一起，可卡因毒贩们接管了政府。甫上任的内务部长路易斯·阿尔塞·戈麦斯 [2] 上校将时间和精力分配到毒品走私和领导世界反共产主义联盟玻利维亚分部两件事上。他表示，在铲除马克思主义的毒瘤前不会休息，决不休息。

军政府的首次行动是暗杀马塞洛·基罗加·桑塔·克鲁斯 [3]，他是海湾石油公司及其四十个强盗的敌人，也是揭露地下肮脏交易的不可饶恕的人。

（157，257）（李雪冰 译）

1980 年：圣安娜德尔亚库马

一位现代企业家的特写

他投射子弹和贿赂。他腰间挂着金手枪，嘴角露出金色笑容。他的保镖佩带望远镜式瞄准器的冲锋枪。他拥有十二架装备齐全、带有导弹的战斗机和三十架运输机，每天清晨运输机从玻利维亚雨林起飞，运来可卡糊。罗伯托·苏亚雷斯 [4] 是新任内务部长的表兄和伙伴，

---

[1] Luis García Meza（1929-2018），1980 年 7 月 17 日至 1981 年 8 月 4 日担任玻利维亚总统，通过军事政变上台，上台后实施军事独裁统治，严厉打压左翼人士。

[2] Luis Arce Gómez（1938- ），玻利维亚军人和政客，曾多次参与政变，参与政治迫害，造成多人被杀或失踪。此外他进行毒品走私贸易，曾在美国服刑，现仍在玻利维亚的监狱中。

[3] Marcelo Quiroga Santa Cruz（1931-1980），玻利维亚社会主义党领导人，作家。

[4] Roberto Suárez Gómez（1932-2000），玻利维亚 20 世纪最大的毒枭，号称"可卡因大王"。

他每月出口一吨可卡因。

"*我的哲学，*"他说，"*就是行善。*"

他说他交给玻利维亚军方的钱足以偿还国家外债。

作为拉丁美洲优秀企业家，苏亚雷斯将盈利存到瑞士，受银行保密制度的保护。但是在他出生的圣安娜德尔亚库马镇，他修建主干道路，修复教堂，向寡妇和孤儿送缝纫机；每次他去那儿都会在掷骰子和斗鸡上下注几千美元。

苏亚雷斯是玻利维亚最大的资本家，拥有一家巨型跨国公司。在他的手上，古柯叶因为变成了可卡糊并出口国外而价格上涨了十倍。之后，当它变为粉末状，送达吸入它的鼻子时，其价格上涨二百倍。与贫穷国家的所有原材料一样，古柯养活了中间商，特别是吸食由古柯转化的可卡因——白色女神的富有国家的中间商。

（157，257，439）（李雪冰 译）

白色女神

白色女神是诸神中价格最高的。她比金子还贵五倍。在美国，一千万信众疯狂吸食，愿意为她杀人或自杀。每年，他们向她皑皑白雪般闪耀的祭坛脚下投放三百亿美元。长此以往，她将毁灭他们，首先偷走他们的灵魂；作为交换，她通过自身作用和恩典，把他们暂时变成超人。

（257，372）（李雪冰 译）

1980 年：圣玛尔塔
大　麻

美国大麻吸食者购买大麻的每一美元里，能到达哥伦比亚种植大麻的农民手上的几乎不到一分钱。剩下的九十九美分被毒贩收入囊中，他们在哥伦比亚拥有一千五百座机场、五百架飞机和一百只船。

在麦德林和圣玛尔塔郊区，毒品黑手党住在豪华别墅中。在别墅门口，一般会展示他们第一次走私用的轻型飞机，摆放在一块花岗岩石块上。他们摇晃着睡在金摇篮里的孩子，送给情人金指甲贴，在戒指或者领带上炫耀如探照灯一般朴素的钻石。

黑手党有互相残杀的习惯。四年前在圣玛尔塔市的街角，最受欢迎的毒贩卢乔·巴兰基利亚被冲锋枪扫射而死。凶手们为葬礼送去一个心形花环，并宣布将进行募捐，为他在主广场竖立一座雕像。

（95，406）（李雪冰 译）

1980 年：圣玛尔塔

圣阿加顿

很多人为卢乔·巴兰基利亚哭丧：在他的游乐场里玩耍的孩子，他保护的寡妇和孤儿，靠他贿赂过活的警察，以及靠他的借款和捐助生存的整个圣玛尔塔市。圣阿加顿也为他哭泣。

圣阿加顿是醉汉的保护神。狂欢节的周日，哥伦比亚整个海边的的酒鬼们赶到圣玛尔塔周边的玛玛托科村，把圣阿加顿搬出教堂，抬出去游行，唱着下流的歌，往他身上洒烧酒，而这正合他意。

但是醉汉们抬出去游行的是来自西班牙的长白胡子的冒牌货。真正的圣阿加顿长着印第安人的面孔，戴着草帽，半世纪前被一位禁酒的神父掳走了，神父把他藏在教士袍下面逃跑了。上帝惩罚他，让他患上麻风病，刺穿了陪同他的司事的眼睛，但是圣阿加顿仍藏匿在苏克雷的一个遥远村庄里。

这几天一队人行至苏克雷的那个村庄，请求他回来：

"你走后，"他们说，"再也没有奇迹和快乐。"

圣阿加顿拒绝了。他说他不会再回圣玛尔塔，因为那里有人杀了他的朋友卢乔·巴兰基利亚。

（李雪冰 译）

1980 年：危地马拉城

新闻剪辑

正是危地马拉总统罗密欧·卢卡斯·加西亚[1]将军下令焚烧西班牙大使馆，连同里面的人一起烧毁。这是内务部官方发言人埃利亚斯·巴拉奥纳[2]请求巴拿马政治庇护后，在召开的记者会上透露的消息之一。

根据巴拉奥纳所言，卢卡斯·加西亚将军个人要为三十九人的死亡负责，他们被警察投向西班牙大使馆的炸弹烧死。遇难者中包括二十七位印第安首领，此前他们为揭露基切地区的屠杀，和平进入了大使馆。

巴拉奥纳还透露，卢卡斯·加西亚将军指挥着一些具有准军事、准警察性质的队伍，称其为"死亡中队"，并参与制作了应被判消灭的反对者名单。

这位前内务部新闻秘书揭露，危地马拉正在实施平定和消灭共产主义的计划，该计划有四百二十页，由美国专家在越南战争经验基础上草拟而成。

1980 年上半年，危地马拉共有二十七位大学教师、十三名记者及七十位农民领导人被杀，其中大部分为土著人。镇压行动在基切区

---

[1] Romeo Lucas García（1924–2006），危地马拉的大地主，军人和政客。1978 年 7 月 1 日至 1982 年 3 月 23 日担任总统，他统治残暴血腥。1980 年 1 月 31 日他下令袭击、焚烧西班牙驻危地马拉大使馆，有 37 人被活活烧死，其中有里戈韦塔·门楚的父亲。下文说 39 人可能有误。

[2] Elías Barahona（1939–2014），危地马拉记者，1980 年，在罗密欧·卢卡斯总统身边工作四年之后，他决定逃离出去，揭露政府的残暴统治。

的印第安社群尤为猛烈，那里已经发现大量石油矿藏。

（450）（李雪冰 译）

1980 年：乌斯潘坦

里戈韦塔

她是印第安玛雅基切人，生在齐美尔村，自从学会走路起就在海边的种植园里收割咖啡、捡摘棉花。她在棉田里目睹了她的两个弟弟尼古拉斯、费利佩——最小的弟弟，和最好的朋友先后死去。他们还没长大，就被农药喷雾熏死了。

去年在查胡尔村，里戈韦塔·门楚目睹了军队如何把她的弟弟帕特罗西尼奥活活烧死。不久后在西班牙大使馆，她的父亲与其他印第安公社代表人一起被活活烧死。现在，在乌斯潘坦，士兵将她的母亲慢慢折磨死。他们先给她穿上游击队服装，再将她一点点切成碎片。

里戈韦塔出生的齐美尔公社，已无人幸存。

里戈韦塔是基督徒，她曾经被教育：真正的基督徒会原谅迫害她的人，并为刽子手的灵魂祈祷。她曾经被教育：当别人打了她一边脸时，真正的基督徒会把另一边脸伸过去。

"我已经没有能伸过去的脸了。"里戈韦塔确定地说。

（72）（李雪冰 译）

1980 年：圣萨尔瓦多

祭 品

几年前，他只与上帝沟通。现在他与所有人交谈，为所有人发声。被强权折磨的人民的每个孩子都是钉在十字架上的上帝的孩子；在人民心中，在强权犯下每次罪行之后上帝都会重生。罗梅罗蒙席是萨尔瓦多的大主教，他开创世界，粉碎世界，如今的他已与以前那个权贵赞赏的吞吞吐吐的灵魂布道者截然不同。现在人民不断欢呼鼓掌，打断他痛斥国家恐怖主义的布道讲演。

昨天，周日，大主教劝诫警察和士兵不要遵守屠杀农民兄弟的命令。以基督的名义，罗梅罗向萨尔瓦多人民呼喊：*"站起来，走下去。"*

今天，周一，凶手在两个巡逻警察的护送下来到教堂。他进门，藏在柱子后等待。罗梅罗在做弥撒。当他张开双臂分发面包和酒——人民的身体和鲜血——时，凶手扣动了扳机。

（259，301）（李雪冰 译）

1980 年：蒙得维的亚

说"不"的人民

乌拉圭的独裁政权举行全民公投，失败了。

这些被迫沉默的人民看起来像哑巴，但他们张开了嘴说"不"。这几年的寂静无声已然振聋发聩，但军政府将这种沉默与屈从混淆。他们没想到会得到这样的答复。毕竟，他们只是为了询问而询问，就像厨师命令母鸡们回答想配什么酱料被吃掉一样。

（李雪冰 译）

1980 年：整个尼加拉瓜

行 进 着

桑地诺主义革命不枪毙任何人，但是索摩查的军队，连军乐队都没有留下。步枪被分发到所有人手中，同时农业改革在荒芜的田地里展开。

一支庞大的志愿者军队，以笔和疫苗为武器，入侵了自己的国家。革命，揭露，属于那些相信且创造的人；不是威武行走的永远正确的神灵，而是普普通通的小民百姓，几个世纪以来他们被迫服从，被迫训练成无能的人。现在他们开始跌跌撞撞地走路了。他们寻找着面包和话语：这片土地，早已张开嘴，渴望着进食、说话。

（李雪冰 译）

1980 年：巴拉圭的亚松森

斯特罗斯纳

被赶下台、流亡的塔奇托·索摩查在亚松森的一个街角被炸到天上。

"谁做的？"马那瓜的记者问。

"羊泉村[1]。"指挥官托马斯·博尔赫回答。

塔奇托在巴拉圭首都找到避难所，这是世界上唯一一个还留有他的父亲塔乔·索摩查半身雕像的城市，这里有一条街仍然叫"大元帅佛朗哥大街"。

巴拉圭，或者说历经战争和掠夺后的巴拉圭仅剩的东西都归阿尔弗雷多·斯特罗斯纳[2]掌管。这位索摩查和佛朗哥的老同行每五年就通过选举来确认他的权力：为了让人们给他投票，斯特罗斯纳下令解禁二十四小时，暂时解除永久戒严状态。

斯特罗斯纳自认为无懈可击，因为他不爱任何人。国家就是他：每天下午六点整，他打电话给中央银行行长，问道：

---

[1] 此典故来自西班牙剧作家洛佩·德维加的代表剧作《羊泉村》，作品反映了 1476 年西班牙羊泉村人民反抗领主的真实故事。人们反抗暴政杀死领主，国王派来法官进行审问，问是谁杀死了领主，村民们众口一词地说是"羊泉村"。

[2] Alfredo Stroessner（1912–2006），巴拉圭总统、独裁者，当政 35 年（1954–1989），镇压异己人士，敛财 50 多亿美元。

"今天我们赚了多少钱？"

（李雪冰 译）

1980 年：整个尼加拉瓜

发 现 着

骑着马、划着船、走着路，扫盲队队员们进入尼加拉瓜最隐秘的区域。在油灯的光线下，他们教那些还不认识铅笔的人握笔写字，以便不再被那些自认为非常精明的人欺骗。

教学的过程中，队员们分享他们少得可怜的粮食，他们弯腰推车、除草，双手因砍柴而脱皮，晚上躺在地上打蚊子。他们在树上找到野生蜂蜜，在人身上找到传说、谣曲和遗失的智慧；慢慢地，他们逐渐学会了可用来调味、治病、缓解毒蛇咬伤的药草的秘密语言。队员们在教学过程中了解了这个国家所有的诅咒和奇迹，这是他们的国家，幸存者居住的国家：在尼加拉瓜，没有死于饥饿、瘟疫或枪击的人，会死于大笑。

（11）（李雪冰 译）

1980 年：纽约

自由女神好像长了天花

自由女神好像长了天花，这是由于雪和雨将工厂向天空排放的有毒气体返还到地面。在纽约州，一百七十个湖泊被酸雨杀死，但是联邦行政和预算办公室负责人却声称没必要担心，因为这些湖只占不到总数的百分之四。

世界是一座竞技场，而大自然是障碍物。烟囱排放的死亡气体让加拿大安大略省四千个湖中的鱼类和植物荡然无存。

"我们得请求上帝让一切重新开始。" 一位渔民说。

（李雪冰 译）

1980 年：纽约

列 侬

挂在阳台上的衬衫啪啪作响。风在抱怨。城市里的咆哮声、尖叫声与传遍大街小巷的警报悲鸣声混在一起。在这肮脏的一天，音乐的创始人约翰·列侬在曼哈顿的一个街角遇刺身亡。

他不想胜利，也不想杀人。他不能接受世界变成证券交易所或者军营。列侬处于竞技场的边缘：他心不在焉地唱着歌、哼着曲，看着其他人的车轮以令人晕眩的速度不停地在疯人院和屠宰场间来来回回。

（李雪冰 译）

1981 年：叙拉哈马尔

流 亡

玻利维亚的一座采矿营地和瑞典的一座城市之间的距离是多远？多少里？多少个世纪？多少个世界？

多米蒂拉，推翻军事独裁统治的五个妇女之一，已经被另一个军事独裁政府判处流亡，与矿工丈夫和众多子女，来到北欧的冰天雪地，并留了下来。

从一个什么都匮乏的地方到一个什么都富余的地方，从赤贫到奢华。他们满面泥土的脸上充满惊奇：在瑞典这里，扔进垃圾箱的电视机几乎是新的，衣服也没怎么穿过，家具还能用，冰箱、灶具、洗碗机都仍然运转良好。上一款汽车就被弃置不用。

多米蒂拉感谢瑞典人的支持，羡慕他们的自由，但这种浪费令她不悦。而孤独则让她痛心：可怜的富人们独自坐在电视机前，一个人吃，一个人喝，自言自语。

"我们，"多米蒂拉说，"在玻利维亚那里，即使我们之间要打架，我们也聚在一起。"

（1）（李雪冰 译）

1981 年：赛利卡镇

"运气差，人为失误，天气糟糕"

五月末一架飞机坠落，厄瓜多尔总统海梅·罗尔多斯[1]就这样结束了生命。当地几个农民听到了爆炸声，看到飞机坠毁前已陷入火海。

不允许医生们检查尸体。不准备解剖尸体。没发现黑匣子：有消息说飞机上原本就没有。拖拉机碾平了灾难现场。基多、瓜亚基尔和洛哈控制塔的录音被消除。几个证人陆续死于意外。空军报告事先排除袭击的可能。

"运气差，人为失误，天气糟糕。"但当时，罗尔多斯总统一直在捍卫被众人垂涎的厄瓜多尔石油资源，已经与被封锁的古巴重建关系，支持尼加拉瓜、萨尔瓦多和巴勒斯坦的该死的革命。

两个月后，另一架飞机坠落，在巴拿马。"运气差，人为失误，天气糟糕。"听到飞机在空中爆炸的两个农民消失了。因夺回巴拿马运河而有罪的奥马尔·托里霍斯早就知道自己不会寿终正寝。

旋即，一架直升机在秘鲁坠毁。"运气差，人为失误，天气糟糕。"这次受害者是秘鲁军队指挥官拉斐尔·奥约斯·鲁维奥将军，

───────────

[1] Jaime Roldós（1940-1981），1979-1981 年间担任厄瓜多尔总统，恢复民主政体。1981 年 5 月 24 日，下着大雨，海梅乘坐的厄瓜多尔军方飞机在该国南部洛哈省的山区失事坠毁，飞机上所有人员丧生。

他是美孚石油公司及其他国际慈善机构的宿敌。

（154，175）（李雪冰 译）

1982 年：南乔治亚岛
一位勇士的特写

五月广场母亲们曾叫他"天使"，因为他长着婴儿般粉嫩的面孔。他曾与这些母亲共同斗争了几个月，总是笑眯眯的，总是准备好帮助人。一天下午，一场会议结束离开时，士兵逮捕了运动中最活跃的斗士们。这些母亲像她们的孩子一样消失了，再也没人知道她们的下落。

被绑架的母亲们是由"天使"指认的，或者说是护卫舰中尉阿尔弗雷多·阿斯蒂斯[1]指认的，他是海军机械学校 3-3-2 任务小组的成员，在审讯室一直表现出色。

这位间谍和刑讯官阿斯蒂斯，如今是一艘军舰上的中尉，是马岛战争中第一个向英国人投降的。他一枪未发就投降了。

（107，134，143，388）（李雪冰 译）

1982 年：马岛
马岛战争

马岛战争是一场暂时把阿根廷压迫者和被压迫者团结起来的爱国主义战争，最终以大不列颠殖民军队的获胜结束。

那些保证战斗到流尽最后一滴血的阿根廷将军和上校什么都没做。发动战争的人没参加战斗，甚至没去过战场。为了让阿根廷国旗

---

[1] Alfredo Astiz（1950- ），曾是阿根廷海军军官，绰号"金发碧眼天使"或"死亡天使"，曾作为间谍打入阿根廷人权组织内部，马岛战争中投降作为战俘。阿根廷独裁结束之后，他因侵犯人权、施加酷刑而被判刑。2017年终被判决为终身监禁。

飘扬在这片冰冻之地——正义事业落入不正义者之手，高层指挥官们把义务兵役招募来的小伙子们派往屠宰场，在那里更多的人死于严寒，而非子弹。

他们的脉搏没有颤动：这些强奸被绑妇女、杀死手无寸铁的工人的刽子手坚定地签署了投降书。

（185）（李雪冰 译）

1982 年：拉曼却之路

环球旅行大师

"环球旅行大师"已经五十岁了，离他的出生地很远。在卡斯蒂利亚的一个小村庄里曾挑战过堂吉诃德的一座磨坊前，美洲木偶艺人之父哈维尔·比利亚法尼耶正在为他最爱的儿子庆生。为了能匹配上这个伟大的日子，哈维尔决定与刚认识的美丽吉卜赛女郎结婚；"环球旅行大师"以他独特的、忧郁的高贵气质主持了仪式和宴会。

"环球旅行大师"和流浪艺人哈维尔一辈子一直在一起，在世界各地表演木偶戏，时而甜言蜜语，时而互相捉弄。每当"环球旅行大师"被虫子和蛾子攻击而生病时，哈维尔便无比耐心地治愈他的伤口，并守着他睡觉。

每次演出开始时，面对着满怀期待的一群小孩子，他们俩总像第一次演出那样直打哆嗦。

（李雪冰 译）

1982 年：斯德哥尔摩

小说家加夫列尔·加西亚·马尔克斯获得诺贝尔奖，谈到我们这片注定百年孤独的土地

……我斗胆认为，是拉丁美洲异乎寻常的现实，而不仅仅是它的

文学表达，在今年引起了瑞典文学院的关注。一种并非写在纸上的现实，而是与我们一起生活的现实，它决定着我们日常无数死亡的每个时刻，滋养着永不满足的、充满不幸与美好的创作源泉。而我这个四处流浪和思乡怀旧的哥伦比亚人，只是被幸运指定的一个数字而已。那个放纵现实中的所有创造物：诗人和乞丐，音乐家和预言家，武士和恶棍，我们应该很少求助于想象力，因为我们面临的最大挑战，是我们没有足够的常规手段来让我们的生活可信。朋友们，这就是我们孤独的症结所在。

……用他人的框架来解释我们的现实，只能让我们变得越来越陌生，越来越拘束，越来越孤独……不：我们历史上无数的暴力和痛苦源自世代不公和无尽苦难，而非远离我们家园三千里之外策划的阴谋。但是，许多欧洲领导人和思想家却归咎于这个阴谋，和那些忘了自己年轻气盛时疯狂高产的祖辈一样犯了幼稚病，仿佛除了任由世界两大主人摆布之外就别无他路。朋友们，这就是我们孤独的严重程度……

（189）（李雪冰 译）

1983 年：圣乔治城
收复格林纳达岛

土地狭小的格林纳达——浩瀚的加勒比海上一颗几不可见的绿色小点，正遭受海军陆战队的猛烈侵略。罗纳德·里根总统派他们去消灭社会主义。海军陆战队杀死一个已死之人。几天前，几个垂涎权力的本地军官，以社会主义的名义杀死了社会主义。

继海军陆战队后，美国国务卿乔治·舒尔茨登岛。在新闻招待会上，他宣布：

"初来乍看，我就发现这里的房地产事业前景广阔。"

（李雪冰 译）

1983 年：拉贝尔慕达

玛利亚内拉

每天清晨，天刚亮，他们都去排队。他们是萨尔瓦多失踪人口的亲戚、朋友或爱人。他们去那里寻找或者传达消息，没有其他地方能询问或提供证据了。人权委员会的门一直开着，也可以从最近一枚炸弹在墙上轰开的窟窿里进入。

自萨尔瓦多农村游击战愈演愈烈后，军队就不再使用监狱了。委员会向世界宣布：七月：*被控参与恐怖主义活动而遭逮捕的十五位十四岁以下儿童已经找到，他们已被斩首*；八月：*今年已有一万三千五百平民被杀害或失踪……*

委员会的工作人员中，最爱笑的马格达莱娜·恩里克斯是第一个倒下的。士兵将她剥皮后扔到海边。接着轮到拉蒙·巴利亚达雷斯，他被子弹打得千疮百孔，扔到路边的泥地里。只剩下玛利亚内拉·加西亚·比拉斯了。

"恶草永不死。"她说。

她是在库斯卡特兰烧焦的土地上、在拉贝尔慕达村附近被杀的。当时，她拿着照相机和录音机收集证据，以揭露军队向起义的农民投掷白磷的罪行。

(259)（李雪冰 译）

1983 年：智利圣地亚哥

收复智利十年后

"您有权利进口一头骆驼。"财政部长说。通过电视屏幕，部长呼吁智利人民抓住自由贸易的机会。在智利，任何一个人都可以用真正的非洲鳄鱼来装点房子，民主就是在芝华士酒和黑标尊尼获加酒之间做出选择。

一切都是进口的。扫把、鸟笼里的秋千、木拖鞋、加到威士忌里的水都来自国外；法棍从巴黎空运过来。从美国进口的经济政策迫使智利人搜刮山上的矿脉寻找铜矿，其他什么也不能做：连一根别针都不能生产，因为韩国的别针更便宜。任何创造性活动都违反了市场法，这就是所谓的命运法。

从美国进口来的还有电视节目、汽车、冲锋枪和塑料花。在圣地亚哥的富人区，随处可碰到日本电脑、德国盒式录像带、荷兰的电视机、瑞士的巧克力、英国的果酱、丹麦的火腿、台湾西装、法国香水、西班牙的金枪鱼、意大利橄榄油……

不消费的人不存在，被利用被抛弃的人民，也不存在，尽管他们为这场赊账的狂欢付账。

失业的工人们在垃圾堆里翻找。到处都贴着告示牌："没有空缺职位，别再问了。"

外债和自杀率增加了六倍。

（169，231）（李雪冰 译）

1983 年：卡维尔多和佩托尔卡之间的一座峡谷中
电 视

在阿曼多用驴子扛来那个箱子之前，艾斯卡拉特一家什么都没有。

阿曼多·艾斯卡拉特在外面待了整整一年。他在海上工作，为渔民做饭，还在拉利瓜村子里打零工，什么活都干，吃剩饭，日夜辛勤工作，终于攒够一沓钱，买下它。

当阿曼多从驴上下来，打开箱子时，全家都惊得说不出话来。在智利山区的这些村里，没人见过类似的东西。人们像朝圣一般从很远的地方赶来，观看这台用卡车电池驱动的十二英寸彩色索尼电视。

在这之前，艾斯卡拉特一家一无所有。现在他们还是挤在一起睡

觉，靠制作奶酪、编织羊毛、为庄园主放羊来勉强度日。但是，这台
电视像图腾一样立在他家芦苇盖顶泥巴糊墙的土房中央。屏幕里，可
口可乐向他们献上生活的火花，雪碧向他们展示青春的泡沫，万宝路
香烟增添男子气概，吉百利糖果促进人际交流，信用卡是财富的象
征，迪奥香水和皮尔·卡丹衬衫彰显不同，沁扎诺苦艾酒是社会地位
的体现，马丁尼酒激起狂热的爱，雀巢配方奶赋予他们永恒的活力，
而雷诺汽车则代表新的生活方式。

（230）（李雪冰 译）

1983 年：布宜诺斯艾利斯

侦探奶奶们

当阿根廷军事独裁政府土崩瓦解时，五月广场奶奶们在寻找他
们失踪的孙子。这些孩子与他们的父母一起被监禁或者出生在集中营
里，已经像战利品一样被分发；不止一个孩子认杀死自己父母的凶手
为父母。奶奶们通过手头的线索展开调查：照片、零散的资料、胎
记、见过某些零星场景的某个人。就这样，她们凭借智慧和雨伞的击
打一步步劈出道路，已经找回了几个孩子。

塔玛拉·阿尔塞一岁半时消失，但她没有落入军人手中。她住
在郊区的村子里，当她被遗弃在那里时，一户善良的人家把她捡了回
来。在她母亲的请求下，奶奶们踏上寻找之路。她们掌握的线索很
少。经过长期复杂的追踪后，她们找到了她。每天早上，塔玛拉坐着
马拉的小车去卖煤油，但她从不抱怨命运。一开始她甚至不愿听人提
起亲生母亲。奶奶们一点一点地跟她解释，她是罗莎的女儿，那位玻
利维亚女工母亲从没抛弃她。一天晚上，在布宜诺斯艾利斯，她的母
亲在工厂门口被逮捕了……

（317）（李雪冰 译）

1983 年：利马

塔玛拉飞了两次

罗莎遭受酷刑，在一名医生的监控下——医生会下令何时停止。她被强奸，被空包弹射击。她被关押了八年，没有审讯也没有解释，直到去年她被赶出阿根廷。现在她在利马的机场等待着。她的女儿塔玛拉正飞越安第斯山来找她。

两个找到塔玛拉的奶奶陪着她。她吃掉了所有的飞机餐，连一点面包屑、一粒砂糖都没剩下。

在利马，罗莎和塔玛拉发现了对方。她们一起照镜子，两个人长得一模一样：一样的眼睛，一样的嘴巴，同样的地方长着同样的痣。

夜幕降临，罗莎给女儿洗澡。在陪她睡觉时，罗莎闻到她身上有一股甜蜜的奶香味，她又给女儿洗了一次澡。之后，又洗一次。不管用多少香皂，她都无法除去那股味道。那是一种奇怪的味道……突然，罗莎想起来了。那是刚喂完奶时小婴儿身上的味道：塔玛拉十岁了，今晚她闻起来像新生儿。

（317）（李雪冰 译）

1983 年：布宜诺斯艾利斯

如果沙漠变成海洋，大地变成天空？

五月广场母亲和奶奶们令人害怕。因为，假如她们厌烦了在玫瑰宫前转圈，开始签署政府法令，会发生什么？假如大教堂台阶上的乞丐抢过大主教的教士袍和帽子，自己站上讲师台布道，会发生什么？假如马戏团诚实的小丑在军营和大学讲堂上发号施令，会发生什么？假如他们开始这样做，该怎么办？假如？

（李雪冰 译）

1983 年：佩蒂门托高原

墨西哥的梦剧场

像每年一样，萨波特克印第安人来到佩蒂门托高原。

这里一侧能看到大海，另一侧是高山和悬崖。

在这里梦释放出来。一个跪着的男人站起来，走进森林里，胳膊挽着看不见的新娘。有的人像无精打采的水母一样移动，在风之船里航行。有的人在风中画画，有的人双腿上绑着一根树枝，庄严肃穆地骑行。小石子变成玉米粒，橡树果变成鸡蛋；老人变成孩子，孩子变成巨人；一片树叶变成镜子，返还给每个照镜人美丽容颜。

一旦有人不严肃对待这场人生的总排演，符咒就会破灭。

（418）（李雪冰 译）

1983 年：杜马河

实 现 着

在尼加拉瓜，子弹在尊严和鄙视之间嗖嗖地飞来飞去。战争夺去了许多人的生命。

这是抗击侵略者的军营之一。这些志愿军从马那瓜最贫穷的地区，来到遥远的杜马河平原。

每次战火停歇时，"老师"贝托就开始传播文字。这种传播发生在某个民兵想请他写一封信时。贝托照做了，随后说道：

"这是我帮你写的最后一封信。我送你一点更好的东西。"

塞巴斯蒂安·福埃特斯是来自埃尔马尔蒂托区的钢铁战士，中等年龄，有过多年打仗经验，也有不少女人，他是这些人中凑过身来接受扫盲的一个。接下来，在战斗喘息的间歇里，他写断了铅笔，划破了许多纸，并坚定地忍受着讨厌的嘲笑。短短几日后，5 月 1 日到了，他的同伴们推选他做演讲。

演讲在满是马粪牛粪和虱子的牧场举行。塞巴斯蒂安站在一个箱子上，从口袋里掏出一张折叠的纸，开始读出自他手的文字。他伸长胳膊，把纸拿远一些，因为他视力不好，又没有眼镜：

"8221 营的兄弟们！……"

（李雪冰 译）

1983 年：马那瓜
挑 战 着

缕缕烟雾从火山口和步枪口喷出。农民们骑着驴奔赴战场，肩上带着一只鹦鹉。上帝在想象出这片轻声细语的土地时一定是原始艺术画家。

而为反对派提供训练和资金的美国，则让这片土地注定充满死亡和杀戮。在洪都拉斯，索摩查党人攻击她；在哥斯达黎加，埃顿·帕斯托拉[1]背叛了她。

现在罗马教皇来了。教皇咒骂着那些爱尼加拉瓜超过爱天堂的教士，还粗暴地让那些请求他为被害的爱国者的灵魂祈祷的人闭嘴。在与广场上聚集的天主教徒争论后，他气冲冲地离开了这片恶魔之地。

（李雪冰 译）

1983 年：梅里达
人们把上帝立起来

人们把上帝立起来，人们知道上帝需要他们帮助他立在这个世

---

[1] Edén Pastora（1936– ），原尼加拉瓜桑地诺民族解放阵线重要领导人之一。革命胜利后不久，他与桑解阵的领导人关系紧张，谴责桑解阵已偏离原来的思想主张，与共产主义和古巴、苏联走得越来越近。1982 年他先后流亡至巴拿马和哥斯达黎加，在哥斯达黎加成立了反桑解阵的政党民主革命联盟（ARDE）。1989 年回国积极参加政治活动。现在与桑解阵达成和解。

界上。

每年，婴儿耶稣出生于梅里达以及委内瑞拉的其他地方。民歌歌手们在小提琴、曼陀罗琴和吉他的伴奏下唱着民歌，同时教父们用一块宽布把躺在马厩里的婴儿抱起来——这是一项精细又严肃的任务——，然后抱着他出去散步。

教父们带着孩子穿过大街小巷。东方三王、牧羊人跟随在后，人群向他抛送鲜花、亲吻。在接受世界的热烈欢迎之后，教父们把耶稣带回马厩，玛利亚和何塞在那里等着他。在那里他们把他立起来。

教父们以全区人的名义，第一次把耶稣立起来，让他站在父母之间。站立仪式结束后，人们唱起《玫瑰经》，在场的人都得到了十二个蛋黄这种传统做法做的松糕和鲜葡萄酒。

（463）（李雪冰 译）

1983 年：马那瓜

新闻剪辑

据尼加拉瓜日报《新闻报》报道，马那瓜某区一个妇女生了一只母鸡。与教会领导层有联系的消息来源并没有出面戳穿此次离奇事件可能是上帝愤怒信号的谎言。他们认为聚集在教皇面前的人群的态度可能已经耗尽了神圣的忍耐。

1981 年，尼加拉瓜曾发生两起引起强烈反响的圣迹。当年，圣母库阿帕在琼塔雷斯区的农田显灵。圣母赤着脚，头戴星辰冠冕，站在一片耀眼得让目击者失明的光环中央，向一位叫贝纳尔多的司事传达宣言。上帝的母亲表示支持里根总统打击受无神论和共产主义影响的桑地诺主义。

不久后，无玷成胎圣母在马那瓜一个房子里连续几天大量流汗、流泪。大主教奥万多站在祭坛前，呼吁教民祈祷，向纯洁的圣母祈求原谅。后来，警察发现这座石膏圣像的主人连续几夜将其浸入水中并放在冰箱里，如此，圣母像放到高温环境中就能够在信众朝圣时流汗、流泪。此后，圣母便停止流泪流汗。

（李雪冰 译）

1984 年：梵蒂冈

宗教裁判所

宗教裁判所现在叫信理部这个最谨慎的名字。他们已不再活活烧死异教徒，尽管仍不乏此意愿。他们最大的担忧来自美洲。宗教法庭的法官以教皇的名义召来拉美神学家莱昂纳多·博夫[1]和古斯塔沃·古铁雷斯[2]。在梵蒂冈，他们因不尊重恐惧教会而被严厉斥责。

恐惧教会是一家富有的跨国公司，它崇敬痛苦和死亡，急切希望把任何一个木匠之子——那些在美洲沿海地区教唆渔民起义、挑衅帝国的人——钉在十字架上。

（李雪冰 译）

1984 年：伦敦

东方三王不相信孩子们

美国、日本、联邦德国、英国、法国、意大利和加拿大的首脑们齐聚兰卡斯特宫，为这个保障金钱自由的组织庆祝。资本主义世界最强大的七个国家一致赞赏"国际货币基金组织在发展中国家的工作"。

---

[1] Leonardo Boff（1938— ），原名 Genésio Darci Boff，巴西神学家、哲学家，曾做过方济各教士。他与古铁雷斯共同创立了解放神学，1984 年因为文章中宣扬解放神学思想而接受梵蒂冈信理部的询问，并被处罚噤声一年。他与弟弟克洛多维斯·博夫（1944— ）都是解放神学的拥护者。

[2] Gustavo Gutiérrez（1928— ），秘鲁神学家，多明我会教士，解放神学的代表人物。

祝贺中没有提及刽子手、刑讯官、宗教法庭法官、监狱看守和告密者，这些人是国际货币基金组织在"发展中国家"的公职人员。

（李雪冰 译）

贫穷国家的六步循环交响曲

为了让工人劳动力日益顺从、廉价，贫穷国家需要由刽子手、刑讯官、宗教法庭法官、监狱看守和告密者组成的军团。

为了向这些军团提供食物和武器，贫穷国家需要富裕国家的贷款。

为了偿还贷款的利息，贫穷国家需要更多贷款。

为了偿还累计贷款的利息，贫穷国家需要增加出口。

为了增加产品的出口，而该死的产品价格注定不断下降，贫穷国家需要降低生产成本。

为了降低生产成本，贫穷国家需要日益顺从、廉价的工人劳动力。

为了让工人劳动力日益顺从、廉价，贫穷的国家需要由刽子手、刑讯官、宗教法庭法官……组成的军团。

（李雪冰 译）

1984 年：华盛顿

"1984"

美国国务院决定把拉丁美洲及其他地区人权侵犯报告中的"谋杀"一词删去，必须以"非法或随意剥夺他人生命"代之。

中央情报局在他们的实际恐怖主义手册中回避"谋杀"一词已有一段时间了。当中情局杀死或下令杀死某个敌人时，不是"谋杀"，而是"让他中立化"。

美国国务院把在其边境南方的国家登陆的战斗部队称为"维和部

队"，把为了恢复在尼加拉瓜生意而斗争的人称作"*自由斗士*"。

（94）（李雪冰 译）

1984 年：华盛顿

我们都是人质

尼加拉瓜和其他蛮横的国家仍不知晓"*停止历史进程，否则世界完全毁灭*"的命令。

"*我们将不能容忍……*"里根总统警告道。

云层之上，核轰炸机在盘旋。在更高处，军事卫星在窥视。在地下、在海底，藏着导弹。地球仍在转动，因为大国允许它这么做。一个橙子大的钚弹足以炸毁整个地球，而一次足量的核辐射释放则能将地球变为蟑螂横行的沙漠。

里根总统说，圣徒路加（福音书，14.31）建议增加军事开销来对抗共产主义乌合之众。经济军事化；武器发射出金钱，以购买发射金钱的武器；要制造武器、汉堡和恐惧。没有比售卖恐惧更好的生意了。总统欣喜地宣布要实行外空军事化。

（430）（李雪冰 译）

1984 年：圣保罗

收复巴西二十年后

军事独裁政府的最后一任总统菲格雷多[1]将军把政府留给民众。

---

[1] 若昂·菲格雷多（1918-1999）是巴西军官，1964 年参与军事政变，开启了巴西 21 年的军事独裁时期，菲格雷多则是这一时期最后一任总统（1979-1985）。1979 年他签署了大赦法，赦免 1961 年至 1978 年的"政治犯或相关的罪行犯"。1985 年任满去职，把国家还给民选总统。

当有人问他假如他是工薪微薄的工人，会怎么做。菲格雷多将军回答道：

"我会在自己的脑门上开一枪。"

巴西正遭受饥饿繁荣。在向世界出售粮食的国家中，它位列第四；在遭受饥饿困扰的国家中，它位列第六。目前，巴西除了出口咖啡，还出口武器和汽车，而且它生产的钢铁比法国还多；但是，巴西人比二十年前个头更矮，体重更轻。

几百万无家可归的儿童在圣保罗和其他城市的街道上游荡，寻找着食物。楼房变成堡垒，看门人变成了武装警卫。所有公民要么被袭击，要么是袭击者。

（371）（李雪冰 译）

1984 年：危地马拉城
收复危地马拉三十年后

收复危地马拉三十年后，军事银行成为国家最重要的银行机构，仅次于美洲银行。将军们轮流上台执政，相互推翻统治，从上一个独裁走向下一个独裁；但是所有人都实施同样的消灭印第安人的土地政策，他们认为印第安人居住在富含石油、镍矿或其他有价值物质的土地上是有罪的。

现在已经不再是联合果品公司的时代，而是格蒂石油公司、德士古公司和国际镍公司的时代。将军们摧毁了很多印第安公社，把更多的人逐出家园。被剥夺一切、饥肠辘辘的印第安人成群结队地在山区游荡。他们从恐怖中走来，却并不走向恐怖。他们缓慢地走着，秉持着古老的信念：终有一天，贪婪和专横都会遭到惩罚。夜晚降临时，老一辈玉米人在给玉米孩子们讲故事时就是这么保证的。

（367，450）（李雪冰 译）

1984 年：里约热内卢

拉丁美洲集体记忆的灾难

公共会计师若昂·戴维·多斯桑托斯得知可以领取大额迟发的工资时，高兴得跳了起来。虽然以实物形式发放，但总是领了工资。由于资金匮乏，社会科学研究中心支付给他整整一座图书馆，馆内藏有九千本书和五千多本杂志和手册。图书馆曾致力于收藏巴西当代历史资料，拥有关于东北地区农民联盟、热图利奥·瓦加斯政府以及其他许多主题的极其珍贵的资料。

于是多斯桑托斯会计师出售这座图书馆。他想卖给文化组织、历史研究机构和几家政府部门。没有一家有资金。他尝试出售给大学，公立私立的，试了一家又一家，没有一家接受。他将图书馆暂借给一所大学，几个月后他们要求他开始支付租金。后来他试着卖给个人。没有人表示出一丁点儿的兴趣：国家历史是个谜团或者谎言抑或哈欠。

当他终于把图书馆卖给蒂茹卡纸厂时，倒霉的会计师多斯桑托斯感到如释重负。纸厂把所有书籍、报纸和手册变成了彩色卫生纸。

（371）（李雪冰 译）

1984 年：墨西哥城

对抗遗忘

对抗遗忘这个真正杀死人的唯一死亡，卡洛斯·基哈诺[1]写下了他曾写下的一切。这个爱发牢骚、好惹事的老头子世纪之初出生在蒙得维的亚，现在死在流亡的他乡，而与此同时乌拉圭的独裁政府正在垮台。他死在全身心工作之时，他正在准备他的《前进》报的新一期

---

[1] Carlos Quijano（1900-1984），乌拉圭的政治家、律师、记者和作家，创建并领导《前进》周刊。

的墨西哥版。

　　基哈诺推崇矛盾。他人看作异教的行为，在他看来是生命的符号。他控诉侮辱民族和群众的帝国主义，并宣称拉丁美洲注定要创造一种与其先知们的期望相匹配的社会主义。

（356）（李雪冰 译）

1984 年：墨西哥城
活人的复活

　　墨西哥民族有吃掉死亡——流淌出彩色糖浆的、以糖或巧克力为原料的骷髅——的习俗。除了吃掉死亡，他们喝掉它，为它歌唱，为它跳舞，与它共眠。为了嘲笑权力和金钱，有时他们给死亡戴上单目镜，穿上长袍，配上肩章和奖章。但墨西哥人更喜欢它赤身裸体、秀色可餐、有些微醺，手挽手地带着它去狂欢。

　　亡灵节理应被叫作"活人节"，不过仔细想来，叫哪个名字都一样，因为来者即去，去者即来，毕竟开始的开始总是在结尾的结尾。

　　"我爷爷太小啦，他比我还晚出生呢。"一个清楚自己在说什么的孩子说道。

（李雪冰 译）

1984 年：埃斯特利
相 信 着

　　她们负责接生，她们以助人分娩、给人光亮为职业。当胎位不正时，她们用娴熟的手把胎儿摆正，给产妇传递力量和安心。

　　今天在尼加拉瓜边境附近的埃斯特利区，村里和山上的接生婆在举行庆祝活动。她们聚在一起，庆祝一件非常值得高兴的事：一年来该地区没有一个新生儿因破伤风死亡。接生婆们已不再用砍刀斩断或者用动物油烫脐带，也不会还没消毒就把脐带扎起来，孕妇也开始接种保护肚中胎儿的疫苗。这里已经没人再相信疫苗是把基督徒变成共产党的苏联巫药；没有人，或几乎没人再相信新生儿会因醉酒男人或来月事女人的紧紧凝视而死亡。

这片区域是战争区，遭受着侵略者的持续骚扰：

"在这里，我们是在鳄鱼的嘴里啊。"

许多母亲上了战场。留下的母亲则分享她们的奶水。

（李雪冰 译）

1984 年：哈瓦那

七十九岁的米格尔

一个世纪以来，这个男人承受过巨大的痛苦，多次因中弹或昏厥而死。现在，自流亡以来，他依然坚定地支持故乡人民的战争。

晨曦照到他时，他总是已起床，刮好了胡子，正在谋划。他能够在记忆的旋转门中转一圈又一圈，但是，当还未经历的时刻、尚未走过的路途呼唤他时，他还是不知道如何充耳不闻。

这样，在他七十九岁的时候，每一天，这位无休止诞生的老艺术大师米格尔·马莫尔都会重新诞生。

（李雪冰 译）

1984 年：巴黎

回声去寻找声音

当胡里奥·科塔萨尔[1]一边写着令人喜爱的话语时，一边也在进

---

[1] Julio Cortázar（1914-1982），阿根廷著名作家，主要作品有《跳房子》《万火归一》《动物寓言集》等。

行他自身的旅行，通过时间隧道的溯流旅行。他从结尾走向开端：从失望到热情，从冷漠到激情，从孤独到团结。年近七十时，他是一个同时拥有全部年龄的孩子。

飞鸟朝着鸟蛋飞翔：科塔萨尔逐渐走回生命的源头，年复一年，日复一日，走向做爱——这一行为孕育了他们——的恋人的怀抱中。现在他死了，现在他进入大地，就像男人进入女人的身体，回到了他来时的地方。

（李雪冰 译）

1984 年：圣埃伦娜角
永恒的拥抱

不久前他们被发现了，在一片荒漠中，很久以前曾是厄瓜多尔的松巴海滩。现在，他们就在这里，曝露在阳光下，供人观看：一男一女拥抱着躺在一起，沉睡中的恋人已历经永恒岁月。

一位考古学家在挖掘印第安人的墓时发现了这一对因爱而连在一起的骨架[1]。八千年前，这对松巴的恋人便犯下了死不分离的大不敬之罪，任何人凑近去看都能注意到死亡并没有给他们带来一丝忧虑。

他们绝妙的美丽令人惊异，因为要考虑到他们只是一对在纯粹干燥灰暗的丑陋沙漠中的丑陋骨架；他们的质朴更令人惊异。这对在风中沉睡的恋人似乎并未意识到，他们比特奥蒂瓦坎的金字塔、马丘比丘的圣殿或伊瓜苏瀑布更加神秘、伟大。

（李雪冰 译）

---

[1] 这对骨架被命名为"松巴情侣"。松巴（Sumpa 或 Zumpa）在印第安语言中意为"尖端，角"，指的是现今厄瓜多尔圣埃伦娜省（包括圣埃伦娜半岛）所管辖的所有区域。经过考古发现，该地区 2 万多年前有人类活动，而这对骨架和周边遗迹表明在 7000 多年前，已有人类在此地定居，进行农业生产。

1984 年：比奥莱塔·帕拉村

被抢走的名字

皮诺切特将军的独裁政府改变了智利圣地亚哥郊区二十个贫民区——罐头和纸板搭建的棚户——的名字。在重命名的时候，比奥莱塔·帕拉[1]村得到某位英雄军人的名字。但是居民们不接受这个不由他们选择的名字：他们要么是比奥莱塔·帕拉村人，要么什么都不是。

一段时间以前，在一次全体大会上，大家决定以那位声音沙哑的农村女歌手的名字命名村子，因为在她抗争的歌曲中她知道如何歌颂智利的神秘。

比奥莱塔罪孽深重，粗俗，喜爱弹吉他、长谈和恋爱，因为跳舞逗乐，她经常把馅饼都烤焦了。"感谢生命，它给予我太多……"她在最后一首歌中唱道；而一场激烈的爱情将她投向死亡。

（334，440）（李雪冰 译）

1984 年：特皮克

被找到的名字

在墨西哥纳亚里特州的群山中，有一个没有名字的社群。几个世纪里，那个维乔印第安人的部落一直在寻找名字。卡洛斯·冈萨雷斯偶然间找到了它。

这个维乔印第安人来到特皮克市买种子、看望亲戚。在穿过垃圾堆时，他从废物中捡起一本书。好些年前卡洛斯学会用卡斯蒂利亚语阅读，勉勉强强还认得。他坐在屋檐的阴影下，开始解读字里行间的话。这本书讲的是一个名字奇怪的国家，卡洛斯不知道那个国家在哪里，但他知道想必离墨西哥很远，书中的故事发生在几年前。

---

[1]　Violeta Parra（1917-1967），智利民歌歌手，刺绣艺人，南美新民歌运动的先驱人物。

回去的路上，卡洛斯一边爬山一边继续读书。他无法放下那个关于恐怖和勇敢的故事。书中的主角是一个信守诺言的男人。到达村子后，卡洛斯欣喜地宣布：

"我们终于有名字了！"

他大声向全村人朗读那本书。他读得磕磕绊绊，差不多花了一星期才读完。随后，一百五十个家人开始投票。所有人都同意。大家载歌载舞地完成了命名仪式。

现在他们有可以称呼自己的名字了，这个社群以一位值得尊敬的人物命名，他在背叛和死亡间毫不犹豫地做出了选择。

"我要去萨尔瓦多·阿连德村。" 现在赶路的人这么说。

（466）（李雪冰 译）

1984 年：布鲁菲尔兹

飞 翔 着

深深的树根，高大的树干，繁花盛开的树枝：在世界中心立着一棵没有刺的树，一棵懂得如何让飞鸟栖息的树。跳舞的人们成双结对地围着树转动，他们肚脐贴着肚脐，随着唤醒石头、点燃天空的音乐节奏一起扭动。舞者们边跳边将五颜六色的长彩带缠到树上又解开。在尼加拉瓜这个饱受折磨、持续遭到入侵、持续遭到炮轰枪击的沿海地带，人们仍像往年一样庆祝五朔节。

生命之树知道，无论发生什么，环绕着它的热烈音乐永远都不会停止。无论有多少死亡，无论流多少鲜血，只要空气还能让男人们和女人们呼吸，大地还能让他们耕耘和热爱，音乐就能让他们翩翩起舞。

（李雪冰 译）

1986 年：蒙得维的亚

一 封 信

阿纳尔多·奥尔菲拉·雷纳尔
21 世纪出版社编辑部

亲爱的阿纳尔多：

这是《火的记忆》的最后一卷。正如你所见，它结束于 1984 年。为什么不是之前，或者之后，我也不知道。或许因为这是我流亡的最后一年，是一个周期的结束，一个世纪的结束；抑或因为这本书就想这样安排。无论如何，这本书和我都知道，最后一页也是第一页。

请原谅这本书花了我太长时间。写这本书时我的手很快乐。现在，我比以往任何时候都感到骄傲，骄傲我出生在美洲，在这片污秽之地，在这片神奇之地，在风的世纪里。

不多说了，因为我不想用空话埋没神圣之物。

拥抱你！

爱德华多

（《火的记忆》第三卷终）

参考文献

1. Acebey, David, *Aquí también Domitila*, La Paz, s/e, 1984.

2. Adams, Willi Paul, *Los Estados Unidos de América*, Madrid, Siglo XXI, 1979.

3. Aguiar, Cláudio, *Caldeirão*, Río de Janeiro, José Olympio, 1982.

4. Aguilar Camín, Héctor, *Saldos do la revolución. Cultura y política de México, 1910/ 1980*, México, Nueva Imagen, 1982.

5. Aguiló, Federico, *Significado socio-antropológico de las coplas al Cristo de Santa Vera Cruz*, ponencia al II Encuentro de Estudios Bolivianos (mimeo), Cochabamba, 1984.

6. Agudelo, William, *El asalto a San Carlos. Testimonio de Solentiname*, Managua, Asoc. para el Desarrollo de Solentiname, 1982.

7. Alape, Arturo, *El bogotazo. Memorias del olvido*, Bogotá, Pluma, 1983.

8. —*La paz, la violencia: testigos de excepción*, Bogotá, Planeta, 1985.

9. Alegría, Claribel, y D. J. Flakoll, *Cenizas de Izalco*, Barcelona, Seix Barral, 1966.

10. —*Nicaragua: la revolución sandinista. Una crónica política, 1855/1979*, México, Era, 1982.

11. Alemán Ocampo, Carlos, *Y también enséñenles a leer*, testimonios, Managua, Nueva Nicaragua, 1984.

12. Alfaro, Eloy, *Narraciones históricas*, prólogo de Malcolm D. Deas, Quito, Editora Nacional, 1983.

13. Alfaro, Hugo, *Navegar es necesario*, Montevideo, Banda Oriental, 1985.

14. Alí, Muhammad, *The greatest: my own story*, Nueva York, Random, 1975.

15. Allen, Frederick Lewis, *Apenas ayer. Historia informal de la década del 20*, Buenos Aires, EUDEBA, 1964.

16. Almaraz Paz, Sergio, *Réquiem para una república*, La Paz, Universidad, 1969.

17. —*El poder y la caída*, La Paz/Cochabamba, Amigos del Libro, 1969.

18. Almeida Bosque, Juan, *Contra el agua y el viento*, La Habana, Casa de las Américas, 1985.

19. Amado, Jorge, *Los viejos marineros*, Barcelona, Seix Barral, 1983.

20. Amorim, Enrique, *El Quiroga que yo conocí*, Montevideo, Arca, 1983.

21. Anderson, Thomas, *El Salvador. Los sucesos políticos de 1932*, San José de Costa Rica, EDUCA, 1982.

22. Andrade, Joaquim Pedro de, *Garrincha, alegria do povo*, film producido por Barreto, Nogueira y Richers, Río de Janeiro, 1963.

23. Andrade, Mário de, *Macunaíma, o herói sem nenhum caráter*, Belo Horizonte/Brasilia, Itatiaia, 1984.

24. Andrade, Roberto, *Vida y muerte de Eloy Alfaro*, Quito, El Conejo, 1985.

25. Aodreu, Jean, *Borges, escritor comprometido*, en la revista《 Texto crítico 》núm. 13, Veracruz, abril/junio 1979.

26. Antezana, Luis E., *Procesos y sentencia de la reforma agraria en Bolivia*, La Paz, Puerta del Sol, 1979.

27. Arenales, Angélica, *Siqueiros*, México, Bellas Artes, 1947.

28. Arévalo Martínez. Rafael. *Ecce Pericles. La tiranía de Manuel Estrada Cabrera en Guatemala*, San José de Costa Rica, EDUCA, 1983.

29. Arguedas, Alcides, *Pueblo enfermo*, La Paz, Juventud, 1985.

30. Arguedas, José María, *El zorro de arriba y el zorro de abajo*, Buenos Aires, Losada, 1971.

31. —*Formación de una cultura national indoamericana*, México, Siglo XXI, 1975.

32. Aricó, José (Selección y prólogo), *Mariátegui y los orígenes del marxismo lat-*

inoamericano, México, Pasado y Presente, 1980.

33. Azuela, Mariano, *Los de abajo*, México, FCE, 1960.

34. Baptista Gumucio, Mariano, *Historia contemporánea de Bolivia, 1930/1978*, La Paz, Gisbert, 1978.

35. Barrán, José P., y Benjamín Nahum, *Batlle, los estancieros y el Imperio Británico. Las primeras reformas, 1911/1913*, Montevideo, Banda Oriental, 1983.

36. Barreto, Lima, *Os bruzundangas*, San Pablo, Ática, 1985.

37. Barrett, Rafael, *El dolor paraguayo*, prólogo de Augusto Roa Bastos, Caracas, Ayacucho, 1978.

38. Bayer, Osvaldo, *Los vengadores de la Patagonia trágica*, Buenos Aires, Galerna, 1972/1974, y Wuppertal, Hammer, 1977.

39. Beals, Carleton, *Banana Gold*, Managua, Nueva Nicaragua, 1983.

40. —*Porfirio Díaz*, México, Domés, 1982.

41. Belfrage, Cedric, *The american Inquisition, 1945/1960*, Indianapolis, Bobbs-Merrill, 1973.

42. Bell, John Patrick, *Guerra civil en Costa Rica. Los sucesos políticos de 1948*, San José de Costa Rica, EDUCA, 1981.

43. Beloch, Israel, y Alzira Alves de Abreu, *Dicionário histórico-biográfico brasileiro, 1930/1983*, Río de Janeiro, Fundação Getúlio Vargas, 1984.

44. Benítez, Fernando, *Lázaro Cárdenas y la revolución mexicana. El porfirismo*, México, FCE, 1977.

45. —*Lázaro Cárdenas y la revolución mexicana. El cardenismo*, México, FCE, 1980.

46. —*Los indios de México*, tomo III, México, Era, 1979.

47. —*La ciudad de México, 1325/1982*, Barcelona/México, Salvat, 1981/1982.

48. — (con otros autores), *Juan Rulfo, homenaje nacional*, México, Bellas Artes/SEP, 1980.

49. Benvenuto, Ofelia Machado de, *Delmira Agustini*, Montevideo, Ministerio de Instrucción Pública, 1944.

50. Bernays, Edward, *Biography of an idea*, Nueva York, Simon and Schuster, 1965.

51. Berry, Mary Frances, y John W. Blassingame, *Long memory, The black experience in America*, Nueva York/Oxford, Oxford University, 1982.

52. Bezerra, João, *Como dei cabo de Lampeão*, Recife, Massangana, 1983.

53. Bingham, Hiram, *Machu Picchu, la ciudad perdida de los incas*, Madrid, Rodas, 1972.

54. Bliss, Michael, *The discovery of insulin*, Toronto, McClelland and Stewart, 1982.

55. Bodard, Lucien, *Masacre de indios en el Amazonas*, Caracas, Tiempo Nuevo, 1970.

56. Bolaños, Pío, *Génesis de la intervención norteamericana en Nicaragua*, Managua, Nueva Nicaragua, 1984.

57. Bonfil Batalla, Guillermo, *El universo del amate*, México, Museo de Culturas Populares, 1982.

58. Borge, Tomás, *Carlos, el amanecer ya no es una tentación*, La Habana, Casa de las Américas, 1980.

59. Borges, Jorge Luis, *Obras completas, 1923/1972*, Buenos Aires, Emecé, 1974.

60. Bosch, Juan, *Trujillo: causas de una tiranía sin ejemplo*, Caracas, Las Novedades, 1959.

61. —*Crisis de la democracia de América en la República Dominicana*, revista《Panoramas》, núm. 14, suplemento, México, 1964.

62. —*La revolución de abril*, Santo Domingo. Alfa y Omega, 1981.

63. —*Clases sociales en la República Dominicana*. Santo Domingo, PLD, 1982.

64. Bravo-Elizondo, Pedro, *La gran huelga del salitre en 1907*, en la revista 《Araucaria》, núm. 33, Madrid, primer trimestre de 1986.

65. Branford, Sue, y Oriel Glock, *The last frontier. Fighting over land in the Amazon*, Londres, Zed, 1985.

66. Brecht, Bertolt, *Diario de trabajo*, Buenos Aires, Nueva visión, 1977.

67. Buarque de Holanda, Sérgio, *Visão do paraíso*, San Pablo, Universidad, 1969.

68. Buitrago, Alejandra, *Conversando con los gamines* (inédito).

69. Bullrich, Francisco, en *América Latina en su arquitectura*, varios autores, México,

Siglo XXI, 1983.

70. Buñuel, Luis, *Mi último suspiro* (*memorias*), Barcelona, Plaza y Janés, 1982.

71. —*Los olvidados*, México, Era, 1980.

72. Burgos, Elisabeth, *Me llamo Rigoberta Menchú, y así me nació la conciencia*, Barcelona, Argos-Vergara, 1983.

73. Cabezas, Omar, *La montaña es algo más que una inmensa estepa verde*, Managua, Nueva Nicaragua, 1982.

74. Cabral, Sergio, *As escolas de samba: o quê, quem, como, quando e porquê*, Río de Janeiro, Fontana, 1974.

75. —*Pixinguinha. Vida e obra*, Río de Janeiro, Lidador, 1980.

76. Caputo, Alfredo, *Educación moral y cívica*, Montevideo, Casa del Estudiante, 1978, y otros libros de texto por Dora Noblía y Graciela Márquez, Sofía Corchs y Alex Pereyra Formoso.

77. Cardenal, Ernesto, *Antología*, Managua, Nueva Nicaragua, 1984.

78. Cárdenas, Lázaro, *Ideario político*, México, Era, 1976.

79. Cardona Peña, Alfredo, *El monstruo en el laberinto. Conversaciones con Diego Rivera*, México, Diana, 1980.

80. Cardoza y Aragón, Luis, *La nube y el reloj. Pintura mexicana contemporánea*, México, UNAM, 1940.

81. —*La revolución guatemalteca*, México, Cuadernos Americanos, 1935.

82. —*Diego Rivera. Los frescos en la Secretaría de Educación Pública*, México, SEP. 1980.

83. —*Orozco*, México, FCE, 1983.

84. Carías, Marco Virgilio, con Daniel Slutzky, *La guerra inútil. Análisis socio-eco-nómico del conflicto entre Honduras y El Salvador*, San José de Costa Rica, EDUCA. 1971.

85. Carpentier, Alejo, *Tientos y diferencias*, Montevideo, Arca, 1967.

86. —*La música en Cuba*, La Habana, Letras Cubanas, 1979.

87. Carr, Raymond, *Puerto Rico: a colonial experiment*, Nueva York, Vintage, 1984.

88. Casaus, Víctor, *Girón en la memoria*, La Habana, Casa de las Américas, 1970.

89. Cassá, Roberto, *Capitalismo y dictadura*, Santo Domingo, Universidad, 1982.

90. Castro, Fidel, *La revolución cubana, 1953/1962*, México, Era, 1972.

91. —*Hoy somos un pueblo entero*, México, Siglo XXI, 1973.

92. Castro, Josué de, *Geografia da fome*, Río de Janeiro, O Cruzeiro. 1946.

93. Cepeda Samudio, Álvaro, *La casa grande*, Buenos Aires, Jorge Álvarez, 1967.

94. Central Intelligence Agency, *Manuales de sabotaje y guerra psicológica para derro-car al gobierno sandinista*, prólogo de Philip Agee, Madrid, Fundamentos, 1985.

95. Cervantes Angulo, José , *La noche de las luciérnagas*, Bogotá, Plaza y Janés, 1980.

96. Cépedes, Augusto, *Sangre de mestizos, Relatos de la guerra del Chaco*, La Paz, Juventud, 1983.

97. —*El presidente colgado*, La Paz, Juventud, 1985.

98. *Cien años de lucha*, varios autores, edición especial de la revista 《Cuba》, La Habana, octubre de 1968.

99. Clark, Ronald William, *Edison: the man who made the future*, Nueva York, Putnam, 1977.

100. Clase, Pablo, *Rubi. La vida de Porfirio Rubirosa*, Santo Domingo, Cosmos, 1979.

101. Crassweller, Robert D., *Trujillo. La trágica aventura del poder personal*, Barcelona, Bruguera, 1968.

102. Crawley, Eduardo, *Dictators never die. A portrait of Nicaragua and the Somozas*, Londres, Hurst, 1979.

103. Colombres, Adolfo, *Seres sobrenaturales de la cultura popular argentina*, Buenos Aires, Del Sol, 1984.

104. Coluccio, Félix. *Diccionario folklórico argentino*, Buenos Aires, 1948.

105. Collier, James Lincoln, *Louis Armstrong: an american genius*, Nueva York, Oxford University, 1983.

106. Comisión Argentina por los Derechos Humanos, *Argentina: proceso al genocidio*, Madrid, Querejeta, 1977.

107. Comisión Nacional sobre la Desaparición de Personas, *Nunca más*, Buenos Aires, EUDEBA, 1984.

108. Committee on Foreign Relations, The United States Senate, *Briefing on the cuban situation*, Washington, 2 de mayo de 1961.

109. Committee to study governmental operations with respect to intelligence activities, The United States Senate, *Alleged assassination plots involving foreign leaders: an interim report*, Washington, 20 de noviembre de 1975.

110. Condarco Morales, Ramiro, *Zárate, el temible Willka, Historia de la rebelióm indígena de 1899*, La Paz, s/e, 1982.

111. Condori Mamani, Gregorio, *De nosotros, los runas*, testimonio recogido pot Ricardo Valderrama y Carmen Escalante, Madrid, Alfaguara, 1983.

112. Constantine, Mildred, *Tina Modotti. Una vida frágil*, México, FCE, 1979.

113. Cooke, Alistair, *America*, Nueva York, Knopf, 1977.

114. Cordero Velásquez, Luis, *Gómez y las fuerzas vivas*, Caracas, Lumego, 1985.

115. Corrêa, Marcos Sá, *1964 visto e comentado pela Casa Branca*, Porto Alegre, L y PM. 1977.

116. Corretger, Juan Antonio, *Albizu Campos*, Montevideo, El Siglo Ilustrado, 1969.

117. Cueva, Gabriela de la, *Memorias de una caraqueña de antes del diluvio*, San Sebastián, s/e, 1982.

118. Cummins, Lejeune, *Don Quijote en burro*, Managua, Nueva Nicaragua, 1983.

119. Cunha, Euclides da, *A margem da história*, en *Obra completa*, Río de Jarleiro, Aguilar, 1966.

120. Chandler, Billy Jaynes, *Lampião, o rei dos cangaceiros*, Río de Janeiro, Paz e Terra, 1980.

121. Chaplin, Charlie, *Historia de mi vida*, Madrid, Taurus, 1965.

122. Christensen, Eleanor Ingalls, *The art of Haiti*, Filadelfia, Art Alliance, 1975.

123. Chumbita, Hugo, *Bairoletto. Prontuario y leyenda*, Buenos Aires, Marlona, 1974.

124. Daher, José Miguel, *Méndez: el Partido Demócrata de EE. UU. es socio de la*

sedición, en el diario 《La Mañana》, Montevideo, 9 de octubre de 1976.

125. Dalton, Roque, *Las historias prohibidas del Pulgarcito*, México, Siglo XXI, 1974.

126. —*Miguel Mármol. Los sucesos de 1932 en El Salvador*, La Habana, Casa de las Américas, 1983.

127. —*Poesía*, antología por Mario Benedetti, La Habana, Casa de las Américas, 1980.

128. Dardis, Tom, *Keaton, The man who would'nt lie down*, Nueva York, Scribner's, 1979.

129. Darío, Rubén, *Poesía*, prólogo de Angel Rama, Caracas, Ayacucho, 1977.

130. Davies, Marion, *The times we had. Life with William Randolph Hearst*, Indianapolis/Nueva York, Bobbs-Merrill, 1975.

131. Delgado Aparaín, Mario, *Mire que sos loco, Obdulio*, en 《Jaque》, Montevideo, 25 de enero de 1985.

132. Deutscher, Isaac, *The prophet outcast. Trotsky, 1929/1940*, Londres, Oxford University, 1963.

133. Della Cava, Ralph, *Milagre em Joaseiro*, Río de Janeiro, Paz e Terra, 1977.

134. *Diario del Juicio, el*, versiones taquigráficas del proceso a los jefes de la dictadura argentina, Buenos Aires, Perfil, 1985.

135. Diarios 《El Nacional》 y 《Últimas noticias》, Caracas, 28 y 29 de agosto de 1977.

136. Dias, José Humberto, *Benjamin Abrahão, o mascate que filmou Lampião*, en 《Cadernos de Pesquisa》, núm.1, Río de Janeiro, Embrafilme, setiembre de 1984.

137. *Documentos de la CIA. Cuba acusa*, La Habana, Ministerio de Cultura, 1981.

138. *Documentos secretos de la I. T. T.*, Santiago de Chile, Quimantú, 1972.

139. Dorfman, Ariel, con Armand Mattelart, *Para leer al Pato Donald*, México, Siglo XXI, 1978.

140. Dower, John, *War without mercy. Race and power in the Pacific war*, Nueva York, Pantheon, 1986.

141. Dreifuss, René Armand, *1964: A conquista do Estado, Ação política, poder e golpe de classe*, Petrópolis, Vozes, 1981.

142. Drot, Jean-Marie, *Journal de voyage chez les peintres de la fête et du vaudou en Haïti*, Ginebra, Skira, 1974.

143. Duhalde, Eduardo Luis, *El Estado terrorista argentino*, Buenos Aires, El Caballito, 1983.

144. Dumont, Alberto Santos, *O que eu vi, o que nós veremos*, Río de Janeiro, Tribunal de Contas, 1973.

145. Duncan, Isadora, *Mi vida*, Madrid, Debate, 1977.

146. Durst, Rogério, *Madame Satã: com o diabo no corpo*, San Pablo, Brasiliense, 1985.

147. Eco, Umberto, *Apocalípticos e integrados ante la cultura de masas*, Barcelona, Lumen, 1968.

148. Edison, Thomas Alva, *Diary*, Old Greenwich, Chatham, 1971.

149. Edwards, Audrey, y Gary Wohl, *Muhammad Ali. The people's champ*, Boston/Toronto, Little, Brown, 1977.

150. Einstein, Albert, *Notas autobiográficas*, Madrid, Alianza, 1984.

151. Eisenstein, S M., *¡Que viva México!*, prólogo de José de la Colina, México, Era, 1971.

152. Elgrably, Jordan, *A través del fuego. Entrevista con James Baldwin*, en la revista 《Quimera》, núm. 41, Barcelona, 1984.

153. Enzensberger, Hans Magnus, *Política y delito*, Barcelona, Seix Barral, 1968.

154. Escobar Bethancourt, Rómulo, *Torrijos: ¡colonia americana, no!*, Bogotá, Valencia. 1981.

155. Faingold, Raquel Zimerman de, *Memorias de una familia inmigrante*, inédito.

156. Fairbank, John K., *The United States and China*, Cambridge, Harvard University, 1958.

157. Fajardo Sainz, Humberto, *La herencia de la coca. Pasado y presente de la cocaína*, La Paz, Universo, 1984.

158. Falcão, Edgard de Cerqueira, *A incompreensão de uma época*, San Pablo, Tribunais, 1971.

159. Fals Borda, Orlando, *Historia doble de la Costa. Resistencia en el San Jorge*, Bogotá, Valencia, 1984.

160. —*Historia doble de la Costa. Retorno a la tierra*, Bogotá, Valencia, 1986.

161. Faría Castro, Haroldo y Flavia de, *Los mil y un sombreros de la cultura boliviana*, en la revisra 《Geomundo》, vol. 8, núm. 6, Santiago de Chile, junio de 1984.

162. Fast, Howard, *La pasión de Sacco y Vanzetti. Una leyenda de la Nueva Inglaterra*, Buenos Aires, Siglo Veinte, 1955.

163. Faulkner, William, *Absalón, absalón*, Madrid, Alianza, 1971.

164. Federación Universitaria de Córdoba, *La reforma universitaria*, Buenos Aires, FUBA, 1959.

165. Feinstein, Elaine, *Bessie Smith, empress of the blues*, Nueva York, Viking, 1985.

166. Folino, Norberto, Barceló, *Ruggierito y el populismo oligárquico*, Buenos Aires, Falbo, 1966.

167. Foner, Philip S., *Joe Hill*, La Habana, Ciencias Sociales, 1985.

168. Ford, Henry (con Samuel Crowther), *My life and work*, Nueva York, Doubleday, 1926.

169. Foxley, A., *Experimentos neoliberales en América Latina*, Santiago de Chile, CIEPLAN, 1982.

170. Freyre, Gilberto, *Casa grande e senzala*, Río de Janeiro, José Olympio, 1966.

171. Fróes, Leonardo, *A Casa da Flor*, Río de Janeiro, Funarte, 1978.

172. Frontaura Argandoña, Manuel, *La revolución boliviana*, La Paz/Cochabamba, Amigos del Libro, 1974.

173. Gabetta, Carlos, *Todos somos subversivos*, Buenos Aires, Bruguera, 1983.

174. Gaitán, Jorge Eliécer, *1928. La masacre de las bananeras*, Bogotá, Los Comuneros, s/f.

175. Galarza Zavala, Jaime, *Quiénes mataron a Roldós*, Quito, Solitierra, 1982.

176. Galasso, Norberto, y otros, *La década infame*, Buenos Aires, Carlos Pérez, 1969.

177. Galíndez, Jesús, *La era de Trujillo*, Buenos Aires, Sudamericana, 1962.

178. Gálvez, Manuel, *Vida de Hipólito Yrigoyen*, Buenos Aires, Tor, 1951.

179. Gálvez, William, *Camilo, señor de la vanguardia*, La Habana, Ciencias Sociales, 1979.

180. Gandarillas, Arturo G., *Detrás de linderos del odio: laimes y jucumanis*, en el diario《Hoy》, La Paz, 16 de octubre de 1973.

181. Garcés, Joan, *El Estado y los problemas tácticos en el gobierno de Allende*, México, Siglo XXI, 1974.

182. García, F. Chris, selección de textos, *Chicano politics: readings*, Nueva York, MSS, 1973.

183. García Canclini, Néstor, *Las culturas populares en el capitalismo*, La Habana, Casa de las Américas, 1982.

184. García Lupo, Rogelio, *Mil trescientos dientes de Gardel*, en el semanario《Marcha》, núm. 1.004, Montevideo, 8 de abril de 1960.

185. —*Diplomacia secreta y rendición incondicional*, Buenos Aires, Legasa, 1983.

186. García Márquez, Gabriel, *La hojarasca*, Buenos Aires, Sudamericana, 1969.

187. —*Cien años de soledad*, Buenos Aires, Sudamericana, 1967.

188. —*Algo más sobre literatura y realidad*, en el diario,《El país》, Madrid, 1 de julio de 1981.

189. —*La soledad de la América Latina*, discurso de recepción del Premio Nóbel, en la revista《Casa》, núm. 137, La Habana, marzo-abril de 1983.

190. Garmendia, Hermann, *María Lionza, ángel y demonio*, Caracas, Seleven, 1980.

191. Garrido, Atilio, *Obdulio Varela. Su vida, su gloria y su leyenda*, en《El Diario》, suplemento《Estrellas deportivas》, Montevideo, 20 de setiembre de 1977.

192. Gallegos Lara, Joaquín, *Las cruces sobre el agua*, Quito, El Conejo, 1985.

193. Gil, Pío, *El Cabito*, Caracas, Biblioteca de autores y temas tachirenses, 1971.

194. Gilly, Adolfo, *La revolución interrumpida*, México, El Caballito, 1971.

195. Gilman, Charlotte Perkins, *Herland*, prólogo de Ann J. Lane, Nueva York, Pantheon, 1979.

196. —*The yellow wallpaper and other fiction*, prólogo de Ann J. Lane, Nueva York, Pantheon, 1980.

197. Goldman, Albert, *Elvis*, Nueva York, McGraw-Hill, 1981.

198. Gómez Yera, Sara, *La rumba*, en la revista 《Cuba》, La Habana, diciembre de 1964.

199. González, José Luis, *El país de cuatro pisos y otros ensayos*, San Juan de Puerto Rico, Huracán, 1980.

200. González, Luis, *Pueblo en vilo*, México, FCE, 1984.

201. —*Historia de la Revolución Mexicana, 1934/1940: Los días del presidente Cárdenas*, México, Colegio de México, 1981.

202. González Bermejo, Ernesto, entrevista con Atahualpa Yupanqui en la revista 《Crisis》, núm. 29, Buenos Aires, setiembre de 1975.

203. —*¿Qué pasa hoy en el Perú?*, en 《Crisis》, núm. 36, Buenos Aires, abril de 1976.

204. —*Las manos en el fuego*, Montevideo, Banda Oriental, 1985.

205. Granados, Pedro, *Carpas de México. Leyendas, anécdotas e historia del teatro popular*, México, Universo, 1984.

206. Grigulevich, José, *Pancho Villa*, La Habana, Casa de las Américas, s/f.

207. Grupo Areíto, *Contra viento y marea*, La Habana, Casa de las Américas, 1978.

208. Guerra, Ramiro, *La expansión territorial de los Estados Unidos*, La Habana, Ciencias Sociales, 1975.

209. Guevara, Ernesto Che, *Pasajes de la guerra revolucionaria*, La Habana, Arte y Literatura, 1975.

210. —*Camilo, imagen del pueblo*, en el diario 《Granma》, La Habana, 25 de octubre de 1967.

211. —*El socialismo y el hombre nuevo*, México, Siglo XXI, 1977.

212. —*El diario del Che en Bolivia*, Bilbao, Zalla, 1968.

213. —*Escritos y discursos*, La Habana, Ciencias Sociales, 1977.

214. Guiles, Fred Lawrence, *Norma Jean*, Nueva York, McGraw-Hill, 1969.

215. Guillén, Nicolás, *Un olivo en la colina*, en el diario 《Hoy》, La Habana, 24 de abril de 1960.

216. Guzmán, Martín Luis, *El águila y la serpiente*, México, Cía. General de Ediciones, 1977.

217. Guzmán Campos, Germán, con Orlando Fals Borda y Eduardo Umaña Luna, *La violencia en Colombia*, Bogotá, Valencia, 1980.

218. Hardwick, Richard, *Charles Richard Drew: Pioneer in blood research*, Nueva York, Scribner's, 1967.

219. Hellman, Lillian, *Tiempo de canallas*, México, FCE, 1980.

220. Hemingway, Ernest, *Enviado especial*, Barcelona, Planeta, 1968.

221. Henault, Mirta, *Alicia Moreau de Justo*, Buenos Aires, Centro Editor, 1983.

222. Heras León, Eduardo, entrevista con Miguel Mármol (inédita).

223. Hermann, Hamlet, *Francis Caamaño*, Santo Domingo, Alfa y Omega, 1983.

224. Herrera, Hayden, *Frida. A biography of Frida Kahlo*, Nueva York, Harper and Row, 1983.

225. Hevia Cosculluela, Manuel, *Pasaporte 11.333. Ocho años con la CIA*, La Habana, Ciencias Sociales, 1978.

226. Hidrovo Velásquez, Horacio, *Un hombre y un río*, Portoviejo, Gregorio, 1982.

227. Hobsbawn, Eric J., *Rebeldes primitivos*, Barcelona, Ariel, 1974.

228. Hoffmann, Banesh, *Einstein*, Barcelona, Salvat, 1984.

229. Huezo, Francisco, *Últimos días de Rubén Darío*, Managua, Renacimiento, 1925.

230. Huneeus, Pablo, *La cultura huachaca o el aporte de la televisión*, Santiago de Chile, Nueva Generación, 1981.

231. —*Lo comido y lo bailado...*, Santiago de Chile, Nueva Generación, 1984.

232. Hurt, Henry, *Reasonable doubt. An investigation into the assassination of John F. Kennedy*, Nueva York, Holt, Rinehart and Winston, 1986.

233. Huxley, Francis, *The invisibles*, Londres, Hart-Davis, 1966.

234. Ianni, Ocravio, *El Estado capitalista en la época de Cárdenas*, México, Era, 1985.

235. Informes sobre la violación de derechos humanos en el Uruguay, realizados por Amnesty International, la Comisión de Derechos Humanos y el Comité de Derechos Humanos de las Naciones Unidas y la Comisión Interamericana de Derechos

Hutmanos de la OEA.

236. Instituto de Estudios del Sandinismo, *Ni vamos a poder caminar de tantas flores*, testimonios de soldados de Sandino (inédito).

237. —*El sandinismo. Documentos básicos*, Managua, Nueva Nicaragua, 1983.

238. —*La insurrección popular sandinista en Masaya*, Managua, Nueva Nicaragua, 1982.

239. —*¡Y se armó la runga!* ..., testimonios, Managua, Nueva Nicaragua, 1982.

240. Jaramillo-Levi, Enrique, y otros, *Una explosión en América: el canal de Panamá*, México, Siglo XXI, 1976.

241. Jenks, Leland H., *Nuestra colonia de Cuba*, Buenos Aires, Palestra, 1961.

242. Johnson, James Weldon, *Along this way*, Nueva York, Viking, 1933.

243. Jonas Bodenheimer, Susanne, *La ideología socialdemócrata en Costa Rica*, San José de Costa Rica, EDUCA, 1984.

244. Julião, Francisco, y Angélica Rodríguez, testimonio de Gregoria Zúñiga en *Los últimos soldados de Zapata*, revista 《Crisis》, núm. 21, Buenos Aires, enero de 1975.

245. Katz, Friedrich, *La servidumbre agraria en México en la época porfiriana*, México, Era, 1982.

246. —*La guerra secreta en México*, México, Era, 1983.

247. Kerr, Elizabeth M., *El imperio gótico de William Faulkner*, México, Noema, 1982.

248. Klare, Michael T., y Nancy Stein, *Armas y poder en América Latina*, México, Era, 1978.

249. Kobal, John, *Rita Hayworth. Portrait of a love goddess*, Nueva York, Berkley, 1983.

250. Krehm, William, *Democracia y tiranías en el Caribe*, Buenos Aires, Palestra, 1959.

251. Labourt, José , *Sana, sana, culito de rana...*, Santo Domingo, Tauer, 1979.

252. Lajolo, Marisa, *Monteiro Lobato. A modernidade do contra*, San Pablo, Brasiliense, 1985.

253. Landes, Ruth, *A cidaedes das mulheres*, Río de Janeiro, Civilização Brasileira,

1967.

254. Lane, Mark, y Dick Gregory, *Code name Zorro. The murder of Martin Luther King*, Englewood Cliffs, Prentice-Hall, 1977.

255. Lapassade, Georges, y Marco Aurélio Luz, *O segredo da macumba*, Río de Janeiro, Paz e Terra, 1972.

256. Larco, Juan, y otros, *Recopilación de textos sobre José María Arguedas*, La Habana, Casa de las Américas, 1976.

257. Latin America Bureau, *Narcotráfico y política*, Madrid, IEPALA, 1982.

258. Lauer, Mirko, *Crítica de la artesanía. Plástica y sociedad en los Andes peruanos*, Lima, DESCO, 1982.

259. La Valle, Raniero, y Linda Bimbi, *Marianella e i suoi fratelli. Una storia latinoamericana*, Milano, Feltrinelli, 1983.

260. Lavretski, I., y Adoifo Gilly, *Francisco Villa*, México, Macehual, 1978.

261. Levy, Alan, *Ezra Pound: The voice of silence*, Nueva York, Permanent, 1983.

262. Lichello, Robert, *Pioneer in blood plasma, Dr. Charles R. Drew*, Nueva York, Mussner, 1968.

263. Lima, Lourenço Moreira, *A Coluna Prestes (marchas e combates)*, San Pablo, AlfaOmega, 1979.

264. Loetscher, Hugo, *El descubrimiento de Suiza por los indios*, Cochabamba, Amigos del Libro. 1983.

265. Loor, Wilfrido, *Eloy Alfaro*, Quito, s/e, 1982.

266. López, Oscar Luis, *La radio en Cuba*, La Habana, Letras Cubanas, 1981.

267. López, Santos, *Memorias de un soldado*, Managua, FER, 1974.

268. López Vigil, José Ignacio, *Radio Pío XII: una mina de coraje*, Quito, Aler/Pío XII, 1984.

269. Lowenthal, Abraham F., *The Dominican intervention*, Cambridge, Harvard University, 1972.

270. Luna, Félix, *Atahualpa Yupanqui*, Madrid, Júcar, 1974.

271. Machado, Carlos, *Historia de los orientales*, Montevideo, Banda Oriental, 1985.

272. Magalhães Júnior, R., Rui. *O homem e o mito*, Río de Janeiro, Civilização Brasileira, 1964.

273. Maggiolo, Óscar J., *Política de desarrollo científico y tecnológico de América Latina*, en 《Gaceta de la Universidad》, marzo/abril de 1968, Montevideo.

274. Mailer, Norman, *Marilyn*, Barcelona, Lumen, 1974.

275. Maldonado-Denis, Manuel, *Puerto Rico: mito y realidad*, San Juan de Puerto Rico, Antillana, 1969.

276. Manchester, William, *Gloria y ensueño. Una historia narrativa de los Estados Unidos*, Barcelona, Grijalbo, 1976.

277. Mariátegui, José Carlos, *Obras*, La Habana, Casa de las Américas, 1982.

278. Marín, Germán, *Una historia fantástica y calculada: la CIA en el país de los chilenos*, México, Siglo XXI, 1976.

279. Mário, Filho, *O negro no futebol brasileiro*, Río de Janeiro, Civilização Brasileira, 1964.

280. Mariz, Vasco, *Heitor Villa-Lobos, compositor brasileiro*, Río de Janeiro, Zahar, 1983.

281. Martin, John Bartlow, *El destino dominicano. La crisis dominicana desde la caída de Trujillo hasta la guerra civil*, Santo Domingo, Editora Santo Domingo, 1975.

282. Martínez, Thomas M., *Advertising and racism: the case of the mexican american*, en 《El Grito》, 2:6, verano de 1969.

283. Martínez Assad, Carlos, *El laboratorio de la revolución: el Tabasco garridista*, México, Siglo XXI, 1979.

284. Martínez Moreno, Carlos (Selección), *Color del 900*, en 《Capítulo oriental》, Montevideo, CEDAL, 1968.

285. Matos, Cláudia, *Acertei no milhar. Samba e malandragem no tempo de Getúlio*, Río de Janeiro, Paz e Terra, 1982.

286. Matos Díaz, Eduardo, *Anecdotario de una tiranía*, Santo Domingo, Taller, 1976.

287. Mattelart, Armand, *La cultura como empresa multinacional*, México, Era, 1974.

288. May, Stacy, y Galo Plaza, *United States business perfomance abroad: The*

case study of United Fruit Company in Latin America, Washington, National Planning, 1958.

289. Medina Castro, Manuel, *Estados Unidos y América Latina, siglo XIX*, La Habana, Casa de las Américas, 1968.

290. Mella, Julio Antonio, *Escritos revolucionarios*, México, Siglo XXI, 1978.

291. Mende, Tibor, *La Chine et son ombre*, París, Du Seuil, 1960.

292. Méndez Capote, Renée, *Memorias de una cubanita que nació con el siglo*, Santa Clara, Universidad, 1963.

293. Mendoza, Vicente T., *El corrido mexicano*, México, FCE, 1976.

294. Mera, Juan León, *Cantares del pueblo ecuatoriano*, Quito, Banco Central, s/f.

295. Métraux, Alfred, Haïti. *La terre, les hommes et les dieux*, Neuchâtel, La Baconnière, 1957.

296. Meyer, Eugenia, entrevista con Juan Olivera López (inédita).

297. Meyer, Jean, *La cristiada. La guerra de los cristeros*, México, Siglo XXI, 1973.

298. Molina, Gabriel, *Diario de Girón*, La Habana, Política, 1983.

299. Monsiváis, Carlos, *Días de guardar*, México, Era, 1970.

300. —*Amor perdido*, México, Era, 1977.

301. Mora, Arnoldo (Selección y notas), *Monseñor Romero*, San José de Costa Rica, EDUCA, 1981.

302. Morais, Fernando, *Olga*, San Pablo, Alfa-Omega, 1985.

303. Morel, Edmar, *A revolta da chibata*, Río de Janeiro, Graal, 1979.

304. Morison, Samuel Eliot, con Henry Steele Commager y W. E. Leuchtenburg, *Breve historia de los Estados Unidos*, México, FCE, 1980.

305. Moussinac, León, *Sergei Michailovitch Eisenstein*, París, Seghers, 1964.

306. Mota, Carlos Guilherme, *Ideologia da cultura brasileira, 1933/1974*, San Pablo, Ática, 1980.

307. Mourão Filho, Olympio, *Memórias: a verdade de um revolucionário*. Porto Alegre, L y PPM, 1978.

308. Murúa, Dámaso, *En Brasil crece un almendro*, México, El Caballito, 1984.

309. —40 *cuentos del Güilo Mentiras*. México, Crea, 1984.

310. Nalé Roxlo, Conrado, y Mabel Mármol, *Genio y figura de Alfonsina Storni*, Buenos Aires, EUDEBA, 1966.

311. Navarro, Marysa, *Evita*, Buenos Aires, Corregidor, 1981.

312. Nepomuceno, Eric, *Hemingway: Madrid no era una fiesta*, Madrid, Altalena, 1978.

313. Neruda, Pablo, *Confieso que he vivido*, Barcelona, Seix Barral, 1974.

314. —*Obras completas*, Buenos Aires, Losada, 1973.

315. Niemeyer, Oscar, textos, dibujos y fotos en la edición especial de la revista 《Módulo》, Río de Janeiro, junio de 1983.

316. Nimuendajú, Curt, *Mapa etno-histórico*, Río de Janeiro, Fundação Nacional PróMemória, 1981.

317. Nosiglia, Julio E., *Botín de guerra*, Buenos Aires, Tierra Fértil, 1985.

318. Novo, Salvador, *Cocina mexicana. Historia gastronómica de la ciudad de México*, México, Porrúa, 1979.

319. Núñez Jiménez, Antonio, *Wifredo Lam*, La Habana, Letras Cubanas, 1982.

320. Núñez Téllez, Carlos, *Un pueblo en armas*, Managua, FSLN, 1980.

321. O'Connor, Harvey, *La crisis mundial del petróleo*, Buenos Aires, Platina, 1963.

322. Olmo, Rosa del, *Los chigüines de Somoza*, Caracas, Ateneo, 1980.

323. Orozco, José Clemente, *Autobiografía*, México, Era, 1970.

324. Ortiz, Fernando, *Los bailes y el teatro de los negros en el folklore de Cuba*, La Habana, Letras Cubanas, 1981.

325. Ortiz Echagüe, Fernando, *Sobre la importancia de la vaca argentina en París*, publicado en 1930 y republicado por Rogelio García Lupo en la revista 《Crisis》, núm. 29, Buenos Aires, setiembre de 1975.

326. Ortiz Letelier, Fernando, *El movimiento obrero en Chile. Antecedentes*, 1891/ 1919, Madrid, Michay, 1985.

327. Page, Joseph A., *Perón*, Buenos Aires, Vergara, 1984.

328. Paleari, Antonio, *Diccionario mágico jujeño*, San Salvador de Jujuy, Pachamama,

1982.

329. Paliza, Héctor, *Los burros fusilados*, en la revisra 《Presagio》, Culiacán, Sinaloa, núm. 10, abril de 1978.

330. Paoli, Francisco J., y Enrique Montalvo, *El socialismo olvidado de Yucatán*, México, Siglo XXI, 1980.

331. Paramio, Ludolfo, *Mito e ideología*, Madrid, Corazón, 1971.

332. Pareja Diezcanseco, Alfredo, *Ecuador. La república de 1830 a nuestros días*, Quito, Universidad, 1979.

333. Pareja y Paz Soldán, José, *Juan Vicente Gómez. Un fenómeno telúrico*, Caracas, Ávila Gráifica, 1951.

334. Parra, Violeta, *Violeta del pueblo*, antología por Javier Martínez Reverte, Madrid, Visor, 1983.

335. Pasley, F.D., *Al capone*, prólogo de Andrew Sinclair, Madrid, Alianza, 1970.

336. Payeras, Mario, *Los días de la selva*, La Habana, Casa de las Américas, 1981.

337. Peña Bravo, Raúl, *Hechos y dichos del general Barrientos*, La Paz, s/e, 1982.

338. Pérez, Ponciana, llamada Chana la Vieja, testimonio publicado en la revista 《Cuba》, La Habana, mayo/junio de 1970.

339. Pérez Valle, Eduardo, *El martirio del héroe. La muerte de Sandino*, testimonios, Managua, Banco Central, 1980.

340. Perlman, Janice E., *O mito da marginalidade, Favelas e política no Río de Janeiro*, Río de Janeiro, Paz e Terra, 1981.

341. Perón, Juan Domingo, *Tres revoluciones militares*, Buenos Aires, Síntesis, 1974.

342. Pineda, Virginia Gutiérrez de, y otros, *El gamín*, Bogotá, Unicef/Instituto Colombiano de Bienestar Familiar, 1978.

343. Pinto, L. A. Costa, *Lutas de famílias no Brasil*, San Pablo, Editora Nacional, 1949.

344. Pocaterra, José Rafael, *Memorias de un venezolano de la decadencia*, Caracas, Monte Ávila, 1979.

345. Politzer, Patricia, *Miedo en Chile*, testimonios de Moy de Tohá y otros, Santiago de Chile, CESOC, 1985.

346. Pollak-Eltz, Angelina, *María Lionza, mito y culto venezolano*, en la revista 《Montalbán》, núm. 2, Caracas, UCAB, 1973.

347. Poniatowska, Elena, *La noche de Tlatelolco*, México, Era, 1984.

348. Portela, Fernando, y Cláudio Bojunga, *Lampião. O cangaceiro e o outro*, San Pablo, Traço, 1982.

349. Pound, Ezra, *Selected cantos*, Nueva York, New Directions, 1970.

350. Powers, Thomas, *The man who kept the secrets: Richard Helms and the CIA*, Nueva York, Knopf, 1979.

351. Presidencia de la República de Haití, ley del 29 de abril de 1969, Palacio Nacional, Port-au-Prince.

352. Queiroz, María Isaura Pereira de, *Os cangaceiros*, San Pablo, Duas Cidades, 1977.

353. —*História do cangaço*, San Pablo, Global, 1982.

354. Querejazu Calvo, Roberto, *Masamaclay. Historia política diplomática y militar de la guerra del Chaco*, Cochabamba/La Paz, Amigos del Libro, 1981.

355. Quijano, Aníbal, *Introducción a Mariátegui*, México, Era, 1982.

356. Quijano, Carlos, artículos recopilados en 《Cuadernos de Marcha》, núm. 27 y siguientes, México/Montevideo, CEUAL, 1984/85.

357. Quiroga, Horacio, *Selección de cuentos*, prólogo de Emir Rodríguez Monegal, Montevideo, Ministerio de Instrucción Pública, 1966.

358. —*Sobre literatura*, prólogo de Roberto Ibáñez, Montevideo, Arca, 1970.

359. Quiroz Otero, Ciro, *Vallenato. Hombre y canto*, Bogotá, Icaro, 1983.

360. Rama, Ángel, *Las máscaras democráticas del modernismo*, Montevideo, Fundación Ángel Rama, 1985.

361. Ramírez, Sergio (Prólogo, selección y notas), *Augusto C. Sandino. El pensamiento vivo*, Managua, Nueva Nicaragua, 1984.

362. —*Estás en Nicaragua*, Barcelona, Muchnik, 1985.

363. Ramírez, Pedro Felipe, *La vida maravillosa del Siervo de Dios*, Caracas, s/e, 1985.

364. Ramos, Graciliano, *Memórias do cárcere*, Río de Janeiro, José Olympio, 1954.

365. Ramos, Jorge Abelardo, *Revolución y contrarrevolución en la Argentina*, Buenos

Aires, Plus Ultra, 1976.

366. Rangel, Domingo Alberto, *Gómez, el amo del poder*, Caracas, Vadell, 1980.

367. Recinos, Adrián (versión), *Popol Vuh. Las antiguas historias del Qniché*, México, FCE, 1976.

368. Reed, John, *México insurgente*, México, Metropolitana, 1973.

369. Rendón, Armando B., *Chicano manifesto*, Nueva York, Macmillan, 1971.

370. Rengifo, Antonio, *Esbozo biográfico de Ezequiel Urviola y Rivero*, en *Los movimientos campesinos en el Perú, 1879/1965*, selección de textos por Wilfredo Kapsoli, Lima, Delva, 1977.

371. *Retrato do Brasil*, fascículos, varios autores, San Pablo, Tres, 1984.

372. Revista 《Time》, *High on cocaine. A 30 billion U. S. habit*, 6 de julio de 1981.

373. Revueltas, José, *México 68: Juventud y revolución*, México, Era, 1978.

374. Ribeiro, Berta G., *O mapa etno-histórico de Curt Nimuendajú*, en 《Revista de Antropologia》, vol. XXV, San Pablo, Universidad, 1982.

375. Ribeiro, Darcy, *Os índios e a civilização*, Petrópolis, Vozes, 1982.

376. —Discurso de recepción del título de doctor honoris causa de la Universidad de París VII, 3 de mayo de 1979, en la revista 《Módulo》, Río de Janeiro, 1979.

377. —*Ensaios insólitos*, Porto Alegre, L y PM, 1979.

378. —*Aos trancos e barrancos. Como o Brasil deu no que deu*, Río de Janeiro, Guanabara, 1986.

379. Rivera, Jorge B. (Selección), *Discépolo*, Buenos Aires, 《Cuadermos de Crisis》, núm. 3, diciembre de 1973.

380. Roa Bastos, Augusto, *Hijo de hombre*, Buenos Aires, Losada, 1960.

381. Robeson, Paul, *Paul Robeson speaks*, introducción y selección de textos por Philip S. Foner, Secaucus, Citadel, 1978.

382. Robinson, David, *Buster Keaton*, Bloomington, University of Indiana, 1970.

383. —*Chaplin, his life and art*, Londres, Collins, 1985.

384. Rockefeller, David, carta al general Jorge Rafael Videla, revista 《El Periodista》, núm. 71, Buenos Aires, 17 al 23 de enero de 1986.

385. Rodman, Selden, *Renaissance in Haiti. Popular painters in the black republic*, Nueva York, Pellegrini and Cudahy, 1948.

386. Rodó, José Enrique, *Ariel*, Madrid, Espasa-Calpe, 1971.

387. Rodríguez, Antonio, *A history of mexican mural painting*, Londres, Thames and Hudson, 1969.

388. Rodríguez, Carlos, *Astiz, elángel exterminador,* en el periódico 《Madres de Plaza de Mayo》, núm. 2, Buenos Aires, enero de 1985.

389. Rodríguez Monegal, Emir, *Sexo y poesía en el 900*, Montevideo, Alfa, 1969.

390. —*El desterrado. Vida y obra de Horacio Quiroga*, Buenos Aires, Losada, 1968.

391. Roeder Ralph, *Hacia el México moderno: Porfirio Diaz*, México, FCE, 1973.

392. Rojas, Marta, *El que debe vivir*, La Habana, Casa de las Américas, 1978.

393. Román, José , *Maldito país*, Managua, El Pez y la Serpiente, 1983.

394. Rosencof, Mauricio, declaraciones a Mercedes Ramírez y Laura Oreggioni, en el periódico 《Asamblea》, núm. 38, Montevideo, abril de 1985.

395. Rovere, Richard H., *McCarthy y el macartismo*, Buenos Aires, Palestra, 1962.

396. Rowles, James, *El conflicto Honduras-El Salvador y el orden jurídico internacional*, San José de Costa Rica, EDUCA, 1980.

397. Rozitchner, León, *Moral burguesa y revolución*, Buenos Aires, Procyón, 1963.

398. Ruffinelli, Jorge, *El otro México. México en la obra de Traven, Lawrence y Lowry*, México, Nueva Imagen, 1978.

399. Rugama, Leonel, *La tierra es un satélite de la luna*, Managua, Nueva Nicaragua, 1983.

400. Rulfo, Juan, *Pedro Páramo y El llano en llamas*, Barcelona, Planeta, 1982.

401. Saia. Luiz Henrique, *Carmen Miranda*, San Pablo, Brasiliense, 1984.

402. Salamanca, Daniel, *Documentos para una historia de la guerra del Chaco*, La Paz, Don Bosco, 1951.

403. Salazar, Rubén, artículos publicados en *Los Angeles Times* entre febrero y agosto de 1970.

404. Salazar Valiente, Mario, *El Salvador: crisis, dictadura, lucha, 1920/1980,* en Amé-

rica Latina: historia de medio siglo, México, Siglo XXI, 1981.

405. Salvatierra, Sofonías, *Sandino o la tragedia de un pueblo*, Madrid, Talleres Europa, 1934.

406. Samper Pizano, Ernesto, y otros, *Legalización de la marihuana*, Bogotá., Tercer Mundo, 1980.

407. Sampson, Anthony, *The sovereign state of ITT*, Greenwich, Fawcett, 1974.

408. Sánchez, Gonzalo, y Donny Meertens, *Bandoleros, gamonales y campesinos. El caso de la violencia en Colombia*, Bogotá, El Áncora, 1983.

409. Sance, Luc, *Relic*, en《The New York Review of Books》, vol. XXVIII, número 20, Nueva York, 17 de diciembre de 1981.

410. Saume Barrios, Jesús, *Silleta de cuero*, Caracas, s/e, 1985.

411. Schaden, Egon, *Curt Nimuendajú. Quarenta anos a serviço do índio brasileiro e ao estudo de suas cuhuras*, en《Problemas brasileiros》, San Pablo, diciembre de 1973.

412. Scalabrini Ortiz, Raúl, *El hombre que está solo y espera*, Buenos Aires, Plus Ultra, 1964.

413. Schinca, Milton, *Boulevard Sarandí. Anécdotas, gentes, sucesos, del pasado montevideano*, Montevideo, Banda Oriental, 1979.

414. Schifter, Jacobo, *La fase oculta de la guerra civil en Costa Rica*, San José de Costa Rica, EDUCA, 1981.

415. Schlesinger, Arthur M., *Los mil días de Kennedy*, Barcelona, Aymá, 1966.

416. Schlesinger, Stephen, y Stephen Kinzer, Bitter fruit. *The untold story of the american coup in Guatemala*, Nueva York, Anchor, 1983.

417. Sebreli, Juan José, *Eva Perón: ¿aventurera o militante?*, Buenos Aires, Siglo Veinte, 1966.

418. Séjourné, Laurette, *Supervivencias de un mundo mágico*, México, FCE, 1953.

419. Selser, Gregorio, *El pequeño ejército loco*, Managua, Nueva Nicaragua, 1983.

420. —*El guatemalazo*, Buenos Aires, Iguazú, 1961.

421. —*¡Aquí, Santo Domingo! La tercera guerra sucia*, Buenos Aires, Palestra, 1966.

422. —*A veinte años del Moncada* (Cronología y documentos), en《Cuadernos de Marcha》, núm. 72, Montevideo, julio de 1973.

423. —*El rapto de Panamá*, San José de Costa Rica, EDUCA, 1982.

424. Senna, Orlando, *Alberto Santos Dumont*, San Pablo, Brasiliense, 1984.

425. Serpa, Phoción, *Oswaldo Cruz, El Pasteur del Brasil, vencedor de la fiebre amarilla*, Buenos Aires, Claridad, 1945.

426. Silva, Clara, *Genio y figura de Delmira Agustini*, Buenos Aires, EUDEBA, 1968.

427. Silva, José Dias da, *Brasil, país ocupado*, Río de Janeiro, Record, 1963.

428. Silva, Marília T. Barboza da, y Arthur L. de Oliveira Filho, *Cartola. Os tempos idos*, Río de Janeiro, Funarte, 1983.

429. Silveira, Cid, *Café: um drama na economia national*, Río de Janeiro, Civilização, Brasileira, 1962.

430. Slosser, Bob, *Reagan inside out*, Nueva York, Word Books, 1984.

431. Smith, Earl E. T., *El cuarto piso. Relato sobre la revolución comunista de Castro*, México, Diana, 1963.

432. Sodré, Nelson Werneck, *Oscar Niemeyer*, Río de Janeiro, Graal, 1978.

433. —*História militar do Brasil*, Río de Janeiro, Civilização Brasileira, 1965.

434. Somoza Debayle, Anastasio, *Filosofía social*, selección de textos por Armando Luna Silva, Managua, Presidencia de la República, 1976.

435. Sorensen, Theodore C., *Kennedy*, Nueva York, Harper and Row, 1965.

436. Souza, Tárik de, *O som nono de cada dia*, Porto Alegre, L y PM, 1983.

437. Stock, Noel, *Poet in exile: Ezra Pound*, Nueva York, Barnes and Noble, 1964.

438. Stone, Samuel, *La dinastía de los conquistadores. La crisis del poder en la Costa Rica contemporánea*, San José de Costa Rica, EDUCA, 1982.

439. Suárez, Roberto, declaraciones a《El Diario》y al semanario《Hoy》, La Paz, 3 de julio de 1983.

440. Subercaseaux, Bernardo, con Patricia Stambuk y Jaime Londoño, *Violeta Parra: Gracias a la vida. Testimonios*, Buenos Aires, Galerna, 1985.

441. Taibo II, Paco Ignacio, y Roberto Vizcaíno, *El socialismo en un solo puerto*,

Acapulco, 1919/1923, México, Extemporáneos, 1983.

442. Teitelboim, Volodia, *Neruda*, Madrid, Michay, 1984.

443. Tello, Antonio, y Gonzalo Otero Pizarro, *Valentino. La seducción manipulada*, Barcelona, Bruguera, 1978.

444. Tibol, Raquel, *Frida Kahlo. Crónica, testimonio y aproximaciones*, México, Cultura Popular, 1977.

445. *Time capsule/1927: A history of the year condensed from the pages of Time*, Nueva York, Time-Life, 1928.

446. Toqo, *Indiomanual*, Humahuaca, Instituto de Cultura Indígena, 1985.

447. Toriello, Guillermo, *La batalla de Guatemala*, México, Cuadernos Americanos, 1955.

448. Torres, Camilo, *Cristianismo y revolución*, México, Era, 1970.

449. Touraine, Alain, *Vida y muerte del Chile popular*, México, Siglo XXI, 1974.

450. Tribunal Permanente de los Pueblos, *El caso Guatemala*, Madrid, IEPALA, 1984.

451. Turner, John Kenneth, *México bárbaro*, México, Costa-Amic, 1975.

452. Universidad Nacional de Río Cuarto, Córdoba, Argentina, Resolución número 0092. del 22 de febrero de 1977, firmada por el rector Eduardo José Pesoa. (Revista《Soco Soco》, núm. 2, Río Cuarto, abril de 1986).

453. Valcárcel, Luis E., *Machu Picchu*, EUDEBA, 1964.

454. valle-Castillo, Julio, introducción a *Prosas políticas* de Rubén Darío, Managua, Ministerio de Cultura, 1983.

455. Vásquez Díaz, Rubén, *Bolivia a la hora del Che*, México, Siglo XXI, 1968.

456. Vázquez Lucio, Óscar E. (Siulnas), *Historia del humor gráfico y escrito en la Argentina, 1801/1939*, Buenos Aires, EUDEBA, 1985.

457. Vélez, Julio, y A. Merino, *España en César Vallejo*, Madrid, Fundamentos, 1984.

458. Viezzer, Moema, *Si me permiten hablar: testimonio de Domitila, una mujer de las minas de Bolivia*, México, Siglo XXI, 1978.

459. Vignar, Maren, *Los ojos de los pájaros, en Exilio y tortura*, de Maren y Marcelo Vignar, inédito.

460. Waksman Schinca, Daniel, y otros, *La batalla de Nicaragua*, México, Bruguera, 1980.

461. Walsh, Rodolfo, carta a la Junta Militar, incluida en *Operación masacre*, Buenos Aires, De la Flor, 1984.

462. Weinstein, Barbara, *The amazon rubber boom*, 1850/1920, Stanford, Stanford University, 1983.

463. Wettstein, Germán, *La tradición de la Paradura del Niño*, en la revista 《 Geomundo 》, edición especial sobre Venezuela, Panamá, 1983.

464. White, Judith, *Historia de una ignominia: La United Fruit Company en Colombia*, Bogotá, Presencia, 1978.

465. Wise, David, y Thomas B. Ross, *The invisible government*, Nueva York, Random, 1964.

466. Witker. Alejandro, *Salvador Allende, 1908/1973. Prócer de la liberación nacional*, México, UNAM, 1980.

467. Woll, Allen L., *The Latin image in american film*, Los Angeles, UCLA, 1977.

468. Womack Jr., John, *Zapata y la revolución mexicana*, México, Siglo XXI, 1979.

469. Wyden, Peter, *Bay of Pigs. The untold story*, Nueva York, Simon and Schuster, 1980.

470. Ycaza, Patricio, *Historia del movimiento obrero ecuatoriano*, Quito, Cedime, 1984.

471. Ydígoras Fuentes, Miguel, con Mario Rosenthal, *My war with communism*, Nueva Jersey, Prentice-Hall, 1963.

472. Yupanqui, Atahualpa, *Aires indios*, Buenos Aires, Siglo Veinte, 1985.

473. Zavaleta Mercado, René, *El desarrollo de la conciencia nacional*, Montevideo, Diálogo, 1967.

474. —*Consideraciones generales sobre la historia de Bolivia, 1932/1971*, en *América Latina: historia de medio siglo*, varios autores, México, Siglo XXI, 1982.

475. —*El estupor de los siglos*, en la revista 《 Quimera 》, núm 1, Cochabamba, setiembre de 1985.

译名对照表

A

阿拉马约　Carlos Aramayo

阿莱杭德罗·科里纳
　　Alejandro Colina

阿曼多·艾斯卡拉特
　　Armando Escárate

阿纳尔多·奥尔菲拉·雷纳尔
　　Arnaldo Orfila Reynal

阿纳斯纳西奥·索摩查·德瓦伊莱
　　Anastasio Somoza Debayle

埃内斯托·卡德纳尔
　　Ernesto Cardenal

埃尼威托克　Eniwetok

埃舒神　Exu

埃斯特角　Punta del Este

奥里莎　Orixà

奥伦罗　Olorun

B

巴耶那多小鼓　caja vallenata

巴耶那多音乐　Vallenato

贝伦　Belém

比奥莱塔·帕拉　Violeta Parra

C

楚伊　Chuy

D

达马索·穆鲁亚　Dàmaso Murúa

F

法内加　fanega

范塞蒂　Bartolomeo Vanzetti
弗洛伦西奥·比利亚　Florencio Villa
福斯托·阿马多尔　Fausto Amador

G

格查尔　Quetzal
瓜管科舞　Guaguancó
瓜恰拉卡　guacharaca

H

哈米吉多顿　Armagedón
何塞·比利亚雷纳　José Villarreina
何塞·路易斯·阿雷纳斯
　José Luis Arenas
何塞·路易斯·布斯塔曼特
　José Luis Bustamante
赫苏斯·G. 安德拉德
　Jesús G.Andrade
胡里奥·卡斯特罗　Julio Castro
霍克希尔德　Mauricio Hochschild

J

吉尔贝托·弗雷雷　Gilberto Freyre
嘉宝　Zsa Zsa Gabor
金·诺瓦克　Kim Nova

K

卡布弗里乌城　Cabo Frío
卡洛斯·冈萨雷斯　Carlos González
卡门　Carmen Escalante
卡萨诺瓦
　Giacomo Girolamo Casanova
卡塔维　Catavi
科科河　Río Coco
科拉印第安人　los indios coras
科特·尼姆恩达胡　Curt Nimuendajú
克洛多维斯·博夫　Clodovis Boff
库埃卡　Cueca

L

拉斐尔·奥约斯·鲁维奥
　Rafael Hoyos Rubio
拉罗斯卡　La Rosca
拉蒙·巴利亚达雷斯
　Ramón Valladares
拉佩拉　La Perla
李·哈维·奥斯瓦尔德
　Lee Harvey Oswald
里贝朗博尼图　Ribeirão Bonito
里戈韦塔·门楚　Rigoberta Menchú
里卡多　Ricardo Valderrama
卢尔德　Lourdes

卢乔·巴兰基利亚
Lucho Barranquilla

M

马蒂亚斯·埃斯科瓦尔
Matías Escobar

马格达莱娜·恩里克斯
Magdalena Enríquez

马贡三兄弟
los hermanos Flores Magón

玛利亚·利昂莎 María Lionza

玛利亚内拉·加西亚·比拉斯
Marianela García Vilas

曼努埃尔·阿图罗·奥德里亚
Manuel Arturo Odría Amoretti

莫拉 mola

莫妮卡·巴尔托达诺
Mónica Baltodano

穆罕默德·阿里 Muhammad Alí

N

内尔森·马拉 Nelson Marra

纳亚里特山 Sierra Nayarit

P

帕迪奥塞门托 Patio Cemento

帕特罗西尼奥·门楚
Patrocinio Menchú

培雷火山 montaña Pelée

佩德罗·华金·查莫罗
Pedro Joaquín Chamorro

普诺 Puno

Q

奇卡诺 chicano

恰朗戈 charanga

R

儒勒·凡尔纳 Jules Verne

若昂·戴维·多斯桑托斯
João David dos Santos

若昂·菲格雷多
João Baptista de Oliveira Figueiredo

若昂·弗朗西斯科·杜斯桑托斯
João Francisco dos Santos

S

撒旦夫人 Madame Satã

萨科 Nicola Sacco

塞巴斯蒂安·福埃特斯
Sebastián Fuertes

三K党 Ku Klux Klansmen

译 后 记

路燕萍

一

公元前 31 年在亚历山大
从他位于市郊近的村子
那小贩来了，浑身上下
仍满是旅尘。他"香油！""树胶！"
"最好的橄榄油！""头发香水！"
沿街叫个不停。但到处是喧嚣、
音乐、游行，谁听得见他？
人群推他、扯他、冲击他。
他完全被弄糊涂了，他问，"这里发生什么事呀？"
有一个人也向他讲那个宫廷大笑话：
安东尼在希腊打胜仗了。
——康斯坦丁·卡瓦菲斯（黄灿然 译）

1979 年，流亡西班牙的第三个年头，爱德华多·加莱亚诺在康斯坦丁·卡瓦菲斯《诗歌全集》的扉页写下："《火的记忆》诞生于此。"这首《公元前 31 年的亚历山大》直白讲述一个来自郊外的普通商贩听到安东尼打胜仗的官方谎言，此种谋篇布局让加莱亚诺

368 / 火的记忆 III

产生了"从锁眼里"窥探拉丁美洲历史的想法。于是在现代性的宏大叙事土崩瓦解，让位于大量异质的、局部的"小史"的后现代语境下，加莱亚诺打破横亘在历史学和文学之间的传统藩篱，像史学家一样查阅、搜集档案资料，又像说书人行走在城市的街道上、山间的小路上，四处搜集各种声音，搜集那些不被人看见的人们的声音，永远排在历史队尾的人们的声音，清醒的睡梦中的声音，谵妄的现实中的声音，旅途中行走的声音，写就上千页的三卷本《火的记忆》：《创世纪》（1982 年）、《面孔与面具》（1984 年）和《风的世纪》（1986 年）。全书由一千二百八十九个故事、史料片段或诗歌节选组成，用诗一般的文字、以作者独特的方式再现史册记载的故事，用不着任何渲染的笔墨讲述平民百姓的凡人小事，把矛盾对立的文字放在一起，展现不同立面，记录了"细微事物的伟大和庞然大物的渺小"。

二

少即是多

最好的语言是沉默

我们生活在一个可怕的语言膨胀的时代，这远比货币膨胀更糟糕。

——爱德华多·加莱亚诺

在加莱亚诺的文学创作之路上，乌拉圭作家胡安·卡洛斯·奥内蒂和墨西哥作家胡安·鲁尔福对他的影响最大。奥内蒂告诉他：唯一值得存在的话是那些胜于沉默的话。鲁尔福教会他写作时除了用笔，还需要挥动斧头，修剪作品中的斜枝繁叶，只留下一棵光秃秃的树干。因此，加莱亚诺的文字极为简练，字里行间，无声胜有声。

在撰写《火的记忆》过程中，加莱亚诺不断删繁就简，有一些故事甚至从二十多页删减为一行。比如第二卷《面孔与面具》中有三篇讲述一个上流社会的少女卡米拉与年轻神父私奔的故事，其中的第二篇，作家原本写了二十多页，想描述这对恋人之间的缠绵悱恻，但最终他觉得爱情的柔情蜜意早已被人写透，他难以写出新意，于是干脆把这样的描述缩减为一句话："他们本不应是两个人，黑夜纠正了错误。"陷入甜蜜爱情的男男女女谁不渴望厮守终生，不离不弃，合二为一，可卡米拉和她的小情人却因社会等级、宗教世俗等这些错误不能在一起，幸而黑夜纠正了错误，让他们结合。二十多页的文字缩减为一句话，是比较极端的例子，但是加莱亚诺总是删去无用的修辞、筛选精炼词语的追求可见一斑。

三

> 翻译过程中总会有东西流失，
> 但如果译者才能突出、认真负责，原著中内核的东西是
> 不会丢的。
>
> ——米兰·昆德拉

米兰·昆德拉曾问他的好友、墨西哥作家卡洛斯·富恩特斯是否读过卡夫卡的作品，当得到肯定的答复后，他旋即追问是否读的德文原版，富恩特斯摇头否认后，昆德拉便说：那你没读过卡夫卡。昆德拉还表示他实际上已经没有捷克的读者，因为他们读到的皆是翻译文本。昆德拉对翻译的批判态度或许与早年其作品《玩笑》被随意篡改地翻译有关，但他对其作品的翻译严格把关是对译者和译者自我身份认同的一个警示。

在翻译《火的记忆》过程中，我一直恪守保持作品原貌的翻译理念，力图保留加莱亚诺信守的"少即是多"、无声胜有声的简练文风，但有一些节奏、韵律和文字游戏的元素很难对等表达，此外，个人才能有限，难免有错误和纰漏之处，请读者指正。

最后向我的四位学生黄韵颐、李瑾、龚若晴和李雪冰表示由衷的感谢，她们参与了第三卷的部分翻译工作！

（京权）图字：01-2017-7402

图书在版编目（CIP）数据

火的记忆Ⅲ：风的世纪 /（乌拉圭）爱德华多·加莱亚诺著；路燕萍，李瑾，黄韵颐，龚若晴，李雪冰译. -- 北京：作家出版社，2019.2

ISBN 978-7-5212-0238-0

Ⅰ.①火… Ⅱ.①爱…②路…③李…④黄…⑤龚…⑥李… Ⅲ.①美洲 - 历史Ⅳ.①K700

中国版本图书馆CIP数据核字（2018）第226323号

MEMORIA DEL FUEGO III: EL SIGLO DEL VIENTO by EDUARDO GALEANO
Copyright: © 1986 BY EDUARDO GALEANO
This edition arranged with SUSAN BERGHOLZ LITERARY SERVICES through BIG APPLE AGENCY, INC., LABUAN, MALAYSIA.
Simplified Chinese edition copyright:
2019 THE WRITERS PUBLISHING HOUSE
All rights reserved.

火的记忆Ⅲ：风的世纪

作　　者：[乌拉圭]爱德华多·加莱亚诺
译　　者：路燕萍　李瑾　黄韵颐　龚若晴　李雪冰
校　　审：路燕萍
责任编辑：赵　超
装帧设计：吴元瑞
出版发行：作家出版社
社　　址：北京农展馆南里10号　　邮　　编：100125
电话传真：86-10-65067186（发行中心及邮购部）
　　　　　86-10-65004079（总编室）
E-mail:zuojia@zuojia.net.cn
http://www.haozuojia.com（作家在线）
印　　刷：北京中科印刷有限公司
成品尺寸：142×210
字　　数：347千
印　　张：12.625
版　　次：2019年2月第1版
印　　次：2019年2月第1次印刷
ISBN　978-7-5212-0238-0
定　　价：68.00元